U0832286

本书出品单位：

中共广州市白云区委宣传部
广州市白云区关心下一代工作委员会
中共广州市白云区钟落潭镇委员会

流溪河畔木棉红

文学剧本　傅建文　王景喜　谌虹颖　尹东鸿

小说改编　田胜利

羊城晚报出版社
·广州·

图书在版编目（CIP）数据

流溪河畔木棉红 / 傅建文等著.—广州：羊城晚报出版社, 2018.10（2019. 2 重印）
ISBN 978-7-5543-0643-7

Ⅰ. ①流…　Ⅱ. ①傅…　Ⅲ. ①长篇小说—中国—当代　Ⅳ. ①I247.5

中国版本图书馆CIP数据核字（2018）第222356号

流溪河畔木棉红
Liuxi Hepan Mumian Hong

策划编辑　谭健强
责任编辑　谭健强　廖文静
责任技编　张广生
封面设计　曾绍尔
装帧设计　友间文化
责任校对　杨映瑜　罗妙玲
出版发行　羊城晚报出版社
（广州市天河区黄埔大道中309号羊城创意产业园3-13B　邮编：510665）
发行部电话：（020）87133824
出 版 人　吴　江
经　　销　广东新华发行集团股份有限公司
印　　刷　佛山市浩文彩色印刷有限公司
规　　格　787毫米 × 1092毫米　1/16　印张21　字数360千
版　　次　2018年10月第1版　2019年2月第2次印刷
书　　号　ISBN 978-7-5543-0643-7
定　　价　48.00元

谨以本文献给

1950年初在广州禺北山区征粮、建政中

光荣牺牲的

张冰、庄鎏、郑云三烈士

序

张宇航

读罢《流溪河畔木棉红》书稿，我又一次陷入对孩提往事的深深回忆中。

这部长篇小说，是以新中国成立初期，在广州市禺北地区（现广州市白云区太和镇、钟落潭镇）征粮、建政斗争中英勇牺牲的解放军战士感人事迹为原型创作的。当时广州刚刚解放，盘踞在禺北地区的土匪活动非常猖獗，与败逃台湾及海南的国民党反动派遥相呼应，破坏我红色政权，残杀解放军官兵和地方干部，妄图东山再起、反攻大陆。为宣传发动群众、征集军粮，一批批年轻的解放军战士深入乡村，与潜伏下来的国民党特务、土匪作坚决斗争，多名战士被残酷杀害。其中，庄鎏、张冰、郑云三位烈士，就牺牲在原竹料镇（后并入钟落潭镇）龙塘村一带，遗体被当地老百姓掩埋在绕镇而过的流溪河沙滩里。后来，人民政府在竹料公路边，为三位烈士建立纪念碑及纪念亭（飞升楼），供后人瞻仰和祭奠。

我的童年和少年都在流溪河畔度过。念小学时，每逢清明，学校就要组织学生前往飞升楼祭奠三烈士，进行爱国主义教育和革命传统教育。我们戴着红领巾，唱着“山鸟啼，红花开，阳光照大地，少先队员扫墓来……”，列队站在烈士墓前，敬队礼、三鞠躬；教导主任陶良老师给大家讲述三烈士英勇不屈为国为民献身的感人故事，何作校长勉励师生们继承先烈遗志，当好共产主义接班人，为祖国繁荣昌盛和人民幸福安康努力奋斗。年年如此，庄鎏、张冰、郑云的英名深深镌刻在我们幼小心灵里，不可磨灭。要知道，这三位大哥哥姐姐牺牲时，年龄分别只有17、18、19岁，正值风华正茂、前途无量啊！尤其是女战士张冰，被土匪残害致死，遗体惨不忍睹，更令我们对土匪头子“狗肚明”、“谢大傻”等坏人切齿痛恨，对三烈士充满敬仰。忠于祖国、热爱人民、敬佩英雄的人生观和价值观，就在这种潜移默化中逐渐树立起来。

后来因读书和工作，我告别了竹料，离开了流溪河，心里却一直萦绕着飞升楼和三烈士的故事。2005年，我从省委机关调任羊城晚报社总编辑，报社著名记者钟佩璐采写了一篇关于解放广州最后一仗的通讯。这篇通讯讲的是1949年解放军南下解放广州时，在从化温泉云台山与国民党守军打的一场遭遇战，解放军请当地青年农民刘木池带路，以迅雷不及掩耳之势歼灭国民党军队一个加强营，然后直扑广州城。战斗中，有50多位解放军战士英勇牺牲，长眠在云台山，未能亲眼见到广州解放和过上幸福生活。我即建议记者对此作系列报道，提请当地政府为云台山牺牲英烈建立纪念碑或纪念园，并延伸采写在钟落潭征粮斗争中牺牲的三烈士事迹。报道刊出后，引起很大反响。居住在广东中山市的张冰烈士亲属，把《羊城晚报》寄给远在加拿大的亲人。时任广州市白云区区委常委、宣传部长的张泉同志对此十分重视，牵头组织晚报记者、当地领导和烈士亲属前往竹料飞升楼，再次瞻仰烈士纪念碑。我也得以有机会在纪念碑前回忆往事，寻觅三烈士踪迹。因为年代久远、社会发展，原来的飞升楼已不复存在，只剩下烈士纪念碑还孤独地挺立在高楼包围中。大家商议是否请当地政府另觅新址，重建纪念园，作为爱国主义教育基地，永远缅怀英烈、教育后代；同时将英烈事迹收集整理，请作家撰写电视剧本或长篇小说，让烈士事迹和精神长留人间、激励前行者。三烈士亲属非常赞同；白云区委、区政府和钟落潭镇党委政府也积极支持，划拨经费、展开初期选址工作；在白云区的广东省人大代表刘伟全还领衔提出建议，将三烈士和同时期在白云区牺牲的其他烈士事迹综合起来，建造纪念园，传承红色基因；原竹料中学（现广州市大同中学）、竹料第一小学的老校友们，更是深切关注此事的进展。目前省、市人大和白云区人大正抓紧督办，落实代表建议。如今，长篇小说《流溪河畔木棉红》先于纪念园和电视剧问世，可以告慰英烈亡灵、告慰烈士亲属了。

《流溪河畔木棉红》的文学剧本作者傅建文、王景喜、谌虹颖、尹东鸿和小说改编者田胜利，都是驻广州部队的军旅作家或地方作家。牵头的傅建文老师，先后创作了《小提壶》、《长城谣》、《长征谣》、《窑神》等中长篇小说，报告文学集《1998 荆江不分洪》，长篇纪实文学《太行雄师》、

《邓小平与李明瑞》等，还担任过电影《南方大冰雪》、《浪花岛之恋》和电视剧《刘伯承元帅》、《羊城风暴》等编剧，多次获得全国、全军奖项。王景喜是我的老文友，也是部队培养的优秀作家，先在原广州军区政治部研究室任研究员，后来转业到中共广东省纪委，与我一起从事文字工作。王景喜著有《星光闪烁》、《破译生命密码》等好几本文学作品集。谌虹颖在南部战区空军任过文艺创作组长，也是优秀的军旅女作家，主要著有《鹰击长空》、《奔向延安》等影视剧本，以及长篇纪实文学《百战将星——王近山》、《放歌天地间——艺坛将星阎肃》等文学作品，并获全国"五个一工程奖"和电视剧"飞天"奖。尹东鸿曾在部队服役，后从事文艺策划和职业编剧工作，《云上的诱惑》、《刘伯承元帅》是他的大作。田胜利当过报社记者、编辑，擅长创作小说、报告文学、散文和电视专题片剧本，《狮岭：中国·米兰》等作品颇有影响，这次请他改编文学剧本为长篇小说也是得心应手。可以说，《流溪河畔木棉红》倾注着军队与地方文学工作者的激情与心血，更凝聚着地方党政领导和干部群众对先辈的景仰之情、对英烈的崇敬之心。

这部长篇小说全景式地反映了广州解放初期巩固新生红色政权的艰苦斗争，反映了先辈们为创造人民美好生活而付出的奉献和牺牲。可谓"断头今日意如何？创业艰难百战多。此去泉台招旧部，旌旗十万斩阎罗"（陈毅元帅诗）。无数先烈为了我们的今天和明天，英勇牺牲在昨天，他们艰难地付出自己的血汗与生命，却无缘看到胜利、无缘享受幸福。流溪河畔的红木棉，因为浸透了他们的鲜血而在阳光下通红锃亮。《流溪河畔木棉红》叙述的，已不止是庄鎏、张冰、郑云三烈士的故事，也包括了他们的战友、我们的战友以及所有为人民利益捐躯的战友的故事。书中塑造的李卓越、庄严、张冰冰、郑剑、齐惠兰、荀安水、于小晴、马三尺、光叔等英雄身上，还有未留下姓名的英烈身上，都闪耀着三烈士的光辉。他们的英名与精神，应当流芳百世，如摩崖石刻般镌刻在后人心里。将来读者有机会站在新修的三烈士纪念碑前鞠躬时，应一并向所有的烈士致敬！

"墓前想烈士，心潮正澎湃。今日红领巾，正是新一代。"此时此刻，我又像回到了童年和少年时代，想起在飞升楼前为三烈士唱的另一首歌——《踏着先烈留下的脚印》：

在波浪滔滔的赣江旁
有方志敏同志战斗过的山岗
在白雪皑皑的森林里
有杨靖宇将军住过的茅草房
多少先烈，多少红色的战士
忠于革命忠于党
为了人民永远的幸福
他们的鲜血洒在革命的道路上
…………

回忆是一种幸福，能唤起人们回忆的文学作品是好作品。弘扬正能量，树立“富强、民主、文明、和谐，自由、平等、公正、法治， 爱国、敬业、诚信、友善”的社会主义核心价值观，激励十几亿中国人奋发向上、接续奋斗，推进中国特色社会主义事业向前发展，实现中华民族伟大复兴的中国梦，需要有更多的主旋律作品。《流溪河畔木棉红》的出版，无疑是社会主义先进文化主旋律激流中的一朵绚丽浪花。我想，这应当是广东省、广州市、白云区各级领导的初心，三烈士亲属的初心，本书倡导者、创作者、出版者的初心，也是读者们的共同心愿吧！

是为序。

2018年9月

（作者系广东省人民政府文史研究馆馆员，中国作家协会会员，广东省作家协会主席团成员、省作协散文创作委员会主任，广东羊城晚报社原总编辑，广东省人大原常委、省人大教育科学文化卫生委员会原主任委员）

目录

CONTENTS

第一章

1

故事发生在广州解放初期。

这一天大清早，纵队特务营的李卓越刚刚起床就接到命令，让他立即赶到市公安局面见局长，有重要任务。他熟练地给两支驳壳枪压上子弹，往腰里一别，快步走到马厩。

“咴——”，健壮的大黑马看到主人到来，兴奋得全身一抖，前蹄尥起，甩鬃扬头，一声嘶鸣。

“老伙计，我们走！”李卓越轻轻拍了一下马的前额，飞身上马，一抖缰绳，奔向市公安局。

街上有些冷清。天阴沉沉的，初冬时节的广州，空气潮湿得抓一把好像就能攥出水来。刚刚解放的广州，市面并不平静，在不长的时间里，潜伏下来的国民党特务就制造了多起暗杀事件，有多名解放军战士和地方工作人员惨遭杀害。手枪、手雷、匕首……甚至结实的细麻绳儿都成为他们制造血案的凶器。

部队正在紧张地做着解放海南的准备。李卓越心想，一定是非常重要的任务，否则，地方公安部门不会请部队出面协助。

果不出李卓越所料，确实有重大敌情。市公安局许局长告诉李卓越，明天下午华南局首长和市领导要到越秀大剧院接见工商界代表，敌特分子准备利用这个机会袭击首长。市公安局获得情报后，立即上报并建议改道或由部队实施戒严，首长并不同意。首长认为广州刚刚解放，敌特分子非常嚣张，四处捣乱，制造事端，如果连首长们也害怕，群众会怎么想？所以首长明确要求，不改道、不戒严，并要利用这个机会，狠狠地打击敌特分子。为确保首长们的安全，并将这些敌特分子一网打尽，市公安局决定请部队协助行动。

“地点呢，敌人想在哪里动手？”李卓越问。

“文明路！”许局长顺手打开广州市地图，指给李卓越看，“就是这儿。”

“首长，那地方我很熟，我小时候就住在那里。”

“那太好了！”许局长说，“你的任务是带人秘密潜入文明路，保证首长车队安全通过！”

“首长请放心，我保证完成任务，全歼敌特分子！”

许局长接着告诉李卓越，有一名打入敌人内部的同志也会随特务参加这次行动，这次的情报就是他提供的，目前他还不能公开身份。如果遇到他，要确保他的安全，同时还要把戏做足，不能让敌人看出破绽。

“有这个同志的照片吗？”李卓越问。

“没有，”许局长说，“不过他有一个非常明显的特征，上唇左边有一颗黑痣，黑痣上蓄着一撮长须。”

“一撮毛！”

“你说什么？”许局长有些疑惑地看了一眼李卓越。

“我是说难道是荀安水？”

“是他，你们认识？”

“认识！”李卓越说。

李卓越和荀安水曾一起参加过延安抗大特训班，两人住在同一间宿舍。荀安水上唇黑痣上的一撮黄红色的胡须，又长又硬，李卓越就开玩笑喊他“一撮毛”，这个绰号就在同学们之间传开了。毕业后，两人都回到了各自的部队，从此失去联系。李卓越没有想到，荀安水竟然早就来了广州。

许局长告诉李卓越，荀安水同志身负重要任务，当前广州特务众多，稍有不慎，一旦暴露身份，他就会有生命危险！为了他的安全起见，必须严格保守秘密。“包括你的上级，也不能透露！”许局长特别叮嘱道。

“首长，请您放心，我也是干这一行的！”

“李营长，我相信你！”

李卓越有些尴尬，忙解释道：“首长，我已经不是营长了，被撤掉了……”

“哦，没关系，我刚才说了，相信你！”

2

这段日子李卓越总是梦见老范。其实老范并不老，今年才三十岁刚出头，只比他大一岁。每次梦里的场景几乎都是一样，在一场战斗的间隙，老范背靠着一棵树坐在地上，从口袋里掏出一只精致的全钢怀表，托在手心里细细地端详，老范的脸上有了几分陶醉。他正想开玩笑，说老范你又想媳妇了吧？他话还没说出口，老范脸上却瞬间布满泥土和血污……“老范！”他常会大声叫喊着从梦中惊醒。

李卓越和老范是老搭档了。从东北战场开始，李卓越担任纵队特务营营长，老范担任营教导员。他们都是广州人，然而性格却完全不同。李卓越个性比较张扬，纵队庄司令就不止一次批评他经常犯个人主义和冒险主义错误，也许这与他在美国生活多年有关。老范与李卓越不同，老范有南方人的软性子，工作起来尤其是做别人的思想工作，特别有耐心，一通道理说下来，叫人不得不佩服。老范的纪律意识也特别强，工作中没少提醒他。

从东北到广东，特务营一路上打过不少硬仗，每次打得都非常漂亮。然而在部队进入广东后，特务营打的一仗，虽然完成了战斗任务，但在纵队庄司令看来，却简直是一次大败仗。

那是攻打粤北地区的一个城市，这座城市是部队挺进广州的必经之路，战略位置极其重要，拿下这座城市，广州就会门户洞开。国民党派出了重兵把守。经过几轮激战，特务营突破了敌军的外围防线，先头部队攻入城内，沿着中心大街一路向南，在接近市中心时，敌守军在街道两边相对的两栋楼上布下的阻击点，几挺轻重机枪形成了密集的交叉火力，冲在前面的几名战士不幸中弹倒地，部队被压制在大街上，寸步难行。李卓越决定用炮火端掉敌人的火力点。

“把炮连连长叫来！”李卓越大声喊道。

“老李，不能开炮，”老范提醒说，“敌人绑架了一些群众在屋里，误伤了他们怎么办？”

“拔不掉这颗钉子，群众一样危险，”李卓越说，“而且我们无法在规定时间赶到指定地点，敌人主力就会从南门逃跑，那样损失更大！”

“可是纵队首长再三强调……”

“老范，管不了那么多了，必须尽快干掉！”

一阵隆轰轰的炮火成功炸掉了敌人的两个火力点。战斗结束后，因为有群众伤亡，纵队庄司令非常生气。李卓越和老范当面向庄司令“负荆请罪”，庄司令大声质问：“有这样打仗的吗？简直乱弹琴！”

“克劳塞维茨在《战争论》中说……”李卓越用英语说道。李卓越在美国生活读书多年，情急之下，总是会不自觉地说起英语。

“说什么鬼话！”

“首长，克劳塞维茨在《战争论》中说……”

“给我闭嘴！收起你的洋鬼子论调，”庄司令说，“我们是人民军队，人民的利益高于一切！那么多群众……”庄司令声音哽咽，说不下去了。

站在旁边的老范悄悄拉了一下李卓越，让他不要再说话。然后对庄司令说：“首长，这一仗我们没打好，我们好好总结，吸取教训，决不给首长丢脸！”

庄司令看了两人一眼：“你们给我唱双簧是不是？不给我丢脸有个屁用？是不给人民丢脸！你们给我听着，这笔账先记着，下次再犯，决不轻饶！”

“是！”李卓越和老范齐声应道。

两人离开时，庄司令送给李卓越一支不锈钢瓶装的美国威士忌。

“首长，您这是……”他有些疑惑。

“你小子给我揣在身上，好长点记性，下回别再犯忌！”

“明白，谢谢首长！”

然而，李卓越没有想到，他很快就又犯忌了。

这一日，纵队主力大部涉过龙溪河后，已是掌灯时分。前方不远处，就是国民党广州守军的外围防线了。国民党部队据山凭险，重兵把守。纵队指挥部命令部队就地宿营，休息一晚，准备发起总攻。

这一带，山峦连绵起伏，林深树茂。特务营作为先头部队，选了一个山林茂盛便于隐蔽和防守的山冈安顿下来，李卓越亲自勘察了周边地形，在险要处布置下岗哨，并安排流动岗哨加强警戒。

半夜时分，带队流动警戒的一连长在山下的小路上发现了国民党军队。他带两名战士借着夜色和树木的掩护，悄悄地运动到路边，抵近观察，准备找机会抓个俘虏了解敌情。恰在此时，有一名国民党士兵离开行进的队伍，走到离一连长很近的一棵树后解手。一连长悄无声息地走到这个士兵的身后，用右臂勒住他的脖子，左手捂住他的嘴巴，警告他说：“不要出声，跟我走！”

这名俘虏被押到了李卓越和老范的面前。这是一名班长，据其交代，国民党正在大批调动部队，要包围刚刚过河的解放军。

老范提出要立即向纵队首长汇报敌情。李卓越说来不及了。

“那怎么办？”老范望了李卓越一眼。

“打！”李卓越说，“枪声就是最好的汇报。”

特务营全部投入了战斗。顿时，枪声大作，火光冲天！

“什么情况？”庄司令听到枪声，问匆匆赶来的副参谋长。

“特务营和国民党部队干起来了！”副参谋长有些生气，“连个报告也不打，简直乱来。”

“这次，李卓越这小子没错！”庄司令说着打开地图，分析说，“国民党军从这个位置进来，意图很明显，是要偷袭我纵队指挥部！如果没猜错的话，还正在调动大部队对我军实施包围！”

因为特务营阻击偷袭的国民党军，打乱了国民党的包围计划，在没有对纵队形成包围的情况下，为解救偷袭部队，被迫改为强攻。纵队三个师全部投入了战斗。

激战至黎明时分，庄司令命一师三团换下特务营，让特务营撤下来待命。

特务营撤出战斗不久，纵队指挥部就接到敌情，部分国民党军向靠近纵队指挥部的枫树坝一带快速集结！

庄司令即命特务营立即赶到枫树坝阻敌。

李卓越带特务营抢在敌人前面赶到枫树坝，迅速抢占了有利地形。他举起望远镜，细心观察周边情况，当他望向龙溪河上游时，心里一惊。河对岸，纵队文工团的几名战士已经走到河边，正在准备乘竹筏过来。南岸一带潜伏着国民党军，他们一旦过河，情况十分危险。

“老范，你在这里盯着，我去去就来。”李卓越说，“纵队文工团的几个同志要过河这边来。我带几个人去阻止他们！”

“你是指挥员，不能离开阵地！”老范说。

“我去去就来！”

李卓越带几名战士赶到河边，打手势阻止几个人过河。没想到，他们根本不理会，登上了竹筏，快速向这边划来。

“谁会游泳？”李卓越问

几名战士摇了摇头。他们都是北方山区人，个个都是见水就发怵的旱鸭子。

“你们立即赶回阵地，告诉教导员，我安顿好文工团的同志就回来！”

李卓越纵身跳入河中，迎着滚滚波涛，奋力向对岸划去。他在河心处接近了竹筏。

“李营长，您怎么……”一名女文工团员认出了李卓越。

“赶紧回去！对面有敌人！”

突然，潜伏在河南岸的敌人冲着竹筏开枪射击。

撑竹筏的男文工团员一下慌乱起来，手中的竹竿胡乱点着，竹筏打起旋儿。

“快趴下！”李卓越大声说。

李卓越用肩膀顶着竹筏，用力向河北岸推去。竹筏靠岸后，他催促几个人快点上岸。

敌人一直追逐着他们射击。子弹落在竹筏四周。几个人脚步慌乱地上了岸，只有一个女队员坐在竹筏上，双手捂着脸一动不动。

“你怎么了？”李卓越问。

“我……”

“张冰冰怕水！”已经上岸的一名女队员说。

李卓越翻身上到竹筏上，“来，我抱你上岸！”

“不要……”张冰冰出自少女本能喊道。

李卓越没有理会，他弯下腰抱起张冰冰快步上岸。

河南岸的枪声密集，喊声阵阵，李卓越心里牵挂着阵地上的战事。“谁是负责人？”他问。

“我是队长。”张冰冰说。

“这里就交给你了，你们赶紧找一个安全的地方隐蔽起来，等战斗结束后再过河。”李卓越又问那名男文工团员：“你叫什么名字？”

“我叫郑剑！”

“这里就你一个男同志，你要照顾好几位女同志！”李卓越说完，纵身跳入河中，快速向对岸游去。

“李营长，注意安全！”张冰冰站在岸边大声喊道。

李卓越回到阵地上时，国民党军竟然已经冲上了阵地，双方嘶喊着展开了肉搏战。他举起双枪，左右开弓，接连击毙数名国民党士兵。

一名战士回头看到了李卓越，大声喊道：“营长回来了！”

受到鼓舞的战士们顿时士气大振，越战越勇，成功击退了敌人的进攻。

“教导员呢？”李卓越问走上前来的一连长。

“牺牲了！”一连长心情沉重地说。

报务员告诉李卓越，他离开阵地后，战斗就打响了，正在激战时，纵队首长通过电台呼叫他询问战斗情况。听说他不在阵地上，非常生气，当场宣布免去他的职务，由教导员代理营长负责指挥。刚通完话，敌军就开始炮击阵地，一发炮弹落在了教导员身边……教导员牺牲后，就由一连长负责指挥。

“这是教导员的，他让我交给你，说如果有机会，遇到阿兰就还给……”一连长说着，把老范心爱的怀表递给了李卓越。

阿兰是老范的妻子，这块怀表是阿兰送给他的结婚礼物。表盖的里面刻着一朵精美的兰花。因为阿兰出生那天，家里养的一盆兰花正好盛开……他们结婚不久，老范就离开广州去了北方。老范告诉李卓越，阿兰也是一名党员，在广州从事地下工作。

广州解放后，李卓越找过地方上的同志，让他们帮忙打听阿兰的情况，却一直没有消息。他想等执行完这次任务，就直接找市公安局许局长帮忙，一定要找到阿兰嫂子。

3

李卓越一身普通街坊打扮，戴一顶半新不旧的毡帽，走在骑楼下面。他对这条街太熟悉了，街两边的很多店铺，肠粉店、糖水店、药店、眼镜店……和他小时候完全相同。正是午后时分，街上的行人稀稀拉拉，不是很多。李卓越走到文明路中间地段时，看见纵队文工团的张冰冰和郑剑迎面走了过来。张冰冰手里拿着一些标语，郑剑右手提着一个小铁桶，左手拿着一把鬃毛刷子。两人步子走得很急，神情明显有些慌张。

三个人走了个碰面，张冰冰才认出李卓越。她正想说话，李卓越抬起右手，食指在嘴前看似无意的晃了一晃，示意她不要出声。

李卓越放慢了步子，借着擦身而过的机会，说这里很危险，你们赶紧离开。

张冰冰和郑剑刚才在沿街张贴标语，已经发现了街两边的二层楼上有持枪的特务。他们看到李卓越这身打扮，就知道他在执行特殊任务。两人装作和李卓越不认识的样子，头也不抬，加快了步子，走到一条通往文明路的巷子口，转身拐进了这条巷子。

李卓越快步走向文明路口，一辆黑色轿车几乎和他同时到达路口。

路口有往来行人，轿车只好减速缓行。突然从斜刺里冲出一辆人力三轮车，挡在了轿车前面。轿车只好紧急刹车。三轮车后座上突然跳下一名男子，和车夫一起掏出枪射向轿车。车头左边的倒车镜被打碎了……就在这一刹那，李卓越双手几乎同时扣动扳机，两名特务应声倒地。他快步冲上前把三轮车推开。做着手势冲轿车司机大声喊道："快走！快！"

司机一加油门，轿车快速向前冲去。

潜伏在街道两边房屋二楼的特务立即打开窗户，举枪射向轿车。穿了便衣的纵队特务营战士立即散开队形，以骑楼廊柱为掩护，举枪向暴露在二楼窗口的特务射击。

"一班朝左，二班朝右，三班堵住路口，消灭他们！"李卓越边开枪边大声喊道。

特务们见形势于己不利，无心再战，慌忙跑下楼逃窜。

"快追！"李卓越大声喊道。

一个头戴黑色窄檐礼帽的特务，应该是一个头目，身后紧跟着两名特务，正在跑向一个巷子口。

"呯"的一声枪响，特务头目的黑色礼帽被打飞了。这个特务头目回头射了两枪。带着两个小特务飞快地拐进了一条巷子。

就在特务头目转身射击的那个瞬间，李卓越看到了他上唇左边的一撮长须。是苟安水！

"这里交给我，你们去那边！"李卓越支开两名紧随其后的战士，只身冲进了小巷。

跑在前面的苟安水和两名特务闪身进了一户人家。李卓越跑到这户人家门前，正想推开虚掩的木门，就听院子里“呯、呯”两声枪响。

“假洋鬼子，进来吧！”

李卓越走进院子，随手关上门，指着躺在地上的两名特务，问：“你干掉的？”

“你穷追不舍，老子不干掉怎么脱身？”

“你也认出我了？”

“如果没认出老子那两枪早把你解决了！”

“谢谢老苟手下留命！”

“别废话，告诉老子，那一枪是不是你干的？”

“不是，要是我，就不是打掉帽子了！”

“不废话了，我要赶紧走了，再不走就麻烦了。”苟安水说着走向门口。

“巷子口都有我们的人，你走不脱！”

“那怎么办？我只能劫持你送我一程了！”

“不行，我的部下绝对不会相信我会被你劫持！”

“那怎么办？”

“这房后有条河涌直通珠江，你游到珠江去，以你的水性应该没问题！”

“好吧！”

李卓越从屋里搬出一把红木方凳，他站上去，蹲下身，让苟安水踩着他的肩头，翻身上房，快速离去。

李卓越抬手冲屋顶“呯、呯”两枪，转身走出了院子。

张冰冰和郑剑站在大门旁边。两人看到李卓越走了出来，神情有些紧张。

李卓越看了两人一眼，阴沉着脸说：“这里危险，你们赶紧离开！”

4

“说吧，到底是怎么回事？”纵队保卫处秦处长目光冷峻地望着李卓越。

李卓越被关禁闭已经快十天了。他涉嫌配合公安部门在文明路执行反特行动、保卫首长安全时，放跑了特务。

那天，特务营召开排以上干部会议，已被撤职的李卓越被通知列席参加。代理营长高兴地对大家说，前几天，老营长带队配合地方公安执行反特行动，给予敌特分子沉重打击，保证了首长安全。华南局首长和市领导非常满意，建议纵队对参战官兵，尤其是老营长予以表彰。为此，纵队直属队党委对我营进行了通报表彰！

代理营长话音刚落，大家就热烈地鼓起了掌。

接着，代理营长传达了上级要求部队加强泅渡训练，为解放海南做准备的指示。

会议还没有结束，纵队保卫处秦处长就带着几个人，开着一辆吉普车来到了特务营。说敌特分子袭击首长事件需要做进一步调查，要李卓越到纵队进行配合。

李卓越没有想到，他到纵队后直接被关进了禁闭室。

“该说的我都说了。我没有故意放跑特务！”

“你以为不承认就能蒙混过关吗？”秦处长说，“你放跑特务分子，有同志亲眼看见！”

“你是说那两个文工团队员吧？”

“还有，你在美国的女朋友也回到广州了！”

“我没有女朋友！”

“你还要狡辩？”秦处长说，“你女朋友这两天到特务营找过你。她叫张圆月！”

李卓越有些吃惊。张圆月是他在美国读大学时认识的同学，那时候张圆月对他是有好感，但他们根本没有恋爱，更没有什么承诺。

“我们只是大学同学！”

“那她为什么自称是你的女朋友？”秦处长扬了扬手中的一封信，“她还给你带回一封家信，你父亲要你早日回美国协助他打理生意。这一连串的事情难道只是巧合？”

“如果还是怀疑我，尽管调查！”

“我们会调查清楚的，不过我告诉你，这样对抗下去对你没有好处！”

“我要见庄司令！”

“见谁也没用，交代清楚了再说！”

“不见庄司令，我什么也不会说！”李卓越态度非常坚决。秦处长没有理会他，带人离开了。

门重重地关上了，屋子里顿时陷入一片黑暗。自己的要求秦处长会向上面反映吗？如果见不到庄司令又该怎么办？想到这里，李卓越的心情顿时变得沉重起来。

5

张冰冰快到特务营的时候，远远地就看见李卓越上了吉普车。她停下了脚步。吉普车从她身边快速驶过，扬起的尘土呛得她一阵咳嗽。她望着远去的吉普车，怅然若失。

她是来找李卓越的。她想问李卓越那天到底是怎么回事。她不相信李卓越会故意放走特务，更不相信他会通敌。对这件事，她和郑剑的看法完全不同，两个人为此发生过争执。她说郑剑你冷静点，我相信李营长不是你说的那种人。

“你凭什么相信？”郑剑有些激动。

“就凭他那次冒着危险阻止我们过河！”

“你太单纯了！”郑剑说，“这是秃子头上的虱子——明摆着的，我们必须尽快向组织反映。”

“郑剑，我们不能冤枉同志！”张冰冰急得脸都涨红了，她相信这里面一定是有原因的。“我们一定要弄清楚怎么回事再说！”张冰冰说道。

张冰冰决定到特务营找李卓越，当面问问他，那天到底是怎么回事。她没有想到，自己就来晚了那么一点点时间。在回去的路上，她心里矛盾重重，不知道该不该向组织反映。凭直觉她相信李卓越不是坏人，不会故意放走特务，可是那天发生的事情又该怎么解释？她找不出说服自己的理由。她越想心里越烦。

张冰冰心事重重地回到驻地，于小晴告诉她，刚才团长来找过她，让她赶紧到团长办公室去。张冰冰心里有些慌乱，心想是不是要问李卓越的事？

张冰冰一走进团长办公室，团长就发现她脸色不对，关心地问她是不是身体不舒服？她摇了摇头，小声说没有。

“工作要紧，但也要注意身体！”团长接着说，“你申请上医学院的事组织上批准了！”

“真的？”张冰冰一脸惊喜。

“当然是真的！”团长说着递给她一张表，“这是志愿表，拿回去填好，交给纵队干部处。”

团长接着告诉她，过两天文工团要下乡征粮，上学的事没那么快，她还是要先参加征粮工作。

张冰冰点了点头，说：“请团长放心，我一切听从组织安排！”

“还有件事，”团长说，“你今天去特务营……”

张冰冰听了心里陡然一紧，心想不该来的还是来了。她慌忙说：“团长，我本该向您及时汇报的，您都知道了？”

“郑剑向我详细汇报了，我已经报告纵队保卫处。”

团长说她是非常了解张冰冰的，工作出色，为人善良，这些都是张冰冰的优点，但她的不足是过于单纯，太容易相信人，有时候原则性不够强。团长进而指出，这几乎是所有文工团团员存在的不足。

“主要是缺乏历练，”团长接着提醒张冰冰，“现在的斗争环境非常复杂，一定要时刻保持警惕！”

"以后我会注意的！我只是觉得事情有些蹊跷……"

"李卓越放走特务，性质非常严重，你应该如实汇报！至于事情的真相，组织会调查清楚的！"团长严厉地说。

张冰冰明明知道郑剑做得并没有错，团长对自己的批评和提醒也是对的，但她就是不相信李卓越会是特务分子。她在临下乡征粮前，到纵队干部处交报读医学院的志愿表时，忍不住向接待她的干部打听李卓越。

对方说，张冰冰同志，你也是老兵了，应该知道部队有纪律，不该打听的不要打听！

张冰冰有些窘迫，说我知道了。她出来后，满脑子仍都是李卓越，她想最好见到他本人，问个究竟。于是就找到了关押李卓越的禁闭室。她站在禁闭室前，犹犹豫豫的，不知该怎么办才好。看守的战士看她站在那里犹豫不决的样子，就问她有什么事。她慌忙说没事，说着转身走了两步，又忍不住停下了脚步，下了很大的决心，回过头，走到看守的战士面前，小声问："李卓越同志在这里吗？"

看守的战士听了，有些警觉，问她有什么事。

"我……能不能见见他？"张冰冰吞吞吐吐地问。

"不行！"

张冰冰想了想，从挎包里掏出笔记本和钢笔，打开笔记本找到一张空白页，拧开钢笔，略微想了一下，就快速地写了起来……写完后，她仔细看了一遍，就把整页纸撕下来，请看守的战士转交给李卓越。

战士望着张冰冰，有些为难，不知道该不该接她递过来的纸页。正在这个时候，秦处长走了过来，他和张冰冰早就认识。

"你跑这里来干什么？"

"我有几句话想和李卓越同志说。"张冰冰说着将手中的纸页递给秦处长。

秦处长接过来，看了看，板着一张脸问："你什么意思？"

"只是想鼓励鼓励他。"张冰冰小声地解释。

"回去吧，他的问题还没有调查清楚，你不要再到这儿来！"秦处长严肃地告诉张冰冰。

张冰冰看到秦处长紧绷着脸，不敢再说什么。

回去的路上，张冰冰一直在想，秦处长会不会把自己写给李卓越的那页纸转交给他呢？

6

秦处长是来告诉李卓越，庄司令现在就要见他。接着他把张冰冰写的那页纸递给了李卓越。上面写着“最好的好人，都是犯过错误的过来人；一个人往往因为有一点小小的缺点，更显出他的可爱”。

李卓越笑着说：“真看不出啊，秦大炮，你连莎士比亚都搬出来了。”

“得了吧，我秦大炮才不整那些没用的，”秦处长说，“是文工团的张冰冰写给你的。”

这让李卓越感到有些意外。

秦处长把李卓越带到庄司令的办公室。庄司令的办公室陈设很简单，只有一张长条木桌和几把椅子，正面墙上挂着一幅广州城区地图。秦处长带李卓越进来后，庄司令放下正在审阅的一份材料，招呼他们拉过椅子，坐到他的对面。

“吵着要见我，想说什么？”

李卓越转头看了秦处长一眼，面露难色：“这……”

“怎么啦？”

“司令员，我想单独向您汇报几句。”

庄司令挥了挥手，示意秦处长回避一下。等秦处长走出办公室，李卓越才说，司令员我没有放走特务。

“那到底怎么回事？”

“您问许局长吧。”

“你不能直接告诉我？”

“这……不能！”李卓越有些为难地说。

“你小子连我都不相信了！”

“不是……司令员……”

“我知道了，”庄司令喊道，“把他押回禁闭室！”

随后，庄司令乘车赶到了市公安局找到许局长。许局长和庄司令以前曾在一个部队，是老相识。他听说把李卓越关了禁闭，很是吃惊。

“老庄你简直乱弹琴，”许局长说，“华南局首长和市领导明确指示要嘉奖李卓越，你们倒好……”

“老许，当时我们文工团两名同志看到了，不能不调查清楚啊！再说，这小子见到我都不说，让我找你。”

“我看你就是官僚主义，”许局长不依不饶地说，“你怎么不早点找我？”他接着说，“这事确实是我再三交代的，不让他透露给任何人，包括上级领导！”

“我回去立马放人！”

“不行啊，老庄，”许局长说，“你们现在弄出这么大动静，立即放人，我担心对我们那位同志不利，一旦露馅他的处境就极其危险！”

庄司令想了想，说老许我看我们就来个将错就错，借这件事好好下一盘大棋。接着，庄司令就把自己的打算告诉了老许。

“好！太好了！”许局长听后连声称赞。他接着对庄司令说，就借这个机会让李卓越转业到我们公安局来吧，我需要这样的人才。庄司令听了笑着说，我可不舍得放他走，这个算盘你就不要打了。

为了慎重起见，两人商议决定再关李卓越两个星期禁闭才放他出来。

两个星期后，上级组织对李卓越的处分决定下来了——给予行政记大过处分，撤销一切职务，下连当兵。

秦处长宣读完对李卓越的处分决定后，把文件递给他看。李卓越看过后，说：“我服从组织决定！”

秦处长接着说，司令员有交代，你暂不适合回特务营。昨天文工团报告，有一支征粮队下去后一直没有消息，情况不明，上级决定派你去寻找。找到他们后，你也参加他们的征粮建政工作……

秦处长发现李卓越神情黯然，说司令员让我转告你，征粮也是十分重要的工作，不可轻视！还让你记住三个字……不等秦处长说完，李卓越马上说：“别犯忌！”

“算你小子清醒！”秦处长说着，从包里拎出两瓶威士忌，“司令员专门让我带给你的！”

“替我谢谢司令员！”李卓越说，“我什么时候出发？”

“现在，”秦处长说，“马已经给你准备好了，还是你以前骑的那匹大黑马，就在外面。”

两人走出禁闭室，李卓越发现他心爱的大黑马就拴在旁边的一棵树上，马背上搭着他用的白色粗布大挎包。

秦处长让一名战士把李卓越的两支驳壳枪还给了他。“子弹也给你准备了，就在搭袋里。”秦处长说完，准备上车离去。

李卓越看到车上的警卫抱着一挺手提机关枪。说秦处长能不能把手提机关枪送给我？

“两支驳壳枪还不够？”

“我听说征粮队在外地屡屡遭土匪袭击，手里没硬家伙对付不了！”

“好吧，”秦处长说，“小王，把枪给他！”

“还有弹袋！”李卓越说。

第二章

1

李卓越把两瓶美国威士忌放进挎包，紧了紧马肚带，翻身上马，告别秦处长等人，离开纵队驻地，向龙溪镇奔去。

冬天的广州，树木青翠，阳光明晃晃的，却并不炙热，风儿里还透着一丝清凉。李卓越被关禁闭室，转眼就是二十多天，他感到浑身的筋骨都紧巴巴的不自在。来到这阳光明亮、绿树繁茂青草疯长的山野，呼吸着清新的透着草味儿的空气，顿时感到全身通透，他想体验一下久违的策马急驰的感觉。

李卓越双腿膝盖轻轻一磕马肚。大黑马知道主人的心思。大黑马和主人分开有些日子了，今天突然见到主人，它心情有些激动。大黑马也好久没有活动筋骨了，突然走进这满山遍野的绿色里，被草味儿呛得打了两个响鼻，它就想起了故乡那连天接地的大草原，它就想飞跑着释放心里的压抑。没想到主人和自己想到了一块。大黑马心里越发激动，它全身一抖，腿上用劲，扬起四蹄奔跑起来。

山路两边一棵接着一棵的绿树顿时向着李卓越和大黑马的身后飞跑，变成了两道绿色的河流。大黑马就这样驮着主人上下起伏地奔跑在这绿色的河流里。

李卓越感到全身通畅、舒服。他轻咳了一声，亮开嗓子吼起了陕北民歌：“大青山哎那个高来哟乌拉山的那个低，马鞭子唉那个一甩我就回呀嘛回口里，不大大哎那个小青马我多喂上二升料，三天天唉那个路程我呀嘛两天到哎……”

李卓越到延安后喜欢上了声调粗犷悠远的陕北民歌，跟当地的战友和老乡学会了很多，唱起来原汁原味，听他唱陕北民歌你一定会认为他就是地地道道的陕北人，根本不会想到他是广州人而且在美国生活读书多年。

李卓越越唱越有兴致，忍不住伸手从挎包里掏出一瓶威士忌，端详了一下，嘿嘿一笑，心说知我者司令也。他用力拧开瓶盖，举起瓶子抿了一口，满嘴里顿时弥漫起一股威士忌特有的酒香。他不舍得一下子咽下去，而是让这口酒变成丝线一样的一股细流，慢慢地浸润着，在舌面上一丝儿一丝儿地流向喉咙……他忍不住又举起瓶子抿了一口，才控制住自己，把瓶盖拧好，放回挎包里。

李卓越侧身往挎包里放酒的时候，眼角的余光往后扫了一下，就发现从左后方不远处的岔路上拐上来一个骑自行车的人。自行车比他手里的威士忌还珍贵，能拥有自行车的人，绝不是一般人。李卓越知道广州周边是特务和土匪频繁出没的地方，心想到底是什么人呢，会不会是冲着自己来的呢？职业的敏感让他警觉起来，他伸手从腰里拔出了驳壳枪，故意让马儿放慢了脚步，悄悄留意着后面的来人。

来人弓着身子，拼命踩着自行车从后面一路追来。渐渐地近了，李卓越发现对方是一个年轻的后生，看样子不会超过二十岁，脖子上竟然挂着一颗手雷！

李卓越一勒缰绳，大黑马立即停下脚步，一声啸叫，快速调转身子，四条腿就像打在地上的木桩，稳稳地站在原地。李卓越抬手举起了手中的驳壳枪。

听到大黑马突然的啸叫，骑车的年轻人抬起头，一下就看见了李卓越手中指向自己的驳壳枪，心里一惊，忙大声喊道：“首长，别开枪，自己人！”

李卓越放下手臂，但枪仍抓在手上，等对方赶上来后，他问：“哪个部队的？”

“我是纵队直属工兵营的，叫庄严，朱大成您认识吗？”对方跳下车，一边抬起左手抹着额头上的汗水，一边气喘吁吁地说。

“朱营长我当然认识，我是特务营的。”李卓越说，“你刚才追我干什么？差点一枪崩了你！”

“看你骑马骑得飞快，就想看看我这两个轮子能不能追上你。”

“你骑自行车跑这里干什么，想当逃兵啊？”

“哪能啊！我是去钟落潭寻亲的，连队准了假，我这有假条！”庄严说着把手伸到口袋里，想拿假条出来。

“别掏了，相信你！”李卓越说，“你那个连长也真够呛，你小小年纪，钟落潭这么远，他就不担心你出事？”

“首长，我可不小了，都快十七了，当兵都两年了。”庄严说，“再说，现在都解放了，怕啥！”

“你脖子上挂个手雷干什么，显摆啊？”

庄严一听笑了：“首长，这是个乐器，我自己做的。”说着，拿起来放到嘴边吹了起来。

“不错，声音有点像埙。”

“就是按埙的音律做的。”庄严接着问，“首长这是去哪，怎么带这么多枪？”

“我去龙溪，跟你一样，也是找人。”

“要不要我帮你？”

李卓越看了庄严一眼：“你帮我？你拿什么帮我？”

“谁惹我我保准让他倒霉，”庄严说着，解开上衣扣子，“你看，我可是一个火药桶。”

李卓越发现他身上揣了很多手雷，问：“你揣那么多手雷干什么？”

“班长让我带的，说我去的地方偏远，怕遭意外。”

“你刚才说是寻亲，是找什么人啊？”

“我亲生父母啊，我长这么大，连父母长啥样都不知道。”

庄严告诉李卓越，他从小是养父带大的，他的养父是个神父，以前就在广州沙面的教堂，后来不知为什么，带着他去了钟落潭的一个教堂。只有养父知道他亲生父母在哪儿，他现在去钟落潭就是找他的养父。他笑着说：“部队就要打海南了，我想现在见我亲生父母一面，要不万一哪天光荣了，连父母长啥样都不知道……”

两人边聊边走，来到一个交叉路口。往左边的路是去钟落潭，往右边的路是去龙溪。

李卓越勒住马，庄严也下了自行车。

“我们要分开走了，你小心点，有什么困难就到龙溪找我。”

“好的，谢谢首长！”庄严说完，跨上自行车，往钟落潭方向而去。

李卓越望着庄严的背影，若有所思。片刻之后，他抖一抖缰绳，打马奔龙溪而去。

2

龙溪村是附近最大的村子，有三千多人口。龙溪村的北边就是龙溪河。河面宽十余丈，河岸陡峭，一年四季河水充沛，水流湍急。有些村民就沿着石头河岸，盖起了吊脚楼。这些吊脚楼大多设有后门，后门外面是前出悬空的木板小平台，平台由松木挑梁支撑，上面铺了厚厚的松木地板，四周是竹子或木制的栏杆。下面是湍急的河水，河道里的风透着清凉。河的对面，不远处就是满山遍野的绿树，夏日里，这些有吊脚楼的人家，最是喜欢到这平台上乘凉。

村子偏东南方向，有一座山，山上的树木，密密麻麻，遮天蔽日。有一条蜿蜒的小路，一直通到山顶。

整个村子的布局，东西长，南北短，就像一个不太规则的长方形。村子里面，有一条贯穿南北的大街。大街的南头，出了村子，走不多远，就拐向了西南方向，连通着几里之外的官道，那条官道一直连通广州。街的北头，有一个小码头，村民也可以乘船外出。村里的东西街道，比南北大街略宽一些，靠近村子的北边，街的北边，只有一排吊脚楼。两条街道的两边，店铺一家挨着一家，有小食店、米店、杂货店、香火店、中药铺、铁匠铺、染坊铺等。

龙溪村五天一个集日，日子是每月的初五、初十、十五、二十、二十五、三十。李卓越来龙溪的这天，正好是集日，四邻八乡的很多村民到集市上采买油盐等用品。也有人专门到集市上来听戏。戏台就设在十字路口往东不远处，在路南边的一处空场子上。每逢集日，就会有当地的戏班子演出，唱的是大家都喜欢的粤剧。票价很便宜，要不了几个钱。自从在广州做生意的天叔因为世道不平静，回到老家龙溪村闲居后，组织起了戏班子，就免费为大家演出，不再收钱了。这就越发吸引了附近村民前来看戏。

大街上，行人往来，很是热闹。李卓越背着枪，牵着马，走在大街上，他所到之处，人们纷纷退让，让他先行。他走过去后，一些人在背后打量着他，小声地议论和猜测着。

李卓越路过戏台时，正在演出《贵妃醉酒》。他远远地望过去，高高的戏台上，演杨贵妃的演员，一身戏装，戴着凤冠，身影婀娜，水袖轻舞。“春宵细理云环，身拥银裘风满袖，喜那红香绕玉栏，且看牡丹恰比花容烂，与君赏花心韵弱，月照花妖望盼君皇赞……”唱腔柔婉，如梦似幻。

李卓越听身边有人小声赞道：“天叔这扮相，这唱腔，一点不输红线女。”

李卓越自从进村后，就想找个人打听一下镇政府在哪里，可是人们看到他穿着军装背着枪，也不知道他是什么来头，避之唯恐不及，根本没人敢和他说话。他走过戏台，往前走不多远，看到路边一户人家的门口，一个中年男子正在往大门上挂红灯笼。按照广州乡下的风俗，这户人家一定是生下了小孩。男子挂好灯笼，对站在旁边的一个中年女子说，香嫂，龙钧不是当了新政府的镇长了吗，你怎么不让他管管刘文祥？女子接过话来，说会管的，你急什么呀，他不是刚上任嘛！

李卓越听了两人的说话，猜想这个被称为香嫂的女子和镇长的关系应该不一般，于是就走上前去，向两人打听镇政府在哪里。

“老总，你算问对人啦，”男子指着女子说，“这是香嫂，她弟弟就是镇长。”

香嫂忙说：“这位同志，你是……”

“我姓李，是解放军征粮队的，有事要找政府帮忙。”

“我带你去吧，”香嫂说，“我正好找龙钧有点事。”

龙溪镇政府在龙溪村东南方向，紧靠着山坡，离龙溪村大约一里远。镇政府的整个布局就像北方的四合院，两栋砖木结构的两层小楼前后相对，靠山的一边建有一排平房，房顶是精致的灰色小瓦，另一边是镇政府大门，大门的两边有高高的院墙，与两座楼房连在一起。

香嫂带李卓越到了镇政府的大门口，说李同志，你稍等一下，我叫龙钧出来见你。接着，她抬起头大声喊道：“龙钧，龙钧在吗？出来一下。”

“姐，有事吗？”

“你赶紧下来一下。”

一个高高瘦瘦的青年很快来到了镇政府大门口，当他看到牵着马、背着枪站在香嫂旁边的李卓越，脸上掠过一丝不易被人察觉的惊讶。

“这位是谁？”

李卓越忙打招呼：“你好！我叫李卓越，是新补充到征粮队的。”

“我叫张龙钧，你不知道这支征粮队已经几天没有消息了吗？”

“知道，上级派我来就是寻找他们的。”

“龙钧，人家李同志大老远来，有话不能进屋再说吗？”香嫂埋怨道。

“对不起，李同志，失礼失礼，我们进屋说。”

李卓越随张龙钧和香嫂走进院子，把大黑马拴在一棵龙眼树上。然后，随张龙钧上楼。

“龙钧，你把香坊的钥匙给我吧。”

龙钧从口袋里掏出钥匙递给了香嫂。“姐，钥匙我新配了一把，这把你拿着吧！”

香嫂接过钥匙，说：“你们有事，我就先回去了，这位李同志，有空来我家里坐啊！”

李卓越忙说："谢谢你，香嫂，有空一定去家里坐。"

张龙钧看着转身离去的香嫂，大声叮嘱说："姐，干不了的活你别蛮干，下了班我去帮你！"

张龙钧带李卓越上到二楼他的办公室，从墙边拉过一把竹编的椅子，让李卓越坐了。然后走到门口，把头伸到门外，大声喊道："齐书记，您来一下。"

齐书记走了进来。齐书记是位年轻的女同志，留着齐耳短发，穿着列宁装，走路风风火火的，看样子，李卓越猜想，也就是二十六七岁吧。从其举止不难看出，非常干练。

"齐书记，这位是部队刚补充到征粮队的李同志。"张龙钧接着对李卓越说，"这是我们镇党委书记齐惠兰同志。"

"你好，李同志，欢迎你来指导工作。"齐惠兰很大方地伸出手，和李卓越轻轻握了握。

"你好，齐书记，怕是要给你们添麻烦了。"李卓越客气道。

李卓越告诉齐惠兰和张龙钧，自己是来寻找失踪的征粮队。

"就你一个人？"齐惠兰问。

"是的，就我一人。"

齐惠兰一听着急起来，抱怨说，你们部队到底怎么回事，几个人都失踪好几天了，现在才派人来找。还是一个人，你说你一个人怎么找啊，这不是拿同志们的生命开玩笑吗？

张龙钧听齐惠兰这样说，忙打圆场："卓越同志，齐书记也是为这事着急，你千万别计较啊。"接着又转身对齐惠兰说："齐书记您也别着急，部队有部队的考虑和安排，卓越同志既然来了，我们好好配合就是。"

"我能不着急吗？这可是人命关天的大事啊！"齐惠兰说，"刚一上任就遇上这么大的事，我们怎么向上级交代？"

"也难怪我们齐书记着急，实话告诉你，我们齐书记也是革命家属，爱人在四野，据说刚打回广州。"张龙钧说，"为了革命工作，两人到现在还没见上一面……”

“龙钧同志，无关的事情就不要谈了。”齐惠兰接着告诉李卓越，她和张龙钧都是昨天才到任，对征粮队的情况都不太了解。她建议找镇政府的工作人员小赵了解一下情况。当时是小赵接待的征粮队。

小赵告诉大家，征粮队只在龙溪镇待了三天，当时就住在镇政府，由于征粮不理想，他们担心完不成任务，很着急，就决定去钟落潭。他们去的时候，说过两天就回来，结果到现在快十天了，都没有一点消息，觉得情况不对，就向区里作了汇报。

“你们派人去钟落潭打听过吗？”李卓越问。

小赵摇了摇头，说没有，当时齐书记和张镇长都没到任，镇里就几个旧政府留守人员，都不知道如何处理……

“你们这些人，这么大的事竟然无动于衷，也真够混的，”张龙钧越说越气，“看样子今后非得好好整顿整顿！”

李卓越面色严峻：“我得赶紧去一趟钟落潭。”

“现在？”张龙钧问。

“现在就去，”李卓越说着站起身，“齐书记、张镇长，打扰了。”

“你人生地不熟的，一个人怎么找？”齐惠兰接着对小赵说，“小赵，你对当地熟，就陪李同志去一趟吧！”

3

因为刚解放不久，钟落潭村还没有建立党的基层组织，村里管事的还是旧政府任命的一个保长。李卓越和小赵到钟落潭后，只好找这个保长了解情况。保长五十多岁，中等个儿，黑脸膛，体形偏瘦，人倒是很精神。李卓越和小赵找到他家里，他正坐在门前抱着一支被烟熏得黑黄色的竹筒抽水烟。从房子和家具摆设可以看出，他的家境一般。他告诉李卓越，征粮队前些日子确实来过，但没有征到粮食，当天就走了，这一走就再也没有回来。

保长没有提供任何有价值的信息。李卓越决定还是先回龙溪镇。两个人告别了保长，牵着马走在街上。李卓越说这个保长会不会骗我们呢？小赵说，应该不会，这个人为人还不错，我和他打过交道。

“如果他受到什么人的胁迫呢？”

“不会吧？”

“你回头看看。”

小赵回过头，看见在不远处的一座房子的门洞里，有两个年轻男子伸着脖子向他们张望，见小赵回过头，慌忙躲进了门洞里。小赵打算回去问问这两个男子是怎么回事。李卓越没有同意。

“别去，让他们跟着吧！”李卓越说。

两人刚要上马离去，村里突然响起“当当”的铜锣声，有人大声喊道：“教堂里有贼，快去抓贼啊！”

李卓越和小赵不禁一愣，决定去看看到底怎么回事。李卓越远远地就发现，教堂顶上的人竟然是庄严，他两腿悬空坐在上面，两手捧着手雷，悠闲地吹着曲儿。

教堂前聚集了很多教友，他们被庄严惹怒了，大声吆喝着让庄严赶紧下来。有人大声说：“主啊，惩罚这对你不敬的人吧，让他下地狱。”还有人愤怒地鼓动大家捡石头把他砸下来。

庄严突然站了起来，冲着下面的人大声说：“这是我的家，懂不懂，我的家！”

“胡说，这是教堂，怎么成了你的家！”

这时候，庄严发现李卓越来了，顿时高兴起来。冲下面大声喊道：“老李你怎么到这里来了？”

众人也都望向李卓越和小赵。看到李卓越背着枪，感到有些惊讶，不知他是什么人，也不知他和庄严到底是什么关系，一时不知如何是好，就在旁边冷眼观看事态发展。

李卓越看到这个场面，大声质问庄严，为什么爬到教堂顶上？你是来寻亲的还是寻衅的？怎么和群众闹起了对抗？他越说越气，忍不住用英语说了一句：“你这讨厌鬼，我真想揍你！”

庄严听了，嘟囔着说：“老李，别骂人好不好，我错了！”

李卓越一愣：“你小子听得懂啊？”

“从小神父就教我英文《圣经》，不但听得懂，我还能说呢！”

“到底怎么回事，你怎么爬上面去了？”

“教堂的钟停摆了，我上去帮忙修好了。因为没找到神父，心情不好，就在上面坐了一会。”

众人听庄严这样说，抬起头看了看，停了多日的钟摆确实又摆动如常，这才知道错怪了庄严，感到很不好意思，也就不再说什么，三三两两的相约着离去了。庄严也从教堂上面下来了。

“神父呢？”李卓越问。

“我打听了，说他一个多月前就不见了，没人知道他去了哪儿。”庄严接着又说，“不过我也有小小收获。”庄严说着走到李卓越面前，拿出一张照片递给了李卓越，“我出生不久时和父母的照片，在神父的《圣经》里找到的！”

“知道你父母是干什么的吗？”

“不知道，听神父说，我满月的第二天父母就把我送到教堂里面了。”

李卓越仔细端详着照片：“你父亲，我怎么好像在哪里见过？”

“真的，”庄严惊喜地说，“这么巧？你好好想想，只要能想起来，我把手雷乐器送给你！”

“我只是觉得似曾相识，是不是真见过，现在想不起来。”

庄严听李卓越这么说，有些失望，但他还是叮嘱李卓越，让他再好好想想。

李卓越答应庄严，会再好好想想的。接着他对庄严说，天色不早了，你一个人回广州不安全，今天先跟我回龙溪，明天再走吧。

李卓越他们在龙溪村大街上遇到了匆忙赶路的香嫂。香嫂大声喊住了李卓越。香嫂说，听龙钧说你去钟落潭找征粮队了，人找到了吗？李卓越说没有。香嫂告诉李卓越，阿光，就是上午你向我问路时，那个挂灯笼的男子，他说在离五里沟几里地的山沟里，有一群土匪追杀三个解放军，二女一男，会不会是你要找的人啊？

李卓越心里一惊。

香嫂接着说，阿光说看见解放军跑进树林子里了。阿光不会说假话的，他说土匪还开枪了，差一点打着他。后来土匪追问他看到解放军躲到哪里去了，他撒了个谎，把土匪支走了，然后他就慌慌张张地跑回来了，回来时跑得上气不接下气，满身是汗。

“小赵，五里沟你熟吗？”

“五里沟是从化地界了，小时候去玩过，还有些印象！”

“走，我们去五里沟救人！”李卓越说着跨上马，“香嫂，麻烦您跟张镇长说一声，我们去五里沟了！”

4

阿光看到的三个解放军，是张冰冰、于小晴和郑剑。纵队文工团征粮队一行七人，他们走了多个村子，才征到一马车粮食。这一天，他们决定先返回龙溪镇，再回广州。四名战士负责押运一马车粮食，张冰冰、于小晴和郑剑则步行返回。因为马车走得快，于是他们约好，在龙溪镇政府会合。

半路上，张冰冰不小心扭伤了左脚，疼得一瘸一拐的，于小晴只好搀扶着她，三个人走得越发慢了。

郑剑兴致很高，他转过身，面对张冰冰和于小晴，倒退着，边走边双手打着节拍唱道：“朝霞映红了天边，青春的号角已吹响，手握钢枪，赴汤蹈火……”

于小晴忍不住说：“没心没肺，你就没看见张冰冰脚疼得走不动吗？还不快来帮忙！”

“小晴，让他唱吧，我们走慢点就是了。”张冰冰说。

“那怎么行？我们这样走，到龙溪镇还不半夜三更啊！”于小晴有些着急。

“放心吧，我看好了，这里有条小路……”郑剑话还没说完，突然一脸惊恐地看着后面，说不出话来。

“郑剑，你怎么啦？”张冰冰问。

郑剑脸色变得惨白，用手指着前面：“有……有……”因为惊慌，他磕磕巴巴的话都说不利索。

张冰冰回头一看，发现在后面的草丛里，有一群端着枪的土匪，借着半人高的乱草和高大的树木作掩护，猫着腰向他们追来。

“不好，后面有土匪追我们，快跑！”张冰冰边说边拽着于小晴，左脚一踮一踮地跑起来，郑剑急忙上前用力搀着张冰冰。

后面的土匪看到张冰冰等人发现了他们，于是站起身，边追边开枪射击。

三个人惊叫着往前奔跑，转过一处山角，快速拐进茂密的树林里，悄悄地躲了起来。

这群土匪追到山角处，不见了三个人的踪影。于是停下来四处张望。有个土匪说怎么比兔子跑得还快？不可能，会不会钻树林子里了？

“进去看看！”一个土匪说着就往里面走。突然从林里子冲出一条高大威猛的猎狗，吓得这个土匪停住了脚步。紧接着，阿光从林子里走了出来，他背着一圈绳子，手里提着一个小铁桶。刚才那个被狗吓得停下的土匪用枪指着他，恶声恶气地问：“你是什么人，躲在这里干什么？”

阿光忙说：“大佬，别开枪！我是龙溪镇的，在山上采野蜂蜜。”说着，他把小铁桶的盖子打开，让土匪看桶里的蜂蜜。

“看到三个小军佬没有？”一个土匪头儿问。

“跑前面去了。”阿光说着往前面一指。

“真的？”

“都是龙溪人，我还骗你！”

“算你懂规矩！”

土匪们按照阿光所指的方向，往前面追去。

阿光在后面冲土匪们狠狠地吐了一口唾沫，骂道：“丢你老母，骗死你们这群衰人！”他听香嫂说，今天上午镇上来的那个解放军李同志，是专门来找前些日子到镇上来过的解放军征粮队的人，心想这三个人会不会是征粮队的呢？于是就匆匆下山回家，把土匪追杀三名解放军的事情告诉了香嫂。并对香嫂说：“这事儿不简单，你要赶紧告诉龙钧。”

香嫂赶忙跑到镇政府，把这事儿向龙钧说了。龙钧说我知道了，姐你回去吧，李同志去钟落潭了，等他回来我会告诉他的。香嫂从镇政府回家，在路上正好遇到了从钟落潭回来的李卓越等人，于是香嫂就把阿光看到的情况告诉了他。

李卓越等人还没到五里沟，就遇到了张冰冰、郑剑和于小晴。

张冰冰等人躲在树林里，看到阿光支走土匪后，也下了山。知道土匪如果发现上当，一定会返回头来找他们。于是三个人商量了一下，沿着密林中的一条小路下山。张冰冰扭伤的左脚肿了，疼得很厉害，郑剑只好扶着她走。三个人走了一阵子，郑剑发现于小晴落在了后面，他又不敢大声催促，怕附近有土匪，只好回转身走到于小晴面前，催她快点走，不要磨蹭。于小晴痛苦地说，她也想走快点，可这全身的骨头都疼，两条腿沉得迈不动。

郑剑说：“你就别啰唆了，还是快点吧，你就不怕土匪追上来啊。”

“土匪来了还有你啊，”于小晴说，“你不是成天唱拿起钢枪，走上战场吗？”接着，她又打趣说：“怎么刚才发现土匪你跑得比兔子都快？”

“要看敌情嘛！”郑剑辩解，“现在我的任务不是和敌人拼命，是要保证你们两位的安全，懂吗？”

“得了吧，胆小还不承认。”

“你……不可理喻！”

张冰冰走了过来，说你们就不要斗嘴了，我们还是快点下山，早点赶回龙溪镇政府和同志们会合吧，估计他们差不多到了。

三个人相扶着，走了老半天，还没走出密林。

“这走到啥时候才是个头啊，我快不行了，全身都发软了。”于小晴抱怨说，“郑剑，都怪你，非要走小路。”

张冰冰劝道："小晴，别抱怨了，再坚持一下。"

三个人拐过一个山角，发现已经快走下山了。"快看啊，前面就是五里香客栈！"于小晴指着山脚下兴奋地说，"来的时候我们曾在那里停留过。"

"那我们赶紧下山，到那里吃点东西再走，"郑剑说，"我都饿得前胸贴后背了。"

"那就先到五里香客栈吃点东西，再赶回龙溪镇。"张冰冰提议。

三个人下山来到五里香客栈，已是黄昏时分。客栈负责招呼客人的姑娘叫小青，十八九岁的样子，她从客栈门口看到郑剑他们远远地向客栈走来，慌忙跑进客栈，告诉女掌柜怡静，前几天那几个征粮的解放军又回来了，正向客栈走来。

怡静正在拨拉着算盘算账，看到小青神情紧张，不禁皱了一下眉头，"紧张什么，又不是撞见鬼！"接着问，"几个人？"

"三个人，一男两女，少了四个男的。"小青说。

"好好招待他们！"怡静说，"真是到口的肥肉！"

三个人走进客栈大厅，小青忙礼让着他们坐了，沏了茶水。这时候怡静从后院来到大厅，热情地说："解放军同志，好几天没见着你们了，这从哪里来啊？"

"别问了，先给我们弄点吃的吧！"郑剑说。

"三位想吃什么呢？"

"一人一碗面条吧，我们还要赶路。"张冰冰说。

"好的，各位先喝点茶，面很快就好，"怡静转身对小青说，"我们现在去煮面。"说完，两人去了后院的厨房。

"通知二爷了吗？"怡静回到厨房，顿时面露杀气。

"已经通知了。"小青说。

"尽量拖一拖时间，让二爷的人赶到老虎嘴下手。"怡静接着吩咐小青到院子抓一只鸡。

"不是煮面吗，怎么杀鸡？"小青有些疑惑。

“别多嘴，让你杀你就给我杀！”

“是，我这就去。”小青说着，走出厨房。

怡静拿起一把菜刀，狠狠地剁在菜板上，冲着小青说：“一会把刀磨快点！”

客栈的厕所就设在后院，离厨房不远，郑剑去上厕所，正好听到怡静对小青说“让你杀你就给我杀”。顿时大惊失色，他慌忙跑回客栈大厅。

“快走，客栈掌柜是土匪，要杀我们！”郑剑神情紧张地小声对张冰冰和于小晴说。

“怎么回事？”张冰冰问。

“别问了，快走！”郑剑说。

三个人慌慌张张地跑出客栈。怡静见状，拿着一把菜刀追了出来，大声说：“不许跑，都给我站住！”

郑剑转过身，从腰间拔出手枪，战战兢兢地说：“别，别过来！”他突然抬起手，“呯”的一声朝天开了一枪。

怡静一下愣在了原地。

李卓越带着庄严和小赵已经到了附近，听到枪声后，立即赶了过来。

三个人看到李卓越，一下就像吃了定心丸，心里不再慌乱。

“你从哪里来？”张冰冰问。

“从龙溪镇赶过来，”李卓越说，“听村民说，有一男二女三名解放军在五里沟被土匪追杀，我们就立马赶了过来，没想到会是你们。”

张冰冰一听李卓越他们是从龙溪镇赶过来的，忙问：“四名押运马车的同志回到龙溪镇没有？”

“没有人回去，”李卓越问，“怎么回事？”

“四名同志押着一马车粮食，走的是大路，我们说好到龙溪镇会合，”张冰冰说，“按说，他们应该早就到了啊。”

李卓越决定先审问一下女掌柜。李卓越严峻的目光射过来，让怡静感到有一股令人胆寒的锋芒，她立即躲闪开，大声叫苦说：“老总，我只是想杀鸡给他们吃，怎么说我杀人呢？”

郑剑一下来气了，“我听得清清楚楚，你就是要杀我们！”

“老总，您可别冤枉好人啊，前几天你们也在这里停留过，我是怎么对待你们的，你应该清楚吧？”怡静说，“我一个弱女子，怎么有这个胆……”

“敢在这荒山野岭开店，怕不是弱女子吧？”李卓越一脸严肃，话带机锋。

“我说老总呀，人总是要活命的，这不都是给日子逼的吗？”

李卓越虽对这个女掌柜有所怀疑，但他知道在没有任何证据的情况下，这个女人就算有问题，也不会问出任何有价值的信息。如果这个女掌柜真是土匪，今晚在客栈过夜则更危险，于是决定连夜赶回龙溪镇。

因为张冰冰的脚扭伤了，疼得厉害，李卓越就扶她上了自己的马。自己步行。

张冰冰好奇地问：“李营长，你怎么到这儿来了？”

“上级知道你们失踪快十天了，派我来找你们，”李卓越接着说：“我不走了，加入征粮队，以后归你领导了！”

“不会吧？”张冰冰有些不相信。

李卓越没有理会她，提醒大家晚上走路多注意点。他说，大家把耳朵竖起来，别让几个土匪撂倒了！

突然，走在前面的大黑马停了下来，尥着蹶儿，不再前行。

“张冰冰快下马，”李卓越提醒说，“大家注意隐蔽，躲到路边草丛里。”接着，他问小赵：“这是什么地方？”

“老虎嘴。”小赵话音刚落。两边山岭上亮起了一束束火把。人称二爷的土匪头子端坐在山岭上一块平坦地方，双目微闭，一把二胡支在左腿上，他左手抚弦，右手运弓，急剧的二胡声如滚滚雷声响起，众土匪边开枪边喊叫着向山下冲来。

李卓越手持双枪还击，几名土匪被他击中倒地。然而土匪们并没有停止冲击。

“庄严，你的手雷是烤地瓜吗？”李卓越边射击边大声喊道。

“我这就给他们送几个滚烫的烤地瓜去！”庄严说着，踩着自行车向对面的山坡冲去，在距离土匪不远的地方，他停了下来，往土匪群里扔了两颗手雷，紧接着调转车头冲下山坡。在他身后，随着“轰、轰”两声爆炸，传来了众土匪哭爹喊娘的惨叫声。

二爷微闭的双眼突然圆睁，射出两道凶狠的寒光。他一咬牙，右手用力，突然拔高的二胡声有点刺耳。土匪们听到这二胡声，立即一边开枪一边往山下冲。

庄严踩着自行车飞快地冲到李卓越身边，“老李，两个烤地瓜够他们受的吧？”庄严有些得意。

“干得不错！”李卓越说，“我们兜两圈。”李卓越站到了自行车后座上，庄严用力踩着自行车。李卓越举着手提机关枪，向土匪密集的地方射击。

一个又一个土匪倒了下去。

二爷脸色变得铁青，但他仍稳稳地坐在那里，手中的二胡声更加激越。突然，“啪”的一声，二胡的龙头断为两截。接着，二爷的右耳朵一麻，然后就有热乎乎的东西流在了肩上，他知道那是血。

他突然运弓，二胡发出一串滑音。山上的火把瞬间熄灭，四周顿时陷入沉沉夜色和寂静。

突然，山上的土匪大声喊道：“山沟里的共党军佬听着，你们已经被包围了，刚才不杀你们，是大爷不想让你们死，现在你们最好乖乖地把枪扔了，否则大爷再也没耐心陪你们玩了……”

“老李，这帮家伙真难缠，怎么办？”庄严小声问李卓越。

“别急，听我的。”李卓越接着小声说，“小赵，你们都过来。”

几个人围拢到李卓越身边，听他吩咐。

“两匹马呢？”李卓越问。

“好着呢！”小赵说，“我把它们拴在石崖下面了。”

李卓越接着问张冰冰：“你们几个人都会骑马吗？”

“我会！”张冰冰说。

“那就好，”李卓越说，“你们四个人，两个人合骑一匹马，冲出去。”

“那你怎么办？”张冰冰担心地问。

“不要管我！你们冲出去，我和庄严就好办了！”李卓越接着说，“一会我绕到对面去，向土匪开枪，听到我的枪响，你们就赶紧往外冲，越快越好！”

李卓越转头对庄严说：“你先留在这里，隐蔽好，注意安全，他们四个人往外冲时，如有土匪追击，你就把他们解决掉，然后到对面和我会合。”

“好的！”庄严说，“我保证完成任务！”

“就这么定了，大家一定要注意安全！”李卓越说完，借着夜色，快速绕到了对面山坡。他端起手提机关枪，向刚才土匪喊话的地方射击，土匪立即举枪还击，和李卓越对射起来。

枪声响起后，小赵和郑剑骑一匹马走在前面带路，张冰冰和于小晴骑着李卓越的大黑马紧随其后，快速向前冲去。

“有人想跑！”有土匪听到“得得”的马蹄声大声喊道。

“给我追！”二爷在黑暗里咬着牙说，“绝不能放走一个活口！”

一群土匪边射击边往下冲。庄严等他们靠近山沟后，扬手甩出一颗手雷。“轰”的一声，几名土匪被炸上了天。再没有土匪敢贸然下到山沟里来。

张冰冰和小赵等人已经冲出很远。庄严立即跨上自行车，绕向对面与李卓越会合。

“军佬，你今天是死定了！”庄严赶到时，一群土匪正叫喊着边开枪边冲向李卓越。庄严从腰间取下两颗手雷，“我送你们上西天！”说着，他将两颗手雷扔向土匪群。然后他跨上自行车，冲到了李卓越身边。

李卓越跨上自行车后座，庄严弯下腰，双脚用力，借着山势，一路颠簸着冲向山下。

5

李卓越和庄严回到龙溪镇政府时，张冰冰等人已经回来了。他安顿大家尽早休息，然后把庄严找了来。他告诉庄严，土匪既然袭击我们，极可能早就对四名押运粮食的同志下手了，他要去追击土匪，想法查一查。庄严提出和他一起去。他摇了摇头，说：“不行，我走后，这里的安全就全交给你了，你必须做好警戒！”

张冰冰等人已经睡下，庄严说要不要告诉他们。李卓越说不用，我很快就会回来。

黎明时分，李卓越才找到土匪二爷的老巢，就在一个平坦宽敞的山顶。几幢竹楼，四周都是高大茂盛的山林，极为隐蔽。竹楼上有持枪的土匪走动巡逻。李卓越在不远处，隐身于草丛中，观察了一会，悄悄来到竹楼后面，后背紧贴竹墙站着，伺机行动。

“丢你老母，轻点啊，疼死老子了！”

“是，二爷！”

一个人跑了过来，大声说：“二爷，司令飞鸽传书！”

“说什么？”

“司令说，昨晚和我们交手的共党军佬正在追查我们的行踪。司令提醒您小心点，千万不要让共党军佬抄了老窝！”

“就那几个军佬怕啥？”二爷说，“告诉司令，共党军佬只要敢露面，我就打爆他们的头！”接着又吩咐道：“通知兄弟们，这两天不许赌钱，不许喝酒，都给我子弹上膛，把眼睛瞪大点！”

他接着又说：“我的二胡呢，修好没有？”

李卓越听到这里，知道里面这位被称作二爷的，就是昨晚拉二胡的那个土匪头子。

一个二十来岁的土匪向竹楼后面走来，他刚走到后墙角，被李卓越一把拉了过来，捂住嘴巴摁倒在地。“别出声！”李卓越用枪顶着他的脑袋。这个土匪望着李卓越，一脸恐惧，艰难地点了点头。

李卓越小声问：“这里是不是关押了四个解放军？有就点头，没有就摇头。”

这个土匪慌忙摇了摇头。李卓越一愣，接着问：“到底有没有，不说真话我要你的狗命！”

这个土匪仍是连连摇头。一个巡逻的土匪突然发现了李卓越。惊慌失措地大声喊道：“共党军佬来了，共党军……”李卓越抬手一枪，那个土匪身子摇晃了一下，重重地摔倒在地。

李卓越开枪的时候，身下的土匪挣扎着想起身扳倒他。李卓越把枪口顶在他的脑门上，右手扣动扳机。这个土匪脑袋往右一偏，就没有了气息，只是眼睛仍睁得很大，满眼都是惊恐。

众土匪叫喊着边朝李卓越开枪边往前冲。李卓越举起手提机关枪冲着众土匪就是一梭子。然后他跳跃着以树木作掩护，边往山下跑边阻击紧追不舍的土匪。

李卓越到了半山腰，向紧追不舍的土匪扫射了一梭子，闪身躲在一棵大树后面，左手食指弯成弓形放进嘴里，吹了一声口哨，隐藏在不远处树林里的大黑马啸叫着冲了过来。

李卓越飞身跃上马背。就在他上马的那一刻，后面的土匪一齐向他开枪，他感到手臂一麻，他知道中枪了。他忍着疼痛，从马背上转身冲后面追来的土匪一阵扫射，然后双腿膝盖轻轻一磕马肚，大黑马立即沿着崎岖的山路飞跑起来……

第二天早晨，张冰冰才知道李卓越上山找土匪一直没有回来。

天色放亮之时，站了一夜岗的庄严有些困乏，他呵欠连天，于是来到镇政府旁边的树林里，吹起了手雷制作的乐器。马上就把郑剑吸引了过来。郑剑从庄严手里拿过手雷，放在嘴上轻轻地吹起他创作的一支歌曲。

“怎么样？还行吧？”庄严问。

“音质不错，”郑剑放下手雷，“你怎么想到用手雷做乐器？”

“小时候，神父有一只埙，我偷着玩，不小心摔碎了。”庄严说到这里，神情有些伤感，他接着说：“神父说那只埙是我爸爸留给我的，我一听心都碎了，一直想做一只同样的出来……直到这次南下，在一次战斗中，敌人扔到我身边这颗手雷，却没有爆炸，我想它肯定和我有缘，就灵机一动，用它制作了这个埙……”

“真没想到，这里面还有这么激动人心的故事！”

“可惜没找到神父，”庄严接着说，“你刚才吹的曲子好熟啊！”

郑剑眼前一亮，说：“这首歌叫《为新中国而战斗》”

“难怪，”庄严说，“我们连队组织唱过，指导员说，这歌是我们纵队的战地作曲家郑剑写的，听说还准备应征国歌。”

“我觉得还很不成熟，离应征国歌的要求差得太远。”郑剑激动地说。

这时候，张冰冰从树林外面大声喊郑剑。庄严有些惊讶地说，原来你就是我们纵队鼎鼎有名的作曲家郑剑啊！郑剑说，作曲家算不上，水平还差得远呢！

郑剑和庄严走出树林。张冰冰问郑剑看到李卓越没有。庄严说他昨晚就去找土匪追查四名同志的下落了。

“怎么不告诉我们？”

“他说怕你们担心。”

“这个人，怎么就没有一点组织观念？”张冰冰着急起来，她找到齐书记，把情况说了，决定亲自带人去找李卓越。齐书记有些担心，但也想不出更好的办法，就安排小赵一起去。

庄严告诉张冰冰，他必须回连队销假，就不能一起去了。“你们一定要小心点，”庄严说着，拿出两颗手雷递给张冰冰，“把这两个手雷带上，也许用得上。”

“你带着吧，”张冰冰说，“路途那么远，万一遇上情况怎么办？”

“我这还有一个，”庄严笑着说，“我骑自行车，跑起来没人拦得住我，有一个足够了！”

“谢谢你！”张冰冰说，“路上小心点！”

“好的，”庄严说，“我先走了。”他跨上自行车骑出一段路，又回过头大声喊道：“郑剑，打完海南我再回来找你们，你要教我作曲啊！”

“好的，”郑剑大声说，“我等你！”

张冰冰、郑剑、于小晴和小赵在街上碰到了张龙钧。张龙钧是去镇政府上班，看到他们几个人在一起，就问他们这是去哪里。小赵说，征粮队的同志要进山，齐书记让我陪着一起去。

“进山？”张龙钧有些不解。

“昨晚李同志一个人进山追踪土匪了，到现在也没有回来，进山就是去找他。”小赵说。

“他一个人进山追土匪？这也太鲁莽了，怎么不跟我们商量一下？”张龙钧接着问，“齐书记知道这事吗？”

“知道，”小赵说，“齐书记让我带着部队的同志就近寻找。”

“你们一定要注意自身安全，一旦碰到情况尽快撤回来！”张龙钧说。

第三章

1

张龙钧望着张冰冰等人远去后，想了一下，没有去镇政府，而是折转身，来到了张镇天家。

张镇天正把玩着一把质地上乘、做工考究的宜兴紫砂壶，在客厅饮茶，茶是潮汕地区出产的极品单枞茶。他听到张龙钧和管家打招呼，就走了出来，热情地把张龙钧让进了客厅，管家本想跟进来泡茶伺候，张镇天没让管家进来，他亲自为张龙钧沏了一杯茶。

“谢谢天叔。”张龙钧客气道。

“不用客气！”张镇天笑眯眯地望着张龙钧，感叹道：“时光就像滑溜溜的蛇，哧溜一下就过去，感觉没几年工夫，我印象中你还是那个和生人说话就脸红的学生仔，没想到眨眼之间就是共产党政府的镇长喽！”

“这得感谢天叔的热心相助，”张龙钧说，“要不是您老资助我上师范，哪有我的今天！”

“区区小事，不足挂齿，”张镇天说，“你今天来……”

“刚好路过，顺便过来看看天叔。”

“难得你还惦记着我，”张镇天说，“张家的晚辈，像你这样有出息又尊重长辈的不多见啊！”

“天叔可别这么说，”张龙钧接着说，“天叔，有个事，我想向您打听打听。”

"啥事？尽管说嘛！"

"我们解放军征粮队昨天在山里被土匪袭击了，您老听说没有？"

"有这种事？"

"是啊，"张龙钧说，"我这刚一上任，就碰到这种事，压力大啊。"他接着说："昨晚上，解放军的李同志连夜进山追踪土匪，到现在也没回来，大家都很担心他的安全。刚才几名征粮队的同志又进山了，去找李同志，天叔，这些土匪到底什么来头？"

"我也是刚回老家，也不很清楚，"张镇天说，"龙溪是三县交界，自古都是三不管的地方，发生这样的事情，实在有点难办啊！"

"连天叔您都说难办，看来我们的同志凶多吉少啊！"张龙钧接着说，"天叔，我就不打扰您了，改日再向您好好请教！"

"怎么刚坐下就走？"张镇天开玩笑说，"难不成我家里的板凳有刺扎到你了？"

"天叔真会说笑，"张龙钧说，"我这不是刚刚上任嘛，好多事等着去做！"

"要这么说，我就不留你了！"张镇天坚持把张龙钧送到大门外面。他回到院子里，喊来管家，附在管家的耳边悄悄交代了一番。管家点点头，说："老爷，我知道了，我现在就去。"

管家转身，急匆匆地走出了大门。

张镇天脸上浮起了笑意，他转身走向客厅，边走边唱："三千风雨满仙山，隐约现情帆，爱深惭疏谈，任风吹散……"

2

李卓越摆脱了土匪的追击，骑马下得山来，沿着龙溪河一路前行。天蓝如洗，万里无云。太阳跳出了东方的山谷，洒满晨露的山林树叶，在阳光下闪闪泛光；阳光铺洒的河面透着梦幻般的光亮。李卓越来到一处河岸平缓地带，他翻身下马来到河边。受伤的左臂衣袖都被血染透了，稍微一动就疼得钻心。他蹲下身子，用右手撩着河水洗了一下脸和左手臂上的血迹。他挣扎着站起身，刚想离开，就看到从河流的上游接连漂下来四具棺材，起起伏伏地漂向下游。他心想哪来的棺材呢？小时候没听说广东有水葬的习俗啊，而且四具棺材都没有上漆，都是白茬儿，不合常理。

突然从河流的上游远远地传来一声令人惊心的枪响。李卓越抬头向枪响的方位看了一眼，并没有发现人影。他快步走上河岸，翻身上马，右手轻轻拍了一下马屁股，大黑马翻动四蹄，沿着河岸向着枪响的地方奔去。

李卓越远远地就发现，是张冰冰等人在山脚下的河边被土匪包围了。

原来，张冰冰等人一路寻找来到山脚下的河边，正不知是上山寻找还是沿着河岸往下游寻找。突然从旁边的树林里冲出一伙土匪，将他们团团围了起来。

张冰冰拿出庄严给她的手雷，举在手上，大声喊道：“别过来！”

众土匪顿时一脸惊骇，下意识地往后退了几步。

“走开！”张冰冰喊道，“再不走开我就扔了！”

众土匪只是后退了几步，并没有离开的意思。双方陷入了僵持。

突然，“呯、呯”一阵枪响，几个土匪嚎叫着栽倒在地。张冰冰等人抬头一看，竟然是李卓越快马赶来。

“李卓越！”张冰冰惊喜地喊道。

“快趴下！”李卓越边开枪边大声说。

张冰冰等人立刻趴了下去。李卓越单手托着手提机关枪，冲着土匪一阵狂扫。

这些土匪是二爷的手下，他们见过李卓越，知道他就是在“老虎嘴”伤了二爷和很多兄弟，然后又一个人闯到他们老巢打死几个弟兄的那个共党军佬，见了他心里先自胆怯，于是纷纷向树林里四散奔逃，有几个土匪没来得及跑进树林就中弹倒地。

等土匪散去，李卓越骑在马上边走边黑着脸质问：“是谁让你们来的？”

小赵急忙解释，说张冰冰同志担心你的安全……他话还没有说完，李卓越就抢过话头，说担心我的安全，拿什么替我担心，难道非要搭上你们几条小命吗？“简直是成事不足，败事有余！”他毫不客气地指责说。

张冰冰听李卓越这样说，不禁一愣，忍不住望向他，本想说什么。看到他左臂的伤口还在往外流血，就说你下来把伤口包扎一下吧！

“不用你管！快走！”李卓越说着，一提缰绳冲到了最前面。他突然眼前一黑，身子猛地往左边一歪，从马背上摔了下来。

李卓越醒来时，已经是第二天上午。

他们回到龙溪镇政府，齐惠兰发现李卓越受伤昏迷，急得满头大汗，问张冰冰情况怎么样，要不要赶紧想办法请医生，或者送到广州治疗。张冰冰告诉她自己学过医，李卓越并没有生命危险，只是因为失血过多和劳累导致昏迷。张冰冰随身带来了急救药箱，有碘酒、常用药品和纱布。她帮李卓越取出了手臂内的子弹，用碘酒清洗了伤口，上了消炎止血的药，用纱布包扎好。

齐惠兰坐在旁边，一副心事重重的样子。她再次问张冰冰，李卓越同志真的没有危险吗？张冰冰点了点头，说齐书记你放心，他没事，让他好好休息一下吧。

两人由李卓越的受伤，聊到了征粮队的四名同志，接着聊到了纵队，齐惠兰告诉张冰冰，她是地地道道的广州人，她爱人也是在纵队。广州解放后，不知什么原因，她爱人没有找过她，现在她来了龙溪，部队又要解放海南岛……张冰冰安慰她说，可能部队忙吧，等海南一解放，你们就可以团聚了。

李卓越来到了一个完全陌生的地方，四周一片漆黑，伸手不见五指，脚下一片泥泞。他艰难地行走着，感到全身的骨头都疼。前方突然升起一片火光，他竟然看到了营教导员老范，老范的脸上有血。老范可能没有看到他，他看到老范转身离去……他想大声喊住老范，嘴巴张得很大却发不出任何声音，他心里着急啊，他想跑上去追老范，他一用力，全身的骨头疼得他忍不住一声呻吟。然后，他就隐约听到有人说："他醒了！"声音是那么的虚弱、缥缈，就像从很远很远的地方被风吹送而来。

他感觉到了左臂的疼痛，动了一下，艰难地睁开了眼睛，发现自己躺在床上，旁边站着张冰冰和齐惠兰。两个人看到他醒了过来，满脸都是惊喜，张冰冰大声说："李卓越，你终于醒了！"

李卓越有些伤感，说我刚才梦到老范了，他说得含糊不清，似梦似幻。齐惠兰没有听太清，只是隐约听到李卓越好像是说老范，但不敢确认，她心里还是一惊，本想问什么，想了想又忍住了。

李卓越挣扎着要起来，张冰冰和齐惠兰劝他躺着，好好休息一下。齐惠兰因为有事要找张龙钧商议，就先回了办公室。

李卓越一直昏迷不醒，郑剑很是担心，他心情压抑，大清早起来后就坐在门口拉二胡，曲调充满忧伤。于小晴同样为李卓越的昏迷不醒而坐卧不安，郑剑拉出的忧伤的曲调让她心情更加烦躁。她跑到郑剑面前，大声说郑剑你有完没完，能不能不拉你那些破曲子？

这时候，两个人听到张冰冰大声说"李卓越，你终于醒了"，就一齐跑进了房间。李卓越发现郑剑拿着他昨晚在五里沟捡到的二胡，说这把二胡怎么样，就送给你吧。

"你是从哪里捡到的？"郑剑说，"这是我们征粮队小林的二胡。"

"在五里沟捡到的。这么说，四名同志遇难的可能性很大。"李卓越望着郑剑手中的二胡，表情痛苦，"都怪我，晚到了一步。"他接着说："来的时候，上级领导一再叮嘱，要我找到你们，要保证你们的安全，这是我的失职！"

"这都是意外，谁也没有料到，"张冰冰说，"现在最重要的是你先把伤养好！"

"这点小伤不碍事。"李卓越说着，起身下床。他对张冰冰说，一会你召集大家开个会，商量下一步的工作，最好明天就下乡征粮，我们一边征粮一边打听失踪的几个同志的下落。他接着让郑剑去找齐书记和张镇长，说有重要事情要请他们帮忙。

齐惠兰和张龙钧很快就赶了来。

“卓越同志，伤好些了吗？”齐惠兰问。

“不要紧了。”李卓越说，“齐书记、张镇长，我需要你们帮忙！”

“什么事？”张龙钧问。

“赶紧将这股土匪的情况报上去，越快越好！”李卓越说。

“没问题，”齐惠兰说，“不过，你去过匪巢，了解情况，最好写个材料给我们。”

“我一会就写。”李卓越说。

“卓越同志，冒昧问一句，”张龙钧说，“你们下一步怎么打算，回广州还是……”

“我们的征粮任务还没有完成，不能回去。”李卓越说，“明天我们就开始下乡征粮！”

3

夜色渐渐浓重起来。张镇天坐在宽敞的客厅里，带有玻璃灯罩的煤油灯，把客厅照得一片明亮。客厅一角，一座进口的落地铜钟指针跳动发出机械而呆板的咔嚓声，让客厅显得更加寂寥。张镇天有些烦躁不安，不时望向旁边的落地钟。“当当”的钟声响起——晚上八点了。怎么就没有一点消息？他心里有些忐忑。

外面响起轻轻拍打大门上的铜门环的声音，接着就是开门声。

“货都到了？”是管家的声音。

“到了。”几个人说着，把四个大木箱抬进了院子。管家站在大门外四处张望了一下，没有发现任何异常，就匆匆退了回来，把大门关上。他把几个人安顿到偏房休息，然后走进客厅，说：“老爷，二爷那边将四箱道具送来了……”

“怡静说的事呢，二爷办好没有？”张镇天问。

“我问过了，二爷已将漏网的几个军佬围困在老虎嘴。”管家说，“二爷让来人转告您，就算几个军佬是孙猴子，也逃不出他的手掌。”管家说着，抬起右手紧紧地攥成了拳头。

张镇天脸上浮起了笑意。“那就先把四箱道具抬到后院的吊楼，”他吩咐管家，“等二爷那边有了好消息，我再开场！”

张镇天来到书房，点起同样带有玻璃罩子的煤油灯，坐在红木梳妆台前，从抽屉里拿出眉笔、粉刷等化妆用具和盛着不同颜色的化妆粉的盒子。一边哼唱一边拿起眉笔对着玻璃镜子细心地勾画起弯弯细眉，接着又往脸上搽油、扑粉……真实的张镇天慢慢从镜子里隐去，一个描眉画眼、满面粉黛的戏曲里面的古代美少妇出现在镜子里。他对自己的妆容很是满意。这时候，从后院传来粤剧《英台哭坟》里面祝英台的清唱：“魂兮渺渺，断肠为我悲哀；痴心永在，怎得君你墓门为我开……”虽是清唱，声音却清丽婉转，悲悲切切让人心生惆怅。这是住在后院的玉玲珑在唱。玉玲珑是张镇天的继室，以前是广州一家粤剧班子的台柱子，红遍整个广州。张镇天每次听到玉玲珑唱这一段，心里总会有些不痛快，但今天不同，今天他的心情大好。

张镇天站了起来，在镜子前轻扭腰肢，右手翘起兰花指，和着玉玲珑唱了起来：“魂兮渺渺，断肠为我悲哀；痴心永在，怎得君你……”他的唱腔委婉动听，功底不在玉玲珑之下。

张镇天从衣袋里掏出怀表看了一下，时间不早了。二爷那边却一直没有消息。“老虎嘴”两面大山夹着一条深沟，地势的凶险他是知道的，二爷的能干他更是再清楚不过。按说不会有什么闪失啊，他想，怎么还没有消息呢？

一只灰色的鸽子扑棱棱飞落在偏房的窗台上。管家从房间走了出来。鸽子的脚环上绑着一个纸条儿，他解下来展开一看，心里一惊，急急忙忙来到书房。

“有消息了？”张镇天问。

“老爷，全逃走了，”管家说着把纸条递给了张镇天。他没有看纸条，而是接着问，“一个也没拿住？”

“一百多号人，竟然……”管家有些灰心地说。这个消息让张镇天大吃一惊。“二爷呢？”他忙问。

“耳朵见红了。”管家告诉张镇天，二爷是被抬回去的。

“只能是烂戏烂唱了，”张镇天说，“去后院吊楼，免得夜长梦多！”

几盏大灯笼把后院照得一片明亮。四只大木箱子并排摆放在西厢房的廊檐下。院子里，四口除去上盖、没有上漆的白茬子棺材让人触目惊心。

“把今天的道具带过来，”张镇天坐在专门为他准备的一把红木太师椅上，接过家丁递过来的细瓷盖碗，轻啜了一口茶，润了润嗓子，说，“准备吧。”

后院西厢房的二楼没有亮灯，有扇窗半开着，一个长发女子半掩着身子站在窗后，她的脸上罩着黑纱巾，她屏息静气地看着外面。这个女子就是玉玲珑。她看见管家让几个家丁把四只大木箱子全部打开，从里面拖出四个人——四个年轻的男子，身上穿着样式统一的服装，他们的胳臂被拧到身后，五花大绑，嘴里塞着破布。四个人被带到了张镇天的面前。

张镇天望了四个人一眼，很不耐烦地挥了挥手。管家心领神会，吩咐几名家丁把四个人架起来，丢到棺材里，把棺材盖子盖上，用长长的铁钉把盖子钉牢。

“开始吧，来一段《巫山哭灵》。”张镇天吩咐道。

琴师和负责伴奏的几个家丁，操弄着锣鼓、二胡、板胡等各种乐器，开始演奏。一身戏服的张镇天迈着莲花步，走到了四口棺材前，轻甩水袖，开腔唱道：“满眼新秋，一片悲愁，林泉依旧，难觅贤卿冢穴一亲棺柩。山悠悠，水悠悠，山水迷茫，隔岸猿啼向芜追。哎呀呀，空留俏影……”张镇天一甩水袖，轻轻转过身子，抬起右臂，用宽大的水袖掩面，声声悲泣。

吊楼后面的活动板门被推开了，外面一片漆黑，一阵河风扑面而来，带着几分阴冷。管家吩咐几个家丁把棺材抬了过去。

张镇天临河而站，衣袂飘飘。他和着低沉幽怨的丝弦声，唱道：“江风绵绵，风涛覆舟，哀送他们上路！”

几个家丁推动棺材，棺材下面垫着的圆木滚动起来。他们叫着号子一齐用力，将棺材推出了吊楼后门，“嗵”的一声，棺材掉落到河里。接着，他们如法炮制，又把后面的三口棺材也推落到河里。

玉玲珑看到这一幕被惊得目瞪口呆。此后，她连续多日都被噩梦缠身。很多个夜晚她从噩梦中惊醒，发现自己全身冷汗涔涔。

4

郑剑、张冰冰和于小晴在村头的大榕树下为乡亲们表演歌舞节目。郑剑拉着二胡，张冰冰和于小晴边歌边舞：“解放区的天是清朗的天，解放区的人民好喜欢……”围观的群众兴奋地鼓掌叫好。

李卓越在现场观察了一会，并无发现异常，他决定到村内走走，观察一下村里的情况，找村民打听一下几名失踪同志的消息。他沿着一条窄窄的巷子向前走着，突然有人在他身后喊解放军同志。他转过身，看到一个中年汉子站在离他很近的一个门口。

“解放军同志，要不进屋坐坐，喝口水？”

“谢谢你啊，老乡，”李卓越说，“那就去你家里坐会。”

“快请进！”中年汉子热情地说。

家里就中年汉子一个人，他说老婆带着孩子回娘家了，家里没有人收拾有点乱，解放军同志你可不要嫌弃啊。他找出一个小板凳，“坐吧。”他说。接着倒了一碗水，递给李卓越：“解放军同志，喝口水吧。”

李卓越接过茶碗，喝了一口水，说：“村子离五里沟不远吧？”

“不远，”中年汉子说，“那边的公鸡打鸣，我们这边的母鸡应和。”他看了李卓越一眼，接着说：“隔座山而已。”

“老乡，您说话可真够逗的，”李卓越笑了，接着话题一转，“听人说五里沟有土匪出没，没打过你们村子的主意？”

“五里沟有土匪？”中年汉子一脸惊讶，“没听说过啊！”

李卓越说：“俗话说，兔子不吃窝边草，看来是真的。”

“解放军同志，你说的这个情况，后山放羊的覃老伯可能清楚，”中年汉子说，“要不我带你去问问他？”

“远吗？”

“不远，走几步路就到。”

李卓越沉吟了一下，说：“那就麻烦你带我去打听打听。”

“好，”中年汉子说，“我现在就带你去。”

中年汉子和李卓越出了村子，沿着一条两边全是密林杂草的蜿蜒小路往山上走。李卓越不禁警觉起来：“老乡，你不是说走几步就到吗，怎么还要爬山呀？”

“您不知道，这覃老伯有点怪，放着好端端的房子不住，就喜欢住山上，”中年汉子说，“也快到了。”

“哎，老乡，这覃老伯会不会在山上有相好的呢？”李卓越话中有话。

“哎呀，解放军同志你真是神了，连这个也被您猜到了。”

“敢情还真有啊。”

“这覃老伯以前在村里和一个寡妇好，后来那个寡妇改嫁到山那边，从此他就搬到山上住，有人说那个寡妇还经常偷偷到山上来看他……”

两个人边聊边走，终于来到一个小山顶。山顶上有一块不大的平坦地方，上面有一间孤零零的茅草屋。中年汉子站在茅草屋前，大声喊覃老伯，连喊几声却无人回应。他对李卓越说：“解放军同志，你在这里等等，我去后面找找。”

“你去吧，我在这里等你。”

中年汉子去了茅草屋后面，他走到一个四周被半人多高的杂草所包围的山洼处，三个身体壮硕的汉子坐在这里等他。一个脸上有刀疤的汉子问：“人呢？”

“在茅草屋前面。”

“二爷说，这家伙不好对付，”刀疤脸想了一下，说，“下黑枪，先把他打成蜂窝，再收拾那三个嫩雏！”

李卓越突然蹿到三人面前，他在刀疤脸的面前一晃，刀疤脸就倒在了地上，脖子上一道长长的伤口，鲜血冒着气泡儿往外流。另外两个土匪扑了上来，李卓越飞起一脚，踢中一人胯下，痛得他一声惨叫，双手紧紧捂住裆部，佝偻着腰，就像一只大虾米。与此同时，李卓越右手一挥，匕首深深刺进另一个土匪的胸口。他猛地拔出匕首，这个土匪大睁着惊恐的眼睛，身子摇了两摇，也重重地摔倒在地上。

带李卓越上山的中年汉子见势不妙，转身就跑，李卓越快步追上，匕首在阳光下闪出一道白光，深深插入了中年汉子的后背，他“哇”的大叫一声，扑倒在地，李卓越上前在其颈上补了一刀，将其毙命。这时候被李卓越踢中裆部的那个土匪，连滚带爬地逃命。李卓越三步并作两步，追上去，一刀把他解决了。

四个挑了又挑、选了又选的得力干将一起出手，竟然斗不过一人，还全部丧命，不要说二爷大惊，连张镇天听说后都感到后背发凉。

张镇天让管家告诉二爷，在几个军佬回去的路上设伏，全部击毙！

“告诉他们一定要干得干净利落。”张镇天接着对管家说，“这两天皇太子要到了，不要让上峰觉得我们无能！”

5

李卓越回到村子时，演出已经结束，村民们正三三两两地离去。张冰冰四下里看了看，没有看到李卓越，就问郑剑和于小晴看到李卓越没有？两个人四下打量了一下，也没有发现李卓越的身影。

“我在这儿呢。”李卓越说着，从一棵大榕树后面走了出来。

张冰冰发现李卓越身上有血，有些惊讶：“你身上怎么有血？”

李卓越低头一看，才发现上衣染上了血迹，他不想让张冰冰等人知道实情，担心他们害怕，于是掩饰说，刚才上到树上，没想到靠着树干睡着了，结果一头栽了下来，把伤口碰出了血。

“我们在这里演出，你竟然睡着了！”张冰冰有些不满。

“这不能怪我！”

“那怪谁？”

“你给我上的药有麻醉作用，我实在撑不住！”

“还留过洋呢，”郑剑小声嘟囔，“我们演出他睡大觉，真没情调！”

“就你有情调！没见人家是伤员吗？”于小晴抢白郑剑道。

“都别说了，”李卓越说，“收拾一下，我们还是赶快回去吧！”说着，他也动手帮收拾东西。

在回龙溪的路上，李卓越牵着马走在前面，走到一个交叉路口，他停了下来。

“怎么不走了？”张冰冰问。

李卓越没有说话，他从挎包里拿出一张地图，仔细看了一会。告诉大家，不走原路返回了，走另一条路。

“为什么？”张冰冰问。

“不要走回头路，明白吗？”李卓越说。

李卓越凭着职业敏感作出这个决定，躲过了土匪二爷设下的重兵埋伏，让张镇天打的如意算盘落空了。

回到龙溪镇政府，李卓越找到齐惠兰和张龙钧，问匪情报告送上去没有。齐惠兰告诉他，还没有送走，区里的通信员一周来一次，按规定明天才会来。

“镇政府没有通信员吗？”李卓越问。

“暂时没有，”齐惠兰说，“我们刚刚开始工作，人员和机构上的事还没来得及考虑。”

张龙钧问李卓越，是不是又遭到土匪袭击了？

“比袭击还可怕！”李卓越说，“原以为土匪就在五里沟，没想到有的土匪就住在村里。”

李卓越把他今天的遭遇讲了。齐惠兰说这也太猖狂了，卓越同志你放心，明天区里通信员肯定会来，我们把报告送上去，让大部队来收拾他们。

“现在我最担心的是龙溪镇的情况，”李卓越说，“要是镇子里也窝藏了土匪，那我们就会相当危险！”

张龙钧说：“这你放心，我们龙溪自古就有读书、种田、经商、做官的传统，入山为匪族规不容，谁敢倒行逆施，不被处死也会被乡亲们的唾沫淹死，窝藏土匪那就更不可能了。”他接着又说：“龙溪的乡亲们我都认识，有个把不正常的人绝对逃不过我的眼睛！”

“听你这样说，我就放心些了。”李卓越说，“听小赵说，龙溪以前组织过民团，还打过日本人，有这回事吧？”

“有这么回事，那是乡亲们不堪外侮，自发组织起来的，有一千多号人吧。最著名的当属黑龙潭之战，他们用大刀、长矛消灭了日本人一个中队。抗战胜利后这支队伍就解散了，领头人天叔也去了广州经商。”张龙钧说，“对了，天叔最近已从广州回来了。”

“你说的这个天叔，是不是会唱戏，唱的还是旦角？”

“你认识他？”

“我来的第一天就见过他唱戏了。”李卓越说，“如果有时间，我倒想去拜访拜访他。”

“嗯，我看可以，”张龙钧说，“天叔这个人在龙溪很有威望，很开明，今后我们很多工作少不了他的支持！”

李卓越点了点头，说：“我们的工作首先要取得群众的信任和支持。听你这么说，我还是要尽早找个时间去登门拜访。”

“卓越同志你说的对，”张龙钧说，“我们作为基层干部，天天和群众打交道，以后必须注意工作方式方法，取得群众信任。”

“老李，庄严回来啦！”楼下传来郑剑的喊声。

庄严怎么又回来了？李卓越心里一愣，他对齐惠兰和张龙钧说：“我先下去看看。”边下楼他边大声问庄严，怎么又回来了。

“你没想到吧？等会再和你细讲。”庄严说，“张镇长在吗？这里有位女同志要找他。”

李卓越下楼一看，不禁一怔：“张圆月，怎么是你？”

“李卓越！”张圆月惊喜地一下冲了上来，紧紧搂着李卓越。她说从美国回来后，她就一直在找李卓越，没想到会在这里遇到。也许是因为激动或者还有那么一点委屈，说着说着，她竟然忍不住小声哭泣起来。

“你放手，这里是中国，这样很不好！”李卓越用英语告诉圆月，边说边推她。

圆月“扑嗤”一笑，说你们不是成天高喊打倒封建主义吗？怎么回国后变得这么封建了？李卓越说这不是封建不封建的问题，这是民族习惯。

张龙钧站在二楼走廊上，低着头冲下面说：“圆月，你这是从哪儿冒出来的？”

“龙钧哥，”圆月抬头冲张龙钧喊道。接着她让李卓越等她一会，她说有事要找张龙钧。圆月说完转身上楼去了。

李卓越转过身，问庄严怎么又跑回来了。庄严看了看张冰冰等人，小声说能不能进房间说？李卓越带庄严来到自己的房间，庄严告诉他，纵队已经全部开往沿海了。

“我向接管营房的警备区的同志打听部队的具体去向，他们也不知道，没办法，我只有回来找你了。”

李卓越有些纳闷，说：“这可怪了，既然部队要开拔，我们也就不用继续征粮啊，怎么没有通知我们呢？”

“我还以为你们会接到通知，然后我就跟你们一起走。”庄严说，“老李，我现在该怎么办？”

李卓越安慰他说：“也许通知还没到。等两天吧，等通知来了，我们一起走。”

“要是没有通知怎么办？”庄严问。

“也好办，我们先把征粮任务完成，然后找部队去！”

“好吧，那我先跟着你，正好利用这个机会找一找神父。”庄严接着又说，“老李，到时你要给我作证啊，我可不是逃兵！”

“放心吧，没问题。”李卓越叮嘱庄严，部队开拔的事，暂时不要说出去，否则对征粮工作不利。

门外响起敲门声。

“请进！”李卓越说。

张龙钧和圆月走了进来。

“卓越同志，没打扰你们吧？”张龙钧客气道。

“没有，没有，快请坐！”李卓越说着拉过一条长凳。

张龙钧坐下来，说卓越同志，我今天才知道你是留过洋的大知识分子，以后我要多向你请教学习。李卓越说张镇长你客气了，我们多交流。张龙钧接着告诉李卓越，圆月已经被上级安排回龙溪小学任教。“你们两个老同学，又能在一起了！”张龙钧说。

李卓越感到吃惊。他看着圆月，说你一个洋小姐来这山旮旯里，有点不可思议。圆月说你还是资本家公子哥呢，不也一样扛枪干革命？再说了，我家就在龙溪，我回老家教书也很正常啊。

张龙钧忙说，卓越同志，圆月是天叔的女儿！你不是说有机会要拜访天叔嘛，现在可是机会，我把圆月交给你，你负责送她回去，一来老同学叙叙旧，二来可以见见天叔。

在送圆月回家的路上，李卓越问她是怎么遇上庄严的。圆月告诉李卓越，是庄严救了她。接着她向李卓越讲了事情的经过。

圆月说，我是雇了马车回家。在临近龙溪的山路上，遇到了一伙歹人，那个领头的人看上去五十多岁，既黑又瘦，他手下的人都喊他老爷，坐一顶轿子，由四个人抬着。他们运粮食的马车翻倒在路边，马车夫只好跳下车，牵着马小心的绕过去。被喊老爷的人听到有马车经过，就掀起轿子的门帘向外张望。我发现他看我的目光异常，就让马车夫快点走。没走出多远，几个人就追了上来。强行拦住了马车，说是他们家老爷看上我了。就是在这个时候，庄严骑着自行车赶了过来。他大声呵斥几个歹徒。他们见庄严虽是一名军人，却只是一个十几岁的孩子，也就没把他放在眼里。说小军佬你别管大爷们的闲事，最好哪凉快就哪去。庄严说我还就是管定了。有两个人恶狠狠地说庄严是找死，冲上前要动手打他。庄严扬起手中的假手雷，扔了过去，两个人见了，吓得转身就跑，那个抓着我的歹徒也慌忙松手逃窜。庄严看到他们的狼狈样，禁不住笑了起来。几个人受到愚弄，恼羞成怒，叫骂着又扑了过来。这一次庄严从身上摸出一颗真手雷，拔掉拉环扔了过去。“轰”的一声，三个歹徒慌忙逃窜，还是全被炸伤了。其他歹徒也都被吓跑了。我问庄严是去哪里，他说是来龙溪，我就辞了马车，坐着他的自行车回来了。

李卓越听圆月讲了经过，说这一带土匪猖狂，情况复杂，以后一定要注意。圆月说，庄严那么小都那么勇敢，有你在我就更不怕了。她说着，抬起头深情地看了李卓越一眼。

两人一路说着，来到了圆月家门前。天色已经完全黑下来了，挂在大门口两边的两盏玻璃灯笼已经点亮。圆月上前拍打着门环喊人开门。管家听到后打开一条门缝，看到李卓越和圆月站在门口，心里着实一惊。想把门先关上，然后去告诉张镇天，由他定夺见还是不见。他刚想关门，圆月就强行闯了进来。管家见阻拦不住，慌忙跑到后院的念经堂，对正在烧香诵经的张镇天低声说：“老爷不好了，你快躲一躲，有个女仔带着那个背双枪的军佬闯进来了。”管家因为害怕，说话的声音都变调了。

“往哪躲？再说了，在龙溪我躲过谁？”张镇天说，“我倒想会会他们。”张镇天神情坦然，快步向前院走去。

圆月和李卓越站在院子里。她东指指西指指，向李卓越介绍家里的情况。

张镇天看到圆月，神情一怔。心说：这个死丫头是从哪里钻出来的？

第四章

1

“稀客，真是稀客！快到客厅坐。”张镇天客气地说。

“爹，什么稀客，他是我在美国的同学李卓越。”

三个人来到客厅，落座后，圆月告诉张镇天，她从美国回到广州后，到部队找过李卓越，却没有联系上，真没想到，今天竟然在家门口遇上了。

“真是没想到啊！”圆月转过头望着李卓越，笑着说，“卓越，你说这是不是天意啊！”

“也许吧。”李卓越说。

当着李卓越的面，张镇天并没有询问女儿怎么突然回来了，虽然他心里充满困惑。

“请用茶！”张镇天将一盅茶放在了李卓越面前。接着他说，听村民们讲，解放军征粮队有几个同志失踪了，至今没有消息，你们这几天也遭遇土匪袭击，实在是让人痛心啊。只是作为一个普通百姓，却帮不上你们什么，不过有什么需要帮的，您尽管吩咐，我一定会尽力。

“谢谢您，天叔！”李卓越忙说。

“本来就该帮忙嘛，他又不是外人。”圆月说着双目含情看了李卓越一眼。她接着说：“爹，我在信里经常提到对我很关照的李伯伯，就是卓越的父亲啊！”

“哎哟，这么说还真是自己人！”张镇天接着对李卓越说，圆月来信经常说起，有个在美国经商的李伯伯，是广州人，多年来一直对她很关照，真没想到竟然是令尊，你如果写信，一定要代我好好谢谢你父亲。

“天叔，不用客气！”李卓越说，“都是中国人，在异国他乡这样做是很正常的。”

“圆月在信里也没少夸你啊！”张镇天笑着说。

“爹，您不要说了嘛！”圆月一脸娇羞。

“好，好，不说，不说。”张镇天乐呵呵地说。接着，他转过头望着李卓越，说：“这样说起来，你也算是子侄辈吧，我冒昧地问一句，你们下一步……”话还没说完，他就打住了，忙说，“你看，我这又多嘴了，这个应该算是……哦，算是军机吧，俗话说军机不可泄露，不该问，不该问。”

“没什么，我们相信群众，开展工作也离不开群众支持，听张镇长说，您在龙溪有很高的威望，下一步我们还会继续征粮，完成任务，还希望您能多支持！”

“爹，你就帮帮卓越嘛！”圆月语气里有几分撒娇。

“尽量吧，”张镇天说，“老了，只怕是有心无力哦。”

“谢谢您，天叔，”李卓越说，“不早了，我该回去了，有时间再来拜访您！”说着，他起身道别。

张镇天忙起身相送，客气地说：“有时间一定要来家里坐，我不会当你外人的。”

“谢谢天叔，有时间一定来！”

“我去送送你！”圆月说。

“好，你去送送吧，你们年轻人在一起有话说，”张镇天对李卓越说，“小女要送你，我就不送了。记得，有时间一定来家里坐！”

“好的，天叔，您留步！”

李卓越和圆月来到院子里，突然从后院传来唱腔婉转的粤曲：“半身挑担任情重，情意加浓，早沾爱恋风，爱思满胸，手沾花陶情梦正浓……”

“圆月，都说你爹粤剧旦角唱得好，现在唱的这位是……”

“我阿姨啊，”圆月说，“唱得还行吧？”

“非常好！”

圆月告诉李卓越，阿姨的艺名叫玉玲珑，年轻时在广州是响当当的名角，当年她的戏经常一票难求，名气与红线女有得一拼。

“那她现在不登台了？”

“听我爹说，有一次戏院失火，把我阿姨的脸烧伤了，我阿姨不仅戏唱得好，人也长得标致，这种打击怎么受得了？从此再也不肯登台，也不肯真面目示人，天天用纱巾罩着脸，与疯人无异，后来我爹就把她送回了龙溪，让她在后院里过她的戏里生活。”

“实在可惜啊，”李卓越说，“难怪你爹唱得那么好。”

两个人到了大门外。李卓越说：“我走了，你回吧。”

圆月恋恋不舍，说：“那明天我再去看你吧！”

张镇天和管家站在回廊深处。他沉默良久，叹息道：“真是人生如戏啊，昨天的仇家，眨眼就变成了座上宾！”

“没想到小姐和这军佬还有如此渊源，以后怎么办？”管家不无担忧地说，“要不，阻止小姐和他来往！”

张镇天叹息一声，说：“俗话说人各有命，这都是上天的安排，随她去吧。”他接着对管家说，你也不是外人，我们这个党国，看现在这形势，将来怎么样也难说，圆月还年轻，一辈子的路还长呢，这何尝不是一条后路！

管家点了点头，赞叹道：“还是老爷您谋划得长远！”

“你赶紧查一下，今天是什么人绑架圆月，”张镇天恨恨地说，“胆子不小啊，竟然动到我张镇天的头上来了！”

“我这就去安排。”管家刚走开，圆月就从外面走了进来。

“走啦？”张镇天问。

圆月有些不高兴。“能不走嘛？正是吃晚饭的时候，你连句客气话都没有。”她抱怨道。

“一个小军佬，难道让我当神一样供着？”

“爹，你可别看走了眼，他可不是一般的人物，厉害着呢！”

“说说看，让我也长长见识！”

“我去过他的部队，他的部下都叫他营长！”圆月强调说，“而且是特务营营长！”

“哦？”张镇天心里一惊，说，“那他怎么说是个大头兵？”

“听说是犯了错误，受了处分，”圆月说，“不过，您可千万别犯糊涂，他迟早还会上去的！”

“莫非……共党……”张镇天沉吟道。

“爹，你说话注意点好不好，什么共党共党的，一听就像坏人！”

“哦，哦，你说得对，我以后注意，一定注意！”

2

天完全黑下来了，一直到大家吃过晚饭，李卓越仍没有回来。郑剑在房间里哼唱自己创作的一支曲子，声调激越。庄严坐在门前的台阶上，吹着手雷制作的埙，曲调幽远且伤感。张冰冰和于小晴趴在二楼走廊栏杆上聊天。

“这两人大黑夜的吹啊唱啊没个消停，让人听着就烦。”张冰冰说。

“得了吧，”于小晴说，“李卓越夜不归宿，你这是吃醋了吧？”

“我吃得哪门子醋？”张冰冰瞪了于小晴一眼，“你不要胡咧咧！”

“心口不一。”于小晴笑着说。她向门口望了一眼，碰了碰低头不语的张冰冰，“唉，那家伙回来了！”

张冰冰抬头往下面一看，果然是李卓越回来了。

庄严看到李卓越走进院子，放下手雷，和他打招呼。李卓越提醒他，晚上就不要吹了，影响大家休息。庄严说，知道了，我准备睡觉了，老李你也早点休息吧。他说着进了自己的房间。

李卓越看到张冰冰和于小晴站在二楼走廊上，就来到二楼，提醒她们晚上要注意安全，早点休息。于小晴快言快语，说休什么息，没见有人在担心你吗？

“担心我干吗？”

“还干吗，担心你会被那洋小姐俘虏了！”

“小晴，别胡说！”张冰冰说。

“小眼睛啊，你别满嘴跑火车，圆月只是我的同学，没你想的那么复杂！”

“你有见过男女同学搂搂抱抱的吗？而且当着大家的面！”于小晴不依不饶地说。

“这在国外就是一个礼节，”李卓越说，“就像我们中国人握手一样。”

“蒙谁呀，”于小晴说，“当过特务营长的人就是狡猾。”

“懒得和你说，我还有事。”李卓越说着走下楼，进了自己的房间。

张冰冰笑着说：“自讨没趣吧？”

“还不是为了你！”于小晴说。

李卓越回到房间，点起油灯，拿出纸和笔，坐在桌子前沉思片刻，就挥笔写了起来。

门外响起了轻轻的敲门声。他起身开门，是张冰冰。李卓越说你怎么还没休息，有事吗？张冰冰说你吃晚饭没有，我给你留了饭，还在锅里。

“我不饿。”

“那就是还没吃晚饭了，”张冰冰说，“不吃饭怎么行，我去给你把饭热一热吧。”

“我没那么娇气，”李卓越说，“本来不饿，被你这么一说还真有点饿了。”

张冰冰到厨房把饭和咸菜端了来。“没想到灶里还有暗火，这饭还有点热乎。”张冰冰看了一眼忙着写东西的李卓越，说快点先吃饭吧。

“好的，谢谢你！”李卓越确实饿了，他狼吞虎咽地几口就把饭吃完了。放下饭碗，他对张冰冰说，你去休息吧，我还要把这个报告写完。

"什么报告？"张冰冰问。

"匪情报告。"

"你不是写过一份吗？"

"匪情非常复杂，今天我又发现了一些新情况，得赶紧补充上去。"

"你是说圆月在路上被土匪绑架这事吗？"

"这个也要说，但不是我补充的主要内容。"

"哦。"张冰冰有些迷惑。

"等我写好了再给你看。"李卓越说着继续写起来，刚写了几个字，笔就写不出字了，他用力甩了甩，仍无济于事。

"没墨水了吧？"张冰冰说着从口袋里掏出一支金笔，递给李卓越，"用我的吧。"

李卓越接过笔一看，是一支派克金笔，笔身上刻着一颗心，还有一行英文"吻是灵魂与灵魂相遇在爱人的嘴唇上"。

张冰冰问李卓越，这句英文是什么意思。李卓越说，是诗人雪莱的名言。他问张冰冰，这笔是哪里来的。张冰冰说是她爸爸生前留给她的。

"你知道这笔的来历吗？"

"我爸爸说起过，他在法国开诊所时，救过一个女孩的命，女孩为了感谢他，就送了他两支金笔作纪念，一战爆发后，我爸爸回了国，从此和那个女孩失去了联系。"张冰冰说，"你要是喜欢，这支笔就送给你了。"

"这怎么行？这是你爸爸给你的，我怎么能收？"他接着说，"你爸爸把这笔给你是有深刻含义的，我不能要。"

"我还有一支呀，总不能同时用两支吧，留着也是浪费，不如送给你。"

"可是……这不合适吧？"李卓越有些为难。

"你现在不是急着用吗？"张冰冰笑着说，"还是留过洋的人，又担任过营长，一点都不干脆。好了，你忙吧，我不打扰你工作了。"

张冰冰说着，站起身准备离开。

"你等等！"李卓越说，"有件事我还要跟你商量。"

"什么事？"

“你知道庄严为什么又回来了吗？”李卓越说，“是因为纵队已经开赴沿海了，他没有赶上队伍，只好回来找我们。”

“那我们怎么办？”张冰冰着急起来。

“我想，我们首先把征粮任务完成，然后带着粮食回去找部队。”

“也只能这样了。”张冰冰说，“我先去休息了，你也早点睡吧。”

第二天早上，吃过早饭，李卓越来到镇政府办公室，齐惠兰和张龙钧都在。他把昨晚写的匪情报告交给了齐惠兰。告诉她把新发现的一些情况作了补充。说不写清楚的话，会给将来部队的剿匪工作带来很大麻烦。

张龙钧听了，说还是卓越同志有经验。接着他问，这个报告你给张冰冰同志看过了吗？

李卓越说，原来是打算给张冰冰看的，后来想想还是算了。因为他们几个人都是文工团员，对敌工作不是他们的强项，担心他们知道这个情况后，下乡征粮会有顾虑。

“这样的话，你肩上的担子就更重了。”张龙钧说。

“没事，你们放心！”李卓越说。

“你们千万小心，注意安全。”齐惠兰说，“今天通信员一来，我就把报告交给他，争取早日将这股残匪消灭！”

3

货郎大清早就来到了龙溪镇，他挑着担子，前后两只竹编箩筐里放着货物。他摇着拨浪鼓吆喝着一路走来。临街的杂货铺老板张洪贵从柜台上伸出头来和货郎打招呼：“货郎佬，你赶夜路来的啊？钱都不够你赚的了！”

“我这是穷命累死鬼，”货郎说，“哪有你张老板舒服？坐等客上门。”

“大清早的，转也是瞎转，来喝杯茶啦。”

“谢谢张老板，”货郎说着在柜台前的路边放下担子，走到柜台前。张洪贵递给他一杯茶，看了看左右，小声问：“有货？”

“番禺蜡烛！”

“假细心！”货郎说着从袖口里抽出一支蜡烛递给张洪贵。然后把茶喝完，说：“张老板，你忙，我再去转转。”说完，挑起担子，右手摇着拨浪鼓，边走边吆喝着叫卖。龙溪小学的校长马三尺老师，腋下夹着课本从对面走来，和货郎打了个照面，两人互相看了一眼，就擦肩而过。马三尺走到张洪贵的杂货店旁边的一家烟叶铺前，一边掏钱一边说：“老板，来斤烟叶！”

马三尺在龙溪小学前面的路上碰到了前来报到的张圆月。圆月的身边跟着几个学生，她正在教他们唱一首绕口令：“圆圆月，月圆圆，月月都有圆圆月，月月都有月圆圆。”学生们看到校长走了过来，忙打招呼：“马老师好！”

“你是马校长？”圆月说。

“我是马三尺，小姐你是……”

“我叫张圆月，刚分配下来的老师。”说着，她从包里掏出介绍信，递给马三尺，“这是我的介绍信，龙钧哥说，让我找你就可以了。”

“张镇长是你哥？”马三尺疑惑地打量着圆月。圆月忙说一个大家族，论辈分叫他哥。

“你是本地人？”马三尺摇摇头，“不像。”

“我就是龙溪镇人，只是早几年去了美国留学，刚回来，”圆月说，“我父亲是张镇天。”

“哦，天叔啊！”马三尺说，“圆月老师，先到我办公室吧。”

圆月出门后，张镇天来到书房，他从书橱里抽出一本已经旧得纸页泛黄的《孙子兵法》，坐在书桌前诵读。他心事重重，翻了几页就无心再读，正想闭上眼睛假寐一会，管家匆匆忙忙地找了来，将一支蜡烛递给他。“老爷，这是洪贵刚刚送来的。”

张镇天将蜡烛折断，从里面抽出一张纸条，展开一看，脸上渐渐浮起了笑容，喃喃说道：“他终于来了！”

“老爷，您说的是……”

“皇太子，皇太子和我们接上头了！”他吩咐管家，马上通知四大名角赶到五里香客栈！管家正要转身离去，他又喊住了，嘱咐管家，圆月回来后如果问起他，就说他跟镇上的戏班唱戏去了！

张镇天坐着一顶轿子赶到五里香客栈时，四大名角已经先他而到。他在客栈外面就听到有人在唱粤剧《胡不归》：“情惆怅意凄凉，枕冷鸳鸯怜锦帐，巫云锁断翡翠衾寒……”听声音他就知道这是七爷在唱。

张镇天的轿子在客栈门口刚一落地，怡静和小青忙上前迎接：“司令，您来了，快请！”

客栈里面的一间雅座内，摆着一张八仙桌，几把太师椅。二爷半闭着眼睛，摇头晃脑地拉着二胡伴奏，梁团长则双手打着节拍。七爷拉开架势，唱道：“燕不双心愁怆，偷渡银河来探望，强违慈命倍惊惶，为问玉人病况……”

“好！唱得好！”张镇天说着走了进来。

几个人立即停了下来，齐声说：“司令，快请坐！”

张镇天在上首落座后，打量了一下众人，说：“生、旦、净、末、丑总算聚齐了，这才是个像样的戏班子嘛！”接着，他转过脸去，望着二爷，关心地问：“你的耳伤怎么样了？”

二爷忙起身说：“谢谢司令关心，已无大碍。这次阴沟里翻船，卑职实在汗颜。”

“栽了跟头不要紧，能爬起就是好汉。”张镇天示意二爷坐下。

“请司令放心，只要那几个共党军佬还在龙溪，卑职一定要讨还这笔血债！”

张镇天摆了摆手，“吃一点小亏就耿耿于怀，怎么能做大事？”

二爷有些迷茫。“那……”

“一个字，忍！”张镇天说，“明白吗？”

二爷不知所以地点了点头。

七爷轻咳一声，说："司令说得对，古话说，他强由他强，明月照山冈，谋大事者善于忍！"

"看看，姜还是老的辣，"张镇天感叹说，"知我者七爷，所以七爷在坜坝做得最好，也最让我放心！"

张镇天转头望着梁团长，说："梁团座，这里只有你是正规行伍出身，我倒想听听你的高见。"

梁团长忙站起身，欠着身子说："我能有什么高见，一切听司令吩咐。"

"梁团座客气了，"张镇天接着问，"凤凰山和牵鼻岭还算平静吧？"

"谢司令牵挂，目前还算平稳。"

"可我听说，你的手下逃兵甚众，可有此种现象？"

梁团长有些尴尬，心说是哪个王八蛋把这事捅给了这个老乌龟？但他脸上挂着谦卑，说是有个别不知道死活的东西耐不住山中寂寞，不过都已经被正法了。

张镇天不无忧虑地告诫梁团长，光靠强硬手段也不行，这样就算留住人也留不住心。他接着说："我不是派人把钟落潭的神父请上山了吗？为什么不让他给弟兄们讲讲道理？"

梁团长听了一脸苦恼，说司令您有所不知，这家伙本身就不安心待在山上，成天吵着要回钟落潭教堂。让他讲经，不讲还好，一讲的话弟兄们都觉得自己罪大恶极，人人想走，他这成心是在捣鬼，要不是司令有交代，我早就一枪把他打发了！

张镇天忙说，梁团座，小不忍则乱大谋，且不可鲁莽行事。他接着交代，以后神父讲什么，你都要过目，不能由他胡讲。另外，你回去后告诉神父，我不会杀他，只要他老老实实待在山上，区区一个钟落潭算什么？将来我在广州给他盖一座更大的教堂。梁团座，你要知道，凤凰山、牵鼻岭有多么重要，那是我们的大本营，将来实施天水计划全靠它了，一定要进行绝密封锁！

梁团长忙站起来，躬身说："卑职明白，司令尽管放心！"

张镇天抬手示意梁团长坐下。接着他左右看了看，说："现在我要告诉诸位一个好消息，上峰安排的特派员皇太子已来龙溪！也就是说，从今天开始，天水计划正式启动！"

"司令，这天水计划到底是什么？"二爷疑惑地问道。

"这是天字第一号机密，天机岂可泄漏？"张镇天说，"诸位，包括我，我们只管按皇太子的指令行事就行！"他接着转头对怡静说："把我给弟兄们准备好的花红送过来吧！"

"是，司令。"怡静走到门口，打开门，轻轻拍了两下手掌。不一会儿，两个人抬着一只箩筐走了进来，放下后，立即退了出去。箩筐上面盖着一个竹盖儿。众人有些迷惑。张镇天走上前，把竹盖儿拿开，众人发现里面满满的都是白花花的银圆。

众人喜不自禁，忙说："谢谢司令！"

4

李卓越等人在接近棠溪村时，忽然听到村里有争吵声和哭叫声。他们快步来到村里，看到一辆装满粮食的马车停在一座房子前，屋里传出责骂声和哭叫声。一会儿，两个中年汉子一人提着一袋粮食从屋里走了出来。一个老汉跟在两人身后苦苦哀求，说两位大佬，这是我家的种粮啊，求求你们……说着，他上前拉扯一个提着粮食的汉子。这个汉子猛地转过身，骂道："老东西，我看你是活腻歪了！"抬脚将毫无防备的老人蹬倒在地。

李卓越"腾"的一下就火了，他跑上前飞起一脚，踹倒了踢倒老人的中年汉子。这个汉子大声骂道："丢你老母，不想活了，敢踢老子！"他一骨碌爬起来，看了李卓越一眼："你什么人？"

"解放军征粮队的！"李卓越说。

"老李，我送这小子一个铁地瓜吃！"庄严举着一个手雷跑了过来。两个人昨天亲眼看到庄严用手雷炸伤了三个弟兄。他们忙赔着笑脸说解放军大佬，误会，都是误会，我们只是刘老爷派来收租的。我们老爷叫刘文祥，你可以打听一下，我们保证没骗你。

“把粮食留下，趁早滚蛋，”李卓越厉声说道，“否则别怪我不客气！”

“是，是，我们现在就走。”两个人招呼几个同伙一起，慌慌张张地跑了。

他们走后，老汉从地上爬起来，对李卓越等人千恩万谢。一些被收了粮食的乡亲见此情形，也三三两两的围拢了上来。李卓越大声说，乡亲们，不要害怕，我是解放军征粮队的。接着，他指着马车上的粮食说，这些粮食是谁的谁就赶紧提回家去。乡亲们说，既然你们是来征粮的，这粮食就送给你们吧。

李卓越说，刚才这位大叔说被抢的是他家里留下的种子，我想大家的日子应该都挺紧巴，怕是口粮都不够吃的，这粮食我们不能要。大家赶紧提回家吧。

村民们走到马车前，认领自己的粮食。他们都很感动，纷纷议论说，还是解放军体谅咱的难处，会替咱老百姓着想！

刘文祥的几个家丁，跑回烟馆时，刘文祥正躺在床上，抱着杆烟枪过瘾，几个家丁说在棠溪收的租全被共党军佬抢去了，他忽的一下坐起来，把烟枪往地上一摔，骂道：“一群废物，为什么不干掉他们？”

“他们有枪，还有炸弹，”一个家丁说，“昨天炸伤我们好几个人的小军佬也在。”

“妈的，不知死活的军佬，敢坏我的好事，那我就新仇旧恨一起算！”

刘文祥知道明着干绝对不行，他决定晚上围住龙溪镇政府，下黑枪。他布置完后，警告众家丁，这事要绝对保密，尤其不能让张镇天那老小子知道！谁走漏了消息，不要怪我不客气！

其实，刘文祥的家丁被李卓越等人赶走，并扣下了他们收的粮食，早被张镇天派去跟踪李卓越等人的眼线看到并及时上报。张镇天听了管家的汇报，说这事有点儿味道了，估计很快就会有好戏看。“让他们斗去吧，他们斗得越凶越好！”张镇天接着问管家，“圆月遭绑架的事查清没有？”

“查清了。”

张镇天眼里寒光一闪：“谁干的？”

“刘文祥！”

“王八蛋，连我的女儿也敢动？找死啊！”

“接下来怎么办？老爷。”

张镇天想了一下，说：“先把账给他记上，暂时不要动他，否则会便宜了共党军佬！”他接着问：“圆月呢？”

“去镇政府了，说是找那个姓李的军佬有事。”

“由她去吧，”张镇天说，“她与共党军佬接近，对我们未尝不是好事！”

圆月到了镇政府，李卓越等人还没有回来，她就去了张龙钧的办公室。

“你不去学校，跑这来干什么？”张龙钧问。

“我已经到学校报到了，马校长安排我教音乐。”圆月说，“我找卓越同志有点事。”

两人正说着，齐惠兰走了进来，将两份文件递给张龙钧。“这是今天上午区里通信员送来的两份文件。一个是说准备土地改革，在我们这里试点；另外一个是明天市里水利工作组来龙溪考察水利，让我们配合工作。”

张龙钧迅速浏览完了两份文件，抬头问齐惠兰：“齐书记，你怎么考虑的？”

“我的意见是，你对龙溪情况比较了解，暂时负责配合市里水利工作组的考察工作；土地改革前期准备工作我来负责。你看这样可以吗？”

“可以，我听你的安排。”张龙钧说。

齐惠兰又问圆月：“圆月老师，你去学校报到了吗？”

“报到了，”圆月说，“我过来找卓越同志有点事。”

张龙钧对齐惠兰说：“这个马校长啊，太不像话了，竟然安排圆月教音乐，这不是把黄金当废铁用吗？你说这是啥眼光！”

这时候，镇政府大门外响起一阵马嘶。

“可能卓越同志回来了，我下去看看。”圆月说着走出办公室，边下楼边大声说，“李卓越你怎么才回来？我都等你老半天了！”

“找我有事？”李卓越问。

“当然有事，而且很重要！”

“什么事，说吧！”

圆月看了看在不远处望着他们的张冰冰等人，有些犹豫。李卓越说你赶紧说呀。圆月摇了摇头，说不行，我说出来你不答应，这么多人让我怎么下台，我们还是到外面去说吧。

两人走到镇政府外面，李卓越停住脚步，问到底什么事。圆月说她答应马校长，明天请李卓越到学校给孩子们讲故事。李卓越说，这事我可以答应，但明天不行，等有空再说。另外，这事还得向张冰冰同志请示一下。

“我就知道，你跟她……”圆月很不高兴地说。

“别胡说，张冰冰同志现在是我的领导，她不同意，我就不能去，这是纪律！”

“得了吧，你是营长，她是一个文工团员，她怎么会是你的领导？”圆月说，“明明就是怕她吃醋！”

“有些事情你不懂，没法跟你解释，要不，等我商量好了再给你答复。”

“不行，我在马校长面前可是打了包票，你现在必须答复我！”

这时候，于小晴走了出来，远远地大声喊：“李卓越同志，张冰冰让你赶紧回来开会！”

“知道了，马上到！”李卓越回头告诉于小晴。然后他对圆月说：“我得去开会了，天也不早了，你先回去吧，这事以后再说。”李卓越说罢，转身就走了。圆月冲着李卓越大声说：“我讨厌你！”

李卓越走进院子，看到张冰冰拿着针灸包，就问张冰冰去哪儿。张冰冰说齐书记脖子痛，我去饭堂把银针煮一煮，消消毒，给齐书记针灸一下。李卓越说你不是让我回来开会吗？张冰冰说没有啊，谁告诉你的？李卓越恍然大悟，说这个小眼睛啊，真是拿她没办法。

5

晚上近十点的时候，有人开枪袭击镇政府。当时大家还没有睡觉。张冰冰刚刚给齐书记做完针灸，两人正在聊天。郑剑喊住路过他房间门口的李卓越，非要让李卓越听听他修改过的交响乐谱曲。突然“呯”的一声，一颗子弹打在了郑剑房间的窗框上。郑剑吓得一下蹲在了地上。李卓越把油灯吹灭，叮嘱郑剑躲在房间里不要出去。

枪声密集起来，李卓越走出房间，大声提醒大家赶紧熄灯，躲在房间千万不要出来。然后他跑到院子里，大声问庄严在哪里。

“老李，我在这。”庄严说着来到李卓越身边。

“你守住前门，千万不要出去，”李卓越说，“土匪在后面山坡上，我去解决掉。”

李卓越出了后门，悄悄绕到土匪的上方位置，端起手提机关枪冲着土匪就是一阵狂扫。土匪们发出阵阵惨叫，他们调转身，一起向李卓越射击。

经过一阵激战，土匪们自知不敌，架起伤者，趁着夜色，借着山林的掩护，溃退而去。

第二天早晨，张龙钧来到镇政府，看到满地都是残渣碎瓦，几扇窗户也被打烂了，一片狼藉。气愤地说，太猖狂了，简直无法无天！一定是在山里袭击你们的土匪干的！

李卓越说：“张镇长，依我的判断，这伙人不是山上下来的土匪！”

“哦？不是山上下来的，难道……”张龙钧想了一下，说：“一定是他！”

“谁？”齐惠兰望着张龙钧。

“刘文祥！”张龙钧说，“一定是他，错不了！”

“你是说开烟馆、赌馆的那个刘文祥？”李卓越问。

“是的，不是他还有谁？”张龙钧说。

李卓越当即决定，亲自会会刘文祥。

第五章

1

刘文祥的烟馆内，一边一溜儿都是烟床，每张烟床上都有人抱着烟枪在吞云吐雾；另一边摆着一排赌桌，有人在大喊大叫着掷骰子、翻牌……

李卓越等人走进烟馆，帮刘文祥打理烟馆的管事想拦住他们，被李卓越一把推到了一边。张龙钧黑着脸大声问管事：“刘文祥呢？叫他出来！”

“是谁啊，这么大的口气？”刘文祥带着两个打手从后门走了进来。看到李卓越等人，他心里一惊，忙拱手说：“哎呀，稀客，稀客，有失远迎！有失远迎！”

“少来这套，”张龙钧严肃地说，“刘文祥，我正告你，开烟馆、赌馆是新政府绝不允许的，从明天开始，赶紧关门！”

“关门我吃什么？你养我啊！”

“你什么态度？如果你不关掉，我们就采取强制措施！”

“张龙钧我告诉你，别在我面前来这套，我看得起你，你就是镇长，看不起你，你就是个王八蛋！”

张龙钧转头对齐惠兰说：“齐书记，你看这人多么死硬，让我看，昨天晚上袭击政府一定是他干的！”

“死仔，有碗话碗，有碟话碟，你不要生安白造，让我食死猫！”

“有没有冤枉你，你心里最明白！”齐惠兰说，“现在都解放了，你养这么多打手干什么？”

刘文祥说，这些人只是帮着看看场子，张龙钧说我昨天晚上和政府开打，实在是冤枉。我又不傻，能认不清形势吗？

李卓越说，昨天在棠溪你的人差点跟我动手，你敢说不知道？刘文祥忙说，事后我才知道，这事让我很生气，已经把那几个人打发回家了，免得再给我惹麻烦。

李卓越警告刘文祥，玩花样不要玩过了头，障眼法只能骗得一时，袭击政府的事迟早会查清楚的！接着，他严厉地说：“这个害人的场子必须马上关掉！”

刘文祥的脸色为之一变，肚子气得一鼓一鼓的，没有吭声。

“关还是不关？”李卓越问。

刘文祥看到李卓越铁青着脸，知道再对抗下去于己不利，只好违心地说：“关！马上关！”

李卓越等人离去后，刘文祥恼羞成怒，将一只茶杯“啪”地摔在地上，说：“死军佬竟然断我财路，那我就要你的活路。从今天开始，我就让人盯着你，老虎都有打盹的时候，我就不信你睡觉也睁着眼睛。以后找准机会，一定让你后脑开窗！”

刘文祥告诉手下，不让明着开，就要暗着干，关前门开后门，烟馆照开不误！

李卓越回到镇政府时，圆月已经在等他了。圆月已和张冰冰说了，下午要请李卓越到学校给孩子们讲故事。张冰冰答应了她。

当天下午，要去钟落潭征粮，庄严也准备顺便打听一下神父。李卓越出于安全考虑，提出让郑剑去学校，他和张冰冰等人一起去征粮。张冰冰没有同意。她认为钟落潭离龙溪很近，情况也比较熟悉，不会有什么问题，坚持让李卓越去学校。圆月也说马校长是指定要他去的，以后再请郑剑。

张冰冰等人到钟落潭后，找到了村长。村长正抱着一支长长的竹筒抽烟，听说他们是来征粮的，说这天灾荒年的，老百姓自己都揭不开锅了，哪有粮食给你们？这事连提也不要提，提也没用。

张冰冰马上说，没有粮食也没关系，我们还有一个任务就是要向老乡们宣传新政府的政策，你能不能把老乡们召集起来，看我们演出。

看你们演戏倒是可以。村长说着，起身去拿铜锣，张冰冰看到他走路一瘸一拐的，就问他的腿是怎么回事。村长用手捶打了一下膝盖，说风湿，老毛病了。

张冰冰提出帮他针灸。村长答应了。做完针灸后，村长站起来，走了两步，明显好了很多。他高兴地说，今天真是遇到神医了。接着他提议，不要唱戏了，干脆给老乡们看看病吧。他说老乡们都穷，看不起医生，有病也拖着。

张冰冰认为他的建议很好，就答应了下来。

在村长的召集下，很多村民赶到村长家，排着队等张冰冰看病。张冰冰看到这么多人找她看病，估计一个下午都动不了身。就让庄严趁这个机会去教堂寻找神父。张冰冰让郑剑陪庄严一起去。庄严说不去，老李叮嘱过我，要我保护好大家。

“没事的，你们去吧，记得快点回来。”在张冰冰的坚持下，庄严答应去教堂找神父。

庄严和郑剑离开不久，张冰冰替一位老年妇女把完脉，安慰老人说只是受了点风寒，吃两副药就好了，说着开了药方。老人说抓药要不少钱吧，张冰冰说都是很便宜的药，花不了几个钱。老人刚起身准备离开，一个戴着竹笠的中年汉子突然来到张冰冰面前，双腿一弯，跪了下来，带着哭腔说，解放军医生，救命啊！

张冰冰忙上前把他扶起来，说：“有什么要帮忙的，你尽管说！”

村长一直坐在旁边维持秩序，他对这个跪下的中年汉子说，你不是我们这里人啊！中年汉子忙说他是大湾林场的，他来这里是请解放军神医救命的。他说昨天他们在山上伐木时，有一个伙计被土匪开枪打伤了，伤得很重，怕是快不行了。他是来这边请郎中的，刚好遇到解放军医生给村民看病，听村民说是神医，看得很准，就想请解放军医生去救救受伤的那个伙计。

张冰冰答应了中年汉子的请求。她听村长说大湾林场离钟落潭不远，就想一个人去，让于小晴留下来，等庄严和郑剑回来后，再一起去大湾林场接她。于小晴不放心，坚持和张冰冰一起去。村长说，要不你们两个去吧，那两个同志回来后，我带他们上林场找你们。

中年汉子是驾着马车来的。他请张冰冰和于小晴上了马车。然后他坐在了马车前面——赶车人坐的位置上，扬起长长的鞭子在空中甩了一个漂亮的鞭花，喊一声“驾！”赶着马车奔向大湾林场。

2

庄严和郑剑没有打听到神父的消息，他们回到村长家，村长告诉他们，张冰冰和于小晴被人请去大湾林场救人了。庄严着急起来。村长说大湾林场离这不远，我带你们去。三个人刚出门，就遇到了匆忙赶来的李卓越。

李卓越听说张冰冰和于小晴被人请去了大湾林场，心里顿时一惊。气得冲庄严和郑剑发火，说你们俩真是浑球！她们如果出了什么事，我要你俩的脑袋！他让郑剑在村长家里等着，让庄严用自行车搭上村长，他骑着马，奔向大湾林场。

三人赶到时，张冰冰和于小晴已经被土匪围困，处境极其危险。

大湾林场到处都是一垛一垛的圆木。中年汉子用马车拉着张冰冰和于小晴到了大湾林场后，就下了马车，把马拴好，带两人左拐右绕地穿行在圆木垛间的通道里。张冰冰有些疑惑，问中年汉子，受伤的人究竟在哪里。他说就在前面的草棚里，很快就到了。

张冰冰和于小晴只顾往前走，没留意中年汉子落在了她们身后。突然前面响起了二胡声，张冰冰抬头一看，顿时大吃一惊——前面的一个木垛上，坐着那个在老虎嘴袭击他们的土匪头领，摇头晃脑地拉着二胡。她回头一看，带她们来的中年汉子早已了无踪影！她一把拉住于小晴：“小晴，有土匪！”

两人刚转身跑出几步，就从一个木垛后面闪出一伙土匪。她们又转过身想往后面跑，没想到后面在离她们不远处也站着一伙土匪。两边是一人多高的木垛，前后都有土匪，于小晴吓得大声尖叫起来。

两人靠在木垛上，掏出枪，紧张地盯着前后两伙土匪。土匪二爷手中的二胡调子突然变得亢奋刺耳，土匪们狞笑着向张冰冰和于小晴步步逼近。张冰冰掏出手雷，扬手扔了出去。“轰”的一声，一伙土匪被炸得发出杀猪般的嚎叫。二爷见状，扔掉二胡，站起身，大声喊道：“给老子宰了她们！”

众土匪又开始向她们逼近。于小晴吓得全身发抖，胡乱开了一枪。土匪们从她惊慌失措的表现知道她们毫无战斗经验，变得大胆起来。于小晴望着步步逼上来的土匪，对张冰冰说，快扔手雷啊，他们过来了！张冰冰说没有了，庄严就给了我一颗。于小晴一听，吓得哭泣起来。

就是这时候，李卓越和庄严赶了来。庄严往土匪群里连着扔了两颗手雷，炸得土匪死的死，伤的伤，土匪们大喊大叫着逃窜。李卓越端着手提机关枪冲在前面，扫射逃窜的土匪，带着众人往出口冲去。土匪二爷从木垛上跳下来，堵在了前面，咬牙切齿地说：“想跑，没门！”他举枪向李卓越等人射击。李卓越提醒大家赶紧趴下的同时，抬手一枪，击中土匪二爷的眉心处，他晃了一下，一头栽倒在地。

李卓越等人回到龙溪镇政府。齐惠兰听说他们在大湾林场遭遇土匪，心事重重地告诉李卓越，昨天区政府通信员送来通知，说今天市水利局工作组要来龙溪考察水利，却没有来。“不来倒没啥，我担心的是他们会不会在路上出事。”

按说区政府的通知说今天来，除非特殊情况，不应该不来的，李卓越觉得这事实在蹊跷。两人正说着，张龙钧来到了镇政府，他说下午这事铁定是刘文祥干的，大湾林场就是他的。

“太嚣张了，”张龙钧说，“卓越同志，我们现在就去找他讲清楚这事！”李卓越心想，难道这个刘文祥和山里的土匪有勾结？看来这里的情况比自己预想的复杂得多，去了解一下情况也好。

刘文祥一听暴跳如雷。说张龙钧你别往老子头上扣屎盆子，老子不信这一套！大湾林场是我的，这个在龙溪谁不知道？但不能为此就说是我干的。我林场的伙计让土匪下了黑手还没地方申冤呢！

一个说你态度恶劣，必须严惩；一个说你无根无据，血口喷人，老子怕个鸟！刘文祥和张龙钧越吵越激烈。李卓越望着争吵不休的两个人，一直没有说话。他觉得刘文祥不至于傻到在自己的地盘上这么干，这事恐怕另有蹊跷。他制止了两人的争吵。

“刘老板，打扰了！”李卓越说，“张镇长，我们先回去再说。”

回去的路上，张龙钧还是认定这事就是刘文祥干的，认为不应该轻易放过他。李卓越说，情况好像没这么简单。

“您的意思……”张龙钧望着李卓越。

“我现在也说不清楚。”李卓越无奈地摇了摇头。

刘文祥一脸焦虑。他在客厅里来回踱步，喃喃自语：到底是谁给自己挖坑，栽赃自己，让共党盯着自己不放？他停住脚步，转头问站在旁边的烟馆管事，你认为这事会是谁干的？管事说，极有可能是张镇天干的。他告诉刘文祥，前几天在路上要绑架的那个靓女，就是张镇天的女儿，现在龙溪小学教书。管事说，他明明知道这事，却没有找上门来，这就有些不正常了。

刘文祥点了点头，“我明白了，他是想借共党的手除掉我！”他咬牙切齿地骂道，“操你妈的，张镇天，老子跟你没完！”

李卓越和张龙钧在半路上遇到了张镇天和圆月。圆月举着灯笼上上下下地打量着李卓越，关心地说卓越你没事吧？张镇天在旁边有些无可奈何地摇了摇头，对李卓越说，圆月听说你去找刘文祥，生怕你吃亏，在家里坐立不安，非要我陪着她来看看。你们没事就好！接着，他喊女儿圆月回家。

圆月说，要不你先回吧，我还有点事。

张镇天有些无奈，他退到了一边。张龙钧走到他身边，和他说刚才去见刘文祥的情况。

圆月对李卓越说，一定是刘文祥要绑架张冰冰和于小晴！她的依据是，前几天要绑架她的人就是刘文祥。接着，圆月邀李卓越去她家里坐坐。李卓越没有答应，他说太晚了，有空再说吧。

李卓越和张龙钧、张镇天打了招呼，就独自回镇政府了。

圆月望着李卓越的背影，有几分失落。张龙钧话中有话，说圆月啊，骑白马的不一定是王子啊，有可能是唐僧，别看走眼哦！

“那我就当白骨精！”

张镇天回到家里，管家悄悄告诉他，洪贵送来消息，说二爷为党国不幸捐躯……张镇天叹息一声：天妒英才哪，几个军佬竟然断我一臂。他吩咐管家，立即通知怡静，就拿二爷今天抓的那几个共党水利佬祭奠他的亡灵！

3

李卓越回到镇政府，齐惠兰和张冰冰还没有睡。张冰冰为自己的草率和大意而懊恼，虽然李卓越并没有抱怨她，但她很担心李卓越会为此生气。齐惠兰一直在安慰她，说这件事你的出发点是好的，只是土匪实在太阴险了，李卓越同志不会真对你生气的！

张冰冰听到李卓越和庄严打招呼，说齐书记我去向卓越同志汇报一下具体情况。张冰冰走出办公室，和李卓越打招呼。李卓越知道齐惠兰还在办公室，就对张冰冰说，我找齐书记有点事要谈，你早点休息吧。

李卓越走进齐惠兰的办公室，齐惠兰问他见刘文祥的情况。李卓越告诉她，今天这事应该和刘文祥关系不大，但他也是一个危险人物，前几天绑架圆月就是他指使人干的。李卓越接着问齐惠兰他写的两份报告送上去没有。齐惠兰告诉他，前天上午就交给区里来的通信员了。

李卓越告诉齐惠兰，龙溪的情况非常复杂，不知这附近有没有部队，如果不能及时和部队取得联系，仅靠他们几个人，力量实在有限，处境也很危险。他提议，应该赶紧发展民兵组织，做好应付突发事件的准备，否则工作将无法开展。

齐惠兰点点头，说卓越同志你放心，下次区里的通信员来了，我会打听一下附近是否有部队，建立民兵组织这项工作也会抓紧落实。

李卓越认为，镇上很有可能潜伏着土匪人员，暗中观察他们的行动，因此他叮嘱齐惠兰一定要注意安全。李卓越说着，掏出怀表看了一下时间，说不早了，早点休息吧。

齐惠兰看了一眼李卓越握在手里的怀表，有一种很特别的感觉，又想到他是四野纵队的，心里顿时有些忐忑不安，心想难道……转而一想，事情不可能那么凑巧。她本想向李卓越打听一下是否听说过她的爱人老范，话已到了嘴边，最终还是忍住没说。

夜已经很深了，李卓越不放心安全情况，他走出齐惠兰的办公室，来到一楼院子里，发现张冰冰一个人坐在台阶上，就猜到她是为今天的事情苦恼，于是走了过去，在她身边坐了下来。说怎么还不睡？张冰冰叹了口气，说想到今天的事就特别难过。李卓越安慰她说过去的就过去了，没必要老挂在心上。张冰冰说你不怪我？李卓越说我怪你干什么？接着他说，你现在是我的领导，完成征粮工作后，我的鉴定还得由你来写呢！

张冰冰笑了，说那倒是，我就写李卓越是个坏人！李卓越笑着说，那我这辈子别想翻身了。张冰冰收起笑脸，很认真地问李卓越，现在这种情况，等完成征粮工作，你还能回特务营吗？李卓越说不回了，就留在文工团当演员。接着他告诉张冰冰，读大学时他没少参加演出，为了验证自己的实力，他轻轻地唱了起来："我俩的时光，终于得见，人生中一段值得我俩珍惜的时光……"他先是用英文唱，后来改为中文，张冰冰也随着他低声唱了起来。李卓越停下来，惊喜地说你也会唱？张冰冰说《罗密欧与朱丽叶》主题曲嘛，歌颂爱情的歌曲，可惜我只会用中文唱，以后你教我学英文吧！说着她望向李卓越，发现李卓越也正注视着她，她从李卓越的目光里读到了一种别样的感觉，她立刻移开了视线……李卓越说，赶紧去睡吧。张冰冰站起身，说你也休息吧。

李卓越并没有休息，大家都休息后，他悄悄地站岗放哨。庄严发现后，担心他天天这样连轴转会把身体拖垮，提出要替他站岗。李卓越没有答应。因为在他眼里，庄严还是一个孩子，现在情况这么复杂，在夜里一个人站岗时刻面临危险，他放心不下。庄严无奈，只好回房休息。

4

这天上午，李卓越等人又来到一个村子演出，宣传党和政府的新政策。张冰冰、郑剑和于小晴演出的节目吸引了很多乡亲前来观看。

李卓越让庄严守在旁边，保护好三个人，外围的情况他会注意。庄严知道李卓越晚上一直都在站岗，很少睡觉，实在困了也就是打个盹。他说老李现在是大白天，由我来值班，你赶紧找个地方眯一会吧。

李卓越来到旁边一棵榕树下，靠着树干坐下来，他确实感觉累了，于是从挎包里掏出威士忌，喝了一口，本想提提神，却因为太困了，还是忍不住打起盹来，他手一松，威士忌掉在了地下，猛地惊醒过来，抬头一看，就发现不远处的树林里，有两个黑衣人躲躲闪闪地向这边张望，行为诡异。

李卓越拔出手枪，悄悄向那片树林靠近。两个黑衣男子发现后开始逃跑，李卓越紧跟其后追了上去。这一切被庄严看到了，他更加警惕，密切关注着现场情况。

过了一会儿，李卓越回来了，庄严悄悄上前问他解决了几个。李卓越伸出了两个手指。庄严说老李你行啊，佩服！李卓越说别耍嘴皮子了，你注意警戒，我休息一会。

演出结束后，张冰冰等人发现李卓越竟然靠在榕树下睡觉，对他很是不满，指责他不该睡觉。庄严本想告诉大家，李卓越每晚都在站岗，刚才又解决了两个土匪，他实在是太累了，不要再错怪他了。没想到他刚一开口，就被李卓越制止了。李卓越说，你一个小毛孩子别插嘴，同志们的批评我接受，虚心接受！

李卓越的表现，让张冰冰感到困惑，回去的路上，她边走边打量李卓越。突然发现他衣角上有少许血迹，一下担心起来，就问他怎么回事。李卓越忙掩饰说，这几天可能是上火，流鼻血了，不小心弄脏了衣服。张冰冰说，回去后我给你开点中药调理一下吧。李卓越说，这种小事，何必放在心上，你不嫌麻烦我还嫌麻烦呢。

他们来到一个交叉路口，走在前面的郑剑和于小晴顺着来时的路走，李卓越跑上前制止了，他坚持要走另一条路。张冰冰很无奈，说你让我们怎么走就怎么走行了吧！

庄严看到几个人又在抱怨李卓越，就走到他身边，小声说老李你总是吃力不讨好，要不，我跟他们解释解释吧，免得你总是背黑锅。李卓越再次制止了他，庄严有些不解。李卓越压低声音说，别吓着他们！

走在最前面的于小晴突然一声尖叫。李卓越快步走到队伍前面。于小晴指着前面路边草丛，告诉李卓越那里有一条红花蛇，她从小最怕蛇了。李卓越走上前，发现是一个测量标杆。

这里怎么会有这东西呢？难道齐书记说的市水利工作组来过这里？也不对啊，水利工作组应该先去镇政府，怎么会绕到这儿来？李卓越感到事情有些蹊跷，决定回去立即告诉齐书记和张镇长，想办法和上级联系，问清楚市水利工作组是否来过。

他们往前走不多远，一条小河挡住了去路。李卓越捡起一块石头用力投到河中间，听声音他知道河水不深，于是告诉大家可以蹚水过去。张冰冰脸色沉了下来，说带大家绕了半天，还要蹚水过河，要过你过，反正我不过，我另外找路绕回去。李卓越说不就是过条小河吗？水又不深！于小晴说你说得轻巧，张冰冰晕水，在枫树坝你不是没见识过！李卓越说我倒是把这事忘了。郑剑对张冰冰说，要不我来背你过河？于小晴立即抢白说，你瞧你那一副骨板，一阵风就能把你刮跑，还背人过河？要我说谁把我们带这就由谁负责背她！李卓越说小眼睛算你厉害，背就背！他转头对张冰冰说，我还是搀着你走好点，迟早得让你突破这个心理障碍才行，要不以后再遇到这种情况怎么办？然而他没有想到张冰冰实在是太怕水了，临近水边就感觉头晕，全身发抖，根本走不了。李卓越只好背她过河。庄严一看乐了，打趣说老李，怎么样，是不是猪八戒背媳妇越背越舒服！李卓越说哪来那么多废话，到前面探路去！

庄严在前面探路，郑剑和于小晴紧随其后，李卓越背着张冰冰走在最后面。就在他们快接近河岸时，从对面河边的树林里走出一群土匪，他们背着枪向河滩走来。张冰冰两手用力搭在李卓越的肩头，紧张地闭着眼睛。李卓越小心地走着，他走过了河心，河水变得越来越浅。他抬头看了一下，想看看还有多远到岸，就在他抬头的那个瞬间，对面的土匪也发现了他们。“庄严，有情况，快抄家伙！”接着他命令大家快点上岸。庄严已经接近岸边，他边跑边掏出一颗手雷，奋力向土匪扔了过去。“轰”的一声爆炸，土匪们乱成了一团。趁着这个机会，庄严、郑剑和于小晴登上了河岸，李卓越背着张冰冰也快接近了河岸，他担心土匪反击，迅速掏出双枪，向岸上冲去。张冰冰一紧张，双手一松，从李卓越的背上滑了下来，跌倒在河里。李卓越因为一门心思追击土匪，竟然没有留意到张冰冰滑落河中。

在李卓越和庄严的追击下，这伙土匪只是慌乱地开了几枪，就像兔子一样飞跑着闪进了茂密的树林，逃得无影无踪。这时候大家才发现张冰冰不见了。李卓越面色一变，转过身拼命向河边跑去。庄严等人紧跟在李卓越后面，边跑边大声喊张冰冰。

他们在接近河岸时，远远地就看到张冰冰在河水中上下沉浮，向下游漂去。李卓越飞跑着冲到河里，把张冰冰背上岸，让她平躺在河滩上。张冰冰脸色苍白，昏迷不醒。李卓越半跪在她的身边，双手推压着她的胸口……于小晴害怕地哭了起来；郑剑大声抱怨是李卓越害死了张冰冰；庄严劝郑剑冷静点，说老李也是为了大家好……李卓越顾不上和他们解释，他坐下来，把张冰冰抱起来，让她趴在自己曲起的右腿上，用力拍打她的后背。“哇”的一声，一口水从张冰冰的嘴里喷涌而出，她苏醒了过来，嘴巴大张，呻吟着，一口一口往外吐水。李卓越因为激动更因为自己的冒失和大意，眼里涌出了泪水……

5

镇政府通知九点开会，研究如何推进农村基层组织建设与土地改革等工作。八点五十五分，齐惠兰来到办公室，看到镇政府的工作人员都到齐了，唯独镇长张龙钧没有到。她皱了一下眉头，问小赵有没有通知到张镇长。小赵说他去过张镇长家，当时张镇长不在家，香嫂说他到香坊干活了，他就让香嫂转告张镇长尽快回来开会。齐惠兰批评小赵，怎么不亲自到香坊通知张镇长！小赵说他本想去的，香嫂不让他去，说她马上就去香坊，会告诉龙钧的。

齐惠兰看了一下时间，九点了，张龙钧还没有来，她就说不等了，开会吧！

院子里响起一阵马蹄声，接着一个年轻男子背着帆布包走到了办公室门口。齐惠兰走了出来，上下打量着来人。年轻男子告诉齐惠兰他是新派来的通信员，要找齐书记。齐惠兰说我就是。通信员从帆布包里拿出几份文件递给齐惠兰，又拿出登记本，让她在上面签字。齐惠兰边签收边问，以前那位通信员调别处去了吗？通信员说你是说老何吧，他上次来你们这儿，回去的路上被土匪杀害了。齐惠兰大惊，接着问我们交给他的文件呢？通信员说这个我就不是太清楚，但听说找到老何遗体的时候，他身上没有任何东西。齐惠兰的心情一下沉重起来。

张龙钧十点才赶到办公室，会议已经接近尾声。齐惠兰严肃地说，张镇长，通知九点开会你十点才来，这样怎么行？你得向同志们有个交代！张龙钧说我检讨，接着他要解释迟到的原因。齐惠兰制止了。齐惠兰告诉他，刚才区里新派的通信员来了，带来一个很不好的消息，上次来的通信员老何在回去的路上被土匪杀害了！

张龙钧一脸惊讶。齐惠兰接着告诉他，前几天上级派的水利工作组失踪了！张龙钧说不是没来吗？齐惠兰说，来了，只是我们没有接到，很可能遇害了！她将刚刚送来的上级追查水利工作组下落的文件递给了张龙钧。

张龙钧看过文件，右手紧紧攥了起来，一拳砸在桌子上。“上回是征粮队四名同志下落不明，这回是水利工作组，我们龙溪简直成匪窝了！”张龙钧满脸怒容，“这样下去怎么了得，一定要追查！”

李卓越等人回来了。李卓越背着张冰冰，于小晴在后面扶着，进了房间。齐惠兰马上跑过来，问张冰冰怎么了？李卓越把情况简单讲了一下。张冰冰躺在床上，轻声说谢谢您齐书记，我没事的，您去忙吧！

齐惠兰告诉李卓越，今天区里的通信员来过了。上次来的通信员遇害了，水利工作组也失踪了。“你写的两份报告很可能落到了土匪手里，”齐惠兰担心地说，“水利工作组的同志也很有可能遇害了。”

李卓越告诉齐惠兰，他们今天在山上捡到了一个测量杆，应该是水利工作组的。由此推断，水利工作组的同志应该是被害了。齐惠兰神情严肃，说看来匪情远比我们想象的严重啊。李卓越告诉齐惠兰，他明天就回一趟广州，向警备区作详细汇报。

6

晚上的时候，张冰冰突然发起高烧，昏迷不醒地说着胡话。守在旁边照顾她的于小晴，从没遇到过这种情况，吓得跑出房间大声叫喊，说张冰冰怕是不行了！李卓越等人立即跑到张冰冰的房间，李卓越伸手在张冰冰的额头上试了一下，热得烫手。他问于小晴张冰冰包里还有退烧药吗？于小晴摇了摇头，说已经找过了，没有。李卓越转头问齐惠兰镇上有郎中吗？齐惠兰说她也不太了解，建议去找张镇长，说他肯定知道。李卓越叮嘱郑剑和于小晴照顾好张冰冰，让庄严在外面做好警戒。接着他对齐书记说，麻烦您陪我走一趟吧。

两人匆匆忙忙赶到张龙钧家。香嫂告诉他们，龙钧到村民家中家访去了，他说土改马上就要进行了，得和老乡们交交心，了解一下情况。香嫂说你们这么晚过来，找龙钧有事吗？

“香嫂，镇上有郎中吗？”齐惠兰焦急地说，“张冰冰病了，得马上请郎中。”

香嫂说郎中住在河对面。接着她说，这个郎中有个习惯，就是晚上从来不出诊。李卓越说，这规矩没道理啊，他要是不来，我背也得把他背来！

“我陪你们去吧，你们也不知道郎中的家，”香嫂说，“再说，乡里乡亲的，也好说话点。”

“那敢情好！”齐惠兰说，“那就麻烦香嫂和我们跑一趟了。”

好在香嫂来了，郎中一家已经睡觉，香嫂大声把他喊了起来。郎中五十多岁，他提着马灯来到门口，看到门外站着香嫂和两个陌生人，其中一人还穿着军装，他心中一怔，说香嫂你们这么晚来是看病还是抓药？

香嫂说大叔我们是来请你去看病的。郎中说香嫂你应该知道我的规矩吧？香嫂说我知道，但这回情况特殊，镇政府一名解放军同志病得很重，大叔您就破个例吧。

郎中说规矩就是规矩，概无例外。要不这样吧，你们把病人的情况说说，先拿些药，诊断的事明天再说！

李卓越一听着急起来，说病人的病情很急，再说没诊断就拿药，恐怕不行。老先生，希望您还是去一趟，您放心，需要多少诊金我们都付。

郎中说别跟我谈钱，你就是给一座金山我也不会去。要不，你们另请高明吧！

齐惠兰说老先生，解放军同志大老远来我们这里工作，他们有困难我们应该……不等她把话说完，郎中就摆了摆手，说你们说啥也没用，还是回去吧！李卓越上前两步，说老先生，求您跟我们去一趟吧。郎中说不行，不能坏了几十年的规矩！李卓越说老先生，对不起了。说着他一把将郎中抱住，往肩上一扛，就往外走。

“卓越同志，你冷静点！”

“齐书记，救人要紧，”李卓越说，“您把老先生的药箱带上。”

郎中在李卓越肩头挣扎着，说你这个军阀，你这个土匪，世上有这样请医生的吗？放下我！快放下我！

“老先生，实在对不起！”李卓越说，“只要你把病看好，我给您下跪磕头，叫您大爷，您怎么惩罚我都行！”

李卓越扛着郎中到了镇政府门口，大声喊庄严开门。庄严开门一看，说老李，你这是请郎中还是抢郎中啊。李卓越说没办法，郎中架子大，非要我背他！郎中呵斥道，胡说八道，明明是你当强盗，一会看我怎么收拾你！快把我放下来，先给病人看病。李卓越说齐书记和香嫂在外面，庄严去迎一下她们。说完，他领着郎中来到了张冰冰的房间。

张冰冰因为发高烧，脸色绯红，呼吸沉闷，昏迷不醒，干裂的嘴唇爆起了一层白皮，郎中观察了一下她的脸色，又把了脉。

“老先生，什么情况？”李卓越焦急地问。

“急性肺炎，”郎中看了李卓越一眼，“这次算你瞎闯乱撞对了，要不病人还真危险！”接着问，“我的药箱呢？”

“来了，来了！”齐惠兰说着急匆匆走了进来，把药箱递给了郎中。

郎中给张冰冰打了针，开了药。说放心吧，没事了。让病人注意休息，不要太劳累。郎中收拾好药箱，准备回去。

李卓越拿出一些钱，递给郎中。

“给这么多钱干什么？你以为我是土匪啊！”

李卓越赔着笑脸，说刚才得罪老先生了，实在对不起！您收下吧，这是应该给您的。郎中拒绝收这么多钱，按正常出诊收了药费，背起药箱，准备走。李卓越说老先生，我派我们的同志骑自行车送您回去吧！郎中瞪了他一眼，说不行，你怎么把我请来的，还得怎么把我送回去，否则，别怪我不客气！

“好，好，我背您回去！”李卓越笑着弯下腰，“老先生，来吧！”郎中毫不客气，趴在李卓越的背上，说你这个强盗，看我不累死你！

“老先生，您就放心吧，”李卓越说，“就算累死也要把您送回去。”

李卓越把郎中送回家，回来时在街上遇到了镇长张龙钧。当时已是夜半时分，他拐过一个街口，看到前面有个黑影闪了一下。“谁？”他大声问。黑影并不答话，飞跑着拐进一条小巷，李卓越拔枪追了上去，在两人接近时，他飞身扑过去，把前面的人扑倒在地，用枪顶住对方的脑袋：“别动！”

“卓越同志，是我！”

“张镇长，误会了，对不起！”李卓越说着松开了他。

张龙钧说他去群众家里进行家访，了解情况了。李卓越说知道你家访了，没想到你这么晚才回家。

“去过我家？”

“去过。”李卓越说张冰冰病了，去你家是问镇上有没有郎中。香嫂说你去家访了，是她带我们去请的郎中。

“张冰冰同志情况怎么样？”

“急性肺炎，不过已经脱离危险了。”

“脱离危险就好！”张龙钧约李卓越到家里坐会。李卓越说太晚了，就不去了，明天还要工作，早点休息吧。张龙钧说那我先回了。

做家访到这么晚？李卓越望着张龙钧渐渐远去的背影，心里不禁生出一丝疑问。

7

第二天早上，李卓越和齐惠兰来到张冰冰房间探视她的病情。她已经退烧了，人精神了许多。两人见她已无大碍，顿时放下心来。李卓越告诉齐惠兰和张冰冰，吃过早饭，他就回一趟广州，找警备区亲自汇报龙溪的情况。

李卓越等人刚刚吃过早饭，张龙钧来到镇政府，他兴奋地告诉大家，征粮队的征粮问题解决了，天叔决定给部队捐一万斤粮食。他说他刚才过来时，已经在装车了。

大家听了既感到惊喜又十分意外。

张龙钧接着说，这事还要归功于卓越同志。听他这样说，不要说别人，连李卓越都感到一头雾水，不明所以。

张龙钧忙解释，刚才他路过天叔家门前时，天叔和他聊了几句。天叔说圆月知道你们昨天外出征粮又遇到了土匪，非常担心你们的安全，昨天晚上就缠着他，劝他捐一万斤粮食出来，帮着征粮队完成征粮任务。他也有意为解放军和新政府做点贡献，就答应了圆月。

外面“咚咚、锵锵”地响起了锣鼓声。天叔带人赶着两辆马车，把粮食送了过来。李卓越和齐惠兰分别代表部队和镇政府向天叔再三表示感谢。张镇天拱手说道，敝人所做不过举手之劳，不足挂齿！诸位如此赞许，让我实在感到汗颜，今天我在这里表个态，今后举凡政府之事，我一定会尽匹夫之力，决不含糊。

张镇天的讲话赢得了李卓越等人的鼓掌叫好。他看了看大家，再次拱手说道，诸位，使命已经完成，我们就先告辞了！说完他准备招呼大家离去。这时候，镇长张龙钧说话了。他说天叔，一个谢字已经不能表达我们对您的敬意，但是我还是要代表政府谢谢您，也谢谢在场的各位阿公、阿叔。接着他表态说，龙钧不才，唯愿在今后的工作中，加倍努力，更好地为政府、为乡亲们服好务，当好家，尽快让我们龙溪旧貌换新颜，明天更美好！

李卓越决定立即把粮食送回广州。他认为龙溪匪患严重，上万斤粮食放在这里非常危险。他还告诉张冰冰，之所以急着赶回去，还有一个目的，就是要把这里的情况向上级作详细汇报。接着他说，昨天齐书记告诉他，上回来的那个通信员已遭土匪杀害，他写的匪情报告和与部队联络的信件全部丢失了。这说明敌特分子在有意孤立他们，如果不及时和组织取得联系，后果不堪设想。

考虑到张冰冰的身体还比较虚弱，李卓越提出让她留下来，在镇政府等。同时把庄严也留下来，负责安全警戒。李卓越说自己很快就会回来的。

张冰冰说她是征粮队的队长，这是她的任务，坚持一起押送粮食回广州。

李卓越走之前，特别叮嘱齐惠兰，龙溪镇的情况非常复杂，要她一定要注意安全，尽量不要单独外出。

李卓越他们离开镇政府不远，圆月匆匆忙忙地迎面走来。她听张龙钧说李卓越下午就会押送粮食回广州，特意向马校长请了假，赶过来的。

李卓越对她动员父亲给部队捐粮，表示赞赏和感谢。

“你怎么知道我现在要走？”李卓越问。

“这还用问吗？心有灵犀呗。”圆月这样说，让李卓越有些尴尬，他对圆月说：“别送了，你回去吧！”

“你还回来吗？”

“不知道，看情况吧！”

“你答应我一定要回来！”

“我现在没办法答应你！你先回去吧，以后再联系。我们要走了。”李卓越说着，一提缰绳，走到了队伍前面。

“卓越，我爱你！”圆月望着渐渐走远的李卓越一行，用英语大声喊道。

8

刘文祥正端着一杆烟枪，在吞云吐雾中沉醉，忽然从外面传来喧嚣的锣鼓声。他让烟馆管事到外面看看怎么回事。管事出去一会就回来了。他告诉刘文祥，张镇天给共党政府捐了一万斤粮食，敲着锣打着鼓去镇政府送粮食，好大的阵仗。刘文祥一听，火冒三丈，大声骂道，操他妈的，这个不男不女的死太监到处给老子挖坑，害老子跟共党政府作对，他却大摇大摆装好人，真他妈的不是东西！

刘文祥之所以骂张镇天是不男不女的死太监，因为日本鬼子占领龙溪后，张镇天拉起一千多人的队伍，抗击日本鬼子，在老虎嘴围歼一队日本鬼子时，他下身受伤，一片血肉模糊。他父亲张发想起来就是一脸悲伤，说要不是那次他受伤，自己早该有孙子了……这不仅是张镇天身上的伤残，更是他心里永远滴血的伤口！

“老子偏不让他得逞！”刘文祥说，“这回老子也陪他玩一回阴的，整死他！”管事听刘文祥说采取打劫行动，有些担心。说老爷那个共党军佬的厉害您是领教过的，不要弄不成事，却搭上老本。刘文祥冷笑一声，说当然不能明着干，只要不让他们运走粮食就达到目的了，至于几个军佬，得手就解决，没机会也就算了。

“老爷，高，您这招真高！”管事竖起右手大拇指说，“小的实在佩服！佩服！”

刘文祥让家丁们带上家伙，悄悄绕到前方，在李卓越等人必经的一段险要处埋伏下来。这一段山路狭窄，两边都是陡峭的山岭，山岭上树林茂盛，草丛疯长，走在山路上，抬头只能望见一线天空，因此当地人称之为“一线天”。

出于职业敏感，走上这段山路后，李卓越隐隐感到一种危险，他让拉着粮食的两辆马车走在前面，让马车夫以最快的速度穿过这段路。他紧随其后，负责保护。他后面跟着张冰冰等人，庄严走在最后面，负责警戒和保护。李卓越抬头观察两边的山岭，突然发现草丛中闪动着一点光亮——那是太阳照在枪管上。“有情况，快，抄家伙！”说着，他取下手提机关枪。就在这个瞬间，“啪啪”几声枪响，拉着一车粮食走在前面的两匹马一声长嘶，陡然倒地！接着又是“啪啪”几枪，拉第二辆马车的两匹马也中枪倒地。

两名马车夫见此情形，丢下马车和众人，凭着对周边环境的熟悉，飞跑着逃离而去。两边山岭上的土匪并没有冲两名马夫开枪阻止他们逃离。

李卓越一边举枪还击，一边提醒大家注意隐蔽。他和庄严端着枪，相互配合掩护，一人对付一面。土匪在两面山岭上，居高临下，且隐身于草丛之中，而李卓越等人处于低处，地势对他们极为不利。土匪们并没有向山下冲击，只是凭借有利地形和人多势众，向山下射击，很明显是在打消耗战。

庄严非常着急：“老李，这样耗下去，我们会弹尽粮绝！你说，我们该怎么办？”

“敌人不近身攻击，说明他们只是冲着粮食来的，我们现在只能舍弃粮食走人！”李卓越边还击边说。

“这么多粮食不要了？”张冰冰问。

“没办法，保证安全最重要！”李卓越说，“庄严，你骑车带上郑剑走前面，你们两个女同志骑我的马跟着庄严走，回镇政府再说！”

“你呢，你怎么办？”张冰冰问。

“我有办法，你们快走！再不走子弹打光了就全完蛋了！”李卓越边扫射边说。

“听老李的，赶紧撤！”庄严说着，扶起自行车，让郑剑坐在后面座位上。他双脚用力，率先向山口冲去，张冰冰和于小晴骑着李卓越的大黑马，紧随其后……

李卓越看到他们都成功冲了出去，就在两辆马车的下面分别放了一颗手雷，随着“轰、轰”两声爆炸，马车和粮食一起被炸毁了，狭窄的山路上浓烟滚滚。李卓越借此机会，快速撤离了现场。

张镇天听说李卓越等人在半路上遭到袭击，一万斤粮食化为灰烬，他们又回到了龙溪镇，顿时气得脸色铁青。“这到底是谁干的！难不成吃了豹子胆，连我张某人捐给解放军的粮食都敢打劫！”张镇天暴跳如雷。

“老爷，您想想，除了刘文祥那个烂鸦片仔，在龙溪地面恐怕没谁有这个胆！”管家说。

“粮毁事小，这个烂仔，坏了我的大事，”张镇天对管家说，“我捐粮食并不是因为小女圆月的请求，而是奉了‘皇太子’之命，想用这个办法打发走几个死军佬，免得他们坏了我们的天水计划！”

“现在镇上到处风传袭击共党军佬是我们干的，这事把姓李的那个死军佬惹毛了，跑到广州搬救兵去了，今后我们的麻烦不小啊，老爷。”管家说。

“失策啊，天大的失策！”张镇天后悔得顿足捶胸。

“这个鸦片仔太可恶了，要不，连夜派人将他做了！”管家提议。

“不，不，”张镇天摆了摆手，“此时动他，岂不是替他揽下了全部罪责？我们要顺着他的势走，既然他姓刘的要跳出来，那就让他跳好了，最好是让他跳到共党的枪口下去！”

张镇天决定即刻带几个人去会一会刘文祥。

刘文祥正躺在床上抱着烟枪过瘾，管事进来告诉他，张镇天来了，要见他。刘文祥气哼哼地说，这死太监没安什么好心，不见！

管事告诉他，张镇天说了，如果执意不见，明天他就去共党政府告发您袭击军佬粮车的事！刘文祥从烟床上蹦了起来，说这个死太监，老瘟鸡，真他妈的不是东西。说着他把烟枪一扔，对管事说，走，会会他，我倒看看他想要什么鸟花样！

刘文祥板着脸走了出来。张镇天戴着礼帽，拄着文明棍。笑呵呵地说，深夜打扰，实属无奈。他劝刘文祥不要那么大火气，说乡里乡亲凡事应以和为贵。刘文祥并不买账，说你净干背后捅刀子的事，还好意思说什么以和为贵！张镇天忙说，有些事纯属误会。退一步说，你对我做了什么，你心里也清楚吧？俗话说冤仇宜解不宜结，何况我们也没什么冤仇，过去的事就过去了，我还是那句话，从今以后，以和为贵，对大家都是有好处的。刘文祥说那依你，从今天开始，桥归桥，路归路，我们井水不犯河水！张镇天说，这就对了嘛，接着他说，阿祥啊，有些事我想给你提个醒。

“啥事，你说。”

“现在是共产党的天下，做事情要注意些，小心驶得万年船。”

“我的事你就少操心吧，”刘文祥语气冷淡地说，“刚才还听说你要到共党政府告我。”

“不会，”张镇天说，“阿祥你一百个放心，这种事我张某绝对不干！”张镇天接着说：“听说共党政府马上就要土改了，头一刀就会斩向你，你想过这事没有？”

刘文祥脖子一梗：“张龙钧这个王八羔子也敢动我？他不想活了！”

“该讲的我都讲了，怎么做你自己拿主意。”张镇天说，“最后我再啰唆一句，你我之间的窝里斗到此为止，于你于我都有好处，这也是我今晚找你的原因！”

刘文祥冷着脸，并不言语。张镇天抱拳拱手，话中有话地说：“夜深寒重，小心着凉，告辞！”

“恕不远送，好走！”刘文祥冷冷地说。

张镇天走了两步，停了下来，转过身，说：“我听说共党政府已经知道是什么人袭击了军佬的粮车，你好自为之吧！”

刘文祥听张镇天这样说，不禁一个愣怔。

在回去的路上，管家心里愤愤然，说老爷，你看鸦片仔那个张狂劲，依我的脾气，都懒得和他废话，直接送他上路！

“你这只是图个痛快，于事无益，”张镇天笑着说，“凡事要从长计议，有他在，必将对共党有所牵制，这样我们才能腾出手来，一门心思经营天水计划！”

“老爷，高见！”

第六章

1

李卓越回到镇政府，齐惠兰向他询问具体情况。他告诉齐惠兰，这次土匪袭击送粮车，一定是有预谋，他们应该就住在镇上，否则不可能消息这么灵通，准备得这么充分！

李卓越决定马上回广州，向警备区领导汇报情况，想办法解决这些土匪，否则将永无宁日。他告诉张冰冰，征粮工作暂时停止，在他没回来之前，大家都留守在镇政府，哪儿也不要去！接着他又叮嘱庄严，说你也算是有战斗经验的老兵了，我走之后，安全问题你要负责好，尤其晚上警戒，不可麻痹大意。

第二天早晨李卓越赶到广州警备区，竟然见到了他的老上级——纵队庄司令。庄司令说按照上级安排，他留在警备区工作了。庄司令见到李卓越也是一愣，说你怎么跑这来了，没有随部队开赴沿海吗？

李卓越把自己没有接到部队开赴沿海的通知，仍在龙溪征粮的情况作了简单介绍。庄司令说，这么说你是想让我帮你联系老部队？李卓越说，不是，我是来向您汇报情况的，龙溪土匪实在猖獗。

李卓越告诉庄司令，纵队征粮队四名同志和市水利工作组的人员都失踪了，极可能已经遇害；区通信员在龙溪返回区里的路上也被害了，他们也数次遭到土匪袭击。

庄司令眉头紧皱。“听你这么说，匪情确实复杂，”庄司令说，“我今天有个会，你先去作战部门，把知道的情况作个详细说明，会后我再找你谈！”

李卓越向警备区司令部作战室主任详细汇报了龙溪的匪情。作战室主任听完他的汇报，说这些情况警备区也有所了解，但没想到这些土匪会混杂在村民中间。卓越同志，你今天汇报的情况非常重要！

接着，他告诉李卓越，警备区在太和驻扎了一个营，专门负责龙溪剿匪工作。他问李卓越有没有去找过他们。

“首长，我没去。我是纵队的，不了解当地部队情况，只好来广州了。”

“既然是这样，你们赶紧撤出龙溪，越快越好，以后那里的事情交给剿匪部队。”

李卓越有些为难，说我们的征粮任务还没完成。作战室主任说，让你们撤就撤吧，你可能不知道，龙溪的匪情比你了解的还要严重，更大的阴谋恐怕还在后面！接着，他告诉李卓越，最近截获的敌特高层和龙溪匪帮的来往电报，反复出现天水计划。

“到底是一个什么计划呢？”李卓越问。

“这也是我们急于想弄清楚的，”作战室主任说，“敌人很狡猾，电文里面从没有透露过这个计划的半点内容。据我们推测，这个天水计划肯定跟雨季有关，极可能是敌人的一次破坏行动。”

“除了这些，再没有任何线索吗？”李卓越问。

“有！”作战室主任说，敌人在龙溪安插了两个关键人物执行这个计划，一个代号叫“皇太子”，是军统高级间谍，还有一个代号叫“佛爷”的土匪头目。查清这两个人是关键。但他们既然有备而去，必定隐藏得很深，难度还是蛮大。

“首长，我倒有个想法。”李卓越说。

“说说看。”

李卓越建议，让他们这支征粮队继续留在龙溪，以征粮的名义走村入户，进行秘密调查，说不定会有收获。作战室主任认为他这个建议确实不错，但有两个问题，一是让一支没有多少战斗能力的征粮队在匪巢活动，恐怕会很危险；二是李卓越他们是纵队的，不属于警备区。李卓越忙说，我是干特务工作出身的，侦察敌情是我的强项，再说，干革命工作哪还分纵队和警备区！

作战室主任办公桌上的电话响了起来。他接完电话，对李卓越说，你们已经是警备区的人了！他接着说，刚才是庄司令打来的电话，司令员说纵队在开赴沿海前，未能及时归队人员，关系全部转至警备区！还有，庄司令要见你，让你赶紧到他办公室。

庄司令正在批示一份文件，李卓越走了进来。庄司令笑着说，看来你就是粘在我身上的一块狗皮膏，想甩也甩不掉啊，但我警告你，别又给我惹出一大堆麻烦来！

李卓越一脸委屈地说，首长，当时要不是您冤枉我，把我充军到征粮队，我早就打海南去了，才不会在大山沟里兜圈子。

“别叽歪了，”庄司令说，“说正事，刚才作战室主任已经把你的建议汇报上来了，你们留在龙溪的计划警备区同意了。不过我得提醒你，虽然你们的任务性质变了，但你们的主要工作还是征粮，而且要做得更逼真，千万别让敌人觉察到你们的意图！”

“放心吧，司令员！”

“你们征粮队还有几个人？”

“加上我一共五个人，除三名文工团员外，还有纵队工兵营战士庄严。”

“庄严？”司令员一愣，“他跑去龙溪干什么？”

“他是请假去寻亲的。”

“寻亲？寻什么亲？”

于是，李卓越把庄严请假到钟落潭寻找神父，想打听自己亲生父母的下落，在路上遇到自己，以及后来他返回后部队已经开拔了，只好又回到龙溪，临时加入征粮队的情况作了简单的汇报。

庄司令怎么会对一个战士这么熟悉？李卓越想到这儿，抬头看了一眼庄司令，竟然发现庄严长得有些像庄司令，心说难怪自己第一次见到庄严时就感觉有些熟悉，难道……想到这儿，他说：“首长，我怎么觉得庄严和您……”

“别瞎扯，谈正事。”

“请首长指示！”

庄司令说，龙溪那个地方，现在是猫儿不在，鼠儿成精，尤其这个刚冒头的天水计划，破坏性恐怕会超出我们的想象，你回去后，马上着手调查，发现问题及时报告！庄司令接着提醒李卓越，平时要注意和同德围剿匪部队保持联络，切忌犯个人英雄主义。

庄司令还告诉李卓越，地方公安部门也在龙溪安插了侦察员，要李卓越注意和他们保持联络。至于如何取得联络和接触，公安局许局长会直接告诉他。

李卓越告别庄司令，离开警备区，去公安局找到许局长。许局长向他介绍了安插在龙溪的侦察员掌握的一些最新情况，同时告诉李卓越，因为龙溪的匪情实在复杂，侦察员身份不能公开，因此他们还不能直接接触，只能采用秘密手段传递情报和信息。许局长将联络暗号告诉了李卓越，说卓越同志，侦察员会主动联络你。

李卓越接着又马不停蹄地赶到驻扎在同德围的剿匪部队驻地，向江团长通报了龙溪的匪情。同时提出，让部队给征粮队准备些弹药，他要带回去。

龙溪地区的土匪，在剿匪部队的围剿下，突然消失得无影无踪，江团长为此伤透了脑筋。听了李卓越的介绍，才知道这些土匪早已化整为零，住进了各个村庄，混在了村民里面。于是他决定，下一步派几支小分队深入乡村实施严格甄别，争取尽快将土匪一网打尽！

李卓越提出了不同意见，他认为此时强行清剿这些土匪时机还不成熟，会打草惊蛇，给侦破敌人的天水计划带来难度，他建议等天水计划真相大白后，将这些土匪一网打尽。

江团长频频点头，说：“有道理！”

一名参谋走了进来，告诉江团长，李卓越要的弹药已经准备好了，问是不是要派人给他送过去。

“你赶紧安排人，和卓越同志一起走。”江团长接着说，“卓越同志，还有别的要求吗？”

“江团长，我也不客气了！”李卓越说，“前几天区政府的通信员在龙溪遇害了，以后您能不能安排一个身手好一点的通信员隔三岔五地往龙溪跑一跑？保证我们和上级之间的联系，同时也给土匪一种威慑。”

“这好办！”江团长说，“依我看，最好还是调一个排由你调遣，这样不是更好一些？”

“目前恐怕不太合适，兴师动众势必会引起敌人警觉，那样反而给我们的侦察工作带来不便。”

江团长点了点头，说：“卓越同志，我听你的意见。”

李卓越说：“江团长，我要赶回去了，几个同志留在龙溪，我这一离开，总有些不放心。”

两名战士各牵着一匹驮满弹药的马已经等候在外面。李卓越辞别江团长，带着两名战士，快马加鞭，直奔龙溪而去。

2

“拜神的香火，缝衣的针线……”大清早，货郎就来到了龙溪镇，他挑着担子摇着拨浪鼓拖着长长的音调唱曲儿般吆喝着，一路向张洪贵的杂货铺走来。

张洪贵听到货郎的声音，站起身，伸头往外看了一眼。他看到马校长走在货郎的身后，立即把头缩了回去。货郎来到张洪贵的杂货铺前，大声说：“张老板，要蜡烛吗？”张洪贵让他拿过来看看。货郎拿起一把蜡烛递给了他。“你这是番禺蜡烛——假细芯！”张洪贵接过蜡烛后大声说。“你二婆婆养猪——够晒好心机！”货郎说道。

马校长走到张洪贵的杂货铺旁边的烟火店前，他朝张洪贵的杂货铺看了一眼，看到张洪贵留下蜡烛后，货郎挑起担子就走，他在弯腰挑担子的时候，瞅向马校长。马校长和店老板打过招呼，掏出钱，说：“老板，来斤烟！”

“马校长，早上好！”圆月突然出现在马校长的身后。马校长忙转过身子，对圆月说：“张老师，早上好！”接着他告诉圆月，是来买烟的，昨天晚上没了烟抽，整晚都难受，所以一大早就跑过来了。

“我刚想去学校找您呢，没想到在这遇上了。”

“有事？”

“我想去一趟镇政府，找张镇长有点事，可能晚一会回学校。”

“你去吧！”马校长说，“你上次提出请张镇长给学生讲堂课，顺便再约一下。”

“好的，我请他定个时间，最好就定在今天。”圆月说，“马校长，那我先去了。”说着转身要走。马校长看到她手里拿着一本新书，有些好奇地问是什么书，圆月把书举到他面前，说《少年维特之烦恼》，爱情小说。马校长要看吗？

马校长笑着说，爱情那是年轻人的事，我都这把年纪了，不看不看。接着他说，听说昨天解放军征粮队遭土匪袭击了，李同志怎么样，没事吧？圆月告诉他，人没事，就是粮食都毁了，李卓越去广州了。

圆月来到镇政府，听到后面的树林里有人在大声哼唱一首乐曲，声音洪亮、激越，旋律流畅。她就走了过去，原来是郑剑在哼唱。他倚靠在一棵树上，一边唱一边在笔记本上划拉着。圆月走上前和郑剑打招呼，说我是到政府来找张镇长，听到有人在这里哼唱，听起来很专业，这曲子我却从没有听过，感到好奇，就过来了。你唱的是什么歌啊？郑剑有些得意，他告诉圆月，这歌曲是他写的，他说圆月老师，不瞒你说，我在写一部为新中国献礼的交响乐，可是总觉得不满意，就到这林子里找找感觉。

“你太了不起了！”圆月说，“能把曲谱给我看看吗？”

“原来你也懂啊，要请你多指教！”郑剑说着，将曲谱递给了圆月。圆月把手上的课本和小说递给郑剑，然后一手拿着曲谱，一手扬起，挥动着，哼唱起来……她突然停了下来，说郑剑，我给你提个小小意见，我觉个这个序曲太平了，缺乏跌宕，难以引人共鸣。

郑剑的脸“唰”一下红了，说圆月老师，你说得太对了，我也意识到这个问题，只是难以突破，真是让人苦恼。他接着说，圆月老师，您有什么好的建议呢？圆月说我觉得你应该换个思路，借鉴和吸收一些民间音乐。“有道理，”郑剑说，“是该突出民族个性，这样才有张力。”

圆月告诉郑剑，她父亲的那个戏班子里，就有好几个人懂韵律，还会唱民歌，她建议郑剑有空不妨找他们交流交流。圆月说，我爹那人挺好的，他一定会帮你！圆月还告诉郑剑，听说马家围有个叫瞎哥的老艺人，能自编自唱上千首民歌，认为郑剑如果有机会不妨也去拜访一下。

“郑剑，回去开会了！”于小晴大声喊着走了过来，她看到圆月也在，就说：“洋小姐也在这里啊！我没打扰你们吧？”

“你别胡咧咧！圆月老师从这里路过，顺便指导一下我的音乐创作。”郑剑把书递给圆月，说圆月老师，你不是要到镇政府找人吗？我们一起走吧。

3

“张镇长，张镇长在吗？”阿光火急火燎地跑到镇政府院子里，抬头冲着楼上大声喊。

齐惠兰听到喊声，从办公室走出来，看到是阿光，就说张镇长去学校了，有什么事和我说是一样的。阿光告诉齐惠兰，龙钧的姐姐香嫂在香坊干活突然晕倒了，他刚把香嫂背回家，然后就跑来找张镇长。齐惠兰忙问香嫂现在情况怎么样？阿光说还没醒过来呢，也不知道是什么病，真是急死个人！齐惠兰立即让小赵到学校去告诉张龙钧。

张冰冰听说香嫂病了，昏迷不醒，就从房间走了出来，对齐书记说，我去看看香嫂是怎么回事。齐书记说那敢情好！张冰冰让庄严骑自行车送她去香嫂家，吩咐郑剑和于小晴留在镇政府，好好商量一下，再修改修改要排演的节目。

张龙钧接到小赵的通知，对圆月说我要先回家看看我姐啥情况，给学生上课的事再找时间吧。他说着从桌子上拿起《少年维特之烦恼》，起身就走。圆月说龙钧哥，这本小说你可千万别弄丢了啊，看完记得还给我。张龙钧说我知道了，你就放心吧，我不会弄丢的。

张龙钧回到家时，香嫂已经清醒了，只是感到全身酸软无力，头昏昏沉沉的。张冰冰正在给她把脉，张冰冰告诉张龙钧，香嫂身体太虚弱了，是因为劳累过度引起疲劳性昏厥。张冰冰让张龙钧到外面等一下，她要先给香嫂做个针灸。张龙钧来到屋外和一直等在外面的庄严聊天，他问庄严今天怎么没有下乡征粮，庄严说老李有交代，在他回来之前不让我们去征粮。张龙钧点了点头，说还是卓越同志有经验，想得很周到。接着又问李卓越什么时候回来，庄严摇了摇头，说不知道。两人正聊着，张冰冰在屋里喊道，张镇长，请来一下。

张龙钧回到屋里，看到香嫂已经坐了起来，人也有了几分精神，一连声地在向张冰冰道谢。张龙钧也忙说，冰冰同志，真是太感谢你了！张冰冰说，张镇长，不用客气。她把开好的药方递给张龙钧，说早晚各一剂煎服，先服用五天。接着转身告诉香嫂，她主要是身体有点虚，劳累过度，吃几副中药调理一下就好了，以后要多注意休息，不要太劳累。

张龙钧和香嫂再三道谢，热情地留张冰冰吃过饭再回镇政府。张龙钧说刚才听庄严说卓越同志有交代，他不回来你们不要下乡征粮，回到镇政府也没什么事，还是吃过饭再走吧。张冰冰说张镇长真的不用客气，您赶紧去抓药吧，我们现在就回去。

张冰冰和庄严回到镇政府，郑剑和于小晴却不见了。他们以为郑剑又跑到后面的树林里找灵感修改乐曲去了，于是来到树林里边喊边找。他们在树林里发现了几张碎纸片，庄严捡起来看了一眼，递给了张冰冰，说这是郑剑写的曲谱啊，怎么撕碎了？会不会是两个人吵架了，郑剑赌气撕碎了曲谱，跑了，然后于小晴去追他。张冰冰说不可能吵几句就跑了啊，回去问问齐书记吧。齐惠兰说你们离开那会，还听到他们两个人吵嘴，怎么就不见了呢，会不会去了镇上？

张冰冰和庄严来到镇上，一路打听，很多人都摇头说没看见他们要找的人。他们来到张洪贵的杂货铺前，张冰冰上前向张洪贵打听。张洪贵从柜台后面站了起来，说解放军同志，你们算是问对人了。他们去马家围了。

“去马家围？”张冰冰有些疑惑。

“我从外面进货回来，在路上遇到了他们，就打了招呼，那个戴眼镜的解放军同志说，他要去马家围找瞎哥。”

“瞎哥是什么人？”张冰冰问。

“瞎哥是个走江湖算命的，会唱很多山歌，在我们这一带很有名！”

张冰冰当即决定，和庄严立即到马家围去找郑剑和于小晴。

郑剑和于小晴确实去了马家围。郑剑因为创作的交响乐序曲存在圆月所说的跌宕感不强很难引人共鸣的问题，却又找不到突破口，为此苦恼不已。张冰冰和庄严走后，他拿着曲谱来到镇政府后面的树林里，边琢磨边修改，修改了几处他试着哼唱了一下，然而对修改的地方并不满意。他心情烦躁，恨自己是多么无用，他越想越气，突然把几张写有曲谱的稿纸揉成一团，接着撕成碎片，向空中一抛，望着雪片儿般纷纷落下的碎纸片，他靠在一棵树上，痛苦地闭上了眼睛。

“四眼，你怎么又跑到这个破地方来了，害得我一通好找。”于小晴找到郑剑，有些生气地说。

“别烦我！”

“谁烦你了？”于小晴说，“要不是冰冰姐交代我们修改节目，我都懒得理会你。”

郑剑没有再理会于小晴，他痛苦地闭上了眼睛，喃喃自语：“我找不到我所要的，我的音乐缺钙……”于小晴看到他痛苦的样子，有些担心，说郑剑你没事吧，别吓我啊！郑剑仍不理会她，继续喃喃低语：“圆月老师说得对，太平……”于小晴终于明白，说就那个圆月说的话你也信？让我说她那样说就没安什么好心！

“不，你不懂，”郑剑痛苦地摇了摇头，“圆月老师一点没错。”他突然睁开眼睛，望着于小晴，“我要去采风，小眼睛你陪我去好吗？”

“去哪采风？”

“马家围！”

郑剑告诉于小晴，马家围有个瞎哥，会编会唱很多民歌，在这一带非常有名。

“不行，要去也得报告冰冰姐！”

“找她说肯定去不成！”郑剑说，“你要不去，那我一个人去。”说完，他就快步往树林外面走去。于小晴气得直跺脚，又拿他没办法，只好在后面边喊边追。任她怎么喊，郑剑都没有停下脚步。于小晴很无奈，只好一路追着他，一起到了马家围。

郑剑和于小晴一到马家围，张镇天就收到了线人的报告。当他听说只去了一男一女两个小军佬，那个叫张冰冰的女军佬带着骑自行车的小军佬去了香嫂家给香嫂治病去了，对前来向他汇报情况的管家说，真是百算还有一疏啊，皇太子最希望见到张冰冰死，对其余的小虾米根本不感兴趣，怎么就会出了这样的意外！管家有些不解，说真是怪了，皇太子怎么非要置张冰冰于死地呢？张镇天叹了一口气，说谁知道呢，也许有过节吧？或者皇太子喜欢上了张冰冰也不一定。可那个张冰冰眼里偏偏只有李卓越！这怎么让皇太子受得了？得不到的东西只有干脆毁掉吧。他心想，皇太子不应该这样意气用事，免得影响了天水计划，那可是天大的事情。转而又想，皇太子绝非等闲之辈，一定是党国器重的才俊，绝不会乱了方寸，更不会因小失大，他这样做应该自有他的道理。

张镇天沉吟片刻，对管家说，那个张冰冰和小军佬回到镇政府见不到这两个小军佬，一定会到处找，告诉洪贵，想法指点他们去马家围。管家刚走出书房，他又喊住管家，让管家赶紧把吊楼收拾好。“晚上我要好好唱一场大戏！”张镇天不无得意地说，“李卓越啊李卓越，等你从广州回来你就成了孤家寡人喽！”他越想越高兴，忍不住轻轻哼唱起来："玉炉沉水袅残烟，梦回山枕隐花绣……"

郑剑和于小晴一路打听，终于找到了瞎哥家。瞎哥独身一人，住一间茅草屋。两个人找来时，瞎哥正坐在屋前，腿上架着一把二胡，独拉独唱，衣服上缀满了补丁，破旧得已经看不出原来的颜色。洒落在衣服上的饭菜汤水留下了点点污渍。瞎哥整日游走乡间，打卦算命，过着半是乞丐的生活，命运于他如此不公，他却生性乐观，从没有怨天尤人。

郑剑和瞎哥说明了自己的身份和来意。瞎哥乐呵呵地说，难得你看得起我这个百无一用的瞎老汉，我就献丑了。他让郑剑和于小晴自己找个木墩儿坐。瞎哥拉了两个音，试了试，然后正式开始。他左手抚弦，右手运弓，边拉边唱："落雨大，水浸街，阿哥担柴上街卖。阿嫂出街着花鞋，花鞋花袜花腰带……"瞎哥一首接着一首，唱自己编的民歌，郑剑坐在对面，如醉如痴，神情专注，不时在本子上飞快地记录着曲谱……

于小晴提醒郑剑，时间不早了，该回去了。郑剑说小眼睛你别捣乱好不好？我好不容易找了来……于小晴打断了他的话，说你看看都啥时候了？我都快饿死了！郑剑从口袋里拿出一些钱，说饿了你先去买点东西吃，我再听几首。瞎哥说要买东西的话，出村口，往西走几步，那里有家小店。郑剑说快点去吧，别忘了给我和瞎哥也买点吃的来。

于小晴离开后，郑剑说，瞎哥您唱得太棒了，再来几首！"好！"瞎哥又拉起二胡唱了起来："来到高堂我失失慌，满头大汗都抹唔干。十件衣衫湿了九件半，多得太阳又晒番干……"瞎哥唱着唱着突然停了下来。"那女仔是你老婆吧，怎么去了老半天没回来？小店离这里没多远啊！"瞎哥说，"时间不早了，你们赶紧回去吧。"

瞎哥这么一说，郑剑担心起来。急忙起身告别瞎哥，跑到小店找于小晴。老板娘告诉他，于小晴买了饼干就离开了，有一阵子时间了。郑剑心想，她去哪了，难道生我气一个人回去了，不会出意外吧？想到这里他慌神了。转身沿着来时的道路，一边追一边喊："于——小——晴！于——小——晴！你在哪里——？"喊声在山谷里久久回荡。他心里着急，越走越快，累得气喘吁吁。

“郑剑，别过来！快跑！”突然从前面的山坡上传来了于小晴的嘶喊。

郑剑停下脚步，向山坡上张望。他看到前面不远处，路边山坡上半人高的草丛里，于小晴双手被拧在背后，五花大绑……几个土匪突然站起来，猛地把她按倒在草丛里……郑剑听到自己的心脏咚咚直跳，胸腔里就像擂起小鼓。他吓得脸色煞白，眼泪哗哗直流，“于小晴！”他大声喊道。

“快，冲下去，捉住那个眼镜佬！”一个土匪大声吩咐。七八个土匪从草丛里站起身，边朝郑剑开枪边向他冲来。郑剑吓得拔腿就跑。土匪大喊大叫着在后面紧追不舍，有个土匪大声说：“不要开枪，他跑不了，司令要活的，晚上演大戏。”

郑剑拼命奔跑。他拐了一个弯，迎面遇上前来寻找他们的张冰冰和庄严。两人也是循着枪声往这边赶来。郑剑跌跌撞撞地跑上前，上气不接下气地说：“后面……有……土匪，于小晴……被……土匪……抓了……快救她！”

土匪们从后面追了上来，发现郑剑和庄严、张冰冰在一起，立即朝他们开枪，边开枪边大声吆喝：“一个也不能放跑了！”庄严气得牙关紧咬，他端起卡宾枪，朝着土匪一阵扫射，跑在前面的几个土匪栽倒在地。“奶奶的，来啊！”庄严边扫射边迎面冲向土匪。土匪们见状，慌忙躥进山坡上的树林和草丛里。

“郑剑，于小晴在哪？”张冰冰大声问。

郑剑抬手一指，“在哪边，要转过去。”

“庄严，我们去救小晴，快点！”张冰冰说。

“冰冰姐，土匪人多，前面肯定还有埋伏，不能追！”庄严说，“要不然，不仅救不了小晴姐，还会把我们也都搭进去！”

“那怎么办？”张冰冰嘶喊道。

“要是老李在就好了！”庄严说，“要不，我们先回去，等老李回来再说！”

“不行，拼了命也要把小晴救出来！”张冰冰说，“郑剑，你带路，我们去救小晴。”

庄严扶起自行车，一抬头，却发现他们被土匪包围了。

刚才蹿进树林和草丛里的土匪并没有撤离，他们借着树林和草丛的掩护，与后面赶来的土匪一起，从路两边的山坡上呈扇面形散开，向三个人包抄过来。

“冰冰姐，我们被包围了！”庄严说。

张冰冰抬头一看，两面山坡上的土匪正向他们步步逼近。被张冰冰等人发现后，开始边射击边缩小包围圈。枪声一响，郑剑吓得抱着头蹲在了地上。

“冰冰姐，我这里只有一颗手雷了。等会，我把拦住我们去路的土匪炸了，你带着郑剑撤，我在后面掩护。”

“不行，你用自行车带着郑剑走，我掩护！”张冰冰说。

“冰冰姐，我比你有战斗经验！”

“我是队长，你必须服从命令！”

“冰冰姐，别争了！”庄严说着，掏出手雷，打开保险，用力抛向土匪。“轰”的一声，手雷爆炸了，几名土匪被炸得狼嚎般惨叫。“冰冰姐，你带郑剑快撤！”

庄严端起枪朝着两边的土匪猛烈扫射，土匪们仗着人多，并不示弱，也一齐开枪朝着他们射击。三个人以寡敌众，几次突围，都没能冲出土匪的包围圈，处境越来越危险。

突然，激烈的枪声和马蹄声由远而近，土匪们乱了阵脚。张冰冰抬头一看，竟然是李卓越带着两名战士骑马飞奔而来。因为惊喜和激动，她流着泪大声喊：“李——卓——越！”

李卓越与两名战士和庄严里应外合，痛击土匪。土匪们知道再打下去，也难有收获，只是徒增伤亡，于是蹿进了两边茂密的树林，逃离而去。

李卓越也是听到枪声赶过来的。他带着两名战士，已经快到龙溪了，忽然听到了枪声，虽然不知道是怎么回事，然而出于职业敏感，他却有一种出事的预感，于是立即调转马头，带着两名战士，旋风般赶了过来。

4

“为什么跑到这荒郊野岭来？我走的时候怎么和你们交代的？”土匪们逃窜而去之后，李卓越生气地大声质问张冰冰等人。

“现在说什么也没用，赶紧想办法救小晴吧！”张冰冰说。

“小晴怎么啦？”李卓越问。

“被土匪绑架了！”张冰冰说。

“到底怎么回事？”李卓越一下瞪大了眼睛。

张冰冰犹犹豫豫的，看了一眼郑剑。郑剑低下头去，避开了李卓越射过来的灼灼目光。他结结巴巴地告诉李卓越，小晴陪他到马家围采风，结果回来的路上被土匪袭击了。

“混蛋！”李卓越用英文骂道，接着质问郑剑，小晴被土匪袭击了，那你呢，你为什么好端端的？看到他生气的样子，谁也不敢吱声。他看了大家一眼，吩咐同来的两个战士护送张冰冰和郑剑先回镇政府。接着告诉庄严，马背上有弹药，赶紧补充好，一起去救于小晴。

“我不回去！我要跟你们一起去救小晴！”张冰冰说。

“闭嘴，废话少说！”李卓越用英语大声说。张冰冰不知道他在说什么，但看得出他在冲自己发脾气。庄严小声对张冰冰说，冰冰姐，老李让你什么也不要说，赶紧回去！

天黑下来了。因为对当地环境不熟悉，加上是一个无星无月的阴天，到处黑咕隆咚，伸手不见五指，李卓越和庄严在山里兜兜转转，一个晚上也没有发现土匪的行踪，直到天亮时分，他们在山里发现了一些碎纸片，捡起来一看上面是郑剑写的曲谱，于是顺着纸片一路寻找过去，他们走下了山，走出了树林，来到了河边，在河滩上发现了小晴的遗体。她昂面躺在沙滩上，上衣被挑开了，土匪们残忍地刺穿了她的双眼，在她脸上、乳房上划出了一道道血淋淋的口子，她的全身到处都是鲜血，身下的沙滩也被血浸湿了……

“小晴姐！”庄严跪在了小晴身边，大声哭喊起来。

“都怪我！”李卓越心情沉重，含泪说道。他轻轻地为小晴整理好上衣，为她扣好。然后让庄严赶紧回去，把张冰冰等人喊来。

李卓越和庄严一夜未回，也没有任何消息，张冰冰担心得整夜没睡。天刚放亮，她就到镇政府大门外面，向远方张望，目光所及，连个人影儿也没有。她心神不定地在门口走来走去。齐惠兰走了出来，告诉张冰冰，郑剑一直到了快天亮的时候，还坐在门口小声哭泣。“小晴真要出事，最自责的是他。”齐惠兰说，“我们去安慰他一下吧。”

张冰冰说，都怪我没管好他们，小晴如果有事，我会愧疚一辈子！齐惠兰安慰她说，这也不能怪你，事出突然，但愿卓越同志能给我们一个惊喜！

张冰冰摇了摇头，她心情沉重，说龙溪发生了太多太多事了，我总有一种不祥的预感。她告诉齐惠兰，小晴是大军南下过湖南时入伍的。当时文工团在为即将出征的部队演出，小晴在一旁看热闹，演出结束后，小晴忍不住唱了一首湖南民歌。文工团团长听了，认为小晴的嗓音好，有歌唱天赋，值得好好培养。团长爱才心切，就动员她入伍了。

张龙钧来到镇政府，看到齐惠兰和张冰冰在门口，就问李卓越同志还没回来吗？“没回来，真是急死个人！”齐惠兰说。

“这事都怪我和我姐，要不是我姐病了，怎么会出这档子事。”张龙钧说，“我姐也是，早不生病晚不生病，偏偏这时候生病！”

齐惠兰很不满地看了一眼张龙钧，说龙钧同志，你怎么这么说呢，事情怎么能怪到香嫂头上去？她要听到了，还不知有多么难过！

“我姐已经知道了，一直在哭。”

齐惠兰说，你看你，嘴上没个把门的，怎么能告诉香嫂，她还病着。张冰冰也担心地说，香嫂本来身体就虚弱不堪，怎么经受得了。三个人正说着，就看到庄严骑着自行车飞一样地从远处奔来，远远地就大声喊：“冰冰姐——！”

等庄严来到近前，张冰冰急切地问：“李卓越呢？找到小晴了吗？”庄严哭了起来，他上气不接下气地告诉张冰冰，小晴姐被土匪杀害了！李卓越就在后山，他让大家快点过去。

张冰冰感到全身发软，身子一晃，就要栽倒。站在旁边的张龙钧立即扶住她。“冰冰同志，坚持住，”他接着说，“发生这样的事情，我们也难过。”

郑剑站在二楼走廊，神情呆滞，眼睛哭得红肿一片。他看到庄严一个人回来了，突然心慌起来，急匆匆下来想问个究竟，刚走到楼梯口，就听到庄严大声哭着说小晴被土匪杀害了。他心里顿时就像被刀子割了般疼痛，脑子一片空白，眼前一黑，一头栽倒，从楼梯上滚了下来！

齐惠兰回来喊郑剑，她刚迈进院子，正好看到郑剑从楼梯上滚了下来。“郑剑！”她大声喊着跑过来，扶郑剑坐了起来，摇着他的肩头说：“郑剑，你怎么了，你说话呀！”郑剑牙关紧闭，脸色铁青，呼吸急促沉重，过了一会，“哇”的一声大哭起来：“小晴！”

“郑剑，坚持住！”齐惠兰说，“卓越同志还在后山等着我们呢！”

庄严离开后，李卓越抱起小晴，他步履沉重，流着泪来到附近的山坡上，他找到一个小山坑，又用匕首向四周开了开，挖深了一些，把下面整理平坦了，把于小晴轻轻地放下来，让她躺好。他抹一把眼泪，说小晴，血债血还！我一定要给你报仇！他又望了一眼小晴，说小晴，你就躺在这里休息吧！他强忍着悲痛，开始往坑里填沙土……张冰冰等人赶到时，他已经把小晴掩埋好，堆起了一个小小的坟头。

张冰冰看到这一幕，一下扑到李卓越面前，一边撕心裂肺地哭喊一边用拳头狠命地捶打李卓越，质问他为什么不让大家看小晴最后一眼？

“对不起，是我不好！”李卓越痛苦地说，“土匪给小晴毁容了，我不想大家看到……”他接着说，“我想让大家永远记住小晴那美丽活泼的样子……”

郑剑跪在坟堆旁，哭泣着一把一把的往上面培土……他突然停了下来，趴在坟堆上，用力拍打着，号啕大哭。张冰冰也哭倒在了坟旁。

齐惠兰等人强忍着悲痛，边流泪边劝说张冰冰和郑剑。然而不管怎么劝，两个人都无法止住哭声，他们趴在坟堆前死活不肯离开。李卓越和齐惠兰只好架起张冰冰，不顾她挣扎，把她抱到马背上，用力按住她；庄严和张龙钧则架起郑剑，扶他骑到张龙钧骑来的另一匹马上。

“走吧！”李卓越说。

于是大家强忍悲痛，一步三回头地下了小山坡，拐过山脚，就看不到于小晴的坟堆了。大家站住脚，转过身再一次望向山坡上于小晴的坟头……小小的坟头，孤零零的，苍凉而无助……良久，大家才默默地转过身，心情沉重地走到通往龙溪镇的山路上，回了镇政府。

安顿好张冰冰和郑剑后，李卓越来到镇政府旁边的树林里，他思绪纷乱，想找个僻静的地方，静下心来，好好地考虑考虑下一步的工作。没想到，不一会儿，圆月就找了过来。李卓越冷着脸，没有理会她。圆月说李卓越你别这样好不好？小晴不幸被害，我也很难过。我要是知道会发生这样的事，就不会跟郑剑提起瞎哥了，现在我都后悔死了！

“说完了吗？”李卓越冷冷地问。

“你什么意思？”

“没什么意思，”李卓越说，“说完了你该干吗就干吗去！”

“那——你还生不生我气？”

“我生过你的气吗？”

圆月有些委屈，说不生我气这段时间怎么不理我？

“对不起，这段时间发生的事情太多了，我不想说话。”

圆月表示理解李卓越的心情，她接着邀请李卓越中午到她家里吃饭，散散心。李卓越拒绝了她的邀请。

“对不起，我现在哪都不想去，只想一个人静一静！”

“你这人怎么这样，人家这不是想帮你嘛！”

“你帮不了我，”李卓越说，“忙你自己的去吧，别在我这儿捣乱！”

圆月一下急了："你说什么？我捣乱？我捣什么乱了？"

李卓越没有理会她，快步走出小树林，沿着旁边的小路，向镇政府走去……

5

临近黄昏，管家来到书房告诉张镇天，洪贵送来了消息，那个叫张冰冰的女军佬和那个小军佬去马家围找人了。张镇天听后大喜过望，问管家吊楼那边收拾好没有？管家说已经收拾停当。"好！那就只等晚上唱场大戏！"张镇天很是得意。

吃罢晚饭，张镇天先到后院的佛堂上了香，然后来到书房，坐在梳妆台前，把眉笔、脂粉、油彩等一应化妆用品拿了出来，对着宽大的玻璃镜子，轻描重彩地开始化旦角妆容，就在他戏妆差不多化好时，管家急匆匆走了进来。张镇天正拿着一支眉笔颇有耐心地描画弯弯细眉。"送来了？"他问。

管家凑到他的耳边，悄声说只抓到先前去的那个女军佬。

"就一个人？"

"是的，老爷！"

"怎么搞的？"

管家告诉他，本来已经把三个人团团包围了，眼看就要生擒活拿，没想到李卓越赶到了，他一个人就够麻烦了，没想到还带了两个扎手货，弟兄们只好撤了。"功亏一篑啊，老爷！"管家说，"实在可惜！"

"几十号人，就那么几个共党军佬，竟然对付不了！我养的都是些什么人哪？"张镇天骂道，"全他娘的是废物！"

"老爷，要不让弟兄们把那个女军佬送来给您助兴？"

"免啦！"张镇天告诉管家，皇太子意在张冰冰，把她漏了，事情做得再好，也是半缸泔水，臭不可闻。他吩咐管家，通知弟兄们，女军佬就不必送来了，就地解决掉，赶快撤离！

“好的，老爷，我现在就去安排！”

第二天，吃过早饭，张镇天准备去一趟镇政府。他戴着礼帽、拄着文明棍走到门口，发现马三尺站在门外，东张西望地正准备进来。他忙拱手说道：“马老师，尊驾光临，有何贵干哪？”

马三尺态度谦恭，忙说天叔你好，我来找圆月老师。张镇天说她一大早就去学校了啊！马三尺说他没见到圆月老师，接着告诉张镇天，圆月昨天跟他说最近头很疼，他以为圆月病了，所以特地赶过来探望探望。

“谢谢马老师关心！”张镇天说，“她没病，出门的时候还活蹦乱跳的呢！”

“那她会去哪呢，今天她有课呀！”马三尺喃喃说道。

张镇天想了想，突然一副恍然大悟的样子。“我知道了，马老师，她可能是去镇政府了！”

“去镇政府？”马三尺一脸迷惑不解的样子。

“不就是牵挂她那个同学嘛！”

“那个李同志回来了？”

张镇天告诉马三尺，李卓越昨天就回来了，他一回来，镇政府就出了件大事，圆月恐怕是担心他，一大早就赶过去了。

“天叔，镇政府出什么大事了？”

“整个龙溪镇都知道了，你不知道？”

“我一个小教书匠，又不喜欢打听，对学校外面的事情还真是一无所知。”

张镇天叹息一声，告诉马三尺，昨天晚上解放军征粮队的一名女同志在马家围被土匪杀害了。他说自己正准备去一趟镇政府，看能帮到什么，问马三尺去不去。马三尺说出这么大事，本是应该去的，可孩子们还等着上课，圆月老师又不在，我要先回学校，去镇政府只能再找时间了。他接着说，那我就不打扰天叔了。张镇天说，马老师您客气了，有时间来家里坐。

张镇天望着马三尺离去的背影，心想他今天怎么突然到访，果真是找圆月吗？“以后多注意一下这个马三尺，”张镇天对管家说，“我现在就去镇政府，你准备个花圈送到镇政府去。”

张镇天来到镇政府，张龙钧正好在院子里，他们打过招呼，张镇天长叹一声，说好端端的一个龙溪，民风淳朴，竟然被弄得乌烟瘴气，血雨腥风，真是作孽啊！张龙钧忙说，我这个镇长失职，汗颜啊！

李卓越从外面走了进来。张镇天望了他一眼，说卓越同志，你的脸色不太好啊！李卓越忙说，多谢天叔关心，我没事！张镇天说应该是累的吧，多注意休息才行。接着他问李卓越圆月刚才是不是来找过你。李卓越说来过。张镇天叹一口气，说这丫头从小少管教，任性，没给你添乱吧。李卓越摇了摇头，说那倒不至于，接着他说，天叔，张镇长，你们聊，我还有点事。张镇天说，你那都是要紧事，耽误不得，你忙去吧。这时，管家带着几个家丁，抬着一个很大的花圈来到镇政府。李卓越看着张镇天，说天叔您……他话还没说完，张镇天就说听到一名解放军同志牺牲了，我这心里很难过，所以特地备了一个花圈，算是尽龙溪众乡亲的一点心意，聊表哀思！

“谢谢您，天叔！”李卓越说。

“别说这个谢字，唉，白发人送黑发人，哀莫大焉！”张镇天接着对张龙钧说，“龙钧，你陪我往后山走一趟吧！”

张镇天和张龙钧带人到了后山，将花圈放在于小晴的坟前，就下山了。回来的路上，一名解放军战士骑着一匹快马，沿山路奔驰而来，从他们面前一闪而过，往镇政府方向而去。怎么会有解放军来呢？两人对望了一眼，从对方眼里看到的都是疑惑。

6

解放军战士是骑兵连的，江团长安排的专门联络龙溪的通信员。他从广州同德围赶过来，找到镇政府后，李卓越把他领进自己的房间，将一个封好的信封递给他，说：“回去后马上交给江团长！”

通信员收好文件，对李卓越说，如果没有别的事，我现在就回去。李卓越让他休息一下，喝点水。他说不休息了，临来时连长叮嘱过，天黑前必须赶回去。

“辛苦你了！”李卓越叮嘱他说，“龙溪情况比较复杂，路上小心点，一定要注意安全！”

送走通信员，李卓越刚回到房间，张冰冰走了进来。张冰冰哭得两眼红肿。“小晴牺牲，我有责任，你要批评尽管批吧，骂也行。”说着，泪水又忍不住落了下来。

“小晴牺牲，真正要负责任的应该是我！”李卓越告诉张冰冰，他早已发觉附近村庄里隐藏着土匪，考虑到他们都是文工团员，怕吓到他们，就没有告诉他们实情，还叮嘱知道实情的庄严也不要说。

“现在看来，这是个错误！”李卓越后悔道。

“你什么时候发现的？”

李卓越说那次下乡演出征粮，回来时你发现我衣服上有血迹，还问是怎么回事。我说是上火流鼻血，其实是和土匪搏杀时留下的。

“都怪我们没有经验，”张冰冰说，“其实有些事情你也没必要瞒着我们啊！”

“我也没有想到会出这么大的事。”李卓越接着说，我们的组织关系都转到警备区来了。我这次去政治部办理组织关系时，干部科的同志告诉我，纵队把你报考医学院的相关材料也移交给了警备区，他们正在办理相关手续。

“太好了，”张冰冰高兴地说，“我的梦想就是做一名救死扶伤的医生！”

“还有一件事，我要征求你的意见。”李卓越告诉张冰冰，警备区已经通知征粮工作结束，本来打算让征粮队撤走，但他考虑到龙溪匪情严重，而且土匪们可能在酝酿一个大阴谋，所以他请求上级让征粮队继续留下来，以征粮的名义侦察匪情。说到这里，李卓越看了看张冰冰，说这是一个十分艰巨和危险的任务，我担心你们……

“别说了，我们留下来，和你一起战斗！”张冰冰很坚定地说。

“我想，明天你还是召集大家开个会，征求大家的意见，如果谁要离开，就让他离开，我们不强求。毕竟这是我争取来的任务，没必要大家都来涉险。”

“也好，我们采取自愿原则，”张冰冰说，“不过，我有个要求，你必须答应。”

“说吧，什么要求？”

“这支队伍今后要交给你来带。”

“不行，一切还和以前一样，不要让别人起疑心。”

第二天，张冰冰召集开会，征求每个人的意见。谁也没有提出离开，都坚决要留下来。

庄严说：“老李，从今以后你去哪我就去哪，跟定你了！”

郑剑说：“我一定要留下来，我要给于小晴报仇！”

第七章

1

刘文祥逼死了阿光的女儿阿霞。这个消息是镇政府的小赵告诉李卓越的。当时，李卓越和张冰冰等人已经下乡。趁着张冰冰和郑剑为村民演出节目，李卓越决定到离此不远的水库大坝看看，他总觉得匪特分子的天水计划一定与水有关。离开前，他特意叮嘱庄严，一定要做好警戒，注意安全。

小赵到村里找到张冰冰等人时，演出已经接近尾声。听小赵说齐书记有急事要找李卓越，张冰冰决定后面的两个节目不演了。他们收拾起道具，和小赵一起到水库大坝找到了李卓越。

小赵告诉李卓越，阿光人虽然不错，但有一个坏毛病，就是好赌。他欠下了刘文祥一百块大洋的赌债。他的大女儿阿霞已经十七岁了，出落成了一个标致的大姑娘，刘文祥提出娶阿霞为妾，抵掉阿光的赌债。阿光本不愿意，但他害怕刘文祥报复，慑于淫威，只好违心地答应下来。然而阿霞却坚决不答应。昨天刘文祥派人把阿霞抢到家里，昨天晚上，刘文祥强行非礼，刚烈如火的阿霞以死抗争，以头撞墙，自杀而死。

小赵还告诉李卓越，在如何处理刘文祥逼死阿霞这件事上，齐惠兰和张龙钧存在分歧。齐惠兰的态度很坚决，坚持要严惩刘文祥，张龙钧却认为镇政府力量薄弱，仅靠李卓越这几个人，怕是难以胜算，不赞成立即采取行动。齐惠兰无法说服张龙钧，于是提议听听李卓越的意见。

李卓越决定拔掉刘文祥这个钉子，为民除害的同时，敲山震虎，如果躲在暗处的匪特有所动作，更有利于侦察工作。

李卓越等人回到镇政府的时候，齐惠兰和张龙钧还在为是否立即对刘文祥采取行动争论不休。他们听到李卓越等人回来了，就下楼来征询李卓越的意见。

“齐书记、张镇长，你们稍等一会。”李卓越说，“我等会去办公室找你们。”

李卓越回到房间，拿出纸笔，写了一封信，封好后交给庄严，让他立即赶往同德围。“你要亲自把信交给江团长，快去快回！”李卓越叮嘱庄严，“带上枪，多带些子弹，多带几颗手雷！”

庄严走后，李卓越来到齐惠兰的办公室。齐惠兰说，卓越同志，镇上阿光的女儿被刘文祥逼死了。

李卓越说，小赵在路上已经把详细情况告诉我了，对刘文祥这种恶霸，必须采取果断行动，杀一儆百！

张龙钧看了一眼李卓越，有些顾虑地说，只是我们的力量太薄弱了，怕是……

李卓越说，我已经让庄严去请援兵了。

“太好了！”齐惠兰高兴地说。

“对，对，有部队撑腰，我就放心了！”张龙钧立即附和说。

“刘文祥不过是浮在表面的一条游鱼，”李卓越看了齐惠兰和张龙钧一眼，接着说，“真正的大鱼还在水下呢！”

齐惠兰听李卓越这样说，她把这段时间发生的种种意外事件在脑子里过了一遍，认为李卓越的话很有道理。

刘文祥和共产党对抗，可以转移视线，甚至发挥牵制作用，对执行天水计划极为有利。现在李卓越决定对刘文祥采取行动，他一旦被除掉，就少了一股牵制共党的力量……张龙钧想到这里，万分焦急，心想必须把这个情况告诉张镇天和皇太子。

其实，张镇天打心里看不起刘文祥。在他眼里，刘文祥就是一个上不了场面的烂仔，死不足惜。但当他接到李卓越要彻底铲除刘文祥的消息，却和张龙钧一样着急。因为他也知道，此时此刻刘文祥被铲除，无论对他个人还是天水计划都极为不利。心想这个刘文祥，打铁不看火候，纯粹是个没脑子的猪，这个时候还骚情，简直就是找死。但是从大局考虑，他要想法救下刘文祥。说不定自己还多一个得力的干将。硬碰硬绝对不行，那样不仅难有胜算，而且自己也很容易暴露。怎么办呢？张镇天在书房里踱着步子，右手轻抚着下巴，思考着如何才能成功救下刘文祥。他突然眼前一亮，停了下来。他决定通知刘文祥，让他逃走，上凤凰山。他知道这是唯一可行的办法。

为避免有闪失或不慎走漏消息，张镇天让管家亲自去见刘文祥。没想到，管家赶到刘文祥的烟馆，提出要面见刘文祥，有非常紧急重要的事情相告。烟馆管事让他稍等，亲自去后面向刘文祥汇报。刘文祥一听是张镇天的管家来了，说他们能有什么鸟好事？我和他张镇天桥归桥、路归路，井水不犯河水。不见！

烟馆管事来到前面，强装一副笑脸，说我们家老爷正忙着，没空儿见您，请见谅。管家一听就知道刘文祥拒绝见他，于是他说，我匆忙赶过来确实有重要事情。共党政府要对你们家老爷动手了，那个姓李的军佬还派人去广州搬援兵。接着他对烟馆管事说，我们家老爷听到这个消息后，认为都是乡里乡亲，低头不见抬头见，怕你们家老爷吃亏，才立即让我前来相告，我们家老爷说了，要赶紧行动，再迟就怕来不及了。如果不介意，可以连夜上凤凰山，我们家老爷会做安排的，麻烦你再去和你们家老爷汇报一下。

烟馆管事听了，心里顿时慌乱起来，跌跌撞撞地跑到里面，把张镇天的管家所说的情况向刘文祥讲了。没想到刘文祥根本没当回事。他从烟床上一骨碌坐了起来，说别听那个死太监放狗屁，共党政府敢找我的麻烦，他们是哪盘菜？保准是张镇天这个死太监使坏！还安排我逃到凤凰山上去，那不是要到他的地盘上去？就凭他的心狠手辣，那注定是有得去没得回。

管事说，老爷，看他管家那副神情，不像空穴来风。这种事宁可信其有，不可信其无。要不您还是避一避风头，就算不去他张镇天的地盘，也不是没地方可供安身。

刘文祥一下暴躁起来，说老子在龙溪躲过谁，他张龙钧算个球？他敢放马过来，老子非抽他的耳光不可！

管事提醒刘文祥，说张龙钧自然没这个胆，关键是那个姓李的军佬，而且听说他还派人去广州搬援兵了。

刘文祥听了，把头摇得像拨浪鼓，说这是张镇天那个老狐狸的诡计，你想想，自从共党军佬的征粮队来了后，事没少出，要搬兵早就搬来了，还能等到现在？接着他告诉管事，把弟兄们召集起来，做好准备，那个死军佬只要有胆来，我就让他有来无回！

管事有些犹豫，说老爷，要不要再合计合计？刘文祥有些不耐烦，说有什么好合计的？敢和老子作对的人，还在娘胎里呢，谁也休想在老子这里讨半点好处！接着他告诉管事，快点去准备吧。“记得告诉弟兄们，把弹药备足，把枪擦亮，只要把事儿干漂亮，我不会亏待弟兄们的！”

2

红彤彤的太阳慢慢沉入西边的山后，黄昏如潮水般涌了上来，没过多久，整个天地就没入了暗沉沉的夜色。李卓越坐在灯下，细心地擦拭着他的两把驳壳枪。庄严去广州同德围还没有回来，他掏出怀表看了看，按说应该回来了，他为庄严的安全担心起来。

想到庄严，他不禁想到了庄司令，他发现庄严长得有些像庄司令。庄司令夫妻都是广州人，以前就在广州从事地下工作。而且上次他见庄司令时，说到了庄严，听庄司令的口气，好像比较了解，一个纵队司令员竟然对一个入伍两年的士兵有所关注，怎么说都不应该是这样的，他越来越觉得，庄司令应该就是庄严的父亲，而且庄司令心里是很清楚的，只是不知出于什么原因，一直瞒着庄严。

敲门声打断了李卓越的思绪，张冰冰推开门走了进来。李卓越头也没抬，边擦枪边对她说，郑剑呢？以前他时不时总要吼两嗓子，这几天总是不言不语，情绪不对啊，你有空多开导开导他吧。

张冰冰叹了口气，说谈过好几次了，小晴出事，对他的打击太大了，今天傍晚，他又跑到小晴的墓地上待了好久。接着，张冰冰问，真要对刘文祥采取行动吗？李卓越点了点头，说不能再等了，必须采取行动。外面传来自行车碰撞到院门的“哐啷”声，张冰冰高兴地说，庄严回来了！两个人赶紧起身走到门外，庄严踩着自行车“唰”地冲到李卓越面前，一个急刹，停了下来。李卓越看了看门外，空荡荡的，连个人影都没有，问庄严，人呢？怎么你自己回来了。庄严抬手抹了一把脸上的汗水，说别急，在后面，我先回来报个信，免得你们担忧！

“来了多少人？”李卓越问。

“一个排，特务连的！”庄严接着说，“老李，这回至少让你找找当排长的感觉！”

张冰冰一听笑了：“小鬼头，你太小看人了吧，人家可是营长都当过，还在乎小排长的感觉！”

“老李当过营长？”庄严说，“上帝啊，我怎么就没看出来呢！”

张冰冰告诉庄严，李卓越不仅当过营长，而且还是特务营营长。

“行啊老李，”庄严说，“有啥绝招以后可要教我啊！”

“别咋呼了！”

李卓越抬起头冲楼上喊齐书记，告诉她增援部队的同志就要到了，让她派人安置一下。

吴排长带着战士们赶到时，小赵早已把房间床铺收拾好。吴排长顾不上休息，向李卓越请示如何行动。李卓越说要和镇政府领导一起研究一下。他来到齐惠兰的办公室，提议开个会研究一下行动方案。齐惠兰说张镇长回家了啊。李卓越想了一下，说要不我们先研究一下，明天早上张镇长回来后，你再和他讲一下吧。

李卓越先是向吴排长介绍了刘文祥的情况，他的烟馆的布局结构，这段日子了解到的刘文祥的家丁人数和持有枪支情况等。接着他提议分头行动，由齐惠兰带张龙钧、张冰冰、郑剑、庄严和镇政府的部分工作人员，由正门直接去烟馆找刘文祥进行交涉和周旋，但千万不要与之交手，目的就是拖住刘文祥，以便让他带人完成包围，安全警戒方面则由庄严负责。吴排长的一个排完成包围后，李卓越将想法从后院进入，接近刘文祥。

“擒贼先擒王。”齐惠兰说，“只要把刘文祥拿下，我想，那些家丁也就树倒猢狲散。”

李卓越点了点头，说这一点我也想到了，但到时怎么行动，要根据具体情况决断。

吴排长说：“卓越同志，一切听从你的安排，保证完成任务。”

第二天早上，张龙钧来到镇政府后，齐惠兰把昨天定的计划告诉了他。他点点头，说既然确定了，就按这个计划执行吧。

吴排长和战士们已经做好了准备。众人正要出发，圆月匆匆忙忙赶了来。坚持要和大家一起去。李卓越听了，沉着脸不答应，任她怎么说，李卓越都不松口。

“卓越同志，她想去就让她去吧，”张龙钧说，“反正我们人多，不会有什么事。”

圆月上前抱着李卓越的手臂，摇晃着说：“你答应嘛，龙钧哥哥都同意了，你就给点面子好不好嘛！”

李卓越很不耐烦，用力甩掉圆月抓住自己手臂的两手，说：“行，你去，跟在别人后面，别捣乱！”

“我什么时候捣乱过嘛？你倒是说说。”圆月半是责怪半是撒娇地说。李卓越没有理会她。李卓越大声喊吴排长，吴排长快步来到他面前，李卓越说：“吴排长，按计划行动！出发！”

齐惠兰带着人，快到刘文祥的烟馆时，一个打手从大门口慌慌张张地跑了进去，告诉刘文祥共党政府的人过来了！刘文祥站在院子里，看到他这副慌张样子，骂道：“丢你老母，慌什么！来了多少人？”

“十来个人吧。快到门口了。”

“十来个人也敢杀上门来？真他娘的是找死！”刘文祥接着问站在身边的烟馆管事都准备好没有？管事说，老爷您尽管放心，都准备好了。刘文祥挥了挥手中的烟枪，对管事说，告诉弟兄们，看我的手势行事，烟枪一落，格杀勿论！管事答应一声，刚要转身离去，刘文祥又吩咐管事，派几个人把他的太师椅抬到大门口去，他要看看，是哪个吃了豹子胆，敢在他刘文祥头上捉虱子。

刘文祥来到大门口，坐在太师椅上，端着一杆烟枪，没事人似的，悠闲自在地吸着烟。看他吐出的烟雾，由浓浓的一团慢慢散开，散成一丝一缕，袅袅萦绕……齐惠兰和张龙钧等人来到他面前时，他半闭着眼睛，连眼皮都没有撩一下。

"刘文祥，你知道我们今天为什么来找你吧！"齐惠兰严厉地说。

刘文祥不紧不慢地吸了一口烟，吐出一团浓浓的烟雾，很是轻蔑地看了一眼齐惠兰等人。"连母鸡都打鸣，母狗也跷腿拉尿，这成啥世道了？"刘文祥接着说，"哪来的臭婆娘，敢来这里撒野？"

"刘文祥，你死到临头还敢托大，真是不知死活！"张龙钧上前一步，怒斥道。

刘文祥从太师椅上略略抬了一下身子，斜眼打量一眼张龙钧。"张龙钧，你算什么东西？也配和老子作对！老子在龙溪刀口舔血的时候，你还穿开裆裤呢！"

"来人，把他绑起来！"张龙钧说着走上前。

刘文祥"噌"地从椅子上一弹而起，骂道："找死！"他把烟枪往地上用力一掷，"哐"的一声，烟枪被摔成了两截。一群打手从院墙上冒出来，端枪瞄准众人。

庄严挡在众人前面，身上背着枪，手里握着两颗手雷，高举起来，冲着打手们喊道："不许乱动！"有些打手认识庄严，那次刘文祥在半路上要绑架圆月，庄严用手雷炸伤过好几个伙计，他们知道这个小军佬很难对付，因此，见庄严手里举着两颗手雷，谁也不敢开枪。

"都他妈的成死人啦？"刘文祥骂声刚落，就听"呯、呯"一阵枪声，打手们一个个从院墙上栽了下来。刘文祥顿时知道情况不妙，掏出手枪想趁势逃走。李卓越带着战士们从后面冲了出来，枪口瞄向那些企图逃跑和反抗的打手们。李卓越用枪口顶着刘文祥的后脑勺，警告他："老实点，把枪放下，叫他们统统把枪放下！”

刘文祥知道大势已去！

张镇天带着管家和几个家丁赶到刘文祥的烟馆时，李卓越等人已经离开了。整个烟馆连个人影都没有。他望着一片狼藉的烟馆，不禁连连摇头。“此是庸夫之怒，非士之怒，完喽，”张镇天叹息一声，对管家说，“回吧，回去再说。”

张镇天昨天让管家给刘文祥通风报信，让他赶快逃走。他没想到，刘文祥这个犟驴，根本没脑子，不仅不听他的建议，还要和共党对着干，他就知道刘文祥这次死定了。“良言难劝该死鬼，”张镇天对管家说，“人各有命，随他吧！”

吃过晚饭，张镇天先是到后院的佛堂上了香，然后来到书房，抽出一卷书翻了翻，却没有读下去的心情，就把书往书桌上一丢，靠在宽大的太师椅背上，闭目养神。女儿圆月找到了书房，说明天镇政府要对刘文祥采取行动，要他明天一定得去。张镇天说那都是政府的事情，自己一个小百姓没必要掺和进去。没想到圆月却继续纠缠，坚持让他去。他这辈子就这么一个女儿，自小被他视为掌上明珠，娇纵惯了，什么事情都由着她。张镇天最终答应了女儿圆月的请求，说你放心，我去，一定去，我保证不让你的心上人少一根头发，行了吧？接着他对女儿说，你快去睡你的觉，让我清静一会。其实他是在等皇太子的消息，他想这么大的事情，皇太子神通广大，不可能不知道，看皇太子怎么安排吧。然而，一直到天亮，也没有等来皇太子的消息。

女儿圆月临出门时，特意叮嘱他：“爹，您千万不要忘了，昨天晚上答应我的事情，等会一定要去刘文祥的烟馆。”圆月说完，就风风火火地出门走了。

圆月在张洪贵的杂货铺附近，看到货郎一路摇着拨浪鼓，吆喝着向张洪贵的杂货铺走去。校长马三尺若无其事地走在货郎身后。圆月紧走几步，在后面喊：“马老师！”马三尺慌忙回过头，和圆月打招呼。

圆月微笑着揶揄道："马老师又断粮了？"马三尺笑着说，圆月老师你不知道，这抽烟的人，前世欠了阎王债，烟瘾一上来，身不由己啊！圆月说，我正想去学校找你请半天假，要不是你烟瘾大，还不会在这儿遇上。马三尺说，什么事这么重要，让你一大早就来请假？

"马老师，你没听说刘文祥逼死阿霞的事吗？"

"有听说，怎么啦？"

"政府要出面整治刘文祥，我想去看看，我怕……"马三尺恍然大悟，说你是担心卓越同志吧，好，我准你半天假！

"谢谢马老师！那我去了。"圆月说完，转身向镇政府方向走去。马三尺转过身，向张洪贵的杂货铺张望了一眼，货郎早已消失得无影无踪。

圆月出门后，张镇天问管家有没有消息，虽然他知道只要一有消息管家就会立即告诉他，但他心里实在是着急，仍禁不住问了。管家摇了摇头，告诉他没有任何消息。张镇天告诉管家，他要到书房休息一会，收到消息立即告诉他。

张镇天来到书房只有一袋烟工夫，管家急匆匆闯了进来。"老爷，有消息了！"管家说着，将一张纸条递给了张镇天，他打开一看，神色骤变。

"老爷！皇太子有什么指示？"管家小声问。

"皇太子有令，一定要保住刘文祥，决不能让他落到共党政府手里！"他接着问管家，"镇上能调动的人有多少？"

"也就二三十人吧。"

"这点人，杯水车薪！绝不是共党的对手，这种时候，绝对不能蛮干。"张镇天接着问管家，"共党那边啥情况，开始动作了吗？"

"刚才阿贵来了，说他们已经杀到刘文祥家去了！"

"多少人？"

"阿贵说人倒不多，十来个人，齐惠兰和张龙钧带着镇政府的几个工作人员，还有征粮队那几个小虾米。"

"那个李卓越呢？"

"阿贵说没看到他。"

“不好！”张镇天说，“李卓越一定是抄后路去了，刘文祥真的死定了！”他说着从衣帽架上拿起礼帽扣在头上，拿起文明棍，对管家说：“走，赶紧过去看看！”

张镇天带着管家和几个家丁赶到刘文祥的烟馆时，李卓越等人已经带走了刘文祥。留给他们的，只是院子里的一片狼藉。

3

这一天的天亮时分，突然电闪雷鸣，下起了暴雨。李卓越想到了敌特分子的天水计划。他想，如果不尽快处决刘文祥，一直关押在镇政府，不但容易生变，会有意想不到的麻烦，也拖住了他，使他无法秘密侦察敌特分子的情况。想到这里不禁着急起来。

雨渐渐小了。齐惠兰撑着一把油纸伞，从外面走了进来。李卓越忙和她打招呼，问她处置刘文祥的请示到底送走没有。齐惠兰说这么大事，当然送走了。她有些疑惑地望着李卓越，问：“怎么啦？”

李卓越有些焦急地说：“怎么到现在还没有批复呢？”

“不是才三天吗？”齐惠兰说，“看把你急的。”

“我是为这事着急，”李卓越说，“一个刘文祥把我们所有人都拖在这里动弹不得，这样下去，我们的征粮工作怎么完成？”

“我理解，”齐惠兰说，“但区里的批复没下来，我也没办法。”齐惠兰告诉李卓越，镇里的基干民兵组织建立起来了，她说要不把看管刘文祥的任务交给民兵，这样你们就可以继续去征粮了。

李卓越没有同意齐惠兰的提议，他认为龙溪的情况实在是太复杂，刘文祥在龙溪根基深厚，稍有不慎，后果将不堪设想！

“那你说怎么办？”

“能不能这样，我们不等区政府的批复了，镇党委开会研究决定，处决刘文祥！”

“不行，绝对不行！”齐惠兰说，“我们不能不讲政策，即使处决刘文祥这种罪大恶极的反革命分子，也必须报区以上人民政府批准！”

“可问题是现在情况特殊嘛！”

“再特殊我们也不能凌驾于党的政策之上！”齐惠兰看了一眼李卓越，“你这个同志，政策观念怎么这么淡薄？得好好补一补这方面的课！”

李卓越一愣，脱口吐出一串英语。齐惠兰打了一个愣怔，很严肃地说，卓越同志，你这是什么意思，我跟你谈工作，你怎么骂人！李卓越忙说我没有骂人！齐惠兰说你真的没骂人？张冰冰同志可跟我说过，你一急就喜欢用美国话骂人！

庄严趴在对面的走廊护栏上，看着有些发窘的李卓越，笑嘻嘻地说，老李，以后就别整洋鬼子话了，免得误会。李卓越说，你一个小孩子知道啥，我和齐书记在谈工作，你别打岔！庄严说我没打岔，我知道你说的啥。他告诉齐惠兰，李卓越没骂她，只是说怎么就遇上你这么固执的人了呢？

“你这个同志，太不理解人了！”齐惠兰对李卓越说，“你以为刘文祥关在这里我不着急吗？我一大早冒着雨跑出去，就是去找龙钧同志，商量刘文祥的处理问题。”

“商量出结果了吗？”李卓越问。

“龙钧同志没在家，等会他来了，先和他商议这事。”

雨已经很小了，齐惠兰抬头看了看，西边的天空透出了一抹亮色，天要放晴的样子。她喃喃说道：“已经不早了，龙钧同志怎么还没来呢？”

没过一会儿，张龙钧急匆匆地赶了来，他看到齐惠兰和李卓越站在二楼走廊上聊着什么。就上楼来，边收雨伞边说，齐书记，实在对不起，又来晚了，等下我再跟您解释。是不是要开会？

“开会，商议一下处置刘文祥的事。”齐惠兰说。

会上，张龙钧提议在镇上搞一个群众性的批斗会，发动群众揭发刘文祥的罪行。他说，既然上级的批复迟迟没有下来，我们也不能干等着。刘文祥横行霸道，祸害了龙溪几十年，罪恶累累，天怒人怨，我们应该充分发动群众揭发批判他，让广大群众进一步认清他的反动本质，这对今后我们的土地改革工作大有好处！

“这个提议好，我支持！”齐惠兰看了看李卓越、张冰冰，问：“卓越同志，冰冰同志，你们的意见呢？”

“我同意！”张冰冰说完，看了李卓越一眼。

李卓越没有说话，他想了想，说张镇长这个提议确实不错，不过我想问一下，批斗会场打算选在哪儿？张龙钧看了一眼李卓越，说卓越同志，这个我已经考虑过了，就在张家祠堂，那里场地宽敞，又是群众经常聚会的地方，能容纳上千人。

“我担心的是安全问题。”李卓越说。

“这个好办。”齐惠兰说，“小赵，会议结束后，你负责把镇里的民兵召集起来，组织他们全力保障这次批斗会安全进行！”接着她问李卓越：“这样可以吗？”

“我尊重你们的意见！”李卓越说。

开批斗会的事就这样定了下来。

会后，李卓越立即回到自己房间，把房门关上，坐在桌子前，往砚台里倒了一点墨汁，摊开一张信纸，拿起毛笔，往砚台里蘸了蘸，飞快地在纸上写了起来，刚刚写完，有人敲门，他急忙把写好的信纸放进抽屉里面，起身开门。原来是张冰冰。

“大白天的你关着门干吗？”

李卓越说想安静一会，接着问张冰冰有什么事。张冰冰说，你好像对开批斗会不太赞成，我有些不明白，难道这个批斗会真有问题？李卓越告诉张冰冰，批斗会本身倒没什么问题，他担心的是刘文祥在龙溪根基很深，怕弄不好会出娄子！张冰冰说，齐书记不是说了嘛，会安排民兵保障安全，你是不是过于敏感了？

“可我有一种直觉，但愿这是错觉！”李卓越说。

“早知道这样，我们就该把部队留下来。”张冰冰接着说，“我听齐书记说，你想马上处决刘文祥。”

“可惜她不听，还上升到政策层面教育了我一通。”

“你也没必要损人家啊，人家毕竟是女同志嘛，”张冰冰说，“以后不要这样好不好？”

李卓越听张冰冰这样说，久久地望着张冰冰，不说话，像是在琢磨着什么事。

“你这样盯着我干吗？”

“我在想，是不是女同志都这样？之前我感觉齐书记很像我们营里那个婆婆妈妈的教导员，我现在发现，你和他们一样！”

“油嘴滑舌！”张冰冰嗔道。

“不和你说了，我还有事。”李卓越拉开抽屉，拿出写好的信纸，扬了扬，起身就往外走。

“你要去哪儿？”

“回头告诉你！”

4

“老爷，属下有一事不明。”管家说，“共党那支部队不是已经撤回去了吗？看管刘文祥的只有那几个征粮的军佬，如果我们派人突然袭击，救刘文祥岂不是易如反掌？皇太子怎么偏偏要我们袭击批斗会现场？”

这就是皇太子不同寻常的高明处！张镇天说，你动动脑子想想，如果我们贸然袭击共党政府，那在共党眼里就是武装袭击，性质非常严重，如果我们在批斗会现场来一下子，依共党的说法，那叫坏分子捣乱。两种做法，目的是一样的，但性质截然不同。再说，现场那么多人，共党军佬一定会怕误伤百姓，这样他们就展不开手脚，趁着混乱我们不是更容易得手！“不愧是党国栋梁，确实比我们考虑得深透和长远，具有战略眼光！让人不能不佩服啊！”张镇天感叹道。

“老爷，只有您才能吃准皇太子的心思！”管家说，“像属下这种缺才少智的人，实在悟不透这么高深的东西。”

“不一定悟透，我们只要按皇太子的指示做，就错不了。”张镇天交代管家，赶紧通知怡静，立即派人把珍藏的那批美国炸药送过来，晚上安装在祠堂边上，等明天共党开批斗会时趁乱引爆，劫走刘文祥。

“老爷，我现在就去安排！”管家来到前院偏房的阁楼上，把密令在一张纸条上写好，绑在一只白色信鸽的腿上，抬手将信鸽从窗户里放了出去。管家收拾了一下，从阁楼上走了下来，他不经意间，往院子里扫了一眼，发现马三尺从回廊上轻手轻脚地走了出来。他快步走上前，挡住马三尺，说马老师，你在我家院子里来去自如啊！马三尺忙说，管家，你别误会，我是来找圆月老师的，学校有急事！

“你想骗谁啊？”管家把脸一沉，“前几天你也偷偷进来过，说是来找小姐，可小姐说她从来就没让你来家里找她！”

“管家，你千万别误会，我真是来找圆月老师的！”

“小姐不是在学校吗？”

“她中午就回家了啊！”

“不可能，我家小姐根本就没有回来！”

“管家，你和谁在吵？”是圆月的声音。管家转头一看，不远处，杂物房的门突然“吱”的一声开了，圆月从里面走了出来，她看到马三尺，神情一怔，但眨眼之间，她就变得神情自然，笑着说：“马老师，你找我？”

“是。学校有点急事，我就赶过来了。”

“你等等，我马上就来！”

“小姐，你怎么跑杂物房去了？那里又脏又乱。”管家有些疑惑。

圆月告诉管家，她想找出家里的那架旧钢琴。管家告诉圆月，那架钢琴不在杂物房，在后院的古玩房里锁着。圆月抱怨管家，为什么不早和她说，害得她到处找。

管家一愣，说：“你也没和我说过呀！”

“行了，行了，我懒得跟你说。”圆月接着问马三尺，“马老师，什么事这么急？”

马三尺看了管家一眼，欲言又止，有些为难的样子。

“马老师，我们现在就回学校，边走边说吧。”圆月提议。

管家站在门口，望着圆月和马三尺离去的背影，回头问看门的家丁，这姓马的什么时候跑进来的？家丁摇了摇头，说不太清楚。

“不清楚？你眼睛长屁股上了？”管家斥骂道。

“我刚才上茅房去了，就一会工夫，让姓马的钻了空子。”家丁赔着小心解释。

“上茅房不会找人替你看会门？”管家警告家丁，“下次再也不准出现这样的事，否则我剥了你的皮！”

圆月和马三尺离开她家，沿街走出一段路，她回头看了一眼，管家已经没在大门口，于是停下来，说马老师到底是什么事啊？马三尺告诉她，镇政府通知学校明天让全体师生参加刘文祥的批斗会。圆月说这是好事啊，对孩子们很有教育意义。马三尺迟疑了一下，说我也知道是好事，但孩子们还小，批斗会言辞会很激烈，揭露的又是刘文祥欺男霸女的丑事，对他们的成长未必是好事！圆月说政府通知都发了，不参加恐怕不行吧！马三尺说，所以我收到通知就赶忙过来找你商量，圆月老师，你跟张镇长是本家兄妹，和卓越同志又是同学，能不能和他们说说？

“这不行！”圆月说，“马老师，公是公，私是私，我和他们虽然关系特殊，但很少涉及工作上的事。”

“那怎么办？”马三尺抬手搔着头皮，想了想，说圆月老师，你看这样好不好，我们找个折中方案。

“什么折中方案？”

“你还是去找张镇长，明天的现场批斗会我们就不参加了，但我们今天下午可以先请卓越同志给孩子们讲讲为什么要打倒刘文祥，以及打倒刘文祥的意义，这样不就两全其美了？”

“这倒是可以，不知道他们能不能同意，我现在去试试吧！”

“谢谢圆月老师！”马三尺说，“我先回学校准备一下，等你的好消息！”

圆月在镇政府大门前遇到了李卓越，她把来意说了。李卓越板着脸，说一个刘文祥就够让我挠头，你还来跟我捣乱！圆月说你以为我愿意来捣乱啊？是马校长非要我来的！李卓越说还不是你出的馊主意！

“你胡说！”因为激动，圆月的声音一下高了起来。她意识到自己有些激动，小声说：“对不起！”她看了看李卓越，接着说：“卓越，再怎么样，我和你也有多年的同窗情谊，你就不能对我客气一点吗？”说到动情处，她眼圈一红，眼泪都要落下来了。

“圆月，你听我说，这段时间……”李卓越话还没说完，张冰冰走了过来，说你们怎么吵起来了？

圆月赶紧抹了一下眼睛，故作轻松地说：“没事，只是小误会。”接着，她对李卓越说：“卓越，对不起，我不该任性。”继而，她用英语哀叹道：“秋波送盲人，白费痴情！”

李卓越始终板着脸，他盯着圆月，用英语一字一顿地说：“你不要摆布我！”说罢，转身离去。

张冰冰急忙追了上去，问李卓越到底怎么回事，为什么发这么大的火。当她弄清原委后，笑着说男子汉就该有男子汉的气概，这是好事，该去还得去。

“要去你去！”李卓越说，“我心里还担心着一颗定时炸弹呢。哪有心思去！”

“你说刘文祥？”

李卓越点了点头，说：“这个刘文祥，没你们想的那么简单！”

张冰冰想了想，对李卓越说，要不让郑剑替你去吧。自从小晴牺牲后，他一直神情忧郁，从来没露过一个笑脸，让他去学校教孩子们唱革命歌曲，也等于让他散散心。

“可以！”李卓越说。

5

“二月里来呀好风光，家家户户种田忙……”郑剑舞动着双手，教孩子们学唱《生产大合唱》，他神情专注，完全沉醉在了音乐之中。站在教室最后面的马三尺和圆月，也跟着唱了起来。

放学后，孩子们唱着刚刚学会的歌曲，高高兴兴地背着书包离开了学校。

圆月望着孩子们欢快蹦跳的样子，听着他们童稚的歌声，对郑剑说："你教得真好！谢谢你！"

郑剑脸一红，说："您过奖了，只要孩子们喜欢，以后有机会我可以多教几首歌给孩子们。"

"好啊！"圆月说，"我一定会请你的，不过你可不能像李卓越那样，推三阻四的。"

"放心吧，只要你请我，我一定来。"郑剑说，"我先回去了。"

"我送送你吧！"

"不用客气。"

"我也顺道回家，"圆月说，"就算同路吧。"

两人边走边聊。圆月说，郑剑，我怎么觉得你这段时间，有点心事重重的样子？郑剑叹了口气，他告诉圆月，自从小晴牺牲后，他就差不多没跟别人说过话。"圆月老师，今天和你聊天，是我第一次跟人说话。"郑剑说。

"这件事我也有责任。"

"不能怪你，"郑剑说，"都是我的任性造成的，想起小晴，我就难过得要死！"

"事情已经过去了，你不能总是这么消沉，我还等着听你的交响曲呢！"圆月向四周张望了一下，提议说，"时间还早，要不，我们去那边小树林里坐一会，聊聊？"

郑剑往河边的树林望了一眼，说："好啊！"

马三尺站在学校门口，悠闲地抽着烟斗，一会儿抬头张望一下天空，一会儿看看不远处的山景，有鸟儿鸣叫着飞过，他的目光就会追随着鸟儿在空中飘荡……然而，他眼角的余光，却始终关注着圆月和郑剑，当看到两个人肩并肩走进了河边的小树林，他磕掉烟斗里燃尽的烟灰，重新装上烟末儿，点燃了，深深地吸了一口，也散步一样的向着河边小树林走去。

圆月依靠在一棵树上，望着不远处汩汩流淌的河水出神。

“圆月老师，你怎么啦？”

“我在想，人的感情真是奇怪，往往是你爱他，他却不爱你，他爱你，而你又不爱他。”圆月神情忧伤地说，“郑剑，你说，这是不是上帝在故意折磨人。”

“圆月老师，看来你爱李卓越真的爱得很深，但他……”圆月打断了郑剑的话，她说我早就看出来了，他爱的是张冰冰！好多次我都绝望了，几乎要放弃，可我实在割舍不下……郑剑，你不知道，我们在美国读书时有多么的甜蜜和温馨，我根本无法忘掉，所以我才从美国一路追寻而来……圆月说着说着，大颗的眼泪从她那顾盼生辉美丽动人的眼睛里滚落下来……

“圆月老师，我理解你的心情，”郑剑安慰圆月说，“别失望，我想，只要你努力，也许一切会成为你喜欢的样子。”他看了一眼圆月，接着说：“你要是信得过我，我一定会帮你。”

“你帮我？”圆月脸上满是疑惑，接着恍然大悟，说我明白了，你帮我也有你的目的，你喜欢张冰冰，我说得没错吧？

郑剑听圆月这样说，脸顿时变得像大红布。“不是这样的，是这样……你要那样想，那是你不是我……”

圆月笑着说，看你，一句玩笑话把你急成这样子。接着她说，我确实需要你帮忙，我真的很在乎李卓越。

“嗯，看得出。”郑剑说，“只要能帮到，我自然会帮。”

“谢谢你！”圆月低头沉默了一会，抬起头，望着郑剑，她的目光里充满了困惑和期待，“郑剑，你实话告诉我，李卓越本来是营长，怎么就降为大头兵了？还有，听说征粮工作已经结束了，你们可以返回广州了，怎么又留了下来？”

郑剑有些为难地说：“这个，我不能说。”

“瞧你，刚才还说要帮我呢，怎么一下子就变卦了？”

“不是……是……”郑剑语无伦次地辩解。

“我明白了，”圆月说，你是担心被李卓越知道了对你不利吧，这个你放心，我不会告诉他的。其实我想了解他的情况，也是受人之托。

“受人之托？”郑剑神情一下紧张起来，“是受谁托付啊？”

“还能有谁？”圆月感叹说，“可怜天下父母心，自他回国后，他父母就对他牵肠挂肚，尤其他母亲，因为想他，有段时间几乎天天哭成个泪人儿，他母亲已经……”圆月突然意识到什么，把话停住了，她望了一眼郑剑，接着又说：“在美国，我经常去他家里，他父母也很喜欢我，我回国时，他父亲特意叮嘱我，要将卓越的情况写信告诉他。”

“原来是这样，”郑剑说，“不过你得向我保证，我告诉你，你千万不能向其他人透露，尤其是老李，他一急就梗着脖子用洋鬼子话骂人。”

“你就放心吧，我又不是乡下那种说东家道西家的长舌妇，”圆月说，“来，我们拉钩！”说着，她伸出了右手。

“不用了，我相信你，”郑剑说，“事情是这样的……”他把自己所知道的一切和盘托出，全部告诉了圆月。

马三尺走进树林，看到不远处郑剑和圆月坐在一起，聊得很投入的样子，禁不住皱了皱眉头，悄然离去。

6

李卓越穿过镇政府旁边的小树林，向路边走去。他心事重重，因为他暗中发现了太多怪事。比如那个货郎，几乎每次来龙溪，都要在那个叫张洪贵的人开的杂货铺前叫卖，而每次那个马三尺校长总会出现……今天上午，因为担心批斗会节外生枝，他特意上了一趟街，想观察一下情况，就看到那个货郎又来了，马三尺也出现了，在杂货铺前，他本想和马三尺打招呼，没想到马三尺竟然装作不认识他的样子，与他擦肩而过，快步离去。那个店主却把他喊住了，说刘文祥去年抢了他两头水牛去，能不能开批斗会时要回来？

李卓越一路思考着，来到路边的一棵大树前，他看到贴在树上的那张纸已经不是自己写的那张，上面写的内容却和自己写的一样，都是“天皇皇，地皇皇，我家有个夜啼郎，过路君子念一念，一觉睡到大天亮。”

他往四周看了看，没有发现异常，就把贴在树上的纸揭了下来，然后在离地面一人高的地方找到一个天然的碗头大小的树洞，他把手伸了进去，从里面拿出一个纸团，他悄然离开，走到小树林里，打开纸团一看，心里顿时一惊——他的预感得到应验，对刘文祥的批斗会果然存在问题。纸条上写着：有人企图在刘文祥的批斗会现场制造混乱，极有可能会趁机劫走刘文祥。

李卓越心想这消息太及时了，否则不但刘文祥有可能被劫走，而且现场有成百上千的群众，一旦发生意外，必定会造成误伤。想到这里，他立即赶回了镇政府。

齐惠兰和张龙钧都不在。庄严全副武装，在后院负责看管刘文祥。他告诉李卓越，齐书记和张镇长带人去了张家祠堂，查看现场，安排明天批斗会的准备工作了。李卓越让庄严立即到张家祠堂找齐书记和张镇长。“你就说我请他们回来有非常重要的事情相商！”李卓越强调。

“那谁看管刘文祥？”庄严问。

“交给我吧，你快去！”

张冰冰听到李卓越的说话声，从房间里走了出来，站在二楼走廊上，扶着木制花格子栏杆，探出半个身子问李卓越出什么事了。李卓越说情况有变，明天的批斗会必须取消！

齐惠兰和张龙钧很快就回来了。两人听李卓越说必须取消批斗会，心里有些不快。

“卓越同志，这是镇政府党委会决定的，动员群众参加的公告也张贴出去了，取消了，让群众怎么想？”齐惠兰很不满地说。

“齐书记、张镇长，我也不想取消，只是据我掌握的情况，敌特分子会趁机捣乱，十分危险！”

“你掌握的情况？”齐惠兰有些疑惑，她望着李卓越，等着他的解释。

然而，李卓越没办法解释，更不能实情相告。他上次回广州，市公安局许局长告诉他和公安部门派到龙溪的秘密侦察人员的联络方式后，再三强调，必须严格保密，不能告诉任何人。这既是为自己同志的安全着想，也是必须遵守的组织纪律。因此，他只是再次强调自己确实掌握了相关情况，但说不出是从哪里获得的信息。

“是你的猜测吧？”齐惠兰看了一眼李卓越，接着说，“我就不信，光天化日、众目睽睽之下，还有民兵在现场警戒，敌特分子敢公然前来捣乱？他们就有那么大的狗胆！”

“齐书记，卓越同志这么做，或许有他的道理，”张龙钧笑着打圆场，他接着用征询的语气对齐惠兰说，“要不，我们再慎重考虑一下？”

“考虑什么？”齐惠兰态度坚决地说，“政府的决定能朝令夕改吗？开什么玩笑！”她看了看大家，接着说，“今天会议就到这儿，谢谢卓越同志的提醒，现场再增加部分民兵，大家还是按各自分工，做好批斗会准备工作。”说完，她率先走出了会议室。

“齐书记……”李卓越想做进一步解释和劝说。

“卓越同志，不要再说了。”齐惠兰说，“批斗会明天必须开！”

李卓越没能说服齐惠兰，让她改变决定，心里非常着急。吃过晚饭后，他让张冰冰再去做齐惠兰的工作。然而张冰冰也没有说服齐惠兰。不管张冰冰怎么解释，怎么强调李卓越在对敌斗争方面有丰富的经验，他提出取消批斗会一定有他的道理。齐惠兰仍坚持不能仅凭李卓越一个人的猜测就取消镇政府党委会的决定。

张冰冰来到李卓越的房间，看到李卓越正在把玩着酒瓶，屋子里有一股浓浓的酒味儿。她知道李卓越因为不能说服齐惠兰取消批斗会着急和苦恼，喝酒了。她走到李卓越的面前，有些难过地说：“对不起，我没能完成任务，她很固执，我说服不了她。”

“别这么说，”李卓越安慰道，“这事到此为止！你也累了，赶紧回房间休息吧。”

“你也早点休息吧，别想太多。”张冰冰临出门，关心地说。

张冰冰走后，李卓越忍不住举起酒瓶，喝下了一大口威士忌。他把玩着酒瓶。心想：庄司令送我这酒，是提醒我不要犯忌，可是明天的批斗会必须阻止，以刘文祥犯下的累累罪行，就算上级批复也必定是死刑……想到这里，他打定了主意。心说，庄司令，实在对不起，我只能再犯一次忌了！

天色微明时分，庄严起床，洗了一把脸，到后院的关押室接替李卓越站岗。没想到关押室的门大敞四开，他跑进去一看，里面哪还有刘文祥的影子！他向四周看了看，也没发现李卓越，喊了一声“老李”，也没人回应。他跑到李卓越的房间，李卓越也不在。他急忙来到张冰冰的房间门口，用力拍打着房门，大声喊：“冰冰姐，快起来！”

“什么事？”张冰冰说着打开了房门。

“刘文祥跑了！”

齐惠兰、张冰冰等人跟着庄严快步来到关押室，大人小手指粗细的麻绳被割成几截，散乱地丢在地上。齐惠兰弯腰从地上捡起一截麻绳看了看，转身问庄严：“是谁站岗？”

“是老李！”庄严小声说。

“李卓越？”齐惠兰说，“他人呢，把他叫过来！”

庄严告诉齐惠兰，他刚才去李卓越的房间看过了，李卓越不在，不知道他去哪了。

“遭了！”齐惠兰说，“我们赶紧分头去找他！”齐惠兰话音刚落，突然从镇政府后面的小树林里传来“呯、呯”两声枪响。

众人飞跑着来到小树林。他们看到在树林里面的一块空地上，李卓越一手拿着酒瓶，一手拿着驳壳枪，背对着大家站在那里，在他前面的不远处，刘文祥趴在草丛里，一动不动。

“李卓越！”齐惠兰强压着心头怒火大声喊道。

李卓越转过身，语气平静地说：“刘文祥割断绳子逃跑，已经被我击毙了！”

“李卓越，你以为我们都是傻子吗？”齐惠兰脸色变得铁青，猛地上前两步，逼视着李卓越，大声喊道，“你早已动了杀机，还想蒙混过关，没门！你等着瞧，我立即向上级汇报情况，一定要处置你！”说罢，她丢下众人，气冲冲地转身离去。

“齐书记，你冷静点，冷静点好吗？”张冰冰急得眼泪都要下来了，她冲着齐惠兰的背影大声说。然而，齐惠兰并没有回应她。

张冰冰等人都转身望着李卓越。李卓越神色镇定，他举起酒瓶喝了一口，然后拧紧盖子，看了大家一眼，说这件事与你们无关，都散了吧！接着他对庄严说，回去找把锄头来，将刘文祥就地掩埋！

张冰冰回到镇政府，找到齐惠兰，希望她在向上级汇报之前，先找李卓越谈谈，把情况弄清楚。

“事实已经很清楚了，还谈什么？”齐惠兰看了张冰冰一眼，继续说道，“我也要提醒你，事情发展到这个地步，你还要包庇他，你的立场也有很大问题！”

张冰冰一愣：“齐书记，你听我说……”

“你什么也不要说了，”齐惠兰打断了张冰冰的话，接着说，“李卓越这是犯罪行为！这件事如果不弄个水落石出，我绝不罢休！”她说完这话，不再理会张冰冰，走到门口把小赵喊了过来，交代工作上的事情。

“齐书记，你先忙，不打扰你了！”

张冰冰离开齐惠兰的办公室，决定再找李卓越详细谈谈，看到底是怎么回事，她相信李卓越这么做，一定有他的道理。她找了一圈，终于在镇政府后面的小树林里找到了李卓越。她劝李卓越去找齐书记谈一谈，把事情说清楚。李卓越把玩着手里的威士忌酒瓶，没事人似的，说没啥好谈的。庄严在旁边掩埋刘文祥，他说，老李，冰冰姐说得对，你不说清楚，要我看，这事确实麻烦。李卓越说，你小孩子懂什么，忙你的去！张冰冰又气又急，说我真不知道怎么说你才好！李卓越看了她一眼，笑着说，你是领导，该怎么说就怎么说。张冰冰说，我这叫领导？我完全被人牵着鼻子走，真是倒了八辈子霉！

7

张龙钧匆匆忙忙赶到镇政府，齐惠兰告诉他，批斗会开不成了，李卓越把刘文祥击毙了。

“你说什么？李卓越把刘文祥击毙了？”张龙钧一脸震惊，气愤地说，“太不像话了！到底怎么回事？”

齐惠兰把详细情况告诉了张龙钧。张龙钧问：“那现在我们该怎么办？”

“向上级汇报，该怎么处理由上级决定吧！”

“要不，我们妥协一下？”张龙钧试探着说。

“怎么妥协？”齐惠兰说。

“就说枪毙刘文祥是镇政府的决定，要不，把情况如实汇报上去，我担心我们和征粮队的矛盾就公开化了，有些不妥吧，毕竟今后大家还要在一起工作。”

“没什么不妥，我们又没诬陷他们。这件事你不要管了，我来办。”

“真不清楚，卓越同志心里到底在想什么，这么急着下手，好像里面有什么文章！”张龙钧喃喃说道。

齐惠兰一愣：“你这是什么意思？”

“会不会刘文祥抓住了卓越同志什么把柄？”张龙钧试探地说。

“这怎么可能？龙钧同志，不要乱猜忌，到底怎么回事，我们要相信上级一定会调查清楚的！”

“齐书记，我知道你是个好人，可有些情况你可能并不了解。”齐惠兰听张龙钧这么说，立刻警觉起来，说有什么事，直接说，不要拐弯抹角！张龙钧说，你知道卓越同志以前是干什么的吧？齐惠兰说知道啊，纵队特务营营长，战场上犯了错误，被撤职了。他这些事跟刘文祥有啥关系？简直风马牛不相及！

“可是，齐书记，你知道卓越同志最终发配到龙溪是什么原因吗？”

“没必要知道，这是部队内部的事情！”

“这个我知道，”张龙钧字斟句酌地说，“我也只不过猛然想起来，总觉得……觉得事情有点蹊跷啊！”

“哦？”齐惠兰看了看张龙钧，“你说说看。”

张龙钧告诉齐惠兰，李卓越之所以被一撸到底，是因为在广州故意放跑了暗杀首长的特务分子。为此，部队把他关押了一段时间，并进行审查，一直到现在还没有结论！也正是因为这个原因，部队打海南也没让他去。张龙钧说到这里，看了看齐惠兰，分析说，你想想，这对一个特务营长出身的人来说意味着什么？再由此及彼，卓越同志放跑的特务分子会不会恰好和刘文祥有联系？或者说刘文祥的人是不是参与了暗杀事件？不然的话，实在无法理解卓越同志为什么不顾组织纪律，甚至冒着违法犯罪的风险，这么急急忙忙地处决刘文祥。张龙钧说到这里，停了下来，又看了一眼齐惠兰，想听听她的意见。他发现齐惠兰面色严峻。

“这些事情你是怎么知道的？”

“我也是听征粮队的人说的，不足为凭，不足为凭！”其实，这些情况，是昨天晚上他去见张镇天时，张镇天亲口告诉他的。张镇天说女儿圆月给李卓越的父母写了一封信，详细介绍了李卓越的情况，圆月把信交给他，让他帮忙找人寄走，可能是大意，忘记了封口，让他看到了。

“我们不能凭猜测行事，还是如实将事情汇报上去，该怎么调查和处理听从上级的！”

“齐书记说得对！这件事该怎么处理由上级决定。”张龙钧说，“只是今天的批斗会没开成，群众意见可能很大，我现在去做做解释工作！”

“你去吧，好好解释一下，不要让群众产生误解。”

张龙钧刚走出办公室，就听到圆月在楼下喊他。圆月说她是来找郑剑帮她修钢琴的，刚才在外面路上遇到了郑剑，才知道李卓越把刘文祥处决了，还听说镇政府要把这件事向上级报告。

张龙钧说这件事很严重，必须向上级如实汇报。

圆月说有什么严重的？刘文祥本来就该杀，你不知道吗？我回龙溪的时候，在路上就差点被刘文祥绑架了，要不是庄严相救，我还不知道是怎么一个悲惨结局。这样一个欺男霸女、残害乡亲的大恶霸难道不该杀吗？

张龙钧说，就算该杀也要讲政策，必须经过上级批复同意。

“我不管，”圆月说，“反正你们不能处理他！”

“我知道你很关心他，但个人感情和政策是两回事，明白吗？”张龙钧说，“齐书记已经说了，这件事，不查个水落石出，绝不罢休。”

圆月一脸惊讶：“难道他这次真的做错了？”

“错得离谱！”张龙钧说，“你要真关心他，就去找他谈谈，劝他找齐书记把事实说清楚，承认错误，好好检讨，这才是解决问题的唯一办法！”

“他人呢？”圆月问。

“在后面树林里，张冰冰同志刚刚过去了，估计劝不动他，”张龙钧说，“现在就看你的喽！”

圆月走到镇政府后面时，李卓越、张冰冰和庄严正好走出小树林。

“卓越，我想和你聊聊！”圆月说。

李卓越冷冷地看了她一眼，说：“没什么好聊的，你该忙啥就忙啥去，这里没你事！”他脚步也没停，就径自走下山坡，回了镇政府。

张冰冰并没有说话，只是向圆月礼节性地点了点头，算是打过招呼，和庄严一起随李卓越走了。

第八章

1

龙溪镇政府要开刘文祥批斗会的这天早晨，张镇天吃过早饭，收拾停当，戴上礼帽、拄着文明棍，从书房走了出来。他抬头看了看，天晴得瓦蓝瓦蓝的，连一丝儿云彩也没有。他想该到批斗会现场去走一遭，看看热闹。昨天晚上，他已经安排人做好了一切准备，他想这次绝对万无一失，保证是一场好戏。想到这里，他有些得意地笑了一下。没想到，他还没走到前院，管家就跌跌撞撞地跑了来，告诉他批斗会开不成了，李卓越已经把刘文祥处决了。

张镇天一下愣在了原地。

昨天晚上，女儿圆月交给他一封信，说是写给李卓越远在美国的父亲的，让他帮忙寄走。也许是女儿大意吧，信没有封口，他就抽出来看了。这一看让他大吃一惊！原来李卓越是共军的特务营营长，因为放走了要暗杀共党领导的特务分子被撤职，他到龙溪来也并非为了征粮，而是有更为重要的任务。圆月在信里写的这些事情，都是郑剑那天到学校教学生唱歌，两人在小树林里聊天时，郑剑说给她听的。

张镇天看了女儿圆月的信。心想，共党是不是为了迷惑人，玩的周瑜打黄盖的苦肉计呢？不是征粮，那神秘的任务又是什么？会不会天水计划被共党嗅到了消息？不管怎么样，还是小心为妙，应该尽快调查一下，他在广州到底放走了什么人，必须尽快调查清楚，否则后患无穷！

这时候，张龙钧来了，两个人很自然就聊到了开刘文祥批斗会的事。张龙钧告诉张镇天，李卓越对开批斗会现场安全有所顾虑，建议不要开，不过齐惠兰并没有听从他的建议，坚持明天按时开批斗会。张镇天就把圆月信上所写的李卓越的情况告诉了张龙钧。

“难怪那么敏感！”张龙钧说，“以后行事更要小心才行。”

“这就是共党插在龙溪的一个钉子啊，”张镇天说，“必须想办法尽早解决掉，免得影响我们的天水计划！”

为慎重起见，两人对明天批斗会制造混乱、劫走刘文祥的计划又重新合计了一番，可以说计划做得滴水不漏。没想到李卓越做得更绝。张镇天让管家立即和怡静联系，调查一下李卓越放走的人到底是谁。

几天后，怡静传来消息，说目前还没有确切的证据。张镇天很是放心不下。决定亲自到五里香客栈，见见怡静、七爷和梁团长，做些安排。他没想到，梁团长没有来。

怡静向他详细汇报了调查情况。她对逃回来的几个人都暗中做了调查，并没有发现异常情况。“不过，”怡静犹豫了一下，接着说，“这次行动是梁团长亲自指挥的，我想……”

张镇天摆了摆手，示意怡静不要再说了。“这事绝不可掉以轻心，”张镇天说，“我看这样吧，这几天你上山去，把几个家伙给我盯紧了，我授予你生杀大权，你必须尽快将此人找出来，解决掉，否则将是后患无穷！”

“好的，我安排一下，尽快上山。”

张镇天转脸看着七爷，说：“七爷，目前外围的重任全落在你肩上了，您老可得多担待点！”

“司令放心，老朽一定肝脑涂地，效犬马之劳。”七爷接着问，“司令，最近李卓越那几个军佬在乡下来来往往，我们该如何应付？”

张镇天告诉七爷等人，皇太子已经知道李卓越等人根本不是征粮，而是打着征粮的幌子，刺探他们的军情，而且很可能就是奔着天水计划而来。

七爷等人听张镇天这样说，一脸吃惊。问：“那怎么办？”

张镇天神情镇定，说皇太子有令，凡外围村庄的弟兄，从今天起，不许轻举妄动，通通做个顺民。李卓越要去哪，由他去好了，不许露出半点蛛丝马迹，更不能跟他直接交火，必须让李卓越看到一幅太平景象，这样，刘文祥才没有白死！

七爷有些疑惑，说怎么和刘文祥扯上关系了，他又不是我们的人。张镇天望了望七爷，说当然有关系，而且大有关系。你想啊，只要以后李卓越发现不了我们的行动，他一定就会认为以前那些事都是刘文祥干的，长此以往，他不被麻痹才怪！

“高见！还是司令高见！”七爷赞叹说。

“是皇太子的谋略，我只是向你们传达他的指示。”张镇天感叹道，“有皇太子这样的栋梁之材，乃是党国之幸啊！”他接着告诉七爷等人，李卓越等人每到一个地方都要表演节目，你们要多给他们鼓鼓掌，捧捧场。另外，他不是在征粮吗？送一些粮食给他，尽量满足他。他李卓越既然是共军安插在龙溪的一双眼睛，我们就尽量让他看到好景色。说实话，这样做让你们受委屈了。但俗话说成大事者不拘小节，为了天水计划，再委屈也要承受，再难受也得憋着！

在外面负责警戒的小青突然走了进来。她说刚接到消息，李卓越等人在新滘村和我们的人冲突起来了。新滘村的卢老大带着村民把李卓越等人围了起来！

“到底怎么回事？”张镇天问七爷，“在这个节骨眼上，怎么还闹乱子？”

“可能误会了，”七爷说，“新滘村有个规矩，外地来的人必须换鞋，得穿本地的木拖才能进去，很可能是李卓越等人不守规矩进村所致！”

卢老大是张镇天手下喽啰，也是一个小头目。张镇天生气地说，这个卢老大真是有头无脑，这不是专门添乱吗？真是该死！他当即传下命令，要卢老大立即对李卓越等人放行，解释清楚误会，不能引起李卓越的猜忌和怀疑！

卢老大接到张镇天的命令，态度来了个一百八十度大转弯。他来到李卓越面前，一改刚才的凶狠刁蛮，非常客气地道歉，说解放军同志，刚才实在对不起，穿木拖入村是这里的老礼数，几个族老不知是解放军同志，所以闹了误会。李卓越忙说，这件事情首先是我们的错，我们进村太唐突，不知你们的风俗，还望乡亲们多包涵。

卢老大道歉的同时，一些村民还用粮袋扛来了粮食。卢老大说，刚才乡亲们看了你们演的戏，知道你们是来征粮的，所以都把粮食拿出来了，也算是一点小小心意。

李卓越非常客气地对卢老大说，那我非常感谢乡亲们对我们工作的支持！对卢老大和村民们的前后变化，李卓越心里再清楚不过，他知道卢老大一定是土匪，之所以前后判若两人，一定是接到了上面的命令。这就是给自己布下的一道障眼法，只是这个下命令的是什么人，他现在还无从知晓。

几个年轻力壮的村民在卢老大的指挥下，帮忙把粮包放在马背上。卢老大很客气地送李卓越等人走出好远一段山路。反复向李卓越解释刚才的误会，希望李卓越能够谅解。李卓越说解放军是人民军队，和老百姓本来就是一家人，一个小小的误会，自己自然不会放在心上，也劝卢老大不要介意。卢老大在李卓越的再三规劝下，才停下了送行的脚步。

李卓越等人来到一个交叉路口，庄严问他走哪条路回去，李卓越想都没想，很爽朗地说走大路。“放心吧，现在走哪条路都是安全的！”他说。

2

这天中午过后，一辆敞篷吉普车停在了龙溪镇政府大院门口，从车上下来两位军人，每人手里提着一个公文包。他们是广州警备区的干部，来调查李卓越私自处决刘文祥的问题。

齐惠兰和张龙钧热情地招呼两人来到会议室。落座后，其中一人拉开公文包，拿出一份材料，说警备区首长看过齐惠兰同志检举李卓越同志的材料后很是震惊，要求对这件事必须调查清楚，严肃处理，决不姑息。接着，他对齐惠兰和张龙钧说，首长们同时也让我们转达对你们的问候，对李卓越同志在工作上给你们造成的不便表示歉意。

“哪里，哪里，”张龙钧客气地说，“首长们太客气了，让我们很感动。”

齐惠兰听说是她写的举报材料，不禁有些疑惑，因为她还没有向部队写反映李卓越私自处决刘文祥的材料。齐惠兰说，我没有写过举报材料。来人说材料上有你的署名，这次就是专门来找你核实情况的，要不，你再看看材料吧。说着，他把材料递给了齐惠兰。

齐惠兰接过材料，从头到尾看了一遍，从字迹上认不出是谁写的。她把材料还给对方，告诉他们，这材料确实不是她写的。她说，我对李卓越同志私自处决刘文祥确实很不满，也动过向上级反映情况的念头，但冷静考虑后，认为自己作为镇党委书记，必须要对自己的同志负责，必须把事情调查清楚才能上报，所以一直没有动笔。

警备区的两位调查人员听了齐惠兰的解释，感到不可思议。“那这份举报材料到底是什么人写的呢？”他们问道。

张龙钧说，会不会我们政府其他人写的，然后以你的名义上报了？齐惠兰生气地说，那他胆子也太大了，反映问题就反映问题嘛，为什么非得冒用我的名义？

两位调查人员说，齐惠兰同志，你别激动，我们现在想知道材料上反映的问题是否属实，至于其他事情，以后再说。

齐惠兰告诉他们，材料上反映的情况基本属实，但材料上面关于李卓越在广州放跑特务分子的事，她并不了解。

两位调查人员问齐惠兰，李卓越同志在哪里？齐惠兰说，他们下乡征粮了，可能要到傍晚才能回来。他们希望齐惠兰安排人把李卓越找回来，他们要向李卓越了解一下相关情况。

齐惠兰立即安排小赵去找李卓越。

小赵是在半路上遇到的李卓越等人。李卓越牵着马，边走边为大家唱陕北民歌："山丹丹那个开花哟，红艳艳……"小赵骑着马迎头赶来，到了李卓越等人跟前，一勒缰绳，翻身下马。

"小赵，你怎么找来了？"李卓越问。小赵看了看众人，有些犹豫。李卓越说，说吧，到底出什么事了。小赵说，你们部队来人了，调查你处决刘文祥的事。李卓越笑着说，原来是这样，没关系，他们不调查我也要汇报啊。张冰冰有些担心，说这事也许没你想象的简单。李卓越安慰她说，保证也没你想的那么复杂！

两位调查人员先是向张冰冰了解了相关情况，接着又向李卓越进行了简单的问询。为了弄清事实，他们让李卓越和他们一起回警备区，配合调查。

临行之前，李卓越叮嘱张冰冰等人，在他离开期间，不管多久，都不要下乡，就待在镇政府等他回来。他望着张冰冰，郑重地说，你是队长，一定要履行好领导责任！接着他看着郑剑，说作曲家，这段时间你就好好的酝酿你的交响曲。他又叮嘱庄严，一定要做好晚上的警戒工作，千万不能麻痹大意。他特意把自己从不离手的那挺手提机关枪留给了庄严。他们说你就放心吧，我们会记住你的叮嘱。三个人和李卓越一起走出院门，来到车前。李卓越刚想上车，张龙钧匆匆忙忙跑了出来。他走到李卓越面前，充满歉意地说，卓越同志，实在对不起，没想到我们的同志如此不负责任，害得你……唉，太不像话了！

"别这样说，张镇长，向上级反映情况是很正常的。"李卓越接着问，"齐书记呢？"

"在办公室呢！我估计她心里也很难过吧。"张龙钧小声说，"卓越同志，齐书记是一位很讲党性和原则的同志，希望你多多理解！"

"我理解，"李卓越说，"张镇长，我走了！"他说着，上了车。

司机发动汽车，他一踩油门，烟筒里冒出一团呛人的黑烟，汽车猛地向前冲去，转动的车轮卷起一股尘土。

张冰冰突然发现自己手里还拿着李卓越的威士忌酒瓶，忘记了给他。她在车后面边追边喊，然而车速越来越快，扬起一片尘土。李卓越冲她大声喊道："别追了，我很快回来的！"

张冰冰很无奈地停下脚步，望着渐行渐远，最终消失在远处山路上的汽车，心情沮丧。张冰冰、庄严和郑剑回到镇政府院子里，发现圆月来了。她正在质问张龙钧，告状信是不是他写的。张龙钧有些生气，说你不要胡说，我没有这么无聊！

"那你告诉我，到底是谁写的？"圆月生气地说，"谁这么卑鄙无耻？"

张龙钧几乎是央求的语气，对圆月说你能不能小声点，齐书记在呢！圆月一听，说我明白了，告状信是齐书记写的，是不是，你说是不是啊？

"别瞎说！"张龙钧说。

"我就要说，谁让你们这样陷害李卓越！"接着，圆月吐出了一句英文。说完转身就走。张龙钧说，你到底叽咕什么啊？圆月并不理会他，气哼哼地径自离去。庄严告诉张龙钧，她说，你们真让她恶心！齐惠兰刚好从办公室走出来，听到这话，脸色顿时变得铁青。她站在二楼走廊，望着镇政府外面小路上圆月远去的身影，陷入了沉思。

3

张冰冰坚信，李卓越私自处决刘文祥，就像他在广州放走那个特务分子一样，必定内有隐情，只是出于某种原因，不便讲明罢了……她越想心里越乱，根本理不出头绪，索性走出镇政府院子，来到旁边的山坡上，想一个人清静一会。她来了没一会，郑剑和庄严就脚跟脚地走了过来。三个人坐在山坡上，谁也没有说话，都是一副无精打采的样子。

太阳落入了山窝，天色渐渐暗了下来。庄严站起身，说天快黑了，我们回去吧。张冰冰神情落寞，说你们回去吧，别管我了，我还想一个人在这里待会儿。郑剑望着张冰冰，犹犹豫豫，欲言又止的样子，最后终于下定了决心，说张冰冰你太善良了。李卓越走到今天这一步，完全是他刚愎自用的结果……他还想说下去，却被庄严打断了。庄严瞪大了眼睛，逼视着他，说小四眼，你不要胡说八道！郑剑说我说的是事实，他哪来的那么大胆子，竟然私自处决一个人！庄严一听就来气了。说刚才那名干事找你谈话，你说了老李不少坏话吧？郑剑争辩说我没有！庄严说，得了吧，我可是正好听到，什么刚愎自用，什么脚踏两只船作风不正……你这个小四眼，怎么能落井下石！郑剑白净的脸色顿时变得通红，争辩说我不能欺骗组织，我说的句句都是实话。

郑剑对李卓越，原本是有些崇拜的，认为李卓越才是真正的男子汉，标准的军人。但自从李卓越来到征粮队后，他对李卓越的看法变得复杂起来。他是发自内心的喜欢张冰冰，梦想着有一天能够和她永远在一起。然而，张冰冰喜欢的却不是他，而是李卓越。尤其是自从圆月告诉他，李卓越和她在美国期间，感情已经很深，甚至到了谈婚论嫁的地步……圆月说真没想到，他现在整个人都变了。他想李卓越对圆月的冷淡，原因就是他移情别恋，喜欢上了张冰冰，而且张冰冰也喜欢李卓越。想到这些，郑剑的心里就很不舒服。他答应过要帮圆月，其实何尝不是为了自己，对调查人员说李卓越脚踩两只船，很大程度上也是这种私心在作祟。正因为他内心有这种见不得人的想法，他才害怕被人识破，更怕被张冰冰看轻了自己。所以他极力辩解，再三强调自己说的句句都是实话，不能欺骗组织。

“你混蛋！”庄严没耐心听郑剑辩解，他气愤地说，“老李救过你们多少回了你知道吗？你还背后给他捅刀子，良心叫狗吃了吗？”

张冰冰叹了口气，说你们能不能不要吵了。庄严说，冰冰姐不是我吵，实在是他太不像话了！说到这里，他转过脸，双眼逼视着郑剑，说：“小四眼，你说那封告状信是不是你搞出来的？”

“不许你污蔑我！”郑剑大声说，他的脸色变得更红，情绪变得更激动，“你刚才没听到圆月跟张镇长争吵吗？那封信是齐书记写的，笨蛋！”

两个人正吵着，张冰冰突然站起身，一句话也没说，就一溜小跑奔向山坡下。

“张冰冰，你去哪啊？”郑剑喊道。

张冰冰没有答话，仍头也不回地一路奔跑。

庄严顺着张冰冰的身影向山坡下望去，他发现不远处的小路上，香嫂抱着孩子正快步向镇政府这边跑来。

张冰冰快步走到香嫂面前，关切地问：“香嫂，怎么啦？是不是孩子生病了？”

“冰冰啊，我正要找你呢，”香嫂着急地说，“你快看看，这孩子怎么回事？”香嫂因为着急，又是抱着孩子一路小跑过来，满脸是汗，连上衣也被汗水浸湿了。她告诉张冰冰，刚才她从香坊回到家，就看见孩子躺在地上捂着肚子又哭又喊。

张冰冰轻轻摸了一下阿福的额头，孩子并没有发烧。她看到阿福的嘴角沾着一些黄色的粉末，就说阿福，告诉姐姐，你吃什么啦？

“年糕，”阿福说，“我还没吃完呢！”阿福从衣兜里掏出剩下的年糕给张冰冰看。张冰冰刚想接，被跑上前来的庄严一把夺了过去。“这哪是年糕？这是烈性炸药！”庄严说。

“你没搞错吧？”张冰冰说。

“错不了，”庄严非常肯定地说，“对这东西我太熟悉了，正宗美国货！”

张冰冰心里一惊，喃喃说道：“美国货，那他……哪来的这种东西？”她转过身，一脸和蔼地对阿福说：“不要怕，姐姐马上给你治病，不过你要告诉姐姐，这年糕是从哪里拿来的。”

“地窖有好多。”阿福说，“我只拿了两块，一块还没吃完，就肚子疼了。”

“哪里的地窖？”

“祠堂边上的地窖。”

张冰冰脸色一变，喃喃说道，这么说，还真是有人要搞破坏！

“冰冰姐，你们立即回镇政府给阿福治病，我去祠堂把这些东西抄回来，人证物证都有了，可以替老李洗冤了！”庄严接着喊郑剑，“四眼，别愣着了，你跟我去！”

4

“我真是太糊涂了！怎么就不听卓越同志的劝？”齐惠兰说着，将一包炸药拍在桌子上。

张龙钧忙问：“这是怎么回事？”

齐惠兰就把在张家祠堂旁边的地窖里发现大量炸药的情况向他作了介绍，并连声自责。

张龙钧安慰她说，齐书记，你也别自责了。祠堂里埋了炸药，恐怕连卓越同志本人也不清楚，否则他早就将这些东西清除了，不会铤而走险用极端方式处决刘文祥。

齐惠兰叹了口气，说我们太缺乏斗争经验了，幸亏卓越同志当机立断，否则酿成流血事件，我们又怎么向龙溪的父老乡亲交代？只是让卓越同志受委屈了！

张龙钧提议，赶紧将这件事报告上级，替李卓越挽回影响。齐惠兰表示，这事必须尽快落实，不能拖延，让李卓越同志继续受委屈。在这件事上，她为自己的固执而懊悔，虽然检举信并不是她写的，她还是感到太对不起李卓越。

齐惠兰问旁边的庄严，张冰冰在哪里，那个吃炸药的孩子怎么样了。

庄严告诉齐惠兰，张冰冰在哨位上了，等会自己就去接替她。那个孩子，张冰冰给他喂了些鸡蛋清，已经没事了。香嫂已经抱着他回家了。

“孩子没事就好，多亏了这孩子，要不我们还不知被蒙骗多久。”齐惠兰又对张龙钧说，“龙钧同志，我们是不是该好好反省反省？”

“是啊，看样子前段时间我们的工作太冒进了，下一步应该加以改进才是。”

“这件事你不用管了，我来办。”齐惠兰说，“这一次，我绝不能再让人冒充我胡来！”

张龙钧神色略微一变，为了掩饰，他轻咳一声，说：“我看，告状信的事还得认真查，不能这样不了了之！”

“已经过去的事就算了。”齐惠兰说，“我们的班子刚刚成立，要做的工作实在太多了，不要再在这件事上纠缠了！”

“那不行！”张龙钧说，“你齐书记可以宽宏大量，我这个当镇长的不能袖手旁观！”

“这件事就到此为止！”齐惠兰说。

齐惠兰告诉张龙钧，当前最需要的是团结，没有比团结更重要的，不能因为这件事弄得人人自危，这是她最不想看到的。要以大局为重，着眼于下一步的工作。接着，她对张龙钧说，今天就到这儿吧，不早了，明天还要去棠沙村开会，你早点儿回去休息吧。张龙钧说，你也早点休息吧！

张龙钧走后，庄严把张冰冰替了下来。张冰冰刚回到房间，齐惠兰就找她来了。

齐惠兰向张冰冰表达了对李卓越的歉意。她痛苦地说：“是我的过失，让卓越同志受了这么大的冤屈！”

“齐书记，你千万别这样想，其实你并没有做错什么，何必自责呢？”张冰冰安慰她说，“卓越同志并没有怪你，他还很佩服你的工作作风呢！”

“和卓越同志比，我们太缺乏斗争经验了。”齐惠兰说，“不过这件事让我感到我们政府有些不正常。”

这封冒用她的名字送上去的材料，让齐惠兰联想到这段日子以来发生的种种意外：征粮队屡遭土匪袭击、市水利工作组悄无声息地消失、于小晴遇害……她想，这一连串的事件不可能全是一个开烟馆的刘文祥所为。这让她意识到，敌人总是能够及时掌握镇政府和征粮队的所有行动，有非常周密的计划，因此，无论是征粮队还是镇政府，才总是落入他们的圈套！

张冰冰听了齐惠兰的分析，点了点头，说卓越同志也说过，有个神秘人物一直在跟他斗法，他一直在暗中留意这个人。

“这么说，他早知道这个人是谁了？”

“应该还没有确凿证据，”张冰冰说，“否则他早就出手了。”

“这件事也许该我来帮帮他了。”

张冰冰有些担心，说：“齐书记，这事你还是要慎重！”

齐惠兰笑了笑，说：“你小看我了吧，告诉你，新中国成立前我就从事地下工作，算是老地下工作者了，知道如何行动。”

张冰冰提议，最好还是等李卓越回来，商量一下再行动。齐惠兰说，卓越同志这一去，恐怕三五天内回不来啊！我要尽快把真实情况向上级反映，请部队尽快让卓越同志回来，目前龙溪情况太复杂，特别需要卓越同志。

张冰冰告诉齐惠兰，警备区司令员就是原来他们纵队的司令员，对李卓越很了解。她说，只要司令员过问此事，李卓越很快就能回来。

根据工作安排，第二天上午，镇领导班子要去棠沙村，召开土地改革座谈会。没想到，第二天一大早，齐惠兰刚刚起床，张龙钧就匆匆忙忙地赶到镇政府，告诉齐惠兰，他怕是没办法参加会议了，他姐姐老毛病又犯了，折腾了一个晚上，虽然请了郎中，也开了药，但药效不可能立竿见影，他实在担心姐姐，走不开，问齐惠兰会议能不能改天再开。棠沙村是镇政府推进土地改革工作的试点村，也是张龙钧抓的点，齐惠兰说，开会的日期早就确定了，也通知了村民，延期怕是不妥。

“可是，我实在担心我姐……”张龙钧有些为难，他问齐惠兰，能不能请个假，不参加这个会。齐惠兰说，既然这样，你回去照顾香嫂吧，我带小赵他们去棠沙村开会，会议情况到时再告诉你。

“谢谢齐书记，那我先走了。”

张龙钧离开不多久，圆月就来了。她是来找张冰冰的。张冰冰和郑剑、庄严正在镇政府大门前聊天，猜测李卓越什么时候能回来。圆月和他们打过招呼，然后对张冰冰说，她家有架钢琴坏了好长时间了，想请郑剑帮忙把钢琴修好，给孩子们唱歌用。

“行啊，不过时间别太久。”张冰冰答应了圆月。

“放心吧，一会就好。”

“郑剑，你去吧，修好了就赶紧回来。”

“我知道了。”

“冰冰同志，谢谢你！”圆月接着说，“李卓越什么时候才能回来呢？他还答应我一件事没做呢！”

“什么事？”张冰冰问。

“这个嘛，以后我再告诉你。”圆月冲张冰冰狡黠地一笑，接着说，“那我现在就请郑剑到我家里帮我把钢琴修好。”

“好吧！”张冰冰说。

张冰冰望着圆月的背影，若有所思。

“冰冰姐，别理她，自作多情，看她就不顺眼！”庄严接着说，“还有小四眼，最近好像和她很近乎，不知搞什么名堂。”

远处传来一阵急促的马蹄声。

“老李回来了！”庄严兴奋地喊道。

齐惠兰和小赵等人听到马蹄声，也以为是李卓越回来了，满心欢喜地跑到了大门外面。

原来是区里新派的通信员。他在众人面前下马后，说要找齐惠兰书记。

“我就是！”齐惠兰说。

“有份急件要交给你！”通信员说。

齐惠兰问，上次来的通信员呢，怎么又换人了？通信员看了看小赵等人，说能不能进屋说？

听通信员这样说，齐惠兰怕棠沙村的群众等得太久，就让小赵带着大家先去，她随后到。

来到办公室，通信员告诉齐惠兰，上次来的通信员在回去的路上又被土匪杀害了！

齐惠兰心里一惊，“那我们申请处决刘文祥的报告岂不是丢失了？”

“这个我不太清楚，”通信员说，“他遭暗算和这个报告应该有关联！”

通信员告诉齐惠兰，两名通信员遇害，已经引起区里的高度重视，今后龙溪和区里的联络工作已经由公安分局负责，他就是公安分局的。

齐惠兰拉开抽屉，取出一个信封，里面是她昨天晚上写的关于在祠堂发现炸药，证明有人蓄意利用刘文祥批斗会制造事端，以及李卓越为此蒙冤的材料。她把信件交给通信员，说这封信相当重要，涉及一名部队同志的清白问题，你回区里后，想办法尽快把它转送给警备区领导！

“我知道了。”通信员把信件放好，问：“齐书记，还有其他事情吗？”

“没有了。”

“那我现在就立即赶回去！”

齐惠兰把通信员送到镇政府大门外，叮嘱他，路上一定要注意安全。

“齐书记，你放心，我巴不得他们跳出来呢！”他拍了拍腰间，接着说，“我身上有两支硬家伙！”

“你单枪匹马，还是要多加小心！”齐惠兰仍有些不放心。

“放心吧，我们暗中有人接应！”通信员说，“齐书记您留步，我走了。”他跨上马，一抖缰绳，策马而去。

望着通信员远去的背影，齐惠兰陷入了沉思：上回交给通信员匪情报告，通信员在半路上被害，这回递交刘文祥的处理报告，通信员又被杀害。到底是什么人对我们的情况这么了解？一次次阻挠我们将重大情况上报呢？还有，状告卓越同志的信又是怎么送上去的？通信员没有来啊！莫非是……想到这里，她感到一阵莫大的恐怖。

5

圆月住的是一个套间，客厅与卧室之间，是一道酸枝花梨木雕花隔断。透过半掩着的门，郑剑坐在钢琴前，偶尔侧脸，能够看到卧室内宽大的红木雕花床上，挂着一顶白纱镂花蚊帐。床的一侧，摆着同样是红木打制的梳妆台。宽敞的客厅里，正面摆着一套雕花红木桌椅。一侧靠墙摆着一个做工精细、装有玻璃门的书橱，上面摆满了各种书籍；另一侧摆放着钢琴。

郑剑来到后，认真检查了一遍钢琴，发现并没有多大问题，只是音不准，他帮着调好了音，起身准备回去。圆月说，她弹得不好，很想听听郑剑弹的钢琴曲。郑剑坐了下来，十指灵动，轻轻按着琴键，优美的音乐顿时飞扬起来，圆月站在旁边，望着他，轻轻地哼唱……郑剑完全沉浸其中，他如痴如醉。一曲弹罢，圆月兴奋地说，太棒了，郑剑，你太了不起了！郑剑叹了口气，说这支曲子酝酿了好久了，总觉得拿不出手。

“郑剑，你要有自信，你这支曲子真的很棒！”

“谢谢您的夸奖！”郑剑说，“我要回去了。”

“你以后有时间要多来教教我，我弹得不好。”

圆月和郑剑走出门来，发现张镇天站在院子里。

“爹，这是解放军征粮队的郑剑同志！”

“天叔您好！”郑剑忙打招呼。

当张镇天知道刚才是郑剑在弹钢琴时，对他的才艺大加赞赏。说真是刚劲有力，清脆透亮，绵绵不绝如天籁之音啊！圆月说，爹，你就别卖弄了，对郑剑来说，你唱几出戏才实惠。郑剑忙说，天叔，听圆月说您的粤戏旦角唱得好，改天我要好好向您请教。张镇天客气道，乡野小戏，上不得台面，不要说请教，是以戏会友！

他们正聊着，大门口传来了庄严的声音。庄严大声喊道：“郑剑，老李回来了，叫你快点回去！”听他的语气，有些不耐烦。

李卓越是警备区政治部夏副主任和两名干事送他回来的。夏副主任告诉张冰冰，李卓越同志有些问题还没查清楚，所以想找她再谈谈。张冰冰当即说，首长，卓越同志临机处决刘文祥一事已经真相大白，敌特分子想利用批斗会制造爆炸事件，卓越同志的做法无懈可击！接着，她向夏副主任详细汇报了在批斗会会场发现炸药的情况。

夏副主任还谈到材料上反映李卓越在广州放走特务分子的事，张冰冰顿时有些紧张。

“首长，这事纵队不是处理了吗？”

夏副主任告诉张冰冰，纵队对这件事的处理没有结论，也就是说，卓越同志的通敌嫌疑并没有排除！

张冰冰认为，这里面必定存在误会，她不相信李卓越会通敌，她说可以用党性担保李卓越！

夏副主任说，张冰冰同志，对你组织上是信任的。不过，请你注意，我现在是代表组织向你了解情况，对问题的认识不能凭主观，更不能带有个人情感倾向！

“我承认，我确实对李卓越同志有好感。”张冰冰说，“但是，请首长相信，我首先是共产党员、革命军人！”接着，她告诉夏副主任，李卓越的情况司令员很清楚。

夏副主任告诉张冰冰，司令员在北京开会，要过一段时间才能回来，他们经过慎重考虑，决定暂时让李卓越回龙溪工作，他的问题等司令员回来核实后再处理。

“你作为他的直接领导，必须对他进行严格管理、监督，发现问题要及时报告，尤其是私自处决刘文祥这样的事情，决不能再发生。”夏副主任对张冰冰说。

“首长，这对李卓越同志并不公平！”

“我明白你的意思，”夏副主任说，“但你也必须明白，这是组织上对你的信任！”

夏副主任在临走时，特意对李卓越说：“卓越同志，今后在工作上要多向张冰冰同志请示，不得擅自行动。希望你不要有什么想法！”

“明白！”李卓越面无表情地说。

“要相信组织！”夏副主任说。

夏副主任和两名干事乘车走了。李卓越心情烦闷，拿了一瓶威士忌来到镇政府后面的山坡上。没一会儿，庄严和张冰冰也走了过来。李卓越问郑剑去哪了？庄严告诉他，郑剑去圆月家了，是去帮她修钢琴。李卓越表情严肃，说：“庄严，你去把他叫回来！”

听说李卓越回来了，圆月也跟着一起来了。在路上，她问庄严，李卓越是怎么回来的？庄严说，你问他好了，我啥也不知道。

在镇政府旁边的小路上，圆月和庄严、郑剑遇上了从山坡上下来的李卓越和张冰冰。隔着好远，圆月就大声喊着“李卓越”跑上前来。李卓越表情冷淡，并没有和她说话。

“到底出什么事了，你说呀！”

“别问了，这不是你该关心的事！”

“怎么就不是我该关心的事了？你还讲不讲良心？你知道吗？你被带走后，我有多么担心……”圆月突然激动起来，上前紧紧抱着李卓越的手臂摇晃着，大声说，“你告诉我，他们到底把你怎么样了？你告诉我呀！”

李卓越眉头紧皱，他有些生气，猛地甩开了圆月，因为用力太大，圆月打了一个趔趄。她呆愣着，大睁着双眼望着李卓越。

“不要烦我，”李卓越大声吼道，“无可奉告！”

6

齐惠兰从棠沙村回来后，知道李卓越回来了，就来到他的房间，想给他道个歉，再谈谈工作上的一些事情。没想到李卓越的态度很冷淡。她说卓越同志，关于处决刘文祥这件事，我处理得有失妥当，让你受委屈了，我很抱歉。李卓越看了她一眼，说：“齐书记，这件事不必再提了！”

“好吧，”她接着说，“还有些事我想和你谈谈。”

“工作上的事情，你跟张冰冰谈吧，我服从她的安排，”李卓越说，“就这样吧，我还有点事，要出去一下。”

“好吧。”齐惠兰有些无奈地说。

李卓越走出了镇政府院子，沿着小路向远处走去。

齐惠兰来到张冰冰的房间，把刚才见李卓越的情况说了。她满脸沮丧地说，看样子，这次对卓越同志打击很大，我还从来没见他这么消沉过，你找个时间和他好好谈谈，开导开导他吧。

张冰冰告诉齐惠兰，她下午和李卓越谈过，但她不明白，这次回来，李卓越就像换了一个人。张冰冰说，以他的个性，不会如此想不开的。

齐惠兰说，我理解他，干革命工作最怕的就是组织不信任，这种打击是致命的啊！

张冰冰摇了摇头，说我觉得一定有别的原因！谈到下一步的工作安排，张冰冰告诉齐惠兰，主要任务还是要赶紧下乡征粮。齐惠兰本想告诉张冰冰，她今天有一个非常重要的发现，她刚才找李卓越也是想谈这件事的。但她想了一下，还是决定不告诉张冰冰。只是告诉她，这几天自己在镇政府的时间会少一些，如果有什么事情，让她直接找小赵。

上午的时候，齐惠兰送走通信员，在去棠沙村开会的路上，特意拐了一个弯，去了香嫂家，想看看香嫂的病情如何。没想到香嫂根本没有生病，张龙钧也没有回过家。张龙钧显然在撒谎，他为什么撒谎，他现在又是去了哪里？难道真要应验自己的预感吗？真是那样的话，实在是太可怕了。

几天后，齐惠兰又去了香嫂家。香嫂正准备去香坊干活。香嫂说，平时见你没白天没黑夜的忙，今天怎么有空了？她说正好路过，就顺便到家里来看看你，她接着说，香嫂，是不是耽误你做事了？香嫂说，没有，你难得有空，坐会儿吧。

两个人家长里短的聊了一阵子，齐惠兰就把话题引到了张龙钧身上。她说，香嫂，老见你一个人里里外外忙个不停，这家务活也该让龙钧帮帮你。香嫂说一个大男人，成天围着灶台转那叫什么出息？因为他抢着做家务，我都说他好几回了。不过，他还是坚持要自己收拾他的房间。齐惠兰笑着说，男人都粗心大意的，能收拾好房间吗？我估摸着乱得会像个狗窝。香嫂说，齐书记，那你就看走眼了，龙钧的房间收拾得可齐整了。

“那我可要参观一下！”齐惠兰笑着说。

香嫂有些为难的样子。

“不方便就算了。”齐惠兰说。

“你看看可以，但是千万别和龙钧讲，要不他准会怪罪我。”

齐惠兰笑了，说：“放心吧，这都是咱女人闲聊的事，我才不会和一个大男人说呢！”

张龙钧的房间在二楼，房间挂着锁。香嫂边掏钥匙开锁边说，他说房间有时放着公家的文件，怕外人来家里玩时随便进他的房间，所以平时都是锁着的。

“龙钧可真是粗中有细，不像我，虽然是个女人，却总是大大咧咧的，”齐惠兰说，“这一点我要向龙钧学习。”

张龙钧的房间收拾得一丝不乱，非常整洁。靠墙摆着一张木床，被子叠得有棱有角，就像受过专门训练的军人；窗口下摆放着书桌，上面的书籍、资料、毛笔、砚台和纸张也都摆放得很齐整。齐惠兰在书桌上看到一本厚厚的线装《龙溪水利志》，她拿起来翻了翻，说香嫂，龙钧同志的工作责任心真是太强了，值得我好好学习，这水利工作我们还没开始抓呢，他就开始研究了，真是难得啊！她放下书本，又顺手拿起一张折叠的图纸，打开来看，这是一张缺了很大一个角的龙溪水库平面图……她放下图纸，对香嫂说，龙钧同志样样工作都做在我前面了，我真要好好向他学习。

香嫂笑着说，齐书记，你就别夸他了，他年轻，工作没经验，你还得多指导指导他才行。

齐惠兰和香嫂从楼上下来后，又闲聊了一会，才起身说，香嫂我得去忙工作了，哪天有空再来看你。香嫂热情地说，有空就多来家里坐坐。

齐惠兰走出来的时候，被躲在不远处的张龙钧看到了，他望着齐惠兰的身影，双手紧紧地攥成了拳头，目光中流露出一道凶狠的光芒。

第九章

1

这一天，李卓越等人下乡征粮，回到镇政府的时候，已经接近下午五点。他满腹心事，顾不得把粮食搬进仓库，就快步走出镇政府，穿过小树林，来到大路边的一棵大树下。他发现自己贴在上面的纸不见了，向四周望了望，确认四下无人，立即从树洞里取出一张纸条，他打开一看，不禁大惊——纸条上清清楚楚地写着：“齐惠兰有难，速去竹料！”

李卓越立即奔回镇政府，张冰冰和庄严在镇政府大门外休息，他小声对庄严说：“快抄家伙，跟我走！”

“去哪？”

“去竹料！”李卓越说着走进院子牵出马，庄严也推出了自行车。李卓越告诉张冰冰，齐书记可能有意外，他和庄严要立即赶过去。他向镇政府大院张望了一眼，叮嘱张冰冰，不要告诉任何人他们去哪。接着又问郑剑呢，怎么没看见他？张冰冰说，刚才圆月老师来说钢琴又坏了，叫郑剑帮她去修钢琴了。

李卓越皱了一下眉头，告诉张冰冰，郑剑回来后让他老老实实待在镇政府，哪儿也别去！接着，他又对张冰冰说，我和庄严回来之前，你哪儿也别去，在镇政府等我们回来！

李卓越交代完毕，翻身上马，和庄严直奔竹料而去。他们还没到竹料，在半路上，就听到了密集的枪声。

“一定是齐书记遭遇土匪袭击了！”李卓越喊道，“庄严，快点！”两人急切地冲向出事地点，突然有子弹向他们射过来。两人立即举枪还击。

“庄严，我对付这些土匪，你设法冲进去找齐书记！”李卓越举着手提机关枪，向两边山坡上的土匪一阵狂扫。

庄严往前猛冲了一段路，有土匪向他射击。他向两边山坡上连着扔了几颗手雷，随着几声爆炸，山坡上升起一团团呛人的浓烟，土匪们顿时乱了阵脚。

“齐书记，我是庄严！”庄严边喊边往前冲。

“我在这儿！”在离庄严不远处，齐惠兰从路边的一块大石头后面站了起来！

“齐书记，小心！”庄严大声提醒说。他话音未落，一串子弹射向齐惠兰，她立即蹲下身，隐藏在石头后面。子弹打在石头上，迸出一团团火花。庄严向开枪处用力掷出一颗手雷。一声爆炸，山坡上的枪声顿时哑了。

很快，李卓越从后面也冲了上来。

“何营长牺牲了！”齐惠兰痛苦地说。何营长是镇政府刚刚组建的民兵营的营长。齐惠兰让他和自己一起去竹料，遭遇土匪袭击后，为了保护齐惠兰突围，何营长始终冲在前面，不幸连中数枪，当场牺牲。

天色渐渐暗下来了，不远处，有零星的枪声传来。李卓越掏出怀表，看了看时间，又望了望两边山坡上密密麻麻的树林，心生顾虑。他说，天马上就要黑了，我们不能回龙溪，土匪肯定会在半路上截击我们。

“老李，我从没见你怕过事，怎么这次怕了？”庄严说。

“这不是怕不怕的问题，他们想谋害齐书记，齐书记一定是动到他们的要害了，所以他们会不惜血本下黑手！”

“那怎么办？”庄严问。

齐惠兰则一直盯着李卓越手里的怀表发愣。

“这里离钟落潭不远，我们赶到钟落潭教堂待一晚，天亮再回去！”

三个人赶到教堂，天已经全黑了。简单地安顿下来，李卓越让庄严先到外面警戒，他要和齐书记商量一下工作上的事情。

“庄严，谨慎点，不要大意！”李卓越说，“过一个小时我去替你回来休息！”

“没事，我不累！”庄严说着，走了出去。

“齐书记，你怎么要去竹料？”

齐惠兰说：“下午的时候，在棠沙村蹲点开展土地改革工作的小赵突然赶回镇政府，交给我一个工作笔记本，我翻了翻，里面记得全是水利方面的事情。小赵说是棠沙一个补锅匠在竹料的山路上捡到的，他还听补锅匠说在那边山沟里看到五个死人，说可能死了好久了，尸体都腐烂了，大老远就闻到一股恶臭味。我当时就怀疑是失踪的水利工作组的同志，决定到竹料核实一下。小赵本想和我一起去竹料，我没有同意，让他还是回棠沙村，并叮嘱他这件事先不要声张，等我核实了再说。小赵又建议我等你回来一起去，我想你们可能回来得比较晚，心里着急，民兵营的何营长正好是竹料人，我就让他陪我一起去了现场，没想到，回来的路上，就遇到了土匪，要不是你和庄严及时赶到，我怕是早就遭遇不测了……”

“这证明敌人完全掌握你的行动！”李卓越接着问，“齐书记，现场到底什么情况？”

“因为死亡时间太长了，尸体高度腐烂，已经看不出本来相貌了。”齐惠兰说，“不过，他们确实是水利工作组的同志！”她说着从口袋里掏出一块纸来，递给了李卓越。

李卓越接过来一看，上面画满弯弯曲曲的线条，还标有等高线！他大学读的是土木工程专业，自然知道这是一张图纸的一角。

“齐书记，这是什么图纸？你在哪里捡到的？”

“是龙溪水库图纸的一个角！”齐惠兰说，“在现场捡到的。”

“你怎么知道？”

“我见过那张缺了角的图纸！”

“在哪里？”

“香嫂家，张龙钧的房间里！”齐惠兰接着告诉李卓越，她上午去香嫂家发现的情况。

李卓越听了，一脸惊讶，忙问："你去竹料，张龙钧知道吗？"

"不知道。"齐惠兰说，"我没有告诉任何人，也叮嘱过小赵，不要声张。"

"你这两天暗中调查张龙钧，跟小赵说过吗？"

"没有，没和任何人讲。"

"这么说，有嫌疑的只有张龙钧和小赵！"

李卓越早就发现有敌人混进了内部，他也一直在怀疑张龙钧，只是没有找到线索，不敢确认。

"以目前的情况看，张龙钧，最直接的证据就是那张缺角的图纸，他有可能参加了杀害水利工作组五位同志的行动，直接取走了资料。当他发现你在调查他，要杀你灭口。"李卓越继续分析道，"再说小赵，有可能你来竹料是他设下的陷阱，至于这一角图纸，也许是他从张龙钧家撕下来扔到现场的，目的是让张龙钧做他的替罪羊！"

"卓越同志，太可怕了，真没想到敌人会混进政府里面，"齐惠兰有些着急地说，"无论如何，我都要把他从我们的队伍里揪出来！"

"种种迹象表明，龙溪不仅仅是政府有内奸，可能还潜藏着比内奸更可怕的对手，他们一直在里应外合。"李卓越接着说，"齐书记，我希望你无论发现什么，都不要单独行动，最好和我们商量！"

"没问题，"齐惠兰接着问李卓越，是怎么知道她来竹料的。

"这个……"李卓越想了想，说，"对不起，齐书记，目前我还不能跟你明说。"

齐惠兰点点头，说："我明白！"

"还有，调查内奸的事一定要绝对保密，任何人都不能透露，否则会被敌人利用，闹出大乱子！"李卓越提醒说。

"卓越同志，好在有你在，否则我都不知道……"齐惠兰正说着，庄严悄悄走了进来。

李卓越拿出怀表，摁了一下按钮，怀表盖自动弹开，他看了看，对庄严说，还没到换岗时间吧？

庄严小声说：“我四处观察了，没情况。”

“现在没情况不等于不会有突发情况！”李卓越严厉地说，“你也是老兵了，难道连这也不懂吗？”

“我……”庄严挠了挠头，小声说，“我有点想神父了。”

李卓越叹了口气，安慰庄严说：“你放心吧，神父不会有事的，我的预感都很准，你会见到神父的，相信我！”

李卓越对齐惠兰和庄严说，你们休息吧，我去站岗。他站起身往外走。齐惠兰喊住他，犹犹豫豫的，提出要看看他的怀表。

李卓越把怀表递给了齐惠兰。她熟练地弹开盖子，“啊”的一声惊叫。她抬头望着李卓越，急切地问：“这块怀表你是从哪儿得来的？”

“是……”李卓越望着情绪激动的齐惠兰，恍然明白，“你是阿兰嫂子？”

“老范呢？老范在哪？”齐惠兰因为激动，全身发抖。

“教导员他……他……”李卓越眼里噙着泪说，“阿兰嫂子，教导员，老范他……牺牲了！”

齐惠兰身子晃了晃，晕倒在地。

“阿兰嫂子！阿兰嫂子，你醒醒！”李卓越喊着，抱起齐惠兰，轻轻地把她放在一张光板床上。

“阿兰嫂子，阿兰嫂子，你醒醒！”李卓越流着泪喊道。

齐惠兰痛苦地呻吟了一声，含含糊糊地喊“飞仔”，这是老范的小名。

李卓越让庄严找点衣物帮齐惠兰盖在身上，免得着凉。接着他让庄严守护着齐惠兰，他去外面站岗。他叮嘱庄严，有什么事就立即告诉他。

齐惠兰整个晚上都晕晕乎乎地说梦话，喊“飞仔”。这让庄严想到一直找寻不见的神父还有自己的亲生父母，他感到压抑，压抑得几乎喘不过气来。待齐惠兰平静一些后，他来到外面，想透一透气。李卓越把玩着威士忌，庄严知道他心情很不好，一定是喝酒了。

庄严和李卓越聊了一会，就说到了神父。李卓越说，你找神父还是为了寻找亲生父母吧？庄严点了点头，说是的。李卓越说，其实我已经知道你父亲是谁了，只是这段时间老出事，没机会告诉你。

“真的？”庄严有些吃惊，也觉得太意外了，意外到他无法相信。

“是真的！”李卓越说，“这种事情，我不可能跟你开玩笑。”

“那……我父亲呢，他在哪，他为什么不来找我？”庄严有些想不明白。

“他其实一直在暗中关注你，他不找你，可能是为了你更好地成长吧，明白吗？”

庄严摇了摇头，说：“不明白！”

“这样吧，”李卓越说，“等这次任务完成了，我一定带你去见他！”

“说话可要算数，”庄严说，“你不能哄我！”

“放心吧，绝对算数！”李卓越接着说，“别让齐书记一个人待在教堂里，你去守着她吧，有事叫我。”

2

郑剑检查了一遍钢琴，根本没有任何问题。圆月有些不好意思，说：“对不起，我是想请你来教我弹钢琴的，怕你不来，只好说钢琴坏了。”

“今天怕是不行，”郑剑说，“我怕老李有事找不到我。”

“卓越也真是的，”提到李卓越，圆月语气里明显有一种亲昵。

接着，圆月又对郑剑说，“来都来了，我弹一支曲子，你就给我指点一下吧。”

圆月在钢琴前坐了下来，试了两个音，就正式弹起一支曲子。郑剑坐在旁边，全身随着节拍晃动着，不时提醒圆月注意力度！渐渐的，他整个身心全部沉浸在音乐中，忘记了时间……一曲弹毕，郑剑透过打开的窗户，往外面张望了一眼，院子里，一只鸽子“扑棱”一下飞了起来，他还看到张龙钧闪身进了回廊……“张镇长怎么来了？”他说。

“你说龙钧哥？”圆月说，“他现在那么忙，哪有时间？我回来这么久，就没见他来过我家。你一定是看走眼了！”

“难道我看错人了？”郑剑喃喃说道。

“一定是看错人了。”圆月接着说，“今天也不早了，就学到这儿吧，有空还要向你请教。”

“不客气，互相多些交流吧！”郑剑说。

圆月一直把郑剑送出了大门，她站在门外，看着郑剑走出很远才转身回家。

郑剑其实并没有看错人，刚才他看到的确是张龙钧。张龙钧得知齐惠兰去竹料核实五位死者是不是市水利工作组成员了，是小赵告诉他的。他问小赵齐书记去哪了？小赵有些为难，说齐书记有交代，不让告诉别人。张龙钧一听就火了，斥责小赵说，别人可以不告诉，难道连我也不能说吗？我要对齐书记的安全负责，你懂不懂？小赵只好把实情告诉了他。

张龙钧听了，心里顿时着急起来。他知道齐惠兰已经对他起了疑心，一旦核实竹料的五位死者的真实身份，他的处境就会极其危险。他决定尽快把这个情况告诉张镇天。想到这里，他佯装恼怒，冲着小赵大声说：“齐书记一旦发生什么意外，我决不会饶过你！”说完，他大步流星地走下楼。从外面走进来的张冰冰看到他心急火燎的样子，就问发生什么事了。

“我现在才知道齐书记去了竹料，这也太危险了，”张龙钧说，“我想赶紧去趟竹料，可我姐今天又犯老毛病了，真是急死个人！”

“刚才卓越同志已经带庄严赶去竹料了。”张冰冰接着说，“你还是先回家看看香嫂啥情况吧。”她想了想，又说，“要不要我和你一起去看看？”

“谢谢你，不用了，俗话说‘久病成医’，我姐这个老毛病，我知道怎么应付。”

张龙钧出了镇政府，立即来到张镇天家，把自己从小赵和张冰冰处了解的情况告诉了张镇天。

张镇天听了长叹一声：“这个姓李的，真是棘手啊！这次行动怕是又要被他搅黄了！”

张龙钧把齐惠兰去了他家，而且进他房间察看的情况告诉了张镇天。他忧心忡忡地说，“天叔，这姓齐的婆娘一定是怀疑上我了，怎么办？”张镇天安慰他不要着急，容自己想想再做定夺。

张龙钧走后，他向皇太子作了汇报。皇太子向他下达了除掉齐惠兰的指令。于是他安排手下一名喽啰，就是棠沙村那个补锅匠，故意把水利工作组工作人员的笔记本交给了小赵，并告诉他五人遇害的地方，引齐惠兰上钩，在半路上设下埋伏要截杀她。没想到半路杀出一个李卓越……这点事都办不好，自己又怎么向皇太子交代！

这事做得如此机密，姓李的又是怎么知道的消息，难道是内奸……除此之外，根本找不出任何破绽。必须要尽快查出此人，否则太危险了！等张龙钧离开后，张镇天把管家喊了来，问怡静那边有没有消息。管家摇了摇头，说：“还没有！”张镇天虽然心急如焚，但表面仍是一脸镇定，他说，不急，这条大鱼迟早会浮出水面，你通知怡静，让她稳住心神，盯紧点。

几天后，怡静那边传来了消息，说内奸极可能就是梁团长。这让张镇天难以接受。梁团长跟他已经多年了，一直忠心耿耿，怀疑谁他都不会怀疑到梁团长头上，但怡静却言之凿凿，一口咬定就是梁团长。他想，现在世道毕竟变了，天下已经成了共产党的天下，党国前途暗淡，谁不想为自己留条后路？但为了慎重起见，他指示怡静，切不可声张，更不能有任何动作，密切监视梁团长的举动就可以了，一切要等他上山后再做定夺。

3

张冰冰和郑剑一夜未睡。整个晚上，两个人都在一起站岗警戒，等待李卓越和庄严还有齐书记回来。直到天亮时分，他们也没有回来，张冰冰很是担心，她一次次走到镇政府大门外，向远处张望，她没有等到李卓越等人，却等来了圆月。

圆月听说李卓越等人竟然一夜未归，顿时着急起来。说不能再等了，要回去让她爹派人去找。她正要转身离开，李卓越牵着马从大门口走了进来，马上坐着齐书记，紧跟着，庄严也骑着自行车闯了进来。

张冰冰走上前，发现齐惠兰脸色苍白，目光呆滞，就问李卓越怎么才回来，齐书记是不是病了？

李卓越阴沉着脸，没有理会张冰冰，回头对齐惠兰说："齐书记，下来吧。"说着上前一步，伸手准备扶齐惠兰下马。齐惠兰已经自个儿从马上下来了。李卓越又吩咐庄严扶齐惠兰上楼，被她拒绝了。齐惠兰脚步踉跄，向楼梯口走去，才走了几步，就重重地摔在了地上。李卓越、张冰冰和圆月慌忙跑上前去，把她扶起来。张冰冰和圆月一边一个，扶着她上楼进了房间，让她躺在床上。张冰冰把手指搭在齐惠兰的手腕处，替她把了脉，就和圆月一起走了出来。张冰冰问李卓越到底出什么事了，说齐书记的身体很虚弱，好像受到了什么打击。

李卓越沉默不语。

圆月发现气氛不对，虽然不知道发生了什么，但她知道一定发生了很重要的事情。她什么也没问。只是对李卓越说，她要去学校了，如果有什么事需要帮忙，就让郑剑去找她。事后，她才从郑剑口中得知，齐惠兰是李卓越的老搭档纵队特务营教导员老范的妻子，老范在广州解放前夕，不幸牺牲了。

齐惠兰昏昏沉沉地睡了两天，不要说吃饭，水都几乎没喝一口。整整三天，睡醒了就哭，哭累了就睡。正在大家为她担心的时候，她却平静如常地上班了。李卓越等人这才放下心来。

齐惠兰满脑子都是张龙钧和小赵，这两个人到底是谁有问题呢？她正这样想着，张龙钧来到了她的办公室。张龙钧主要是来告诉她，发现小赵行迹有些可疑。他的依据是齐惠兰去竹料，是小赵设下的圈套。还有就是那份反映李卓越私自处决刘文祥的材料，他认真比对过，笔迹就是小赵的。他还说了另一个重要依据：前几天小赵去了他家，他正好不在，他姐姐也正忙着搅香粉，没空理会，就让小赵进屋等他。后来他姐姐上二楼拿东西，就发现小赵从他的房间走了出来，神色有些慌乱，当时他姐姐也没有想太多。可是等他回到家，却发现他从区里要来的龙溪水库的平面图纸竟然少了一角。“到现在我都不明白，他撕我的图纸有什么用意。”张龙钧说。

“小赵呢？”齐惠兰问。

“去棠沙村蹲点了，”张龙钧说，“他说是你安排的。”

“是我安排的，”齐惠兰接着说，“龙钧同志，你刚才所说的，说来说去，还只是怀疑，我的意见还是要慎重！”

外面，有马嘶鸣，接着有人喊李卓越，是一个陌生的声音。齐惠兰和张龙钧走了出来，看到有一位解放军战士牵着马走进了院子。

这个战士告诉李卓越，他是从警备区来的。他从挎包里面取出一个大信封递给李卓越。李卓越打开一看，是警备区政治部关于停止对他进行审查的决定。这位战士还带来了庄司令专门写给他的信。庄司令在信中说，这次审查是因为政治部不了解情况，完全是一场误会。

4

这天，李卓越等人去坜坝村演出征粮。他们在去的路上发现一处大瀑布，很是壮观。张冰冰等人纷纷赞叹，李卓越却觉得这瀑布有些玄妙，他拿出地图，发现这道瀑布上面就是在凤凰山和牵鼻岭之间的龙溪水库。

坜坝村是七爷的地盘。李卓越等人还没到，就有喽啰来向七爷汇报他们的动向。七爷听了，吩咐手下，准备迎客！

李卓越他们到了坜坝村后，选了一处空地，由张冰冰和郑剑为乡亲们演出节目。庄严帮着准备道具，同时也负责警戒。旁边有一棵大榕树，枝丫横生，根须垂挂，树下有一块光滑平整的大石头，平时多有村民在此乘凉。李卓越坐在石头上，从挎包里掏出威士忌，喝了两口，把酒瓶放在身边，佯装瞌睡。

七爷来了。七爷中等个儿，身形偏瘦，看上去有七十来岁，很有精气神。他头戴一顶瓜皮帽，拄着龙头拐杖，来到李卓越面前，主动寒暄。七爷是前清秀才，谈吐有旧时文人的儒雅。从他的穿着和举止，李卓越已经猜到他是七爷。他刚才和几位村民聊天，村民们就和他说到了七爷，说七爷肚子里有墨水，最拿手的是唱粤剧老生，那扮相、那唱腔，就一个字：“绝！”

两人打过招呼，七爷请李卓越去他家里坐。李卓越说恭敬不如从命，那就打扰七爷了。

七爷以茶相待。李卓越端起茶杯，轻啜一口，连声赞道：“好茶、好茶！”由茶及水，李卓越就说到了刚才看到的大瀑布。七爷说：“天工之物，地之造化，这是天佑坜坝，天佑坜坝！”

“如此说来，这瀑布还真有几分玄机！”

七爷笑言：“玄机？此非我等凡夫俗子所能知之！”七爷接着又说，“你们此番前来，不会就是为了唱几曲戏，与老朽谈山论水吧？”

“主要是来征粮！”李卓越端起茶杯，轻啜一口，说，“七爷刚才说到唱戏，我想起来了，龙溪镇有个人叫张镇天，人称天叔，和您一样，粤剧唱得好，不过和您不同，他是扮唱旦角儿，都说他是粤剧‘梅兰芳’，每逢龙溪集日，天叔一般会登台献唱，老先生可有耳闻？”

“不曾耳闻！”七爷说，“老朽向来喜静，居于乡野，与外面少有交集。”

坜坝相距龙溪，并不算远。七爷竟然不认识张镇天，连听说都没听说过，有些不合常理。难道他在刻意回避？回去的路上，李卓越一直在想这个问题。

七爷站在二楼天台上，望着李卓越等人渐渐远去，若有所思。他想司令说得没错，他们根本不是来征粮，而是冲着飞天瀑来的，难道这姓李的军佬听到了天水计划的风声？这么绝密的计划，应该不会走漏风声。司令指示，他怎么来就让他怎么去，不许轻举妄动，也证明姓李的军佬并不了解天水计划。

七爷又把刚才李卓越和他的聊天仔细琢磨了一遍，认为李卓越主动提起张镇天，绝不是毫无目的的闲聊，显然是在套自己。他为自己称不认识天叔而深深后悔，也感到这个年纪轻轻的军佬果然名不虚传，是一个难以对付的厉害角色，他在心里说："可惜啊，可惜不是同道！"

李卓越等人回到镇政府，发现齐惠兰不在。张龙钧说齐书记可能去棠沙村了，听说棠沙村有几个顽固分子想对抗土改，估计她去处理这个事了。

李卓越知道齐惠兰在调查内奸，也引起了敌人的注意。因此，对她的安全很不放心，决定赶去棠沙村找她。他到棠沙村找到小赵。小赵告诉他，齐书记本是说今天来的，却一直没来。

那她会去哪呢？李卓越心里一下着急起来。他问小赵："张镇长的土改包片区在哪里？"

"在太和，"小赵说，"你的意思是齐书记会去太和？"

"我随便问问。"

李卓越快马加鞭，赶到太和。他向人们描述齐惠兰的样子，问有没有见到过这样一个人。他打听的每个人，都摇着头说，没见过！

李卓越骑马来到一个三岔路口，该往哪个方向走，又去哪里找齐书记？正踌躇间，从前面走来一个上山砍柴的老汉，背着一大捆树枝。李卓越急忙走上前和他打招呼，老汉放下柴捆，抬手擦了一把脸上的汗水，上下打量着李卓越。

李卓越说要向他打听一个人。接着就打着手势，比划着向老汉形容齐惠兰的长相，问他看到过这样一个女子没有。老汉想了想，说他刚才在山上的路边砍柴，有一辆马车从他身边经过，车上坐着一个女子，感觉像是这个女子，但衣服好像对不上，再说马车一下子就过去了，只是瞄了一眼，不敢确定。李卓越忙问，大约是啥时候？老汉说有一会工夫了。老汉搔了一下头，说真是奇怪，刚才有四五个人，也是打听这样一个女子。

李卓越谢过了老汉，骑上马沿着老汉指给他的小路，向山里奔去。他先是追上了几个乡民，都是两手空空，匆忙赶路。对方听到马蹄声，闪身到路边，给他让开了道路。凭着经验，李卓越感觉这几个人不是寻常百姓。他又往前追了一会儿，终于看到了一辆急驰的马车，他追了上去。果然是齐惠兰坐在马车上，她头戴竹笠，穿着一身当地妇女的衣服。

李卓越和齐惠兰打过招呼，一起赶回了龙溪。他们在途经一段逼仄的山路时，李卓越发现两边山坡树丛中隐藏着一些人，但这些人并没有出面阻止他们。

到了镇政府，齐惠兰告诉李卓越，她在太和发现被几个土匪盯上了，绕了几条街巷才把跟踪她的人甩掉，然后她走进一户人家，就是送她回来的马车夫家。这是一户善良的村民，几天前，齐惠兰来太和召集村民开土改动员大会，马车夫和妻子在会上见过她。齐惠兰突然来到他们家，马车夫和妻子都感到十分惊讶，他们看齐惠兰匆匆忙忙的样子，基本明白是怎么回事。马车夫赶紧把大门关上，他妻子把齐惠兰领到了里屋，说齐书记你在这里躲一会吧。后来，齐惠兰借了马车夫妻子的衣服穿上，本想离开后步行回龙溪，马车夫夫妻认为太不安全，坚持用马车送她回龙溪。

李卓越说："今天实在是太危险了，以后你去哪里，必须事先告诉我。像今天这样的事绝对不能再发生！"

齐惠兰说："我不是轻松地把跟踪我的人甩掉了？事情没你说的严重吧！"

"我们来的路上，山坡草丛里隐藏着土匪，我们是在枪口下回来的！你说能不危险吗？"李卓越接着说，"要沉住气，不要急着去揭这个盖子，否则，那些妖魔鬼怪都会跑出来，向你索命！"

这样的不幸竟然被李卓越所言中。

张冰冰上医学院深造的事组织通过了，通信员送来通知，让她到广州参加体检和政审。李卓越决定趁此机会也回一趟广州，一是出于安全考虑，要护送张冰冰回广州；二是发现的一些新情况，他认为有必要当面向江团长作个汇报，一起研究一下接下来的工作。

李卓越没有想到，在他离开的短暂时间里，齐惠兰竟然失踪了，他回来后接连寻找了几天，村落、山里、河边……他走遍了自认为齐惠兰可能会去的地方，也没有发现齐惠兰的踪影，连一点儿消息也没有打听到。

齐惠兰就这样，突然消失得无影无踪！

5

尽快除掉齐惠兰，是皇太子的指令。张镇天在太和差一点就得手，没想到半路杀出个李卓越。张镇天在路上埋伏了不少弟兄，本想连李卓越一起干掉，皇太子却认为动李卓越为时尚早，就这样眼睁睁让李卓越和齐惠兰从自己的眼皮底下溜走了。张镇天感觉特别憋气，他认为皇太子过于谨慎，甚至有些窝囊，是被李卓越吓着了，凭自己几十号弟兄，他就不信对付不了一个李卓越！

可是皇太子严令，只需除掉齐惠兰，不许对李卓越动手。张镇天虽然无奈，也只能依令行事。

张镇天让管家告诉手下弟兄们，对姓齐的婆娘盯紧点，尽快解决掉，否则没法向皇太子交差。

齐惠兰对此自然一无所知，她心里想得最多的问题是，张龙钧到底是什么人？她迫切需要答案！

李卓越和张冰冰回广州的第二天早上，张龙钧又来请假，说他姐姐的老毛病又犯了，躺在床上下不了地，他要去给姐姐请郎中。齐惠兰很爽快，说给香嫂看病要紧，你赶紧去吧。

张龙钧走后，齐惠兰决定前去跟踪调查，她刚走到大门口，就被庄严喊住了。李卓越临回广州时对庄严有所交代，要他看住齐书记。李卓越对庄严说，如果齐书记要出去，你就说我有交代，让她待在镇政府等我回来。如果实在拦不住，她坚持要出去，你必须同行，须臾不能离开。

“齐书记，你不能出去，老李有交代。”庄严说。

“香嫂病了，我去看望一下。”

“那我陪您一起去。”

“谢谢，真的不用！”齐惠兰说，“大家都下乡开展土改工作了，政府没几个人，你帮我看好家吧，我一会就回来！”

庄严只好让她一个人去了，没想到这一去就再也没有回来。庄严后悔死了，李卓越回来后，他对李卓越说，老李你骂我一顿、打我一顿都行，那样我心里说不定会好受点，现在我这心里难受死了。

齐惠兰出了镇政府，她本想先到香嫂家看看到底啥情况，走到半路她又改变了主意，拐了个弯，直奔香坊而来。她躲在附近一个墙角处，紧盯着香坊。张龙钧走了出来，四处张望了一会，就又回到了香坊里面。

齐惠兰在想要不要去香坊看看，突然有一只大手从她后面伸过来，紧紧地捂住了她的嘴巴。两个人扑上来，把她按倒在地，用一团布塞住了她的嘴巴，接着用布条蒙住她的眼睛，把她捆了个结结实实，装进了一个粗布口袋……等她被从口袋里放出来的时候，已是晚上。她置身于一个陌生的院落，院子里挂着很多灯笼，照得整个院子一片明亮。站在她面前的竟然是化了旦角戏妆的张镇天，张龙钧站在张镇天的右边，看着齐惠兰，脸上挂着冷笑。旁边摆着一口白茬子棺材，盖子已经打开。

齐惠兰的双手被紧紧地绑在背后，双腿也被捆绑在了一起，她怒视着张镇天和张龙钧，但她嘴里塞着一团布卷，没法张口说话。

张镇天的兴致很好，他说一声开始，坐在旁边的琴师和负责伴奏的家丁立即忙活起来。音乐响起来了，张镇天轻轻甩动长长的水袖，腰身儿一扭，咿咿呀呀地唱了起来……他唱了一会，停了下来，望着齐惠兰，说俗话说好男不和女斗，我本不想如此对你，可你却偏偏要和我斗法，要坏我的大事，也就休怪我走这一步棋了。

“如花似玉，真是如花似玉，就这么香消玉殒，实在可惜！”张镇天接着转过身，对管家说，“开始吧！”

管家一招手，早就等候在旁边的几个家丁纷纷上前，架起齐惠兰把她丢进了旁边的棺材里，然后把盖子盖上，叮叮当当地用铁钉把盖子钉牢，把棺材抬到了吊楼上，打开了后门，下面河水翻腾，一股如冰冷气直冲上来。音乐再次响起，张镇天又咿咿呀呀地唱了起来……几个家丁在管家的指挥下，把棺材用力推了出去，轰隆一声，棺材掉进了翻腾奔流的河中……

这一幕被住在二楼的玉玲珑看个正着，她不是第一次看到如此景象。只要张镇天深夜在后院开戏，她就知道必定会有人被装进棺材丢进河中。

“真是作孽啊！”玉玲珑喃喃说道。

第十章

1

张冰冰办好报名手续后又回到了龙溪。本来她是可以不回的，但她心里牵挂着李卓越，在一起工作这么久，习惯了，突然不在一起还真是不习惯，何况她爱着李卓越，李卓越也同样爱着她。在这个世界上，没有比相爱的人在一起更幸福的事了。所以，事情一办好，她就急急忙忙地赶回了龙溪。

张冰冰没有想到，自己仅仅离开三天，龙溪就发生了这么大的事情。齐书记突然失踪了，李卓越出去寻找齐书记，已经两天两夜没有回来。镇政府的工作人员也都出去寻找齐书记了。郑剑又被圆月请去学校教孩子们唱歌，整个镇政府只剩下庄严一个人。她回来的时候，庄严正心事重重地坐在门前的台阶上发呆。因为经历了太多事情，他变得比实际年龄要成熟很多。

李卓越到底去哪里寻找齐书记了呢？两天两夜怎么一点消息都没有？张冰冰非常担心李卓越的安全，就问庄严："你怎么没有和老李一起去？"

"老李说你一定会回来，他让我和郑剑哪也别去，就在镇政府等你！"

李卓越竟然知道她一定回来，还专门交代庄严和郑剑等她，张冰冰的心里有一股暖暖的感动和幸福。

张龙钧回来了。张冰冰问他，可有齐书记的消息？他摇了摇头，长叹一声，说这两天大家的腿都跑细了，就是没有任何消息，都不知道怎么向上级交代，真是急死人！接着，他问："卓越同志回来没有？"

"没有。"庄严说。

"但愿卓越同志能把齐书记找回来，"张龙钧接着对张冰冰说，"冰冰同志，你回来的正好，我有点事正想找你谈谈，到我办公室来吧。"

张龙钧先是关心地询问张冰冰回广州到医学院报名的情况，接着说他姐姐吃了张冰冰开的药后，身体好了很多，老毛病再也没有犯过，说他姐姐非常感激张冰冰，希望她有空就去家里坐坐。

"行啊，我抽空去看看她，好久不见，还怪想的。"张冰冰接着说，"张镇长，你找我来就是要告诉我这些吗？"

"当然不是。是这样……"张龙钧告诉张冰冰，齐书记失踪后，他仔细琢磨了一下，认为这事反常。到底是什么人三番五次的要置齐书记于死地？一定是齐书记触及到了他的要害，不除掉齐书记他就会暴露身份，所以他只有铤而走险！

"你的意思……"张冰冰有些疑惑地望着张龙钧。

"有内奸！"张龙钧的语气不容置疑！他告诉张冰冰，明天要召开政府工作会议，所有在一线蹲点的同志都回来参加，他们会带来很多令人吃惊的消息。

"事情到了这一步，我们绝不能心慈手软，对于隐藏在我们队伍里的异己分子必须尽快清除，否则后果不堪设想！"张龙钧说，"冰冰同志，希望你能配合一下，明天列席会议。"

"好吧。"张冰冰答应了下来。

张冰冰回到龙溪的第二天，李卓越回来了。他在大街上遇到了圆月和郑剑，当他知道郑剑是去学校教孩子们唱歌，有些不满。他对圆月说，郑剑啥时候变成你们学校的老师了？圆月听了，有些不高兴，说我这是经过张冰冰批准的，你有意见找她说去！

"张冰冰回来了？"李卓越问郑剑。

郑剑告诉他，张冰冰昨天就回来了，镇政府现在正在开会，张镇长让她列席会议，听说主要是为了肃清内奸，好像和齐书记失踪有关。

“看你憔悴成啥样子了，快点回去休息吧！”圆月望着李卓越，眼里不无怜爱与心疼。

“好的，我先回了。”李卓越说，“你们去忙吧。”

李卓越回到镇政府，看到二楼会议室门口站着几个背枪的民兵。“怎么有民兵？”他问庄严。

“看场子呗，”庄严说，“刚才里面吵得很厉害，好像说小赵是内奸！”

“镇长，我冤枉啊，真的冤枉啊！”

李卓越和庄严抬头一看，小赵被几个民兵押着走出了会议室。

“把他押到后院，一定要严加看管，禁止任何人和他接触！”张龙钧接着说，“我就不信他能顽固到底！”

“说小赵是内奸，有证据吗？”李卓越问随他来到自己房间的张冰冰。

“张镇长说，齐书记早就怀疑小赵有问题。他利用水利工作组遇害把齐书记骗去竹料，他在棠沙村蹲点，还多次撺掇顽固分子闹事。”

“小赵如何处理，会上形成意见没有？”

“张镇长建议把他押送区里，让区里审讯。”

“知道了，”李卓越说，“我已经两天三夜没合眼了，想休息一下。”

“齐书记有消息吗？”张冰冰问。

“没有！”李卓越叹息一声，“该去的地方我都去了，一个大活人，就这样消失得无影无踪！”

“你先休息会，我们再一起想想办法。”

“你的事呢？”

“干部科让我等通知。”

“我向司令员要的东西你带回来了吗？”

“我帮你带回来了，”张冰冰有些不解，“我听说你以前都是找司令员要威士忌，这次怎么突然要收音机了？”

“听新闻啊，要紧跟形势嘛！”

2

张冰冰从李卓越的房间出来，看到张龙钧从后院走了出来。他告诉张冰冰，有些不放心，刚去叮嘱负责看管小赵的民兵一定要保持警惕，不要出什么意外。

“是啊，这件事太重要了！”张冰冰接着问，“打算什么时候把小赵送往区里？”

“明天一早就送。早送早解脱，要不关在这里夜长梦多！”张龙钧接着问，“卓越同志呢？”

“他已经休息了。”

“是该好好休息一下，两天三夜没合眼，别说人，铁打的金刚都受不了！”张龙钧接着对张冰冰说，“你也休息一下吧，我回家一趟。”

张冰冰听张龙钧说要回家，提出去看看香嫂，顺便帮她检查一下身体。张龙钧满口答应，说我们一起走吧。张冰冰把庄严叫出来，告诉他，自己和张镇长一起到他家去看望香嫂，让庄严等李卓越醒来后告诉他一声。

张冰冰和张龙钧刚走没多久，李卓越就走出房间找张冰冰。庄严告诉他，张冰冰和张镇长一起走的，说是去看望香嫂。

李卓越皱了一下眉头，说先不管她，接着让庄严跟他去后院见见小赵。

李卓越对负责看管的民兵排长说要见小赵，民兵排长有些为难，说恐怕不行，因为张镇长吩咐过，不让任何人见小赵。

李卓越盯着民兵排长，说张镇长真是这么说的？民兵排长点了点头，“真是这么说的！”

“庄严，你去张镇长家，把他叫来，”李卓越说，“我要亲自问问他是不是这样说的！”

“李卓越同志，你听我说……”民兵排长有些着急。

庄严看到民兵排长着急的样子，问他张镇长说的任何人是不是也包括解放军？另外两个一起看守的民兵也都望着民兵排长。

民兵排长愣了一下，对李卓越说，他们也是履行职责。既然他想见就见见吧，不过最好快点，别让张镇长知道。李卓越说我理解你们的难处，我只是问个事，花不了多少时间。

民兵排长掏出钥匙，打开锁，把门推开，说小赵，解放军同志要见你。

李卓越走了进来，顺手把门关上。小赵看到他很激动，眼中含泪，说："卓越同志，你终于回来了，你可要给我洗清冤屈呀！"

"别激动，有话坐下说，"李卓越小声提醒他，接着又大声问，"你最后一次见齐书记到底是什么时候？"

"齐书记失踪的那天上午，我回来汇报工作，然后就直接回了棠沙村！"

"可是有人说后来你在棠沙村还见过齐书记，有没有这回事？"

"没有，绝对没有！"小赵大声辩解。

"没有？你撒谎吧！"

"卓越同志，我没有撒谎，"小赵说，"是他们冤枉我！"

"看样子你是不见棺材不掉泪，不想对我说实话！"李卓越大声说着，从口袋里掏出一张纸条，递给小赵，说："你看看这个！"

小赵看到纸条上竟然写着一个"逃"字，有些不明所以。

李卓越收起纸条，说："看清楚没有？这是不是齐书记的笔迹？"

"我……"小赵不知如何回答。

"你好好想想，想清楚了再说，"李卓越说，"我还会找你的！"

小赵神色黯然："好吧，我再想想！"

"把门锁好吧！"李卓越走出关押室，对民兵排长说，"他如果告诉你想清楚了，你就喊我一声！"

李卓越和庄严来到前院，他告诉庄严，自己要出去一会。"张冰冰回来后，告诉她，不用找我！"

李卓越来到路边的大树前，上面还是他贴的纸条——没有任何新的消息，齐书记也许已经遭遇不测……他坐在树下，神色凝重。远远的，他看到货郎挑着担子，摇着拨浪鼓向龙溪镇走去，他盯着货郎的背影，沉思片刻，起身也向镇子里走去。

货郎明显是去张洪贵的杂货铺，李卓越若即若离地走在货郎后面。张龙钧手里提着一条鱼，突然从前面的一个巷子口走了出来，他看到李卓越后，迎上来打招呼。他告诉李卓越，张冰冰到家里给他姐看病，家里没啥吃的，他就去河边走了一趟，刚好有个打鱼佬打鱼回来，就买了一条鱼。接着他热情地邀请李卓越到他家里吃饭。

“张镇长不必客气，我还有点事，下次再去吧！”李卓越客气地拒绝了张龙钧的邀请。他信步来到张洪贵的杂货铺前，发现店门紧闭，货郎早就没了踪影。他转身往张镇天家走去。他走到张镇天家的大门口时，张洪贵刚好从里面走出来。他看到李卓越，神情不觉一愣。

李卓越望着张洪贵，笑着说，张老板，你真是城头上跑马，一味兜圈。刚刚我去你杂货铺买东西，你大门紧闭，原来是跑天叔家来了，你经常来天叔家吧？

“哪里，哪里，”张洪贵赔着笑，说天叔家要洋油，让我赶紧送过来。接着，他问李卓越，“大佬，您也是找天叔？”

“是啊，天叔在家吗？”

“在，在，”张洪贵忙不迭地说，“刚才我还听到他唱曲了呢！”

李卓越对站在门口的家丁说：“我要见你们家老爷！”说着，他抬脚迈进了大门。

“我去报告我们家老爷！”家丁说着，慌忙向里面跑去。

张镇天刚接到张洪贵送来的皇太子的密令，说明天共党政府要押送小赵去区里，指令张镇天派人在半路上设伏，务必将小赵击毙，决不能让他活着离开龙溪！张镇天告诉管家，这事就交给七爷吧。提醒七爷，此事非同小可，一定要谨慎，尤其不能让李卓越听到风声！

“好的，老爷，我马上通知七爷！”管家正要转身离去，看门的家丁慌慌张张地跑了进来，说：“老爷，那个姓李的军佬来了，要见您！”

“说曹操曹操就到，”张镇天说着，起身走出客厅，站在回廊下笑着对走上前来的李卓越说，“哎呀，卓越来了啊，这是哪阵风把你这贵客吹来了？”

“天叔，你不会觉得意外吧？”李卓越笑着说。

“一家人哪来意外之说？”张镇天热情地说，“请到屋里坐吧。”接着，他大声吩咐管家上茶。

张镇天问李卓越寻找齐书记的情况。听李卓越说至今没有任何消息，他面带焦急，说一个镇政府的书记，无缘无故的，说不见就不见了，确实让人心急啊。他看了李卓越一眼，接着说，我就不信，那些坏人敢把齐书记怎么样！

管家说，李同志，你可能不知道，我们家老爷今天专门把镇上几个有威望的大佬找了来，发动大家一起寻找齐书记！

李卓越忙说：“天叔，谢谢您和几位大佬。”

张镇天摆了摆手，说都是小事，不用客气。齐书记是我们龙溪镇一万多人的书记，这是我们应该做的！他说到这里，看了看李卓越，接着说，我要不这样做，我家的宝贝女儿能饶过我？

李卓越客气地说，圆月确实帮过我们不少忙，我们很感谢她。

张镇天笑着说，和她你就更不用客气了，她现在每天张口闭口说的都是你的事。他看了一眼李卓越，接着感叹，同窗之谊非同一般啊，尤其是分别多年竟然又在龙溪相逢，更不容易。刚才我还唱了一曲梁祝，结果你就来了，真是巧啊。张镇天兴之所至，打着节拍，轻轻哼唱起来：“三载同窗情似火……”

待张镇天一段唱罢，李卓越说：“对了，天叔，坜坝村的七爷要我转告，向你问好！”

张镇天不禁一怔：“七爷向我问好？”

“前几天我去坜坝村征粮，遇到了七爷，和他提到您，他对您的旦角戏赞不绝口，说很长时间没跟你同场唱和了。”

“是好长时间没见了，他还好吧？”

“硬朗着呢！”李卓越说，“他还唱了一段，我记得有一句是‘忆起寒门村酒美，共酌多知己’，其他就不记得了。”

“哦，是风雪夜归人，”张镇天轻轻打着节拍，唱了起来，“复履荆钗约，便聘就山妻……”

“爹——”圆月推门走了进来，“卓越原来你在我家啊！”

“有事吗？”李卓越问。

“没事就不能找你吗？真是的！”圆月有些不悦，接着又有几分神秘地说，“我倒真有一件很重要的事要告诉你！”圆月往外面看了一眼，接着说，“我们去外面说吧。”

“天叔，今天打扰了，我和圆月出去一下，改天再来拜访您！”李卓越客气道。

“你们去吧。一家人，不用客气，有空就来家里坐。”张镇天说着，起身把李卓越送到客厅门口的回廊处。

“天叔留步，”李卓越转身对圆月说，“我们走吧！”

两人来到街上，李卓越停下脚步，问圆月有什么事。圆月吞吞吐吐地说，她发现张冰冰和张龙钧在一起了，感觉有点不对味儿……

李卓越皱了一下眉头，“就这事？”

“是啊！”圆月说，“我还不是为你好？”

“不可理喻！”李卓越说，“你真要为我好，就好好地教你的书，不要胡思乱想。”说完，他头也不回地走了。

送走李卓越，张镇天回到客厅才回过味来。他气得一跺脚，懊恼地对旁边的管家说，真没想到，我今天阴沟里翻了船，竟被姓李的死军佬牵着鼻子转悠了半天，他明明就是来探我的底细，依七爷的老到和谨慎，怎么可能在这个死军佬面前提到我！我刚才怎么就昏头了呢？

“这也不能怪老爷您，”管家说，“要怪也是怪那个死军佬没安好心，暗中算计您！”

“是我糊涂啊！”张镇天悔恨地说，“要不是圆月正好回来，指不定还被他套出什么呢，真是糊涂到家了！”

3

李卓越回到镇政府，还没进屋，张冰冰和张龙钧就从大门口走了进来。李卓越面无表情地看了张冰冰一眼，说：“张冰冰，有些事我想找你谈谈。”

张龙钧冲李卓越点了点头，说：“你们聊，我去后面看看。”

张冰冰随李卓越进了他的房间。李卓越严厉地警告她，不要自作聪明，更不要轻举妄动。他说，有些事情很复杂，不像你想的那么简单，我们已经失去齐书记了，我不能再看着你往套子里钻！

“我不是齐书记，我知道该怎么做！”

“这不是该你做的事！我并非没有察觉，之所以迟迟未动，有我的考虑，我希望你们配合好，不要瞎掺和，给我添乱！”李卓越望着张冰冰，接着语气平和地说，“我这样说可能不中听，但对你有好处。齐书记失踪这样的悲剧不能再重演了，明白吗？”

“我答应你，总行了吧？”张冰冰嘟哝道，“想帮帮你，谁知道你还不领情！”

“我刚才说了，这不是该你做的，等上学的通知来了，大家高高兴兴地送你回广州，这才是我最愿意看到的结果！”李卓越接着说，“今晚我还要出去一趟，你要督促庄严和郑剑做好警戒！”

“你要去哪？”张冰冰问。

“当然是去找齐书记。”

吃罢晚饭，李卓越没有声张，悄悄地牵着马，走出了镇政府大院，很快消失在了夜色之中。

时间已经不早了，张冰冰还没有睡，她心里很不平静，在为李卓越的安全担心，同时也为自己谋划的秘密行动而激动。她想到李卓越的叮嘱，就走到院子里，要求庄严和郑剑在大门口站好岗，做好警戒工作。

她说完下意识地抬头往二楼看了一眼，发现齐惠兰的办公室亮着灯，透过糊着纸的窗户，看到一个朦朦胧胧的身影在晃动。张冰冰立即上楼，她推开门一看，原来是张龙钧在齐书记的办公室。

张龙钧对张冰冰说，别误会，我是在找齐书记几天前一个关于土改工作的计划，她现在杳无音信，我们的工作不能停顿啊。接着他叹了口气，很无奈地说，都找遍了，就是没有找到，看来要重新动手准备了。他看了张冰冰一眼，说不早了，你怎么还没休息?

“李卓越不在，我替他查查哨。”

“卓越同志去哪了？”

“他没说，估计是找齐书记去了。”张冰冰接着问，“张镇长，小赵明天啥时候送区里？”

“明天一早就送他去，怎么啦？”

“我是想问一下，要不要我们协助。”

“有你们协助当然好，但卓越同志在忙着寻找齐书记，我想还是算了吧，我会安排好这件事的。”张龙钧说，“时间不早了，我该回家了，你也早点休息吧。”

张龙钧临回家时，又特意到了后院，叮嘱负责看守的民兵，一定要打起精神，不许麻痹大意。“要是出了什么事，我绝对饶不了你们！”他警告说。

“放心吧，镇长，保证不会出问题！”

张龙钧万万没有想到，在他回家后，还是出了问题。半夜时分，镇政府后院里突然“呯、呯”几声枪响，接着有人大喊：“快来人啊，人跑了！”

张冰冰、庄严等人听到喊声跑到后院，张冰冰问：“怎么回事？”

“小赵跑了！”民兵排长告诉张冰冰，刚才小赵突然大声叫着肚子疼，要上茅房，看守的民兵就带他去了，没想到，他从茅房的小窗户里爬出去，然后翻墙逃跑了！

张冰冰和民兵排长带人在镇政府外面的树林里搜索了好久，也没有发现小赵的影子。

张冰冰对庄严和郑剑说，黑灯瞎火的，啥也看不见，我们先回去吧，等天亮了，张镇长和卓越同志回来后再说吧。

民兵排长认为张冰冰说得在理，就招呼几个人，跟在张冰冰等人后面，一起回来了。

第二天早晨，张龙钧来到镇政府，听说小赵跑了，气得暴跳如雷。他“啪”地一巴掌拍在桌子上，指着面前负责看守的民兵，大声斥责道：“混账，全是混账！”

负责看守的几个民兵都低着头，就像犯错的小学生站在老师面前，胆怯得不敢言语。

张龙钧在他们面前来回走了两遭，突然停下脚步。大声呵斥道：“你们这么多人荷枪实弹，却看不住一个人，都是干什么吃的？简直就是一群废物，明白吗？是废物！”他粗重地喘了一口气，接着狠狠地说，“我给你们一天时间，把他给我抓回来！”

“镇长，现在情况这么复杂，你让我们去哪里抓人？”民兵排长说。

“闭上你的臭嘴！”张龙钧说，“你们给我听清楚了，就是掘地三尺你们也要给我把人找出来，我活要见人，死要见尸！”张龙钧的眼里闪过一道冷森森的寒光，“找不到人，我让你们吃不了兜着走！”他目光凶狠地看了几个民兵一眼，大声吼道：“滚！都给我滚出去！”

张镇天听说小赵黑夜里逃跑了，李卓越昨天吃过晚饭就出去了，到现在也没有回来。心想，麻烦了！他告诉管家，赶紧通知七爷，火速撤离黑龙潭。“快去，越快越好，晚了就怕来不及了！”张镇天说。

4

通知七爷撤兵的人赶到黑龙潭时，一场战斗已经结束，七爷和他的手下，全部做了李卓越的俘虏。

小赵被张龙钧强行关押后，李卓越就断定他们绝不可能把小赵送到区里，必定会在半路设下伏兵，杀害小赵。昨天晚上，小赵翻墙逃出镇政府大院，李卓越立即接上他，去了驻在广州同德围的剿匪部队驻地。他亲自向江团长汇报了情况，提出让小赵暂时住在部队，他带着两个排连夜返回龙溪，在押送小赵到区里的必经之地——地形险要的黑龙潭一带埋伏下来。

天色微明之时，七爷带着弟兄们匆匆赶到黑龙潭，落入了李卓越设下的包围圈。经过一阵激烈的战斗，山下的土匪们被打得七零八落，再无还手之力。他们用枪挑起一件白衬衣，拼命摇动着，大喊："别打了，别打了，我们投降！"

解放军战士们冲下山坡，收缴了土匪们的枪支弹药，押送他们回部队驻地。土匪们排成了长长一队，个个垂头丧气，无精打采。李卓越站在路边，在土匪中看到了戴着瓜皮帽的七爷，七爷也看到了李卓越，七爷赶紧低下头避开李卓越的目光。

李卓越上前一步，对七爷说道："老先生，我们当是故旧相遇，请留步！"

七爷只好走出队列，停下脚步，问李卓越："大佬有何指教？"

"老先生，自古书生统率千军，武将冲锋陷阵，没想到今日老先生亲自出马，阵前督军，出乎李某意料！"

七爷表情极不自然，脸色微红，面露羞愧之色，说："老朽今日败军之将，阶下之囚，实在羞愧！"

"老先生别这么说，您饱读诗书，该明事理，顺大势，切不可逆天而行啊！"李卓越望了七爷一眼，接着说，"今日之事，明日之史，当断则断，老先生，您可别让我失望啊！"

"容老朽三思！"七爷说完这话，默默地回到了投降的队伍里。他的头脑中却满是李卓越刚才和他说过的话。

李卓越决定把七爷释放了，为此他专门找了江团长。

"什么，把七爷放了？我没听错吧！"江团长有些疑惑地望着李卓越。

"没错，把他放了！"李卓越说，"江团长，实话跟你说吧，我想上凤凰山看看。"

“你想利用这个七爷，带你上凤凰山？”

“是的，”李卓越说，“江团长，目前我们对凤凰山的情况一无所知，但种种迹象表明，这是敌人的一个重要据点，我想利用这个机会！”他接着告诉江团长，龙溪镇党委书记齐惠兰，也很有可能落入了这个匪巢。

江团长心存顾虑，他指着桌上的一份材料，说：“他们的交代你也看了。凤凰山和他们是两路人马，彼此并无来往，你让他带你上山，行吗？”

“不入虎穴，焉得虎子！”李卓越说，“目前，这是了解凤凰山的最好办法！”

“我心里还是没底！”江团长说，“你最好先找那个七爷谈谈，如果有可能，我同意放人！”

“谢谢团长！”

李卓越立即去找七爷谈，他动之以情，晓之以理，从民族命运、国家前途，说到共产党人的理想抱负和政策。七爷听着，频频点头，心里竟然有一种相见恨晚、英雄相惜的感觉。他答应想法带李卓越上山。

李卓越和七爷各自牵着马并排走出了军营，七爷看了李卓越一眼，说：“你真打算放我走人？”

李卓越笑着说：“人都出营门了，你还不信？”

七爷叹了口气，“原以为要做一辈子阶下囚，真没想到……”他说到这里，话头一转，说，“你所托之事，回去后我马上操办。”

“老先生，我相信你，只要尽力就行了。”

“不怕我以怨报德？”

“如果我没看走眼的话，您不是那种见利忘义之人。”

“你这么一说，真令老朽汗颜哪！对了，你不是说还有事要问老朽吗？”七爷说，“你尽管问，我一定知无不言！”

李卓越说：“老先生，您作为五大名角之一，真不知道天水计划？”

“确实不知！”七爷说，“据我了解，知情者只有皇太子和佛爷两个人！”

“皇太子、佛爷？”李卓越问：“他们是什么人？”

“我只知道皇太子是上面派来的人，但从未见过，至于佛爷……”说到这里，七爷面露难色，说此人于我有恩，我说出来是谓不仁，不说对你又显不义。你看这样好不好？老朽卖个关子，谜底儿由你自己猜。

“老先生请讲！”

“山不在高，有仙则名；水不在深，有龙则名！”

“谢谢老先生！”李卓越说，“果然不出我的意料！”

两人牵着马，一路聊着，来到了一个交叉路口。

“老先生，我就送您到这了，”李卓越说，“请上马吧！”

七爷双手抱拳：“那老朽告辞了。我们坜坝见！”

“坜坝见！”李卓越说。

两人各自上马，分道而行。

5

李卓越回到镇政府，庄严告诉他，张冰冰去香嫂家，说是帮香嫂针灸调理身体，郑剑被圆月叫走了，说是去学校教学生唱歌。

“你去把张冰冰叫回来，”李卓越对庄严说，“就说我回来了，有重要事情，要她立即回来！”

很快，庄严把张冰冰叫了回来。她走进李卓越的房间，问急着找她回来，到底有什么重要的事情。

李卓越板着脸，说：“你们怎么回事？郑剑现在变成了龙溪小学的专职老师，你什么时候又变成香嫂的私人医生？”

“你找我回来就是要告诉我这个？”

“没有比这个更让我担心的，我问你，你天天围着香嫂转干什么？给她治病？你蒙谁？我再三提醒你，有些事情不是你做的，不要强行去做，会出人命的，你知道吗？”李卓越说，“齐书记这个教训还不够惨痛吗？”

“你放心好了，我会把握好分寸的，”张冰冰接着问李卓越，“你昨晚去哪儿了？小赵昨晚逃跑了！”

“刚才庄严告诉我了。”

张冰冰悄声说：“有人密报我，昨晚小赵逃跑，是你的主意，你在外面接应他！”

“谁说的？”

“你别管谁说的，我问你是不是？”

“无可奉告！”

“唉，你还是信不过我！”

“不让你知道，是为了你好！”接着，李卓越告诉张冰冰，明天要下乡征粮，让她通知郑剑、庄严做好准备！

“你不找齐书记了？”张冰冰有些疑惑。

“找，边征粮边找！”

张冰冰问明天去哪征粮。李卓越随手打开桌上的地图，指给张冰冰看，“这里，凤凰山，”李卓越说，“这是最大的匪巢！”

张冰冰一下瞪大了眼睛：“匪巢？”

李卓越点了点头，说：“江团长说，先后派出两股侦察人员到凤凰山一带侦察，都失踪了，估计全部被土匪杀害了！”

夜已经很深了，张冰冰发现李卓越没有休息，坐在门口的台阶上，开着收音机听天气预报。她走了过来，在李卓越的身边坐下，小声问：“明天去凤凰山的事，为什么对郑剑和庄严只字不提？”

“很简单，保密，”李卓越小声说，“要是走漏半点风声，我们很可能会陷入危险的境地！”

“这么重要的行动，他们也要有个思想准备啊！”

“到了坜坝再说！”

第二天，到了坜坝村附近，李卓越才告诉三个人，这次将由坜坝的七爷带着大家上凤凰山闯匪巢。接着，他给每个人分配了任务：张冰冰扮成七爷的丫鬟，庄严扮书童。他特意叮嘱庄严，要管住自己的嘴巴，不许惹祸！

“放心，我嘴巴严着呢！”庄严接着问李卓越，“你怎么没给郑剑派任务啊？”

“郑剑留在坜坝！”

“老李，你这是什么意思？”郑剑有些不高兴。

李卓越告诉郑剑，这次去的地方比较特殊，他不适合。郑剑听了，一脸的不情愿和无奈。

李卓越等人到了七爷家门口，七爷快步迎上来，说你们总算来了，老朽已恭候多时，快快有请，有请！

“七爷请！”李卓越客气道。

在客厅落座后，七爷告诉李卓越，他回来后就向佛爷作了汇报，告诉佛爷，黑龙潭一战，自己的一帮弟兄，死的死，被俘的被俘……全军覆没，他好不容易才只身杀出共党部队的包围。几十号人的队伍，只剩下他一个光杆儿，为逃避共党步步紧逼的缉拿，他提出要上凤凰山。不知有诈的张镇天，立即同意七爷上凤凰山。他还安慰七爷说，胜败乃兵家之常事，功成不在一役，不要为黑龙潭之战过于纠结，更不能丧失斗志和信心。让他尽快上到凤凰山，与山上的弟兄们联手，再图大业！

七爷问李卓越：“大佬可有准备？”

“七爷放心！”李卓越说，“从北到南，一路过来，我们从不打无准备之仗！”李卓越指着张冰冰说，我准备让这个姑娘做你的贴身丫鬟，又指了指庄严说，这个小伙子给你当书童，这样安排应该合适吧？

七爷连连点头，说：“好，很合适，安排得确实周到！”

李卓越又指了指郑剑，说：“我想让这位同志留在坜坝，可以吧？”

“你尽管放心，我会安排好的！”七爷望着李卓越，问：“你呢，准备以什么身份出现？”

“当您的轿夫！”

“这太委屈你了，就做我的副官如何？”七爷说，“有你这样的副官，老朽上山后必然脸上有光！”

李卓越告诉七爷，自己这段时间在龙溪与土匪交手太多，恐怕有不少人认识自己，所以不能过于抛头露面，万一给人察觉，岂不前功尽弃？

“还是你考虑周详，老朽佩服！”七爷接着说，“你们赶紧换装吧，换好装即刻出发，如何？”

“好！”李卓越说，他吩咐张冰冰和庄严赶紧换装。

郑剑有些失落，他看了看李卓越，本想说什么，还是忍住了。他起身来到院子里，等张冰冰换好了衣服，从偏房走了出来，忙走上前，说冰冰你去给卓越同志说说，还是让我和你们一起去吧，和你们在一起，我这心里才踏实。张冰冰有些为难，说老李的性格你又不是不知道，怕是说也没用，你还是留在这里等我们回来吧。

和大家一起去凤凰山的事没指望了，郑剑心里有些委屈，同时也恨自己太不争气，胆子比小姑娘还小，每次听到枪声心里都会发慌，紧张得不知所措。

“郑剑，郑剑！”李卓越喊着来到院子里找郑剑。李卓越已经换好装，他头戴竹笠，上身穿一件白色土布褂子，下身是一件宽腰肥裆的黑色土布裤子，脚上是一双敞口布鞋。

“郑剑，刚才凤凰山上的土匪头目给七爷飞鸽传书，让七爷上山的时候把琴师带上，说要跟他飙戏，七爷的琴师昨天被我们俘虏了，没放回来，我想让你做琴师。”

郑剑一听，顿时来了精神头，拍着胸口说：“没问题，只要把谱子给我，一定行！”

“郑剑对乐器样样精通，我想应该可以。”张冰冰说。

“那就这么定了，七爷已经让人找出一套衣服，你赶紧去换上，一会我让七爷把谱子给你！”

“好的！”

大家换好了衣服，李卓越强调了要注意的事项。一行人就出发了，直奔凤凰山而去。

第十一章

1

凤凰山上的梁团长和怡静等人，已经接到七爷在黑龙潭中了解放军的埋伏，全军覆没，要上凤凰山的消息。

怡静对七爷的到来，心里有些期待。她通过秘密调查，越来越认为梁团长就是李卓越在广州放走的内奸。梁团长在凤凰山经营多年，根子坚固，很多人都是他的铁杆兄弟。副团长荀安水虽然可以利用，但一个副团长的影响力又能有多大，又有多少弟兄肯为他卖命？她自己就更不用说了，整个就是一个外人，要动梁团长，她感到自己势单力薄，胜负难料。司令有恩于七爷，两个人那是过命之交，七爷来了，自己就会多一份力量。

“报告！”团副荀安水站在了门口，怡静从沉思中回过神来。

“进来！”怡静说道。

荀安水走进了怡静的房间。

“有事吗？”怡静问。

“司令飞鸽传书，送来了皇太子的密令！”荀安水说着将一张纸条递给了怡静。

怡静接过纸条一看，不禁大惊失色。纸条上说：发现李卓越等人今晨去了坜坝，对七爷一行要严格盘查，防范李卓越等人尾随七爷混进凤凰山，如果发现异常，格杀勿论，包括七爷！

怡静心情顿时沉重起来。她写好回书，重新放飞信鸽。刚做完这一切，荀安水就又来向她汇报，说据岗楼的弟兄说，发现七爷等人进了十三道沟，马上要登天梯上山了。

“梁团座在哪了？”怡静问。

“团座在寨子门口审问神父。”

“一个逃跑的神父用得着费这份心思吗？”怡静对梁团长这样做明显不满。

苟安水上前一步，小声说：“中校，据我所知，团座怀疑神父是共党内奸！”

“胡扯！”怡静说，“司令对神父知根知底，所以才命人把他从钟落潭教堂请上山给弟兄们讲经。这姓梁的到底想干什么，要跟司令唱对台戏吗？”

“这个……我就不清楚了。”

“你赶紧去通知梁团座，到天台和我会合，迎接七爷上山！”

“是！”苟安水转身要走，怡静又喊住了他，让他通知天台暗堡的弟兄们做好准备。

神父被绑在树干上，一个匪兵在用皮鞭抽他。站在旁边的梁团长气急败坏地说：“给我打，狠狠地打，打到他说人话为止！”

苟安水快步上前，说：“团座，怡静中校让你去天台和她会合，迎接七爷上山！”

“一个避难的破玩意上山还要我亲自去接？去他妈的吧，你转告怡静中校，老子正忙着，没工夫！”

“团座，我看你还是去吧，”苟安水说，“刚才司令来信，说有一小股共军跟在七爷身后，有可能会混上山来。”

“你他妈的怎么不早说？”

梁团长临走，吩咐两个匪兵，把神父吊到树上。他恶狠狠地说，吊他个三天三夜，看他还硬不硬。接着又对两个匪兵说，你们轮流给我把人看好了，任何人不准靠近！如果有闪失，我把你们的头切下来当球踢！

梁团长和苟安水刚赶到悬崖上空的天台，七爷就颤颤悠悠、喘着粗气从狭窄的山道上攀了上来。他走到梁团长和怡静面前，抱拳拱手道：“老朽何德何能，劳烦二位长官亲自迎接，惭愧，惭愧哪！”

“七爷不必客气，我等在此迎候，是奉司令之命，”梁团长说，“司令还说，有一小股共军在后面咬着七爷的尾巴，可有此事？”

“哦，还有这等事？”七爷说，“老朽怎么不曾察觉？”

怡静说：“七爷一路过来，没有发现别的动静？”

七爷摇了摇头，连声说：“没有，没有！”

说话的当儿，李卓越等人也都登上了天台。梁团长抬眼打量着几个人，七爷忙介绍说，除了丫鬟、书童、琴师，还有两位轿夫。

梁团长瞄了张冰冰一眼，小声对七爷说，七爷你可真是艳福不浅啊，被共军追得无处藏身了，还不忘带个俊俏的丫头在身边，真是雄风不减当年啊！

七爷说，团座且莫孟浪，老朽年事已高，带个丫头在身边不过照顾生活起居而已，岂能有非分之念？

梁团长笑着说：“玩笑，玩笑，七爷莫怪！”

怡静说：“七爷，您一路走来，必定劳累，这里说话也多有不便，还是先进寨子再说吧。”

一行人向寨子里面走去。

李卓越一登上天台，就发现五里香客栈的老板娘怡静竟然在凤凰山上，而且穿着国民党中校军服前来迎接七爷。他心里一惊，担心被认出，就躲在最后面，尽量低着头，把竹笠压得低低的，几乎挡住了整个脸。怡静、梁团长转过身，和七爷走在了前面，他才抬起头来想打量一下周边情况，恰好苟安水回过头来，两人都认出了对方，都因为这意外的相遇感到惊讶。

一行人走到寨子口，庄严突然发现神父被吊在一棵树上，身上的衣服都被皮鞭抽烂了，露出血迹斑斑的伤痕。

“神父！”庄严突然一声惊叫。

梁团长等人停下脚步，回头望着庄严。

庄严神情愣怔，一动不动。

"小兄弟，你认识神父？"梁团长盯着庄严问。

庄严呆愣着，好像根本没有听到梁团长的问话。张冰冰走到庄严前面，冲梁团长微微一笑，说："我们都认识，神父经常到坜坝传教，我们听他讲过经。"

梁团长转脸望着七爷："七爷，可有其事？"

"有，有，老朽也听过他布道。"七爷问，"梁团座，这神父是怎么回事？"

"神父是司令请上山来，给弟兄们讲经安抚军心的，没想到昨晚他绕过岗哨偷偷逃跑。我想他必是共党奸细，抓起来审问。怎么，七爷觉得有问题？"

"没问题，没问题！"七爷说，"老朽上得山来，一切听团座安排！"

"那好，我倒是很担心你替他求情，那可就为难我喽！"

怡静在旁边有些不耐烦，说："团座大人，是不是该请七爷先到寨子里休息一下？"

"失礼，失礼！"梁团长客气道，"七爷请！"

众人往寨楼走去。庄严站在原地不动，张冰冰在后面暗暗推了他一把，小声说："走吧！"

庄严只好随众人向寨子里走去。

一行人来到一幢寨楼前，停下了脚步。梁团长说："七爷，你们先在此安歇，晚上我和怡静中校再为你接风洗尘。"

"二位长官礼遇有加，老朽不胜感激！"

梁团长看了看众人，说："七爷，还有个事要提醒你。"

"请讲！"

"七爷上山来，我们自然欢迎，但你知道，山上有山上的规矩，希望七爷管好随行人员，不要四处乱走，以免产生误会，闹出人命！"

"团座放心，老朽一定严加管教，决不让他们越雷池半步。"

"七爷这样说，我就放心了。"

梁团长看了苟安水一眼，说："苟团副，你就留在这里，听候七爷差遣吧。七爷是贵客，一定要保证他的绝对安全，为慎重起见，我会从勤务连调一个排来加强警戒，你负责督导他们！"

"请团座放心，卑职一定恪尽职守！"

梁团长安排完这一切，和怡静一起离开了。

怡静临走时，提醒七爷，晚宴时一定要把琴师带上，她笑着说："到时七爷怎么也得露一手，让我们开开眼界。"

怡静转身离开时，看了张冰冰和郑剑一眼，竟然有种似曾相识的感觉。

2

"开门！"苟安水用力拍着李卓越住的房间门，大声喊道。

李卓越把门打开，故作惊慌地望着苟安水。苟安水冷着脸问："你是轿夫？"

"是，我是。"李卓越赔着小心说，"长官，有什么吩咐？"

"出来，跟我走！"

"长官，这你得跟七爷说。"

"哪来这么多废话，滚出来！"

住在楼上的七爷，听到苟安水的呵斥，走出来，问："苟团副，何事生怒啊？"

苟安水抬起头，说："七爷，卑职考虑到你房间里没有洗漱用水，想要轿夫去水库边上挑一担，你没意见吧？"

"团副不用客气，随意差遣，随意差遣吧！"

"谢七爷！"苟安水接着大声对李卓越说，"听到没有，还愣着干什么？走啊！"

李卓越挑着一担水桶跟着苟安水下了山。两个人一前一后，来到山下水库边的树林里。苟安水告诉李卓越，山上防守极其严密，这样贸然闯上山来，太危险了，而且他们的行踪，敌人掌握得很清楚，大清早山上就收到了有共军可能随七爷混上山的情报。苟安水说，姓梁的还好对付点，那个怡静却非常棘手，她是受过专门训练的高级谍报官。

“这个怡静我们和她打过交道，”李卓越说，“我现在最担心被她认出来。”

“那就更麻烦了，”苟安水说，“估计你们已经被她认出了，此人心思缜密，手段毒辣，你们现在的处境非常危险！”

“那怎么办？”李卓越问。

“尽快下山，越快越好！”苟安水说，“我会见机行事，你们不要贸然行动。”

李卓越问，有没有一个三十来岁的女同志被送上山来？她叫齐惠兰，是龙溪镇党委书记。苟安水非常肯定地说：没有！

“皇太子你知道吗？”

“皇太子和佛爷，都极其神秘，我都是听说过，从没有见过人。”

“他们有个天水计划，你知道吗？”

“听说过，但具体内容不知道。”苟安水说，“不要说我，怡静、梁团长也不知所云。”

“这么说，这一趟还真白来了。”李卓越想了一下，对苟安水说，“有两件事你得帮我办好。”

“什么事？”

“凤凰山、牵鼻岭的防卫图，你要尽快弄到手，送出来。”

“你放心，我会想办法的。就是你不来，我也会做的。”苟安水接着问，“还有呢？”

“保证神父安全，想办法把他救出去！”

“我正想问你呢，刚才那个小伙子见到神父反应有点不正常，怎么回事？”

“神父对他来说非常重要，他是这位神父抚养大的，”李卓越说，“小伙子的真实身份我以后再告诉你。”

“好，我答应你，我会尽力的！”

“如果暴露了，我们怎么走？”

“我们走的这条路，是唯一的生路，其他道路，插翅难逃！”苟安水指着不远处树丛里的一条竹筏说，“那竹筏我原本是给神父准备的，谁知他没能逃出去，正好你们用。”

“下水后怎么走？”

“一直往北，就是水库大坝。”

“知道了，我们曾经走过水库大坝。”

李卓越接着问苟安水，今后怎么和他联络。苟安水告诉李卓越，和他联络的同志代号“夜莺”。李卓越说，我知道了，这个同志和我也有联络。

“你赶紧挑上一担水，我们回去，时间久了会引起怀疑，”苟安水接着说，“上去后你赶紧和七爷通个气，合计一下下山的事情。”

李卓越和苟安水回到山上，就按约定分头行动了。

李卓越回到房间，发现张冰冰、郑剑和庄严坐在一起，个个表情凝重。张冰冰小声说，你怎么才来啊，都快把人急死了！不等李卓越说话，张冰冰又说，你知道那个怡静是谁吗？李卓越说，五里香客栈的老板娘啊。张冰冰说，万一她认出我们怎么办？李卓越说，如果我猜得没错，她应该已经认出我们来了，也许现在正在调兵遣将呢！

“那怎么办？”张冰冰紧张起来。

“很简单，打呀，打得赢就打，打不赢就跑，打仗你们不行，逃跑应该会吧？”李卓越说得很轻松。

接着，李卓越详细介绍了行动方案和下山的路线。他对张冰冰和郑剑说，一会离开时，你们两个和七爷、轿夫走前头，我和庄严断后。李卓越告诉他们，无论后面发生什么事都不要管，只管走，到水库边上，路边草丛里有条竹筏，下水后一直往北走，然后在我们路过的水库大坝那里上岸。

“什么？你让我们从水里走？”张冰冰晕水，她一听就害怕起来。

李卓越说，知道你怕水，但没办法，只有这一条生路。郑剑不是水性很好吗，也会划船，让他护着你！“郑剑，怎么样？”李卓越看了一眼郑剑，问道。

“你放心，保证没问题！”郑剑坚定地说。

“老李，我要救神父！”庄严刚才就拿出枪和手雷，要冲出去救神父，被张冰冰和郑剑强行劝住了，答应他等李卓越回来再商量如何救神父。

“怎么救？”李卓越说，“弄不好，不但救不了神父，连我们都一起搭上！”

“我一个人去！”庄严坚持道。

“你有三头六臂啊？”李卓越说，“你知道我们现在的处境有多危险吗？屋外就不知埋伏了多少人！”

“可我来龙溪就是为了找神父啊！”庄严说着，眼泪哗哗地流了下来。

李卓越望着庄严，说：“别闹了，神父有人会管的，我保证将来还你一个活生生的神父！”

“你骗我！”

“庄严，你跟我在一起的时间也不短了，我什么时候骗过你？”

庄严不再吱声，只是眼泪仍忍不住哗哗地往下流。

“听我的，把铁家伙全揣在身上！”李卓越接着说，“你们在屋里等着，我去和七爷通个气，这个情况必须让他知道。

七爷听李卓越说他们此前在五里香客栈和怡静打过交道，说真是不是冤家不碰头啊，老朽实在没想到你们和怡静此前见过，想必今晚的酒宴，必定杀机重重！

“七爷，别担心，既然是鸿门宴，我们也学学刘邦！”

“难啊！”七爷说，“你有所不知，这个怡静，你不要小看她是一个女子，却是一个厉害角色。”

“七爷怕了？”李卓越笑着说。

“何怕之有！人生七十古来稀，老朽都七十有二了，什么风浪没见过？还有什么可怕的？”七爷说，“我是担心你们啊！”

“勉从虎穴暂栖身，说破英雄惊煞人。巧将闻雷来掩饰，随机应变信如神。”李卓越轻吟道，这是他少年时代读《三国演义》，留给他印象最深的一首诗。

“身陷绝境，你能如此从容，实令老朽佩服！”七爷接着说，“以凤凰山天险之地，你确定能全身而退？”

“谋事在人，成事在天！”李卓越说道。

3

怡静在看到张冰冰和郑剑的那一刻，感觉有点面熟，但一时想不起到底在哪里见过。她回到自己的房间，仍被这个问题所纠缠。她在房间里来回踱步，一些人和事就像放电影一样在她头脑中快速闪过。她陡然停住脚步——终于想起来了，所谓的丫鬟和琴童，就是征粮时曾到过客栈的那两个共党军佬！由这两个人她又想到了那个轿夫，没错，就是那个骑马到客栈接走这一男一女的姓李的军佬！看来七爷确实已经反水。接着她又想到梁团长，姓李的军佬在广州放过他，这次上山会不会是事先有约……想到这里，她感到不寒而栗。心想，好在发现及时，否则后果不堪设想，不要说执行天水计划，自己的小命怎么丢得都不知道！

“哼，也太小瞧老娘了！”怡静快步走到门口，猛地打开房门，大声喊道：“来人哪！”

一个卫兵跑了过来。怡静吩咐道：“通知军法队紧急集合，我有要事要办！”

军法队的匪兵路过团部，正好被苟安水看到。苟安水本想去找怡静，试探一下她的口风，看她识破李卓越等人没有，然后视情况再想办法帮助李卓越等人离开凤凰山。他走出屋子，看到军法队的匪兵头戴钢盔走过，不禁一愣，心想极可能和李卓越等人有关。

苟安水和军法队的一个头目关系还算不错，他紧跑几步追了上去，问这个头目是去哪儿。对方小声告诉他，是奉怡静之命到宴会厅。苟安水心想，怡静一定是认出了李卓越等人，看这阵势，今晚这宴会李卓越等人一旦参加必然凶多吉少，必须在宴会前让他们离开。想到这儿，他转身去了梁团长的办公室。告诉梁团长怡静安排军法队进了宴会厅。

梁团长与怡静素来不睦，他对年轻且颇有几分姿色的怡静早就垂涎三尺，然而心高气傲的怡静却看不起他。为此梁团长恨得牙根发痒却又奈何不得。他一听怡静让军法队进入宴会厅，这么大的事，竟然连个招呼都不打，显然是没拿他当回事！想到这里他气不打一处来，说："这个臭娘们到底想搞什么鬼？凤凰山啥时候成了她的地盘！"

苟安水忙说："团座，不用问，怡静中校一定是怀疑七爷反水了！"

"不可能！"梁团长说，"七爷和司令那是什么交情？那是过命之交，退一步说，七爷如果真的反水了，还会跑到凤凰山上来吗？那不是找死！再说了，如果七爷反水，用得着在宴会上下手吗？直接派人把他们包围了岂不更省事！"

苟安水说："团座，有些话不知当讲不当讲。"

"有屁就放，有话就说！"梁团长骂骂咧咧地说，"别他妈的和老子拐弯抹角！"

"团座，怡静中校这样做，一定是怀疑团座和七爷是同伙，担心你走漏风声，所以要打你个措手不及。"

"放屁，老子一团之长，怎么可能和这个民不民、匪不匪的糟老头子为伍，岂不是笑话！"

"团座，怡静中校可不一定这么想啊！"苟安水说，"团座，你应该知道怡静中校上山来所为何事。"

"查共党奸细啊！"梁团长说，"怎么扯到这事上去了？"

苟安水告诉梁团长，怡静查来查去，认为共产党的这个奸细就是他梁团长。

"不可能！"

"团座不信？"

"鬼才信！"

苟安水说："团座你难道没有发现，无论你去到哪儿，总有军法队的那些弟兄？"

梁团长一怔，说："这个臭娘们，竟敢在背后给老子下刀子，老子绝对饶不了她！"

"团座息怒！"苟安水提醒他，眼下最要紧的是怎么撇清和七爷的关系。

"老子跟他毛关系没有，撇什么撇？他要是反水了，老子亲手毙了他！"

"团座啊，有没有关系，七爷落到军法队手上，恐怕就由不得你喽！"

"你的意思？"梁团长望着苟安水。

苟安水说："当然是先下手为强，干掉七爷，在司令面前你立的就是头功，怡静还拿什么要挟你？"

梁团长想了想，说："有道理，你赶紧带人将七爷他们包围了，统统毙掉，一个不留！"

苟安水连连摆手，说："这样不妥，太过张扬，怡静中校说不定会横插一杠子。"

"那依你之见呢？"

"我觉得不如这样处理。"苟安水凑上前，小声说出了自己的建议。梁团长听了，连声说好。

"我现在就去请七爷！"梁团长说完，走了出去。

梁团长走后，苟安水立刻去了怡静处。他告诉怡静，梁团长单独会七爷去了。

"他去会七爷干什么？"怡静问。

"团座说，他刚学了几段新戏，要找七爷切磋切磋，去的时候还边走边唱呢！"

"我看事情没这么简单，"怡静脸色一沉，对苟安水说，"你跟我走一趟。"

"去哪？"

"客楼，请七爷赴宴！"

“团座说……”苟安水一副很为难的样子。

“梁团长说什么？”怡静问。

突然，传来“呯、呯”两声枪响。苟安水和怡静同时一愣。紧接着就响起了密集的枪声，还有“轰、轰”的爆炸声。

“客楼，枪声在客楼！”怡静大喊道，“赶紧集合人马，包围客楼！”

4

梁团长听从苟安水的建议，准备以请七爷等人赴宴的名义，把他们邀出来，在半路上由苟安水带人将七爷等人击毙。这样不但能够自证清白，而且立下功劳，说不定会得到司令甚至皇太子的嘉奖，获得一笔丰厚的奖赏。想到黄澄澄的金子和白花花的银子，他心里美滋滋的，忍不住大声唱了起来：“喜似长空舞彩练……”

李卓越听到外面有人唱戏，轻轻拉开一条门缝，向外张望了一眼，看到不远处，梁团长手舞足蹈地唱着粤曲，带着两个卫兵走了过来。心想，这一定是苟安水想法送来的盾牌！他关上门，对张冰冰等人说，大家都不要紧张，一切按照我的吩咐行动。庄严，你去七爷房间挟持梁团长，那两个卫兵交给我。郑剑，你赶紧把二胡拉起来，声音越响亮越好！接着，他对张冰冰说，你赶紧出去，想法把梁团长带进七爷的房间。

几个人立即按照李卓越的吩咐行动起来。

梁团长带着两个卫兵来到楼前，听到一阵紧似一阵的二胡声，笑着说，这老东西，死到临头了，还这么好兴致！

张冰冰从屋里走了出来，笑盈盈地说：“团座大人，七爷请您里面说话。”

“七爷怎么知道我来了，难道他会掐算？”

“那倒不会，不过七爷说，团座的粤曲唱腔声若洪钟，独一无二，闻声即知其人。”

“小丫头，你不仅人长得标致，说话也动听，”梁团长一脸暧昧，接着说，“以后就留在本团座身边好不好啊？”

“那敢情好！”张冰冰说，“不过，那得七爷放我才行啊。”

“本团座要人，他能不同意？你放心，我今晚就把你要过去！”

“团座，别开玩笑了，七爷在里面等着您呢！”

“我就不进去了，你告诉七爷，本团座是来请他去赴宴的，有话在宴会上说吧！”

“团座，七爷还在琢磨一个新戏，说要在晚宴上露一手给你们看，正好你来了，七爷说要请你指点指点，你不会这么不给面子吧？”

“你既然这么说，我就看在你这个靓女的面子上，进去瞧瞧吧。”他让两个卫兵在外面等着他，不要离开。然后他抬脚上楼，进了七爷的房间。

梁团长一踏进房间，门就被张冰冰关上了。他突然感觉有些不对，刚想转身出去，庄严从后面迅速伸出胳膊勒住他的脖子，顺势将他按倒在地，用枪顶着他的头，说：“不要说话，否则崩了你！”郑剑上前，和庄严一起把他的两条胳膊拧到背后，紧紧地捆了起来。

旁边房间的李卓越也已得手。梁团长刚迈进七爷的房间，他就迅速冲了出来，出其不意，用两只胳膊紧紧勒住两个匪兵的脖子，把他们拽进了房间。两个匪兵试图反抗，被李卓越一枪一个解决了。然后，他们挟持着梁团长迅速离开客楼，向后山奔去。

埋伏在客楼周边的那些匪兵，怕误伤到他们的团长，只是胡乱的开枪警告，却并不敢直接冲李卓越等人射击。

怡静和苟安水带着大队人马赶了过来。一个匪兵头目跑到两人面前，大声喊道：“报告长官，七爷带人劫持了团座，往后山跑了！”

“快追！”怡静大声命令道。

在怡静的督阵下，匪兵们蜂拥着往山下追来，边追边射击。李卓越和庄严躲在小路两边，借着树木的掩护，端着枪向追上来的匪兵猛烈射击。无奈匪兵太多，怡静又亲自督阵，他们虽有伤亡，仍前赴后继，往前直冲，渐渐压了过来。

一串子弹突然射了过来，紧张不安的梁团长立即趴在了地上。庄严扬手丢出一颗手雷。“轰”的一声，炸翻了就要冲上前来的几名匪兵。

“老李，敌人来势凶猛，顶不住啦！”

“再坚持一会，让张冰冰他们走远一点！”

一股匪兵又冲了过来。庄严扬手又甩出一颗手雷，“老李，再不走怕是走不了啦！”

李卓越看了一眼趴在地上的梁团长，对庄严说：“你带上他，快点撤，我断后！”

“带着他也是累赘，”庄严说，“不如干脆毙了他！”

“留着他敌人会有所顾忌，快带他先撤！”

庄严拖着梁团长快步向山下走。李卓越端着枪，边扫射边后退。他们后撤了没多远，发现张冰冰他们停在了路边，原来是七爷胸口受伤了。七爷坐在地上，背靠着一棵树。张冰冰在为他包扎伤口。

七爷吃力地说：“丫头，别管我了，你们，快逃！”

“七爷，您没事的，我们一定要救您！”

李卓越在七爷面前蹲下身子，大声喊着七爷。

七爷勉强睁开双眼，声音微弱地说：“你们，你们快走，不要管我了！”

匪兵们大喊大叫着追了上来。

李卓越站起身，往后看了看，说：“庄严，把姓梁的交给我吧，你协助他们，快撤！”

庄严俯身抱起七爷，对张冰冰等人说：“快走！”

几个人慌忙往山下奔去……

李卓越把梁团长紧紧地绑在路边的一棵树上，让他面对着从山上往下冲来的匪兵。他则端着手提机关枪，躲在梁团长的身后。

匪兵们在步步逼近。

李卓越大声喊道：“你们听好了，想要你们团座活命，就老老实实待在原地别动，否则别怪我不客气！”李卓越说着，一梭子子弹扫了过去。

匪兵们立刻躲闪着，停了下来。

怡静恼羞成怒，她从一名匪兵手里夺过一支卡宾枪，对着梁团长和李卓越举了起来……

李卓越快速闪身，躲在了树后。

“别开枪，别……”梁团长话音未落，一串子弹呼啸而来，穿透了他的胸膛。

“臭娘们，连老子也敢……”他话还没有说完，脖子一软，脑袋耷拉了下去。

“弟兄们，快冲啊，活捉共党军佬者，一律赏大洋五百！”怡静大声喊道。

重赏之下必有勇夫，匪兵们嗷嗷叫着向山下冲来。

李卓越几个飞跃，接近了匪兵，他伏身躲在路边一块石头后面，端着枪冲匪兵一阵狂扫，接着甩出两颗手雷。随着“轰、轰”两声巨响，匪兵们没了动静。

李卓越快速下山，奔向水库边。他发现张冰冰等人还在水库边的树林里。就跑了过去，问：“怎么还没有走？”

张冰冰眼里噙着泪，难过地说：“七爷怕是不行了。”

七爷躺在地上，双眼紧闭，大口地喘着气，他胸前的衣服全被血浸透了，红红的一大片。

李卓越蹲下身子，喊道：“七爷！”

七爷听出是李卓越的声音，他断断续续地说：“把……我留……下，你……们快走！”

“七爷，我们一定要带您一起回去！”李卓越抬头朝水库边大声问，“庄严，准备好了没有？”

“准备好了！”庄严大声说。

“我们走！”李卓越说着，俯身抱起七爷，快步走到水库边，上了竹筏。

天色黑下来了。远处，凤凰山方向，不时传来零落的枪声。

白茫茫的水库深处，李卓越和郑剑站在竹筏前头，挥舞着木桨快速划动着；庄严怀里抱着枪，坐在竹筏尾部，神情凝重地望着凤凰山方向，在想神父……

竹筏在水中起伏前行……张冰冰因为怕水眩晕，吐过两次了，胃里仍一阵一阵的难受，但她坚持坐在七爷身边，一声接一声地念叨：“七爷，再坚持一会，我们就要到家了！”

七爷的头突然往旁边一歪。张冰冰伸手试了试，七爷已经停止了呼吸和心跳！她带着哭腔喊道：“卓越，七爷不行了！”

李卓越丢下木桨，爬了过来，他摇着七爷的身子，一声一声地呼唤着七爷，说七爷你醒醒，我们快到水库大坝了，马上就要回到家了。然而，任凭他怎么呼喊，七爷都没有了回应。

“对不起，七爷。”李卓越把七爷放好，转过头对郑剑说，“郑剑，拉一曲，送他老人家一程吧！”

郑剑放下木桨，拿起了二胡。他心情沉重，左手抚弦，右手轻轻地运弓……低沉的二胡声，如泣如诉，透着无尽的忧伤……

李卓越划动着木桨，随着二胡声，哼唱了起来：“忆起寒门村酒美，共酌多知己，论诗又谈赋，悠然乐然……”他唱着唱着，两行眼泪忍不住落了下来……

远方天际处，突然划过一道闪电，照亮了白茫茫的水库，紧接着有雷声隆隆滚过。

起风了，一阵风刮过之后，雨，就噼里啪啦地落了下来……

5

夜，已经很深了，张镇天还没有睡。他半躺在客厅的椅子上，神情沮丧。留声机里播放着粤剧《风雪夜归人》。他已经知道凤凰山上发生的一切。

外面，突然一道闪电划过，紧接着就是一声令人胆战心惊的炸雷，然后就是一阵风声从院子里刮过。

管家走了进来，说：“老爷，天要下雨了，阴冷着呢，您还是回房间休息吧，千万别着凉。”

张镇天叹息一声：“唉，长夜未央，寂寞成殇啊！”

“老爷还在想山上的事？”

张镇天说，原以为把队伍安扎在凤凰山、牵鼻岭，神不知鬼不觉，定能助我完成大业。没想到还是被几个共党军佬摸了上去。防守如铁桶般严密，而且是天险之地，他们竟然来去自如，真是平生之奇耻大辱！

“老爷您就别自责了，”管家说，“怪只怪梁团座和七爷，两个人生就的反骨，吃里扒外。要不，他李卓越就是有天大的本事也插翅难逃！”

“那也是怪我用人失察。这么多年，我始终视他们为心腹，未曾亏待他们半分！尤其七爷，更是深得我的信任，没想到他竟然引狼入室，抄我的老窝！还有梁团长，我把那么重的担子交给他，足见我对他的器重。真没有想到啊，自以为最值得信任的人，竟然狠狠地捅了我刀子！”

“老爷，姓梁的已被击毙，七爷身负致命的重伤，据说也活不了几日，这两大隐患已除，您应该庆幸才是啊！”

“我现在最担心的是天水计划。”张镇天说，“李卓越已经知道凤凰山的秘密，将来恐怕会给我们造成很大的麻烦！”

外面，又是一道闪电，一声炸雷。紧接着“哗啦哗啦”地下起了大雨。张镇天眼前突然一亮，他猛地从椅子上站了起来，对管家说：“你跟我来！”

“老爷，这么晚了，要去哪？”

“吊楼！”

吊楼里面，摆放着一口口没有上漆的白茬棺材。张镇天打量了一下，抬手指着一具棺材说：“给我打开！”

管家立即命令几个家丁除掉了棺材盖子。里面整整齐齐地摆着一些钟表。

张镇天凝视良久，拿起一个钟表，问管家：“知道这是什么吗？”

“老爷，您好像说过，是一些美国进口钟表。”

张镇天笑了笑，说：“是美国货没错，不过，不是什么钟表。”

管家疑惑地望着张镇天。

外面又是一道闪电、一声炸雷。

“听到这雷声了吗？”张镇天说，“这东西响起来，就和这雷声差不多，半座山都能炸下来！”

管家听了，惊得目瞪口呆。

张镇天看了一眼管家，说：“你马上派人把这东西运上山去，越快越好！”他接着又说，“通知怡静，这东西上山之后，除她之外，不能让任何人知道，否则我拿她是问！另外，荀团副任团座之事，让她先放一放。你赶紧去办吧！”

“老爷，我现在就去办！天不早了，您还是早点休息吧！”管家说。

雨在哗哗地下着，空气中有一股湿漉漉的阴凉气。管家从后院来到前院。一道闪电划过，照亮黑暗的那个瞬间，管家看到一个穿着白色衣服的人影飘然而至。管家吓得全身一激灵，身上的毛发全都竖了起来。

“谁？”

“是我！”

圆月笑眯眯地站在了管家面前。

第十二章

1

李卓越等人在坜坝待了一夜。从晚上就开始下起瓢泼大雨，第二天早上也没停下来。李卓越决定让张冰冰带庄严和郑剑先回龙溪镇政府，他到广州同德围面见江团长。临行前，他特别叮嘱张冰冰等人，路上一定要注意安全，切不可大意，回去后就在镇政府待着，等他回来，哪里也不要去。

李卓越赶到同德围警备一团，向江团长详细汇报了他们昨天闯上凤凰山了解到的匪情。

江团长听后说，你这一趟走得很有价值，我们原来一直不知道凤凰山、牵鼻岭土匪的底细，现在总算清晰了，要铲除他们，看来还真得费一些功夫！

江团长提醒李卓越，他把敌人捂着盖着的秘密捅破了，已经成了敌人的眼中钉。敌人不可能咽得下这口气，接下来不定要什么花样和手段对付他，要他注意安全。

这时候，一个参谋给江团长送来一份文件，是上级来的一份急电，称一直处于静默状态的敌特电台，一夜之间突然启动。极可能敌人的天水计划要行动了，而且很可能与暴雨天气有关。要求警备一团密切注意龙溪一带的匪特活动，随时准备投入战斗。

江团长立即给庄司令打电话，向他汇报了李卓越等人在凤凰山、牵鼻岭发现的匪情。

“什么？李卓越带人闯了凤凰山匪巢？”庄司令在电话中大声说，“这么危险的事他也干，简直就是亡命之徒！”庄司令接着问：“李卓越现在哪了？”

“就在我旁边。”江团长说着，看了李卓越一眼。

“叫他听电话！”

“庄司令让你听电话。”江团长把电话听筒递给了李卓越。

“首长好！我是李卓越。”

“李卓越，你还记得我送给你的三个字吧？”庄司令问。

“记得，别犯忌！”

“记得为什么还犯忌！带人闯土匪老巢，你不要命了？”庄司令说，“以后绝不允许再出现类似情况！”

“首长，请放心，以后绝不犯忌！”

“你什么时候让我省心过？”庄司令说，“组织上又收到了关于你的告状信，具体情况江团长会告诉你，这次由军管会直接负责调查，你一定要配合，不要有情绪！”

“首长，请放心！”李卓越说，“我保证积极配合调查。”

“另外，你们征粮队的征粮任务已经圆满完成，”庄司令说，“几个成员，除了你，其他人都要回广州，政治部已经发文，交由警备一团安排通信员送给你们。收到文件后，立即按文件办理！”

江团长告诉李卓越，告状信直接写给了军管会。主要是三个问题：一是作风不正，搞三角恋爱；二是协助、纵容敌特分子逃跑；三是不尊重地方政府，军阀作风严重！

李卓越一听，就猜到这告状信是谁写的了，尤其第三条，太过明显。

江团长看了李卓越一眼，说：“每一条都够你喝一壶的！”

“团长，告我的人肯定别有用心，说不定就是潜伏的特务！”

“这倒有可能，敌人唯恐我们内部不乱。”江团长接着说，“组织上的调查，也是证明你清白的最好办法，你要沉住气，配合好！”

“我知道，刚才司令员也提醒我了。”接着，李卓越问江团长，是否清楚征粮队成员的工作安排问题。

江团长告诉他，前天就收到政治部的文件了，同时送来的还有张冰冰的医学院入学通知书。昨天已经安排通信员送到龙溪镇了，你们不在，是张龙钧镇长代收的。

“具体怎么安排的？”李卓越问。

“政治部负责办理此事的干事专门给我打过电话。上级明确你们的征粮任务圆满完成。张冰冰和郑剑回警备区文工团，医学院开学后，张冰冰去读书。庄严由纵队调到一团来做我的警卫员。”

“我呢，怎么安排，新的任务是什么？”李卓越问。

“组织上要你继续留在龙溪，任务是尽快弄清并配合部队阻止敌人的天水计划，彻底铲除龙溪的匪特分子，绝不能让敌人的阴谋得逞！”

李卓越告别江团长，回到龙溪，他一迈进镇政府院子，张冰冰和郑剑就告诉他，庄严不见了，他们在周围都找过了，没有找到。张冰冰说，很有可能是跑去凤凰山搭救神父了！

张冰冰告诉李卓越，庄严回到镇政府后，就闷闷不乐地进了房间，她有些不放心，换下被雨淋湿的衣服，就去了庄严的房间，发现他正拿着一张照片在看。庄严告诉她，那是他很小的时候和父母的合影。庄严还说，他找亲生父母的心情已经不像以前那么急切了，他现在最想的人是神父！

“你们为什么不看住他？”李卓越说，“赶紧备马，把他追回来！”

郑剑和张冰冰跑到后院牵出马。李卓越告诉他俩，庄严如果真是去凤凰山，肯定不会走我们原来的路，那里戒备森严，他知道走不了，最大可能是他去了水库大坝，想用我们回来时的竹筏走水路。我们分头行动，你俩从大路追过去，我走小路，争取能堵住他。

李卓越说得没错，庄严确实准备走水路，上凤凰山救神父。庄严想到被吊在树上的神父，心里就一阵阵的难受。他心情焦急，他知道如果被张冰冰和郑剑知道了，尤其是李卓越万一赶回来，他就绝对去不成。因此他把自行车踩得几乎离开地面飞了起来……

庄严正在拼命赶路，突然就听到身后马蹄“得得”声，他回头一看，是张冰冰和郑剑纵马而来。他没有理会，更没有停下来，仍拼命踩着自行车往前赶。他没有想到，拐过了一道弯，前方突然有“咴咴”的马嘶声，抬头一看，原来是李卓越骑在马上，望着自己。后面，张冰冰和郑剑也追了上来。

庄严自小由神父带大，他对神父的感情很深。假如他可以代替神父，他宁愿被吊在树上，承受毒打。因此，他坚持独自上山去救神父。李卓越告诉他，昨天晚上他们上岸后，他已经将竹筏毁掉，水库大坝离凤凰山近三十里水路，不要说带着武器，就是啥也不带，也不可能游过去。郑剑自小在水边长大，水性好得很，他对庄严说，老李说得没错，保证游不过去！

庄严低着头，不说话。张冰冰把他叫到了旁边，耐心开导他说，庄严，你的心情，我们都理解。可凤凰山上有多少土匪，防守多么严密，你也看到了，现在上凤凰山，不要说你一个人去，就算我们几个人都去，也不可能救出神父，甚至都不能全身而退……张冰冰接着说，李卓越已经答应会给你一个活生生的神父，你应该相信他。

“冰冰姐，我担心老李只是在安慰我！”

“我们和李卓越同志在一起也有段时间了，”张冰冰说，“他什么时候说过假话？从来没有！”

庄严终于听从了张冰冰的劝说，答应不去凤凰山了。他走到李卓越面前，小声说：“老李，对不起，我不该添乱！”

“想通了？”

“想通了！”

“好，那我们回去！”

他们沿着来时的道路往回走，走了没多远，张冰冰喊大家停一下。她在山坡下发现了一株灵芝，长在一棵树的树根处。她下了马跑过去，小心翼翼地采下了灵芝。在她转身返回时，突然发现树边的草丛中竟然有个闹钟。她有些纳闷，在这荒山野岭怎么会有闹钟呢？她犹豫了一下，还是走过去捡了起来。

她一手拿着灵芝，一手拿着闹钟，回到了路边，举起闹钟，大声说："真是奇怪，草丛里竟然有一个闹钟！"

庄严抬头一看，不禁大惊。他扔下自行车，快步走到张冰冰面前，"冰冰姐，给我！"他说着，一把将闹钟从张冰冰手里夺了过来。

"庄严，你干什么？"

"冰冰姐，这哪是闹钟，是定时炸弹啊！"

张冰冰一脸惊讶。

李卓越从马背上跳了下来，走到庄严身边，说："你看仔细点，没弄错吧？"

"错不了，美式的，"庄严说，"这种东西我见得多了去了。"

李卓越认为不可能就这么一个定时炸弹。他让大家一起到山坡下再找找，看还有没有。然而，再也没有找到。

李卓越心想，这可就怪了，怎么才一个呢？到底是什么人扔在这里的？他问庄严，这东西威力如何？庄严告诉他，这种定时炸弹的威力特别大，炸房子、炸桥梁绝对是毁灭性的。

这荒山野岭既没有房子也没有桥梁啊，李卓越想，这里离水库大坝很近，会不会是敌人用来炸水库大坝？他说出了自己的疑问。庄严也认为有可能。

现在已经进入雨季，各大江河水库的水位都在上涨，如果敌人炸毁水库大坝，后果之严重不堪设想。李卓越想到这里，决定趁着天还没黑，赶紧去水库大坝看看是啥情况。

他们赶到水库大坝后，上上下下查找了一个遍，连排水道也逐个检查过，仍没有发现定时炸弹。

庄严分析认为，雨季才刚刚开始，洪水都还没有涨起来，敌人就算要炸大坝，也还在等时机。因此，不可能提前把炸弹放在大坝这里。最有可能窝藏在离大坝很近的王前村。他建议最好直接去村子里搜搜。

李卓越认为庄严说得很有道理，这是完全可能的。但对庄严提出的去村里搜查的建议，他认为不妥。李卓越想了想，认为这件事最好的解决办法就是部队出面，直接把大坝控制起来，不给敌人下手的机会。他决定再去一趟同德围向江团长作详细汇报。

李卓越临走时，叮嘱庄严，不要再动去凤凰山救人的傻念头，那是绝对不会成功的。接着他告诉张冰冰，回去后，都老老实实的待在镇政府，一定要做好警戒，哪也别去！

2

大雨一直下个不停，到处都成了一片汪洋泽国，连山间的小路也变成了洪水流淌的小河。直到天黑时分，李卓越才冒雨回到龙溪镇政府。他一回来，就把张冰冰、郑剑和庄严召集在一起，宣读了上级关于撤销征粮队的决定。根据决定，张冰冰和郑剑回警备区文工团；庄严到警备区一团担任江团长的警卫员；李卓越继续留在龙溪协助剿匪部队工作。

李卓越看了看张冰冰，说：“江团长告诉我，昨天就让通信员把警备区政治部通知你到医学院报到的文件送来了，你该收到了吧？”

“上午我一回来，张镇长就转交给我了，让我三天内报到。”张冰冰说。

“那你们三个人明天一早就回广州，我送你们到同德围。”李卓越说，“张冰冰同志呢，回去后就好好学你的医学，将来当个白衣天使；郑剑，就好好地搞音乐创作，当一个伟大的音乐家。”李卓越说到这里停了一下，转脸望着庄严说，“你呢，就从警卫员开始，向将军进发！”李卓越笑了笑，接着说，“努力吧，同志们，你们都有大好的前程！”

“你呢，留在龙溪接下来怎么开展工作？”张冰冰问李卓越。

“继续寻找齐书记，当然，也有新的任务要完成。”李卓越说。

“对了，我这有封信，是关于齐书记的。”

张冰冰告诉李卓越，傍晚的时候，有一个老乡送来一封信，说是一个陌生人让他帮送来的，信上说齐书记被土匪劫持在燕子窝，让我们拿钱去赎人。连信一起送来的还有这块怀表。

李卓越接过怀表，弹开表盖一看，说："没错，是我交给齐书记的那块怀表！"

李卓越看过后，认为这事太突然了。他翻开桌上的地图，看了看，燕子窝离凤凰山不远，难道是敌人设下的圈套？"不管怎么样，都要去看看，哪怕有一线希望，也不能放过！"他说。

"我担心这是敌人的圈套，你可要保持清醒，"张冰冰提醒他说，"千万不要中了敌人的阴谋诡计！"

"我晚上考虑一下，怎么应对，明天再说。"李卓越说。

张冰冰回到自己的房间，怎么也睡不着，她担心李卓越自个儿去燕子窝寻找齐书记。于是决定劝告一下李卓越，让他不要采取冒险行动。

李卓越还没有睡，正开着收音机听天气预报。张冰冰敲门进来，他把收音机关掉，抬头望着张冰冰，说："这么晚了，你怎么还没休息？"

"睡不着！"

"坐吧。"

张冰冰坐下来，她望着李卓越，有些迟疑地说："卓越，你留下来的任务，方便透露吗？"

"尽快调查清楚敌人的天水计划，"李卓越说，"刚才天气预报说，这几天持续大到暴雨，敌人的天水计划极有可能是奔着龙溪水库来的。现在想想，当初水利工作组成员全部被害、水利资料丢失等情况就很说明问题，可我们都没有往这方面想。这次将情况汇报上去，司令员非常重视，决定连夜召集水利、气象部门进行会商。"

"你去广州了？"

"没有，我到一团后，通过电话向司令员汇报的，"李卓越说，"为防意外，江团长已经从特务连抽了一个排，连夜进驻王前村，将大坝控制起来了。据作战部门通报，历史上这个水库曾多次出现垮坝，每次都造成了非常严重的洪涝灾害。其中最严重的一次出现在1915年。当时西江、北江同时爆发大洪水，水库大坝崩塌，导致广州全城被淹，失踪死亡十余万人！"

"太可怕了！"张冰冰惊得目瞪口呆。

“是啊，我必须尽快调查清楚具体情况，绝不能让敌人得逞！”

“但有一个前提，不能冒险行动，”张冰冰说，“明天我们回广州了，你一个人更要注意，你要答应我，明天不能一个人去燕子窝，这事最好向江团长汇报，派部队去！”

“好！”李卓越说，“我答应你！”

张冰冰接着告诉李卓越，庄严对明天回广州有点情绪，他心里还是牵挂着神父，想着寻找自己的亲生父母，今天还拿出他小时候与父母的照片……想想，他也真够可怜的，听庄严说，你知道他的亲生父母是谁，到底怎么回事？

“我知道，”李卓越说，“他的父亲就是庄司令。”

“不会吧？”张冰冰说。

“错不了！”李卓越告诉张冰冰，他那次在司令员面前说到庄严到钟落潭寻亲，司令员竟然对庄严的情况很了解，并对他的寻亲行为提出了严厉批评。“你想想看，一个司令员，怎么可能对一个小战士那么熟悉？”李卓越接着说，“还有，我发现庄严长得很像司令员！”

“那你为什么不告诉庄严，还让他苦苦地寻找亲人？”张冰冰有些不明白。

“司令员当时有暗示，让我不要说。”李卓越说，“再说，龙溪的情况太复杂了，万一敌人知道庄严的真实身世，他会非常危险！”

“明白了。”张冰冰接着说，“不早了，我回去休息了，你也早点休息吧。”

“好的。”李卓越说。

张冰冰走后，李卓越并没有睡。他来到大门口，换下了站岗的庄严，让他回房间休息。庄严说，不困呢，明天要走，还真不舍得离开你。李卓越说，你先回去，过不了多久，等我完成这次任务，我们还有机会在一起共同战斗。

“那好，”庄严说，“我就在一团等你！”

“我一定会去找你，”李卓越说，“不早了，你赶紧去休息吧！”

3

第二天早晨，张冰冰收拾好东西，就来找李卓越。李卓越不在，张冰冰在他的桌面上发现了一张纸条，是写给她的。

张冰冰：我去水库大坝了。今天部队在王前村甄别敌情，我必须要赶去协调，这也是司令员和江团长反复交代的，不能怠慢。本来打算送你们到同德围，可事与愿违！在龙溪的日子里，我们任务完成得相当出色，感谢你们，我会建议上级给予你们表彰。另外，转告郑剑和庄严，将来我会去看他们的。也希望你们在新的岗位上做出更大的贡献！

郑剑和庄严背着背包走了进来。庄严问，老李呢？张冰冰把纸条递给他，说：“他去水库大坝了。”庄严说，这个老李，昨天还说送我们到同德围，怎么说话不算数了？郑剑说，我觉得老李是故意的，他怕送我们难受，所以选择了回避。张冰冰有些失落，她说，好啦，别说了，我们走吧！

三个人出了镇政府大门口，遇到了镇长张龙钧。张龙钧见他们都背着背包，张冰冰、郑剑牵着马，庄严推着自行车，知道他们是要离开，就客气地说真不舍得你们离开，接着问怎么没见李卓越。张冰冰告诉他，李卓越另有任务，走不了。张冰冰接着说，张镇长，我昨天采了一棵灵芝，放在你的办公桌上了，你拿回去给香嫂配药方吧。

“冰冰同志，谢谢你！”张龙钧说，“有空记得一定要回来看看！”

“好的，会来的，”张冰冰说，“张镇长，再见！”说罢，她上了马，对郑剑和庄严说，“我们走吧！”

三人来到龙溪大街上，被圆月远远的喊住了。圆月告诉他们，李卓越去燕子窝找齐书记去了！她说是听光叔说的。光叔说，李卓越一大早就找到他，向他打听燕子窝的情况，说要去救齐书记。光叔一再劝他不要去，说燕子窝很危险，当地人把那叫死亡谷，进得去出不来。可李卓越就是不信这个邪，你们说这可怎么办啊？

张冰冰当即决定，不走了，她要去找李卓越。她让郑剑和庄严先回广州。庄严说，我也不走了，我本来就不想去当什么警卫员，当初我留在龙溪也是冲着老李来的，他有难我岂能逃避？郑剑说，既然你们都不走了，我也不走了，跟你们一起去吧。

张冰冰请圆月带他们到了光叔家，向他打听怎么去燕子窝。阿光一听，张冰冰等人要去燕子窝，头摇得像拨浪鼓，连声说："不行，不行，你们不能去！"阿光告诉张冰冰等人，民国三十一年，天叔曾经带人将一群东洋鬼佬引进了燕子窝，结果不费一枪一弹，那群鬼佬就在里面报销了！我跟李同志也讲了，让他别去，可是他就是不听呀！阿光摇了摇头，一副很无奈的样子。

"光叔，你就别扯了，告诉解放军同志，如何才能追上李卓越吧！"

"李同志走的是五里沟，虽说好走，但是绕路，你们要想在进燕子窝之前找到他，得走李家渡。"阿光说，"到了李家渡，再坐船过湖，过湖后往北走清风寨，那里有个泮溪酒家，你们就在那里等，李同志肯定会路过。"

张冰冰担心地说："光叔，他会不会比我们早到呢？"

"按他走的时候来算，没你们到的早！"阿光很肯定地说。

阿光接着提醒张冰冰，去燕子窝必走一线天，马是过不了的，要他们一定记得把马寄养在泮溪酒家。

"谢谢光叔！"张冰冰说，"郑剑、庄严我们走吧，一定要赶在李卓越前面到达泮溪酒家！"

李卓越做梦也没有想到，张冰冰等人没有回广州，而是追他而来。半路上又下起了雨，他一身泥水赶到泮溪酒家，张冰冰等人已经在这里等他。

李卓越坚持要张冰冰、郑剑和庄严立即回广州，三个人却坚持要留下来。李卓越大为光火，他大声说："瞎胡闹！"他看了看外面，雨已经停了，于是催促三个人赶紧回广州，不要在这里胡搅蛮缠。

"李卓越同志，你想干什么？我告诉你，你现在只有两条路选择，一是跟我们回去，营救齐书记的事日后再说；二是我们跟你一起去，大家同进同退！”

“张冰冰同志，我希望你带好头，带着他俩一起离开，好吗？”

“不行，除非你也走！”

李卓越不同意放弃进燕子窝。对他来说，只要有哪怕是万分之一的希望，他也要去寻找齐惠兰。他去燕子窝，张冰冰等人就坚持和他一起去。

最后，他只好妥协，同意张冰冰他们和自己一起进燕子窝。

4

李卓越他们穿过一线天，进入了燕子窝。越往里走，树木就越茂盛，一片茫茫林海，连条路都没有。远处白雾升腾，遮天蔽日的密林大树让这里一片阴森森的昏暗。

他们来到一处相对空阔的地方。不知为什么，这一带有很多高大的枯树。突然一道闪电，把整个昏暗的天地在瞬间点亮，一团火球自天际飞速而来，滚落到不远处的一片枯树中，接着就是一声山崩地裂般的炸雷。张冰冰被吓得一声尖叫扑倒在李卓越的怀中。接着就是一道接着一道的闪电，一声接着一声的炸雷。随之，就是一阵瓢泼大雨。

远远的，有零星而隐约的枪声传来，李卓越他们寻着枪声往里走，兜兜转转的找了半天，不要说村庄和住户，连个人影也没有发现。

雨渐渐停了。李卓越决定撤出燕子窝。然而，他们迷失了方向，走得筋疲力尽，却发现又回到了刚刚走过的地方。他们一次次试图走出去，却一次次回到原点。

李卓越打开指北针，发现好好的指北针竟然失灵了。他看看天色，说：“我们迷路了，天黑之前不可能走出去了，先找个地方休息一下。我再想想办法！”

他接着说：“现在看来，那封信绝对有问题，是敌人设下的圈套，刚才那枪声，明显就是在诱惑我们往里闯。齐书记被绑架在这里根本就是假的。”

“老李你说的没错，”庄严说，“光叔说，那一年，以天叔为首的龙溪民众抗日武装，曾经将一支日军引诱到这里，结果不费一枪一弹，活活困死了他们，敌人骗我们到这里可能也是这样的打算。”

“光叔也跟我说过，燕子窝是当地有名的死亡谷，很少有人敢闯进来。其实，我也怀疑过那封信的真实性，我之所以决定要进来，就是因为齐书记，想着只要有一线希望也不放过，没想到落入了敌人的陷阱。”

李卓越决定让张冰冰、郑剑和庄严留在休息的地方，他一个人去寻找出口。张冰冰有些担心，提出四个人一起去，李卓越没有同意。他说：“现在必须做最坏的打算，你们需要节省体力，到关键时刻才会挺得住！”

“那就让庄严和你去。”张冰冰又提议。

“不行，庄严要留下来保护你们。”李卓越说，“刚才的枪声你们也听到了，敌人是有备而来，我们不能麻痹，要防止他们暗中偷袭。”

李卓越告诉三人，在他回来之前，哪里也不要去，一定要待在这里等他。又叮嘱庄严，在他离开后，一定要做好警戒，防备敌人袭击。庄严说，老李你就放心吧。你自己也要小心！

李卓越转身走进了密林。自从他离开后，对张冰冰来说，时间就变得越来越慢，变得异常难熬，简直就是度日如年。偶尔有夜鸟发出一声鸣叫，或者扑打着翅膀飞过，张冰冰的心里都会一阵紧张。

夜已经很深了，李卓越还没有回来。郑剑坐在旁边，忍不住打起了瞌睡。庄严在不远处站岗，张冰冰对庄严说，李卓越离开这么久了，怎么还没回来，不会出什么事吧？庄严安慰她说，冰冰姐，你不用担心，昼伏夜行对老李来说是家常便饭，他不会有事的！张冰冰仍为李卓越担心，她认为不能再等下去了，提议顺着李卓越走的路线去找找他。庄严反对去找李卓越，坚持按李卓越的吩咐，在这里等他回来。庄严说这里太反常了，我们一旦离开，万一和老李走散了，会更危险！

突然，不远处的树林里有“唰唰”的响声，随之，有鸟儿受到惊吓，鸣叫着从树林里飞上天空。

“有敌情！”庄严小声提醒张冰冰和郑剑，注意隐蔽。他举起枪，悄悄向发出声响的地方移动。

“庄严、张冰冰……”树林深处传来李卓越微弱的声音。

“老李，”庄严说，“冰冰姐，是老李回来了！”

张冰冰、庄严和郑剑快步走上去，发现李卓越躺在草丛里。庄严和张冰冰上前要扶他起来，摸到他身上全是泥。

“你这是怎么啦？”张冰冰着急地问。

“我陷进了沼泽，可能中毒了。”李卓越有气无力地说。

“你一定要挺住，我会救你的！”张冰冰流着泪说。接着，她让庄严到旁边的小溪取点水来给李卓越喝，被李卓越制止了，他说不要去，太危险了。李卓越说，你们都过来，趁着我还清醒，把情况告诉你们。他的声音微弱，三个人只好凑到他跟前。

李卓越告诉他们，他已经找到了出路，穿过这片林子，有一条小河，沿着河流一直往下游走，走出这片山谷，就是坜坝。为了确保能走出去，他在沿路的树上作了记号——用匕首在经过的树上割掉一块树皮，作为标记。他接着说，万一我不行了，就把我放在这里，你们一定要走出去，回广州警备区找部队去。李卓越开始大口喘息，他停了一会，对庄严说，庄严，一切就全拜托你了，你是战斗部队出来的，有经验，无论如何要保证他们两人的安全，把他们带出去，你回广州后，记得一定要去见庄……李卓越话还没说完，就晕了过去。

“李卓越，李卓越你醒醒，你醒醒啊！”张冰冰忍不住失声哭泣起来。

“冰冰姐，你包里还有解毒的药吗？”庄严问。他知道张冰冰总是随身带着一个挎包，里面有一些常用的药物，前不久，他不知被什么东西叮咬了左臂，整条胳膊都肿了起来，吃了张冰冰带的药，很快就好了。

“好像还有！”庄严这么一提醒，张冰冰才想起来。她急忙打开包翻找起来。她找出了一个小玻璃瓶，里面是一些中药粉，这是她自己找来中药晾干后，研制成粉末，专门用来解毒用的，还够服用两次。

庄严用水壶从旁边的一个小石坑里灌了一些雨水，张冰冰用力掰开李卓越的嘴，先把药粉倒进他的嘴里，然后再一点一点地喂李卓越一些雨水，把药冲服下去。然后找了一块平坦一些的地方，安顿李卓越躺下。

张冰冰心里着急，提出立即走。因为晚上无法辨认李卓越做的记号，怕再次迷路，庄严说还是等天亮再走吧。

天色微明的时候，李卓越因为服了药，情况有所缓解，但仍是昏迷不醒，说着胡话。张冰冰又把剩下的药粉全给他服了下去。庄严用树枝、藤蔓和雨衣做了一个简易的担架，他和郑剑把李卓越放在担架上。张冰冰走在前面，负责辨认李卓越留下的记号，庄严和郑剑用担架抬着李卓越走在后面，慢慢向山外走去……

5

张镇天接到李卓越等人进了燕子窝的消息，顿是生出一番快意。“太好了！姓李的这个心头大患终于得除，”他对管家说，“接下来，我们的全部心思就可以用于天水计划了！”

几天前，皇太子就下了清除李卓越的密令。张镇天接到命令后，很是郁闷，他知道李卓越绝不是省油的灯，不是他想除掉就能除掉的。管家向他献上一计：把李卓越引到燕子窝，他必死无疑！

提起燕子窝，张镇天心情复杂，这里成就了他一世英名，也是他一辈子都不愿提起的伤心之地。那一年他设下妙计，把一队日本官兵引进了燕子窝，无一人生还。也是那一次，他的下身被日本兵打伤，从此做不成男人。

张镇天听管家提到燕子窝，叹息一声，说谈何容易！管家说他有十足的把握。他说，老爷，你想想，姓李的现在最想的是什么？是找到那个姓齐的臭娘们。我们就给他递个信，说姓齐的被绑到了燕子窝，让他拿钱赎人。张镇天说，姓李的绝顶聪明，哪有那么容易上钩？管家笑着说，当他看到这个东西保证能上钩。说着他掏出了一块怀表。

“你这啥意思？”张镇天说。

“这块怀表是那个姓齐的，我那天拿了。”管家说，“送信的同时，把这个玩意也一起送去。”

“妙！实在是太妙了！”张镇天赞叹道。

张镇天获知不但李卓越进了燕子窝，张冰冰、郑剑和庄严也跟着一起去了，而且是这样一个雷雨天气。他高兴地说，本想除掉李卓越一人，没想到却是一网打尽，真是大快人心。他望了望外面下起的大雨，说真是天助我也！然后他告诉管家，立即把这个大好消息通知怡静，同时让她做好准备，加快天水计划的实施。

“可是主坝已经被共党军佬控制了啊，”管家有所顾虑，说，“只是副坝怕不一定行吧？”

“我们本来志不在主坝，那是迷惑人的。”张镇天得意地说，“副坝，我们的目标就是副坝，这次大雨已经超出我们的想象，只要控制住副坝，足以达到目的！”

“明白了。”

“赶紧去办吧！”

“是，我马上通知怡静！”

怡静接到张镇天的指令后，心中不禁一阵狂喜。“来人！”她喊道。

“报告！”一名匪兵来到她的房间门口。

“通知军法队，马上上坝，关闭闸门！”匪兵领命后正欲离去，怡静喊住了他，问道：“苟团座呢，在哪？”

“团座在后山察看地形！”

怡静来到后山，找到苟安水，喜形于色地告诉他，那天闯上凤凰山军营的那几个共党军佬，竟然不知死活，进了燕子窝，真是大快人心啊！

燕子窝就在凤凰山附近，苟安水曾听说过燕子窝的厉害。当他听到李卓越等人竟然去了燕子窝，心里顿时一惊，不禁为他们的安全担忧起来。

第十三章

1

到处是遮天蔽日的密林，是一人多高的荆棘和杂草，是深深的沟壑和软塌塌的沼泽地，根本没有路。也无法辨别方向，好在有李卓越留下的记号。张冰冰在前面辨认指引，庄严和郑剑在后面用担架抬着李卓越，艰难的往山外走。他们的手背和脸部被杂草和荆棘划出一道道深红的伤痕，被雨水和汗水浸过，火辣辣地疼。他们的衣服被落在杂草和树叶上的雨水打湿了，天气闷热的让人喘不上气来。额头上的汗水不时流进眼睛，不仅疼痛而且让视线模糊。

郑剑高度近视，昨天过一线天时，他的眼镜右边的镜片摔碎了，只剩下左边一个镜片。右眼看什么都是一片模糊，全靠一只左眼，他很不习惯。一个不小心，他被脚下的一根藤蔓绊了一脚，一个踉跄，差一点摔倒，担架也随着一阵摇晃，李卓越差点从担架上掉下来。

“小心点。”庄严提醒他。

“休息一下吧。”郑剑无奈地说。他的两腿酸软得几乎站立不住了，每迈一步都会忍不住一阵哆嗦。

庄严其实也好不到哪儿去，他只是咬紧了牙关坚持着。因为他知道，在燕子窝哪怕多待一分钟，也会增加很多不可意料的危险；昏迷不醒的李卓越更是需要尽快得到救治。然而，他发现郑剑实在是坚持不住了，只好答应休息一会。

“冰冰姐，我们休息一会吧。”庄严说着，和郑剑小心翼翼地放下了担架。

张冰冰回转身，走到担架旁边，蹲下身，观察了一下李卓越的情况。他虽然仍然昏迷，但服过两次药后，中毒症状还是得到了一定的控制和缓解，不会有生命危险。这让张冰冰心里多少得到一些安慰。张冰冰要站起来，她一起身，突然一阵眩晕，重重地摔倒在地上。

庄严和郑剑立即起身，上前扶张冰冰坐了起来。

“冰冰姐，你怎么啦？”庄严问。

“我感冒了，发高烧。”张冰冰声音虚弱地说。

张冰冰昨天淋了雨，夜晚的时候就有些不舒服，今天早晨出发时，她就感到头痛和头晕，但她没想到会越来越厉害。此刻，她感到天旋地转，头痛欲裂，浑身酸疼，没有一丝气力。她试图站起来，继续走，然而头晕得根本走不了。她恨自己，怎么就在这么关键的时刻生病！

庄严和郑剑只好让张冰冰待在原地，他们先抬着李卓越往前面走一段路，把担架放好，再回来扶着张冰冰往前走一段路。就这样，周而复始，艰难地往外行走……庄严和郑剑就一个想法，不要说走，就是爬也要爬出去……也要尽快回到龙溪，找医生救治李卓越和张冰冰。

他们也不知道走了多久，突然就听到了河流的声音。郑剑高兴地说：“庄严你听，前面有河流，我们应该快走出这片密林了！”两个人顿时精神一振，身上生出了一股力量。他们又翻过一个小山头，终于走出了密林，来到了河边。这时候，他们才感到焦渴无比，嘴里连一星儿唾沫都没有了。

郑剑和庄严把担架放在河边的平地上，扶张冰冰坐了下来。庄严四周张望了一下，没有发现什么异常。他让郑剑照看着李卓越和张冰冰，然后他拿起每个人的水壶，走到河边，洗了一把脸，喝了几口清凉的河水，把水壶灌满，上岸后对郑剑说：“你也下去洗个脸吧，会精神一些。”然后递给张冰冰一个水壶，让她洗一下手和脸，喝点水。张冰冰因为发高烧，脸滚烫滚烫的，用清凉的河水洗过脸，喝了水之后，顿时感到清爽了一些。她站起身，走到担架边，蹲下身来，用水壶一点一点地喂李卓越喝水。

李卓越从昏迷中醒了过来，他睁开了眼睛，喃喃低语。张冰冰把耳朵凑到他的嘴边，才听清他在问这是在哪儿。张冰冰告诉他，已经走出燕子窝，来到了河边。李卓越告诉她，沿着河边一直往前走，就是坜坝……说到这里，他竟然又昏迷了过去。

他们休息了一会，就又上路了。按照李卓越所说，沿着河边一直往前走。他们穿过了一道山谷，前面不远处就是坜坝村了，他们看到了坜坝村的碉楼，还有七爷的宅院。走在前面的张冰冰欣喜地说：“我们总算走出来了！”

他们快走到坜坝村的时候，张冰冰提出，到坜坝村找老乡帮忙，找个郎中给李卓越开些解毒的药。庄严有些担心，怕遇到麻烦，说最好还是直接回龙溪。他们正在犹豫是否进村。李卓越又醒了过来，他有气无力地喃喃说道：“不要进村，七爷死了，土匪会挑拨村民找麻烦，会有危险。赶紧回龙溪，越快越好！”

“好吧，听你的！”张冰冰说。

他们绕开坜坝村，急匆匆地走上了回龙溪的山路。他们爬上一道山梁，山路崎岖，路两边的山坡上密林丛生。走在前面的庄严突然停住了脚步，他发现一群土匪荷枪实弹，拦在了前方路口。

“快进树林，前面有土匪！”庄严说道。

三个人慌忙抬着担架钻进了树林里。

然而，土匪已经发现了他们，一边开枪一边向他们逼近。子弹打在树上，枝叶纷飞。

庄严和郑剑将担架放在一棵大树后面。庄严让张冰冰和郑剑隐蔽好，保护好李卓越，他去把土匪引开。

“你要小心点啊！”张冰冰叮嘱庄严。

“放心吧！对付他们我有的是办法！”庄严检查了随身携带的手雷，拿出三颗，递给张冰冰和郑剑，说：“万一土匪过来了，别跟他们废话，直接扔手雷送他们上西天！”

庄严抄起冲锋枪，悄悄走到对面的山坡上，借着树林的掩护，向土匪靠近。

突然，枪声大作，土匪们停住了脚步，转头往对面射击。没一会，就四散逃窜而去。

怎么回事？庄严心想，难道有部队赶来救援？不可能啊。他正寻思这是怎么回事，就见冲上来一队解放军。

带头的他认识，是曾协助他们抓刘文祥的一团特务连的吴排长。

“吴排长，我是庄严！”庄严大声说，“我是纵队征粮队队员庄严！”

庄严从树林里走出来。吴排长问：“怎么你一个人，李卓越他们呢？”

“在那边，”庄严用手一指，大声喊道：“冰冰姐、郑剑，是自己人！”

张冰冰和郑剑也跑了过来。张冰冰告诉吴排长，李卓越在燕子窝探路时陷入沼泽，中毒了，情况比较危险，一路上是用担架抬着他走出来的。

吴排长立即喊过来几个战士，让他们赶紧抬着李卓越回龙溪。“两人一组，轮换着，越快越好！”吴排长说。

“你们怎么来了？”张冰冰问吴排长。

“听说你们去了燕子窝，江团长安排了两个排来寻找你们。”吴排长。

李卓越他们去燕子窝寻找齐惠兰的消息，是龙溪小学校长马三尺上报的。马三尺就是代号“夜莺”的公安部门的侦察员。

李卓越等人去燕子窝找齐书记，是圆月告诉马三尺的。他当时发现货郎又来了龙溪，而且又是去张洪贵的杂货铺，于是他假装去旁边的烟火店买烟叶，对货郎进行跟踪。没想到这一次他又在杂货铺前遇到了圆月。圆月向他请假，说是她听阿光说李卓越等人去了燕子窝，她为李卓越他们的安全担心，要让父亲安排人去找李卓越他们回来，上午她就不回学校了。马三尺当即准了她的假。

马三尺对燕子窝的诡异情况有所了解，他认为齐书记遇害的可能性很大，不可能被绑架在燕子窝，这一定是敌人的诱骗之计，要向李卓越等人下黑手。他买了一些烟叶，急匆匆赶回学校，因为心里着急，转身往回走的时候竟然撞到了从对面走来的香嫂，这一幕被在不远处暗中观察他的圆月看个正着。

马三尺回到学校，安排好学生上课。就走进自己的宿舍，把门紧紧关上，打开收音机，故意调高音量，然后拿出电台，向市公安局汇报李卓越他们去了燕子窝，情况非常危险，必须想办法解救他们。

市公安局侦察处接到电报后，立即向许局长作了汇报。许局长当即给警备区庄司令打了电话，说："老庄，我们的人说李卓越他们去了一个叫燕子窝的地方，现在处境极其危险，你要尽快派部队去解救他们！"

庄司令立即给江团长打电话，命令他马上派部队赶往燕子窝，营救李卓越等人。"不论用什么办法，都要把人给我找到！"庄司令在电话里说。

"请首长放心！"江团长说，"我立即安排部队赶往燕子窝，不惜一切代价也要营救出他们！"江团长放下电话，即刻命令特务连派一排和二排马上去龙溪，到燕子窝寻找李卓越等人。

吴排长他们打听清楚了去燕子窝的道路，从一线天进入燕子窝。燕子窝地域较大，而且密林遍布，遮天蔽日，又下着大雨，这让吴排长他们的寻找工作难度更大。他们进入一线天后，走向了与李卓越等人完全相反的方向，因此他们根本没有发现李卓越等人的踪影。天色黑下来后，因为燕子窝到处都是沟壑、山岭和沼泽地，环境极为恶劣，吴排长他们担心遭到土匪袭击，于是决定按原路撤出燕子窝。

吴排长他们回到泮溪酒家后，得知李卓越他们的马匹和自行车都还寄存在这里，认定李卓越他们还在燕子窝。吴排长和二排排长商议决定，兵分两路，二排留在泮溪酒家接应李卓越等人，吴排长带一排绕路转到燕子窝对面，设法再进燕子窝寻找。因为路途不熟，又是夜晚，难辨方向，吴排长他们迷路了，天亮后才打听着走上这条山路。

刚才那伙土匪就住在坜坝村，他们认为七爷是李卓越他们给害死的。要不是李卓越鼓动七爷反水，七爷根本不会遭遇不测。刚才庄严他们抬着李卓越从坜坝村旁边经过，被负责放哨的土匪发现，于是这伙土匪立即带上家伙，抄近路跑到了他们前面，想拦住他们，为七爷报仇。恰好吴排长及时赶到，打散了这伙土匪。

吴排长当即安排两名战士，立即赶到泮溪酒家，通知二排长，已经找到李卓越等人，让二排带着李卓越等人的马匹和庄严的自行车，赶到龙溪镇政府汇合。

2

张冰冰和吴排长等人回到龙溪镇政府。张冰冰走在前面，指挥着两个战士抬着担架，匆匆穿过院子，来到李卓越的房间，把他抬到床上。

张冰冰强打精神，来到桌子前，从抽屉里拿出笔和纸。开了两个药方——一个药方是为李卓越解毒的，一个是她治感冒发烧的。她把两个药方交给郑剑，让郑剑赶紧到河对面老郎中那里去抓药。

“路上小心点！”张冰冰叮嘱道。

“放心吧！”郑剑说。

为安全起见，吴排长安排了两名战士和郑剑一起去抓药。

张冰冰接着又写了一个药方，全部是西药。她把写有药方的纸递给庄严，让庄严到广州，找警备区医院把这些药全买来。

“这些药对李卓越来说太重要了，都是救命的药！”张冰冰对庄严说，“你一定要把药买来！”

因为二排还没有赶过来，庄严回广州既没有马，也没有自行车。买药事不宜迟，吴排长让庄严骑他的马先回广州，等二排过来了，他骑李卓越的马回去，庄严回来时到同德围找他再把马换过来。

庄严走后，张冰冰拿出银针包，开始为李卓越针灸。她正在忙着，张龙钧来到了李卓越的房间，简单询问了一下李卓越的情况。接着告诉张冰冰，军管会联合工作组来了，主要是调查了解龙溪的匪特情况，已经向镇政府的相关人员进行了谈话了解，现在要请她去谈谈。

“张镇长，对不起，李卓越现在很危险，我实在脱不开身，要不，另约个时间吧？”

“这我可做不了主，得请示首长！”

张龙钧正要转身离去，军管会联合工作组的负责人走了进来，看到李卓越躺在床上，脸色发青，昏迷不语，头上扎满了银针。忙问：“这是怎么回事？”

“首长，我们昨天在山区迷路了，他在探路时陷入沼泽，中毒了，现在很危险！”

“他是谁？是征粮队的同志吗？”

“首长，他是李卓越同志。”

“既然知道他有生命危险，为什么还留在这里，这不是胡闹吗？赶紧送他到广州的医院治疗！”

“首长，我已经派人去警备区医院买药了，只要及时拿来药品，应该问题不大。”

“你有这个把握？”

“首长，别看张冰冰同志是文工团的，医术却相当高明，我姐多年的老毛病，当地的一些郎中一点办法都没有，张冰冰同志却给彻底治好了。”

“救人要紧，谈话另找时间。如果不行不要勉强，该送医院就送医院，我们有车，需要的话尽管说。你先照顾好卓越同志，我还要向张镇长了解一些情况。”

“好的，谢谢首长！”

张冰冰送他们两个人出了房间，然后转回身，帮李卓越把银针起了，正在收拾着，圆月来了。圆月刚才遇到了庄严，问庄严去哪里，庄严告诉她李卓越中毒了，很危险，他要去广州给李卓越买药，圆月就没回学校，直接赶了过来。她一走进院子就大声喊李卓越。张冰冰忙起身迎了出来。

“冰冰同志，李卓越怎么了？”圆月说，“听庄严说他中毒了，很危险，是吗？”圆月说着，走进了李卓越的房间。她来到床边，蹲下身，握着李卓越的手，一声接一声地喊他。然而，李卓越昏昏沉沉毫无反应。“李卓越，你别吓我啊，你醒醒好吗？”她的泪水涌了出来。

“圆月老师，你别着急，只要庄严明天能把药品带回来，李卓越就有救！”

“那他能保证明天带药回来吗？”圆月有些担心。

“我相信庄严能办好！”

“李卓越到底是什么情况？”

“他不仅中毒了，而且还感染了疟疾。”

“他身体这么虚弱，补一下才行。”圆月说，“我爹养了鸽子，我回去让我爹杀只鸽子炖点汤。”

郑剑把中药买回来了。张冰冰要煎中药。圆月对她说：“你忙吧，我先回去了，炖好鸽子汤我再送过来。”

“圆月老师，谢谢你！”张冰冰说，“真是让你费心了。”

“别客气！”圆月说，“我先回了。”

圆月走后，张冰冰把她和李卓越的药煎好，凉得差不多了，用一把小勺儿一点一点地给李卓越喂药。

吴排长走了进来，他看了看李卓越，问：“卓越同志现在啥情况？”张冰冰说：“刚给他做了针灸，现在喂他吃下这碗中药，会得到一些缓解，但要彻底治好，只能等庄严带药回来。”

“庄严明天应该能赶回来。”吴排长接着说，“二排已经到了，你们的马和自行车都带回来了，我们现在要回部队，如果有什么事情，可以直接到同德围找江团长。”

“好的。”张冰冰说，“请你转告江团长，让他放心，只要庄严带药回来，李卓越就不会有啥问题。刚才军管会联合工作组的首长也说了，他们有车，实在不行可以直接送他去广州治疗。”

吴排长他们走后，张冰冰告诉郑剑，李卓越病成这样，庄严也不在，这种时候，一定要做好警戒工作，万不可大意。

“放心吧，我会站好岗的！”郑剑说着，拍了拍衣服下摆，小声说：“庄严给的两颗手雷我一直都带在身上。”

吃过晚饭后，圆月又过来了，她用陶罐提来了鸽子汤。

张镇天养的鸽子都是信鸽，有几只专门传递情报，另外几只正在抓紧训练。他视这些鸽子是他的千里眼、顺风耳，是他的得力干将。圆月回到家，说要杀一只鸽子给李卓越炖汤，这简直就是要他的命。但他最后还是拗不过女儿圆月，答应让管家去选一只宰了，交给厨娘帮圆月炖汤。汤炖好后，厨娘用陶罐盛了，交给管家，由管家亲自交到了圆月手里。

圆月高高兴兴地提着陶罐走了。张镇天问管家，是不是真的杀了一只鸽子。管家说："老爷，您放心，我可没那么傻，我只是杀了一只小公鸡。"

外面响起了轰隆隆的雷声，又要下雨的样子，这让张镇天想到了天水计划。"真没想到，姓李的竟然带着三个细佬从燕子窝跑了出来，我真是棋漏一招，没有在山里埋一支伏兵解决了他们！"张镇天忧心忡忡，对管家说，"弄不好这姓李的就是一个后患。"

想到女儿圆月，整个心思都在李卓越身上，张镇天就有些心烦意乱。心说，真是女大不中留啊。哪天真要是听从皇太子的指令，把李卓越解决了，女儿还指不定有多伤心呢，万一女儿知道是自己除掉了李卓越，很可能会落得个父女反目成仇。

圆月亲自喂李卓越喝下一小碗汤。张冰冰听到外面雷声滚滚，马上要下雨的样子，劝她趁着还没有下雨，早点回去。圆月说她没打算回去，想留在这里陪李卓越。

"圆月老师，谢谢你！"张冰冰说，"我会照顾好卓越同志的，你明天还是上课，还是早点回去休息吧。"

"你不喜欢我在这里是吗？"

"我不是这意思，我只是怕你太累了。"

"我没事！"

外面噼里啪啦地下起雨来。圆月喃喃说道："不知道庄严到了广州没有，明天能不能及时赶回来？"

3

庄严在回广州的途中迷路了，到了晚上才冒着倾盆大雨找到警备区医院。他在医院门前纵身跳下马，向门口冲去。

“哎、哎，同志，你……”门岗想阻拦他。

“我有急事，一会再跟你说，看好我的马！”庄严说着，不顾门岗阻拦，冲进了院子，找到医院值班室。

值班室关着门，庄严用力敲着门大声喊医生，说要看病。一位中年女医生打开门，打量了一下全身湿淋淋的庄严，说：“进来吧！”

庄严走进值班室，这时候他才感到自己又累又饿，他一屁股坐在椅子上，看到湿淋林的衣服把椅子也弄湿了，就又站了起来。

“你坐吧，坐下来说，”医生说，“你是怎么回事？下这么大雨还跑来看病，不病也会淋出病来啊，你是哪个部队的？”

“我是龙溪征粮工作队的，”庄严说，“我不是来看病的，我是来买药。”庄严说着，从口袋里掏出一张纸条递了过去，“医生，你看看吧，全写在上面了。”

纸条已经被雨淋湿，医生小心翼翼地打开一看，是要买非常紧缺的奎宁和青霉素。她盯着庄严，问：“你这药是给什么人用的？”

“我战友，他现在有生命危险，今天晚上我必须把药买回去，否则他非常危险！”

“他得的什么病，你知道吗？”

“我不清楚，但我知道，只有这些药能救他的命！”

“小同志，你回去吧，这药你恐怕买不到！”医生说着，把纸条还给了庄严。

“怎么会买不到呢？”

“这是进口药，非常稀缺，除非有特殊情况，一般不会外卖！”

“医生，我们那都要死人了，这应该算特殊情况吧？你就帮帮我吧！”

“小同志，我帮不了你，这药需要院长同意才能外卖，我没有这个权力，”医生接着说，“要不这样，你明天再来，我找院长说说，看能不能卖给你。”

“明天不行啊医生，等到明天，老李会死的。我求求你了，医生，你就帮帮我吧！”庄严眼泪都下来了，他接着说，“我长这么大，从没给人跪过，今天我跪下求你了。”说着，他“扑通”一声跪在了医生面前，泪水哗哗地流着，恳求说，“医生，我求你帮帮我吧，要不老李真的会死的！”

“我说你这孩子，你这是干吗呀，快起来！”医生说着，走上前要扶庄严起来。

庄严身子一偏，躲开医生伸过来的手，执拗地说：“我不起来，除非你答应帮我！”

医生也有些着急，说：“你怎么就这么倔啊，我都跟你说了，这事必须要征得院长同意，我没办法帮你。”

“这么说，你是不会答应我？”庄严盯着医生问。

“我没这个权力！”医生也有些生气。

“为了救战友命，我都给你跪下了，你要再拒绝我，那就别怪我不客气！”

医生心里一惊，说：“你想怎么样？”

庄严没有说话，“噌”地一下站了起来，从腰间掏出了手枪，对准了医生，说：“给个痛快的，你到底卖不卖药给我？”

“胡闹！”医生手掌往桌子上用力一拍，也站了起来，“你这哪是解放军战士，简直就是土匪！”

“你答应我！否则，我毙了你！”庄严即紧张又恼怒。

医生并没有慌乱，她脸色一沉，说：“不答应，有种你就开枪，我也是长征路上过来的，怕你这小兵蛋子不成？”

“你别逼我！”庄严举着枪，因为紧张，他全身都在发抖。

“来人啊！”医生突然大声喊道。

很快，几名值班的警卫人员冲了进来，把庄严的枪下掉，强行将他带走了。

离开医生值班室的那一刻，庄严表情痛苦而绝望。“医生，没有这药，老李真的会死的啊！”庄严哭着说，“冰冰姐，都怪我没用，买不了药回去！”

当晚，庄严被关在医院警卫室，保卫科长亲自审问了他。庄严说，我是龙溪征粮队的，叫庄严，因为战友有生命危险，急需这些药救命，医生却不卖给我，我心里着急，一时犯冲动了。

持枪威胁医生，问题非常严重。第二天上班后，医院保卫科决定将庄严交给军务部门调查处理。

庄严被几名战士押到一辆敞篷车上，他极力挣扎着。“我叫庄严，是龙溪征粮队的，我是来买药救战友命的啊！”庄严大声说，“求你们和医生、首长说说，快点带药去龙溪，晚了我战友就没命了啊！”

说来也巧，这一幕被前来看腿痛的庄司令看到了。他找到医院副院长，自己的爱人，也就是昨晚接待庄严的值班医生。问清了事情的原委。

“也不看看我是谁，长征路上都死过好几回了，还怕他威胁？”

“你是谁啊，你是他……”庄司令差一点说出，你是他妈，话到嘴边，忙改口说，“你是他的克星！”

庄司令接着说：“这小子刚才被押上车，还在喊是来买药救战友命的，一定是龙溪那边出事了，你马上照着药方，把药品准备好，然后带个医生立即去龙溪救人！”

“这么说，既然是特殊情况，那小战士就不要处理了，让他跟我一起走吧？”

“这小子无法无天，必须要关，要严肃处理！”庄司令说，“你别管这些了，赶紧去龙溪救人吧！”

“我说老庄，那小战士也怪可怜的，别处理太重！”

“你怎么像他妈似的！”庄司令这话，并没有引起爱人多想，她只当是一句玩笑。直到她带着医生赶到龙溪救治李卓越，听张冰冰说昨晚去买药的战士叫庄严，并告诉她庄严是怎么来到征粮队的。她这才知道昨天拿枪威胁自己的，竟然是儿子庄严。她这才想到老庄说的“你怎么像他妈似的”，明明就是在暗示她。

没想到多年不见，自己和儿子竟然如此尴尬地相遇。她恨自己怎么就没有认出儿子，现在想起来，才发现儿子长得很像他父亲。想到这里，她难过得泪水禁不住在眼眶里打转。

她决定回到广州后，第一时间就告诉老庄，她要见儿子，告诉儿子真相，免得儿子心里还记挂着自己的亲生父母。然而，等她回到广州后，庄严却已经离开广州，回了龙溪。母子二人错失了见面的机会。

4

庄严被关到了警备区禁闭室。庄司令指示，必须按纪律要求给予庄严处分，同时他让洪秘书出面，弄几个菜，招待一下庄严，然后让他仍回龙溪。庄司令与洪秘书约法三章：一是不能让庄严知道这饭是他安排的，告诉他这是组织上对他的关怀；二是不能告诉庄严自己就是他的父亲；三是不能告诉爱人，庄严是他们的儿子。

庄严望着洪秘书带来的饭菜，说：“真香啊，可惜没胃口，吃不下。”

“怎么啦？”洪秘书问。

“不知道老李啥情况，没有药怕是支撑不住啊！”庄严说，“想到老李有生命危险，心里就堵得慌，吃不下饭！”

“你放心好了，医院已经安排医生带着药去龙溪救人了，”洪秘书说，“就是昨晚你拿枪要挟的那个医生！”

“那我真该好好感谢她！”庄严说，“昨晚我确实太冲动了！”

“你一辈子都应该感谢她！”洪秘书说。

庄严已经两天两夜没吃东西了。听说医生赶往龙溪救治李卓越了，才放心下来，于是大口吃起饭来。“真香！”庄严问洪秘书，“有酒吗？”

“不能喝酒，这是有规定的！”

“不是我喝，我是想给老李带回去，叫什么酒来？”庄严想了一下，说，“想起来了，美国威士忌，不锈钢瓶的。”

“还美国威士忌？”洪秘书说，“难！”

“你和司令说说，保证给，”庄严说，“以前都是司令送给老李的。”

“好吧，我答应你。”趁着庄严吃饭，洪秘书起身离开禁闭室，找到庄司令，说庄严想给李卓越带两瓶美国威士忌，还说只要找你要保证会给。

“这俩小子，功劳不大，毛病还不少，”庄司令接着说，“给他弄两瓶吧。”

洪秘书拿着酒回到禁闭室，庄严已经吃完饭。庄严接过两瓶酒看了看，高兴地说：“没错，就这种酒，谢谢你，洪参谋！”

“要谢就谢司令员，是司令员送的。”洪秘书接着告诉庄严，一切手续已经办理好了，他可以回龙溪了。

洪秘书送庄严出大院，在路过办公室时，抬头往楼上看了一眼，就发现司令员正站在窗前望着他们。他拉了庄严一把，说：“庄严，你抬头看看楼上，第三个窗户。”

庄严抬头一看，发现第三个窗户前站着一位首长，好像在望着他们，就问洪秘书：“那是哪位首长啊？”

“我们警备区庄司令员啊！”洪秘书说。

庄严听了有些慌乱，说：“不行，我得赶紧走，要是司令员知道我大闹医院的事，那可不得了！”说着，他翻身上马。

“你怕什么呀？司令员是你……”洪秘书想到庄司令的叮嘱，话到嘴边还是忍住了。

“洪参谋，我回龙溪了，再见！”庄严先是去了同德围，他心里记挂着李卓越，在同德围没有停留，找吴排长换回李卓越的马，就立即赶回了龙溪。

庄严回到镇政府，首先来到李卓越的房间。李卓越在输液，张冰冰在旁边守着。张冰冰告诉庄严，从广州来的两位医生已经回去了，留下了足量的药。李卓越转头看了看庄严，说：“你现在本事可真够大啊，还敢拿枪威胁你……”他差点说出“威胁你妈”，赶紧改口说，“你太不像话了！”

“要不是这么一闹，医院会派医生来吗？”庄严有些得意地说。

“你还有理了？”李卓越说。

“那是！”庄严说，“组织上还专门安排我吃饭了呢。”庄严接着又说，“老李你看我给你带什么来了？”说着，他从包里拿出两瓶威士忌。

“威士忌！”李卓越说，“谁给的？”

“还能谁？”庄严说，“我让洪参谋找司令员要的，我对他说只要找司令员要，保证给，他还不信，结果不但给了，还给了两瓶！”

“你那顿饭也是司令员请的！”李卓越说。

“不会吧？”庄严一下睁大了眼睛。

“还有啊，你拿枪威胁的那个医生也说了，她和你的事都是上天安排的，她说不怪你！”

“我当时确实太冲动了，等哪天回广州，一定要去给她当面道歉。”

“你是应该去见见她！”李卓越说。

“我知道了。”庄严接着把张冰冰喊到外面，告诉她，刚才回来时，看到张龙钧和那个货郎在张洪贵的杂货铺前嘀嘀咕咕的，不知道说什么，看到他骑马过来，神情有些不对。庄严说，冰冰姐，要不要把这个情况告诉老李？张冰冰说，他身体还很虚弱，需要继续治疗和休养，就先不要告诉他了。

5

张冰冰决定单独行动，揭开张龙钧这个谜底。

李卓越始终不放心水库大坝，种种迹象表明，敌人的天水计划极可能就是在水库上做手脚，搞破坏。随着雨季来临，水库蓄水量急增。李卓越也越发担心起来。可是他的身体却仍虚弱不堪，而且在这个紧要关头，军管会因为接到举报又着手调查他。他的工作被迫停了下来。

李卓越每天坚持收听天气预报，这天早晨的天气预报说，广州地区近日又有强降雨。于是他让庄严和郑剑到水库大坝，向守坝的警备区一团特务连三排了解一下情况，提醒他们严防敌人趁强降雨天气破坏水库大坝。“你们路上一定要注意安全！”李卓越叮嘱两人。

庄严和郑剑走后，张冰冰把煎好的中药端了过来，让李卓越服下。紧接着圆月来了，她是专门来给李卓越送鸡汤的。她对张冰冰说，李卓越身子太虚弱，她专门用中药材炖了鸡汤，给李卓越补补营养。张冰冰请圆月照顾一下李卓越，她说要去看看香嫂，说她昨天路过香嫂家，顺便进去坐了会，香嫂告诉她，这几天总是头晕、燥热、出虚汗，晚上睡不好。她给香嫂开了方子，让她去抓药了，她要去看看香嫂好点没有。

圆月小声说：“你不怕我把他给吃了？”

张冰冰揶揄说：“行啊，不过，你得先给他喝了鸡汤，要不，食之无味！”

圆月忍不住笑了，说：“那就再养段时间吃。”

张冰冰说：“不开玩笑了，我去去就来！”

张冰冰来到香嫂家时，香嫂正准备出门。她说服了药已经好多了，要去香坊。香嫂告诉张冰冰，龙钧在香坊替她干活了，政府那么多工作，她要赶紧过去，让龙钧去政府。

“那我和你一起过香坊吧，”张冰冰说，“我正好有事要找张镇长谈呢！”

两人到了香坊门前，张冰冰突然听到香坊里有“滴滴”的发报声，她脸色一变，停住了脚步。

“冰冰，你怎么不走了？”香嫂问。

“香嫂，你听听，香坊里的声音是不是有些怪？”

香嫂仔细听了一下，说：“糟了，一定是打粉机坏了！”她说着，快走几步进了屋，张冰冰也跟着走了进来。

桌子上的电台还在“嘀嘀”响着，旁边放着一张电文纸和一本《少年维特之烦恼》。张龙钧站了起来，望着张冰冰和香嫂，有些震惊，说：“姐，你们……”

香嫂指着桌子上的电台，说：“龙钧，这是什么东西，唧唧直叫，我还以为打粉机坏了呢！”

“姐，这是收音机！”

“收音机？”香嫂有些疑惑，转过脸问张冰冰，“冰冰，你一定见过吧？”

“香嫂，这不是收音机，是电台！”张冰冰小声说。

“电台是啥？干什么用的？”香嫂问。

“用这个电台，可以和台湾的国民党特务联络，”张冰冰说，“香嫂，张镇长是个特务。”

“啥叫特务？”

“就是土匪，反动派，是我们的敌人！”

香嫂大惊，脸色都变了，她望着张龙钧，说：“龙钧，你……”

“姐，看把你紧张的，冰冰同志跟你开玩笑呢！”张龙钧故作轻松，笑着说，“我怎么会是特务呢！”

“张镇长，你就别演戏了！”张冰冰说着，冲上前，要抢桌子上的电文纸。张龙钧立即回身阻止，两人争夺起来。张龙钧突然掏出枪，用枪口指着张冰冰的额头，恶狠狠地说：“张冰冰，你今天是有备而来啊，这就别怪我不客气了！”

“龙钧，你要干什么？”香嫂从惊骇中醒来，她猛扑上去，推开张龙钧握枪的手臂。枪响了，子弹打在了土墙上。

香嫂紧紧抱着张龙钧握枪的手臂，回头大声对张冰冰喊道：“冰冰，快跑啊！”

张冰冰跌跌撞撞地往外跑。

“姐，你放开我！”

张龙钧用力挣脱了香嫂，往外追张冰冰。香嫂又扑了上去，拉住了他的左胳膊，大声说："龙钧，把枪放下！"

张龙钧一咬牙，一闭眼，抬起右手，冲着香嫂的头部连开两枪。

"龙钧……"香嫂一脸惊恐，她身子晃了晃，松开了抓着张龙钧的双手，重重地摔倒在了地上。

张龙钧看了香嫂一眼，心想这都是张冰冰害的，自己身份既然暴露了，就更不能放过张冰冰。他提着枪跑出来追杀张冰冰。

张冰冰听到香坊里传来枪声，停住了脚步，她转过头，就发现张龙钧脸上和衣服上沾满了血迹，面目狰狞地追了出来。

"张冰冰，今天你死定了！"张龙钧举起了枪。就在这千钧一发之际，小赵和一位蒙面人从张龙钧背后的一条巷子口冲了出来，两人几乎同时开枪。张龙钧身中数枪，他晃动着身子转过身，发现了小赵，就在要倒下的那一刻，他手臂抖动着扣动了扳机，子弹毫无方向地打在了距他不远的土墙上，接着他一头栽倒在地。

这一幕，被循着枪声赶来的李卓越和圆月看了个正着。

李卓越听到枪声，说一定是张冰冰出事了，他挣扎着要下床。圆月说冰冰去香嫂家了，能出什么事？你身体这样子怎么能出去？要不我出去看看到底怎么回事。李卓越说错不了，一定是张冰冰出事了！他从枕头下面拿起两支驳壳枪，挣扎着下了床，踉踉跄跄的往龙溪大街跑来，圆月紧跟其后，一路追来。他们赶到现场时，小赵和蒙面人正转身离去。

李卓越迎上前，张冰冰扑在他怀里，紧紧抱着他。李卓越用右手轻轻拍打着张冰冰的后背，安慰她，说没事了，别怕。

圆月看了看趴在地上的张龙钧，又望了一眼快步离去的小赵和蒙面人。心里不觉一怔。从蒙面人的背影和走路的姿势，她断定是校长马三尺，绝对错不了！

第十四章

1

看到李卓越和张冰冰紧紧拥抱在一起，圆月的心里很不舒服。她说：“冰冰，你没事就好，刚才可把我吓死了！”

听到圆月说话，李卓越和张冰冰忙松开手，张冰冰望着她，说：“谢谢你，圆月老师！”

“卓越，冰冰，我先回学校了。”圆月说罢，往学校方向走去。

“我们也回吧。”李卓越对张冰冰说。

两人回到镇政府，来到李卓越的房间。李卓越批评张冰冰胆子太大，简直就是乱来。说要不是我暗中派小赵盯着张龙钧，今天你的小命可能就没了！

张冰冰嘟囔道：“不就是想帮你嘛，好心没好报。”

“行了，我知道了，”李卓越说，“以后绝对不能再冒险！”

门外响起了敲门声。李卓越起身开门，小赵站在门口。李卓越说，现在张龙钧除掉了，你也不必再躲藏，回政府暂时把工作抓起来。还有，你立即转告“夜莺”同志，他已经引起了敌人的注意，恐怕有危险，让他务必小心！

小赵说，我知道，但这次张龙钧特务事件，对我们政府形象损害太大了，我听说你们工作队解散了，我有个请求，工作队能不能晚走几天。接着他说了请求李卓越等人晚走的理由。李卓越笑着说，我同意你的请求，今后有什么事需要帮忙，你尽管开口，我们全力支持你的工作！

“谢谢你！卓越同志！”小赵说，“我去找几个民兵，把香嫂和张龙钧埋葬了。”

李卓越送走小赵，回到房间，看到张冰冰在哭泣，有些不解，就问她：“你这是怎么啦？”

张冰冰擦了一把眼泪，说：“我在想香嫂，都怪我，不该让香嫂陪我去香坊。”

李卓越感叹道：“香嫂是个热心肠的好人，真没想到，张龙钧会丧心病狂到连亲姐姐也不放过的地步！”

李卓越想到了去水库大坝的庄严和郑剑，天色已经完全黑下来了，两个人怎么还没有回来呢，他担心地说，他们不会也遇到麻烦了吧？

一直到了晚上十一点多，庄严和郑剑才赶回来。他们告诉李卓越，天快黑的时候，有上百号土匪袭击防守大坝的三排，他们参与了战斗，敌人被打退了。

“大坝呢，有没有问题？”李卓越急切地问。

“大坝倒没问题，只是两个巡逻的哨兵牺牲了。”

庄严告诉李卓越，刚才在回来的路上，他们又遇到了土匪，估计就是被打散退下来的那股土匪。庄严说他丢了几颗手雷，还趁乱扫了几梭子，应该又解决了不少土匪。

“我干得够漂亮吧？”庄严有些得意。

“你小子，又翘尾巴！”李卓越接着喃喃说道，“怪事，这些残匪从来都是缩头藏尾，从不敢和我们正规部队交火，这次他们吃豹子胆了？”他突然想到了什么，“我得听听天气预报！”李卓越说着找出收音机，然后对张冰冰、庄严和郑剑说，“不早了，你们去休息吧！”

天气预报说，未来几天都是持续强降雨天气。另外，李卓越还在晚间新闻节目中，听到了他父亲回到广州的消息。新闻说，他父亲李家儒和其他几位美国的爱国华侨从海外采购了二十万吨粮食，亲自押运到了国内，很好地解决了广州的粮荒问题。

听到这个消息，李卓越有些激动。抗日战争爆发后，他不顾母亲反对，毅然回国，这一别，就是十来年。他想，如果有机会，这次尽量和父亲见个面。

张镇天和李卓越一样，也时刻关注天气状况，坚持收听天气预报。他听到未来几天全是强降雨天气，兴奋地说："天助我也，大功必成啊！"

张龙钧出事后，张镇天有一种兔死狐悲的悲凉感觉。那个与小赵一起出现的蒙面人，也让他吃惊不小，没想到在龙溪，除了一个明处的李卓越难以对付，共党还在暗处布下了高人。他想，一定要把这个人查出来，否则当他与李卓越暗合一处，就会有大麻烦。

女儿圆月无意中和他提到，蒙面人很像龙溪小学的校长马三尺。对于马三尺，他早就有所怀疑，也暗中派人盯着，却没有发现任何异常。他想，这个姓马的手段看来实在高明，但是他相信，就算是老虎也有打盹的时候，他就不信，姓马的不会露一点马脚！

为了顺利推进天水计划，这一晚，张镇天让管家组织起周边几个村庄的上百号土匪，趁着夜色袭击守水库大坝的解放军，他意不在取胜，而是制造志在破坏水库大坝的假象，进一步迷惑解放军。

从后院传来了玉玲珑委婉的唱词："身如柳絮随风摆，历劫沧桑无了赖。鸳鸯扣，宜结不宜解……"张镇天又是好久没有唱戏了，他忍不住随着玉玲珑的声音，轻声哼唱起来。

圆月走了进来。圆月说睡不着，心里很是苦闷，想和张镇天聊会。她刚坐下，就听到收音机里播报李卓越的父亲李家儒和多名爱国华侨捐赠粮食、回到广州的消息。

"李伯伯回到广州了！"她惊喜地说。

"谁？"张镇天问。

"李家儒，李伯伯，李卓越的父亲。"圆月兴奋地说。

她决定第二天就去广州见李家儒。张镇天建议她去找李卓越，最好两个人一起去广州见李家儒。圆月摇了摇头，说："不，我要一个人悄悄去，把李伯伯请来，给他一个惊喜！”

2

雨是从后半夜开始下的，哗哗啦啦的大雨一刻也没有停歇。李卓越不放心水库大坝，天还没亮，他就冒着雨，骑马赶到了水库，找到三排排长，两人一起查看了水库大坝以及周边的地势与环境。研究如何进一步加强警戒，做好水库大坝的防守工作，以免敌人乘机破坏。

“这次敌人袭击你们，事出反常，”李卓越对三排长说，“大坝一旦遭到破坏，后果不堪设想，务必加强警戒。”

“放心吧，”三排长说，“绝不会让敌人阴谋得逞。”

李卓越从水库大坝赶回龙溪镇政府时，雨小了很多，他看到大门口停着一辆部队的吉普车，心想，冒着雨赶来龙溪，可能有急事吧，难道是军管会工作组又下来调查自己？还是有新的指示？

他牵着马走进院子，郑剑迎出来，说：“老李，警备区政治部首长来了，是要找你，张冰冰和庄严去水库大坝找你了，你没遇到他们吗？”

“我抄小路来的，没遇到。”李卓越说。

“首长在二楼会议室等你了。”郑剑说。

李卓越忙来到二楼会议室，他推门一看，来人是警备区政治部夏副主任。他原来是纵队政治部副主任，和庄司令一起转到警备区工作。因此，两人算得上老熟人。

李卓越快步走上前，双腿并拢，行一个标准的军礼：“首长好！”

“好久没见你了，怎么样，还好吧？”夏副主任说。

夏副主任专门来龙溪，一是通知李卓越，军管会正式撤销对他的调查。经过一段时间调查，尤其是张龙钧特务事件发生后，证明举报材料是张龙钧造假、陷害他；二是警备区党委决定任命李卓越担任警备一团参谋长！

“这也太突然了，”李卓越说，“听着怎么不像真的！”

“怎么不是真的，”夏副主任说，“这是破格使用！”他告诉李卓越，临来之前，司令员专门找他谈话了。司令员对他说，李卓越同志尽管浑身都是毛病，但在作战指挥上还是有一套的。目前，一团正肩负龙溪地区剿匪任务，你呢，刚好熟悉这里的情况，所以把你放在团参谋长这个岗位上也算人尽其才，希望你不要辜负上级领导对你的信任！

“还有一个好消息，要告诉你，”夏副主任笑着对李卓越说，“你父亲回国了，现在就在广州等着你团圆，你去准备准备，一会坐我的车回广州！”

“昨天晚上，我从收音机里听到我父亲回国的消息了。”

“原来你小子早知道了，那为什么不回广州和父亲见面？”

“首长，我这不是忙嘛！”

“这是理由吗？你个浑小子，你知道吗？你父亲一回国就打听你的下落，市长指示，一定要把你找到，让你父子早日团聚。”

“首长，我现在回广州怕不行……”

“少废话，执行命令！”

李卓越临走之前告诉郑剑，等张冰冰和庄严回来，告诉他们，他去广州很快就会回来，在他回来之前，他们几个人哪也别去，就老老实实地待在镇政府。

汽车离开镇政府没多远，遇上了张冰冰和庄严。汽车从两人身边疾驰而过，他们调转马头看到李卓越坐在车上，李卓越也看到了他们，冲两人大声喊道：“我去广州，过两天就回来！”

然而，离得太远，张冰冰和庄严根本听不清李卓越到底说什么。

“李卓越，你去哪儿？”张冰冰大声喊着，打马追了上去。然而，车速太快了，汽车越来越远，张冰冰只好勒住了马，转头往回走。

“冰冰姐，我刚才看到车里坐着警备区政治部夏副主任。”

“你怎么知道？”

“我上次大闹医院，夏副主任找我谈过话。”接着，庄严又说，“老李准是出事了！”

“不行，我得追上去，”张冰冰说，“我一定要跟首长谈谈我的看法！”

“我和你一起去，”庄严说，“我们走小路也许能堵住他们！”

两人调转马头，沿着小路一路追去，然而，还是慢了一步，等他们穿过小路追到大路上时，吉普车已经在他们的前方，很快就消失在了盘山路上。

张冰冰和庄严心情沮丧，回到了镇政府，郑剑告诉他们，李卓越已经被任命为一团参谋长，他这次回广州，是与父亲团聚。他父亲和几位爱国华侨为广州捐了二十万吨粮食。

接着，郑剑从口袋里掏出一封信，递给张冰冰，说：“这是老李让我转交给你的！他还让我转告你俩，在他回来之前，让我们哪也别去。”

“那我们就按他说的，等他回来吧！”张冰冰说。

郑剑沉吟少许，说：“刚刚马校长来了，说圆月老师请假去广州了，让我过去替她代两天课，你看能行吗？”

“圆月老师也去广州了？”张冰冰问。

“是啊，听马校长说是去看望老李的父亲。”郑剑说。

“她怎么知道的？”张冰冰有些疑惑。

“也许是老李告诉她的吧？”郑剑说。

“不可能，老李天不亮就去了水库大坝，怎么可能告诉她？”庄严反驳说。

“不要想这些了，”张冰冰说，“郑剑，你去学校吧！”

郑剑离开后，庄严看了张冰冰一眼，小声说：“冰冰姐，你可要小心了，这圆月老师跑到广州，不可能只是为了见老李的父亲！”

“别胡说！”张冰冰说。

“谁在胡说啊？”张镇天笑呵呵地说着，从门外走进了院子。

“天叔，您怎么来了？”张冰冰忙上前打招呼。

“过来看看你们，”张镇天笑着说，“怎么，不欢迎啊？”

“哪里，哪里，您啊，我们请都请不来呢！”张冰冰也笑着说。

小赵听到张镇天的声音，也从二楼办公室走了下来，迎接张镇天。

“没打扰你们工作吧？”张镇天客气道。

小赵忙说："不会，不会，我还想找个时间去拜访您呢，今后很多工作还要请您多些支持。"

"应该的，应该的，以前我跟龙钧也表过态，一定会支持政府，"张镇天说到这里，摇了摇头，叹息一声，"只是没想到他竟然……真是知人知面不知心啊，同为龙溪人，还是一个大家族，实在汗颜！"

小赵请张镇天到他办公室坐，同时对张冰冰说，天叔难得来一次，您也一起到我办公室和天叔聊聊吧。

三个人到了办公室，落座后，张镇天对张冰冰说，听说李卓越同志回广州见他父亲了，他父亲这种爱国壮举实在令人敬佩。小女圆月在美国读书时，多蒙家儒先生关照。昨天晚上她从收音机里听到家儒先生回国了，就在广州，别提有多高兴了，当时就决定要去广州见她李伯伯。说到这里，他看了一眼张冰冰，说我这女儿太任性了，这段时间没有给你们添乱吧！

张冰冰忙说："天叔客气了，圆月老师帮了我们很多忙，尤其李卓越生病这段日子，多亏她细心照顾！"

"没添乱就好！"张镇天转头望着小赵，说小赵镇长，最近工作很忙吧，有什么需要帮忙，尽管开口。

"谢谢天叔！"小赵说，"最近主要是忙土地改革方面的工作，再就是雨季来了，也要做好抗洪工作。土改政策个别群众不理解，天叔，您是见过大世面的人，这方面还希望您多支持！"

"放心，今后有什么需要帮忙，尽管说，敝人一定效犬马之劳！"张镇天说罢，站起身说，"你们忙吧，我就不打扰了！记得，需要帮忙，尽管开口！"

"好的，天叔，以后少不了麻烦您！"小赵客气道。

送走张镇天，张冰冰回到自己房间，掏出了李卓越给她留下的信，看了起来——

冰冰：

我去广州了，我父亲昨天回国，根据首长指示，我必须要赶去见他。本想等你和庄严回来再走，但首长不同意，说下午一定要赶到广州，所以我只好先行一步了。我走后，你们要注意安全，最好不要外出，一切等我回来再说！切记！

冰冰，我现在才知道，人生拥有知己，是多么幸福，时间也会变得如此迅疾！我很快就回来，等我！

李卓越

张冰冰读着信，心里荡漾起一种甜蜜和幸福，她小心翼翼地把信收了起来，放进随身带的挎包里。

李卓越现在是不是和他父亲在一起呢？她接着想到，他父亲在美国的事业那么成功，又只有李卓越一个孩子，会不会坚持要他跟着去美国？想到这个问题，她不禁有些黯然神伤。

3

夏副主任直接把李卓越送到了他父亲下榻的宾馆。当他站在父亲面前时，他巨大的变化令父亲为之一惊，在父亲的印象中，儿子是多么的聪明和帅气，可是，现在站在他面前的儿子，却土里土气，甚至有些呆头呆脑，与乡下人没啥两样。打心里说，他是有些心疼儿子，这也更坚定了他要带李卓越回美国的决心。

“爸，我妈还好吧？”

李卓越的问话让李家儒回过神来，他神情黯然，说：“你妈她过世了。”

父亲告诉他，自从他回国后，母亲就一直为他担忧，经常悄然落泪，没有一天开心过，最后忧思成疾……

李卓越愣在原地，泪水哗哗地流下来。父亲看到他痛苦难抑，倒是劝解起他来，提出让李卓越陪他到文明路的老家附近走走。

黄昏时分，父子两人来到文明路附近的一家肠粉店，点了两份肠粉。李家儒感慨地说，岁月不饶人啊，二十一年前，我们一家来这家店吃过肠粉。转眼，你已经差不多到了而立之年了。俗话说，男大当婚，女大当嫁，你就没考虑过终身大事？

李卓越笑着说：“爸，您想抱孙子了？”

“明知故问，”父亲说，“安娜不是也在龙溪吗？你怎么不带她一起来？”

“你说圆月啊，我跟她只是同学关系！”

李家儒有些惊讶，说：“安娜给我写信，说你们一直在热恋，怎么回事？”

“她什么时候给你写信了？”

“两个月前啊！”

李家儒说，自从你回国后，就没有你的消息，国内成天打仗，我总是为你担心，安娜回国前，来我们家里辞行，我就让她回国后想办法寻找你，有消息就赶紧写信告诉我。

李家儒接着说，你在国内的这些年，安娜没少过来照顾你妈妈，我和你妈都对安娜印象很好，你妈临走时还说，要你把安娜娶过门，我们从心里早就认可这个儿媳了。

李卓越一听急了：“爸，我刚才说了，我和她只是同学！”

“你什么意思？”李家儒有些生气。

李卓越忙凑上前，小声说：“爸，要不我陪您去珠江边走走，散散心吧！”

“也好！”李家儒说，“我还有一件重要的事情也要跟你谈！”

父子两人来到珠江边，父亲告诉李卓越，他这次回来，除了护送粮食，还有一个心愿，就是要带他一起回美国。“这也是你妈妈的心愿！”李家儒强调。

李家儒告诉李卓越，这件事他已经跟市长谈过，市长同意了，并且跟司令员打过招呼，只要他同意脱下军装，就可以跟自己一起回美国。

“爸，你这也太心急了吧？”李卓越说，“我现在正在执行任务呢，哪能随便走啊！”

“市长、司令员不知道你在执行任务吗？”父亲质问道。

“人家那是碍于你的面子，”李卓越说，“反正我不走，要走也要等全国彻底解放了再说！”

“不走也得走，这事没得商量！”父亲说，“你明天就去警备区把手续办了！”

“爸，你听我说，我确实不能走，部队正在执行剿匪任务，那里的情况只有我熟悉，如果我离开了，我的许多战友会白白牺牲在敌人的枪口下，你说，我能忍心吗？”

“缺了你一个部队就不能打胜仗了？”父亲铁青着脸说，“我只问你一句，到底走不走？”

“爸，你就别逼我了好不好，”李卓越说，“我现在不能走！”

“你……”父亲突然用手捂住胸口，慢慢倒了下去。

“爸，你怎么啦？”李卓越说着慌忙上前扶住父亲。

父亲大口大口地喘着气，说不出话来。李卓越赶紧拦下一辆三轮车，让车夫把父亲送到了警备区医院。

经过一番抢救，李家儒的病情有所缓解并趋于稳定。李卓越被带到了值班的李副院长的办公室。他认出李副院长原来就是赶到龙溪抢救他的医生，李副院长也认出了李卓越。

李卓越忙说，李副院长，上次我生病多亏您赶到龙溪救治，太感谢您了。李副院长忙说，应该做的，不必客气！接着，李副院长告诉李卓越，他父亲是急性心脏病，交代了注意事项后，李副院长又说，你父亲非常了不起，医院知道你父亲的真实身份后，立即向市委办进行汇报，市委办指示，一定要全力抢救！

李副院长沉吟了一下，问起了庄严的情况。她告诉李卓越，她就是庄严的妈妈。李卓越有些疑惑，说那您和司令员为什么不告诉庄严真相？李副院长说，老庄不同意，老庄说暂时不要告诉他，要让他在部队里好好磨炼磨炼，更有利于他成长。也请你保守这个秘密，否则老庄又要抱怨我。李卓越说，好的，我知道了。有机会我一定带庄严来看您。

李副院长说，我是很想见他，不过你看情况吧，总之，暂时还不能让他知道真相。李副院长接着说，你父亲这病，如果我没猜错的话，应该是受了什么刺激导致的，可怜天下父母心，趁这个机会，你就好好陪陪你父亲吧。

“谢谢阿姨，我知道了。”

李卓越回到病房，发现圆月竟然来了。

“你怎么找到这里来了？”

圆月看了一眼躺在病床上输液的李家儒，对李卓越说，我们外面去说吧，免得影响伯父休息。

两人来到医院走廊，圆月对李卓越说：“我是听广播知道李伯伯回广州的，决定来看望他。我到广州后打听了几家高级宾馆，才找到李伯伯住的地方。服务员告诉我，你们出去了，让我等一下。再后来服务员告诉我，说接到上面电话，李伯伯突发心脏病，被送到医院抢救，我就匆匆忙忙地赶了过来。”

李卓越有些过意不去，说：“圆月，谢谢你！赶这么远的路途来看望我父亲。”

“我这也是报恩，当初在美国，伯父伯母没少关照我，知道伯父在广州，再困难我也得来看看他吧？”

“圆月，你这么做，说真的，让我打心里感动，不过，我也跟你说过，我们俩是不可能……”

圆月打断了他的话，说：“我只是来看看伯父，根本没想到会碰上你。你没必要想得那么复杂。”

“你来广州，你爹知道吗？”

“知道啊，我爹还说要派人送我呢！怎么样，这下你放心了吧？”

李卓越沉吟片刻，说：“不早了，医院旁边就是一家招待所，我陪你去办理一下入住吧。”

“不用，我是来看望伯父的，待在病房就行。”圆月说罢，转身回了病房。

两人在病房待了一个晚上，却基本没有说话。

第二天早晨，又下起了大雨。李家儒的病情已经有很大程度的缓解。李卓越告诉父亲，他要去警备区开会，等开完会后，再来医院。接着，他又对圆月说，等雨小了，你早点回去吧。

“你去忙吧，不用管我，”圆月说，“我还想多陪陪伯父！”

4

李卓越冒雨赶到警备区作战室时，所有参会人员，包括庄司令都到了。会议研究了剿灭盘踞在凤凰山、牵鼻岭的残匪问题。庄司令指出：从现在的情况看，西江、北江大洪水已不可避免，全民抗洪救灾迫在眉睫，所以，十天内我们必须将盘踞在凤凰山、牵鼻岭的残匪彻底歼灭，确保龙溪水库大坝的安全！

庄司令话音刚毕，洪秘书走了进来。他走到司令员身边，低声说，龙溪来人找李卓越，说有急事！庄司令听了，说找李卓越你跟我说什么，让他出去见人！

洪秘书忙说：“卓越同志，刚才门岗打来电话，说龙溪来人了，有急事找你！”

李卓越随洪秘书走出作战室，就看到庄严急匆匆地向作战室走来。

“老李！”庄严快步走上前，说：“冰冰姐失踪了，你赶紧回去吧！”

“怎么回事？”李卓越急切地问。

“先不要问了，你还是赶紧回去吧，要不，冰冰姐就危险了！”

“等我一下。”李卓越回到作战室请假，庄司令一听，让洪秘书立即安排车辆送李卓越回龙溪。

大雨哗哗地下着，洪秘书带李卓越和庄严走出作战室，一辆吉普车已经停在了门口。李卓越告诉庄严，先去警备区医院，然后叮嘱他下雨天路滑，骑马一定要小心。

到了医院门口，李卓越让司机等一下，说一会就回来。然后对庄严说，跟我一起去医院！

庄严跟在李卓越后面，边走边说，老李，你叫我来医院干什么，闻到医院这股味道我就头疼。

“我让你见一个人！”

“见谁？”

“别问，见了就知道！”

两人来到位于走廊尽头的副院长办公室。李卓越上前敲开了门，李副院长发现是李卓越站在门口，忙说：“卓越同志，进来吧！”

“李院长，你看谁来了？”李卓越说着，把躲在门旁边的庄严拉了过来。

“庄严？”

“医生，是我！”庄严有些窘迫。

“李院长，我和庄严马上要回龙溪，我去跟我爸道个别。你们聊一会吧。”李卓越转过身，把嘴凑到庄严耳朵边，小声说：“傻小子，好好聊聊，机会难得！”说完，他就转身走了出去，顺手把门关上了。

庄严站在门旁，拘谨得不知如何是好。

“孩子，别站着，快坐下，坐下说。”因为突然见到了儿子，庄严母亲明显有些激动。

庄严小心地坐在了对面的圆凳上，说：“医生，上次的事我……实在对不起！”

“孩子，你没错，是我错了，请你原谅妈妈！”

庄严一怔，他抬头看着医生。

他母亲笑了一下，忙说：“你瞧我，一紧张话都说错了，我是说，你能原谅我吗？”

“医生，是我不懂事，我后来听说你带人去龙溪抢救老李了，我真的很感动！当时就想有机会一定要当面给您道歉！”

“我们不说以前的事了，来，孩子，喝口水吧。”

庄严接过水杯，说：“谢谢医生！”

“孩子，你什么时候从龙溪过来的？”

“昨天傍晚。”

“那你到现在也没吃没喝没睡觉？”

“嗯！”

他母亲眼圈一红，说：“你这孩子，怎么这么不爱惜自己？你等会，我马上给你弄点吃的来！”

“谢谢您，不用了，我不饿，再说，过几分钟我们就要走了，有吃的也来不及了。”

“怎么这么急着赶回去？”

“冰冰姐昨天失踪了，很危险，我是来叫老李快点赶回去救人！”

“我知道了，放心吧，孩子，误不了事，你在这等我一会，我去食堂给你找吃的。”

“医生，真的不用！”

“你这孩子，我很快就回来，你一定要在这等我！”

庄严母亲还没有回来，李卓越就赶过来了。

李卓越刚才去了病房，告诉父亲，他的一位战友失踪了，他必须立即赶回去。父亲并不相信，认为他这是找借口，不想跟自己回美国。

李卓越坐到父亲身边，着急地说，爸，我战友，就是警备区庄司令的儿子亲自从龙溪赶过来告诉我的，庄司令同意我立即回去救人，还安排了汽车送我回去，就在医院门口等着呢。

“真的？”

“真的！”

李家儒想了一下，说你回龙溪可以，但现在必须答应我一件事。

“什么事啊，爸您说吧！”

“我和你妈都很喜欢安娜，你要对她负责，”李家儒接着说，“你去外面把安娜叫进来，当着我的面，把这事定了！”

“爸，我心里有人了，早就有了！”李卓越着急地说。

李家儒一愣：“你怎么没跟我说，她是什么人？”

李卓越小声说：“爸爸，就是我失踪的战友，我现在赶着回去就是去救她啊！”

“没骗我？”

“爸，真的没骗您，我们经历过生死考验，建立了很深厚的感情，我不能没有她！”

“那她好端端的一个人怎么突然失踪了？”

“爸，现在一时跟您说不清楚，以后我再告诉您。她现在非常危险，我必须立即赶回去救她！”

“既然这样我答应你去，不过，有个条件，找到这个女孩，一定要带过来让爸见见。”

“行，没问题，我答应您！”李卓越说，“爸，您保重啊，我走了。”

李卓越走出病房，看到圆月坐在走廊的长椅上，就告诉她，张冰冰失踪了，他要立即回龙溪。他对圆月说，你也回去吧，我爸爸有医院照顾，不会有事的，你别留在这儿了。说完，不等圆月说话，他就急匆匆地到副院长办公室来找庄严。

李卓越发现李副院长不在，就问庄严：“副院长呢？”

“她刚出去，说是给我找吃的！”

李卓越掏出怀表看了一下时间，说：“我们没办法再等她了，留言吧！”

“已经留了，本来我就想去找你了。”

“那我们走。”

两人来到医院门口，李卓越叮嘱庄严，雨太大了，路上很滑，骑马要小心点！庄严边披雨衣边大声说：“知道啦！你快上车，我们赶紧走吧！”

他们刚离开医院，李副院长就提着饭盒追了出来。她看到庄严骑着马，在白茫茫的雨水中起伏前行。“庄严，庄严——”她大声喊道。然而，庄严并没有听到。她突然发疯般冲进了倾盆大雨中，边追边喊：“庄严——”突然一个踉跄，她重重地摔倒在雨水中，饭盒“当啷”一声摔出好远，饭菜洒了一地。她哭了，她擦一把脸上的眼泪和雨水，站了起来。眼前一片白茫茫的大雨，路上的雨水就像小河哗哗直流，已经看不到庄严的身影，她凄厉地大声喊道：“庄严，我的孩子！”

5

李卓越和庄严回到龙溪镇政府，小赵和郑剑立即来到了李卓越的房间。

“到底是什么情况？”李卓越问。

庄严说：“冰冰姐说你身体太虚弱了，要去河对面郎中家给你拿几副滋补的中药，她出去没多久，街上就响起了枪声，我立即追了出去，就见不到冰冰姐了。”

接着，小赵说：“据群众反映，昨天上午，一个蒙面人在跟踪货郎时被早已埋伏在镇上的匪特发现，他情急之下，击毙了货郎，与匪特交火。当时，张冰冰同志正好在现场，蒙面人怕伤着她，让她赶紧离开。冰冰同志逃进了小巷。此后，蒙面人边打边向祠堂撤退。匪特追至祠堂，见大门紧闭，以为蒙面人躲在里面，便踢开门对着里面一通乱射，结果把在祠堂修族谱的张发老太爷——天叔的父亲给打死了！”

“蒙面人应该是夜莺同志吧？”李卓越说。

小赵点了点头，接着说：“后来，庄严就告诉我张冰冰同志不见了。”

“镇子里你们都仔细找过了？”李卓越问。

小赵说：“出事后我们就已经挨家挨户去查了，没有任何发现，后来我又派民兵埋伏在各个路口，严密监视，到现在也没有发现可疑迹象！”

“怕只怕张冰冰会是第二个齐惠兰啊！”李卓越担心地说。

“老李，有一件事我觉得很奇怪，”郑剑说，“马三尺老师也不见了！昨天我在学校代课，他跟我说要去街上买烟叶。结果他去了没多久，街上就响枪了，他再也没有回来，直到今天我也没见到他的踪影。”

“老马其实……”小赵话没说完，就被李卓越打断了。李卓越说，马校长可能和这件事有直接关系。我看这样吧，小赵，你再带人挨家挨户去查一次，查仔细一点，既然张冰冰没有出镇子的迹象，那我们就把精力放在镇子里，无论如何也要把张冰冰找出来，决不能让齐惠兰的悲剧重演！

张冰冰的失踪，让李卓越想到了一个人——张镇天，七爷早就委婉地告诉过他张镇天的问题。李卓越想，在龙溪，除了张镇天能够一手遮天，再无他人。张冰冰的失踪，以及齐惠兰的失踪，很可能都与张镇天有关，他决定会一会张镇天。

李卓越当晚就去了张镇天家。他到了张镇天家大门口，告诉看门的家丁，麻烦你进去告诉天叔，李卓越前来拜访！家丁慌忙跑了进去，告诉了张镇天。

张镇天和管家正在客厅议事，听说李卓越来了，眉头一皱，说：“这夜深人静的，他来凑哪门子热闹？”

管家在旁边说：“老爷，依我说，干脆别理他，不见！”

张镇天摆了摆手。说：“不，要见！”他接着说，“深夜来访，此人必有所图，既然他来了，不妨先跟他演上一出！”

张镇天把自己的打算告诉了管家。让管家去招呼李卓越，他则起身去了设在后院的灵堂。

李卓越等了一会工夫，管家才出来。管家满脸客气，说：“我们家老太爷遭遇不测，老爷悲痛欲绝，一直在灵堂守灵，失礼之处，请李同志见谅。”

李卓越说：“您就别客气了，老太爷的事我也是刚刚听说，所以特地前来吊唁，天叔不便见面，我能理解。”

院子里和回廊上挂着一些白灯笼，上面贴着黑黑的“奠”字，里面点了白蜡烛。

李卓越随管家走到回廊处，突然从后院传来凄凉婉约的戏曲，是《梁山伯与祝英台》里面的唱段。

李卓越一愣，他问：“管家，这是天叔在唱吗？”

“是。”

“天叔不是在守灵吗？怎么唱起来了？”

“李同志您有所不知，老太爷明天就要出殡了，他生前最喜欢粤曲《梁山伯与祝英台》，我们家老爷是出了名的孝子，这最后一晚，他要为老太爷好好唱一曲。”

“哦，那我们一起过去看看？”

“好。”

管家陪李卓越来到设在后院的灵堂前。

张镇天站在张发的棺材旁，用手抚着棺材，凄凄惨惨地唱着粤曲。棺材前面，一个披麻戴孝的人跪在地上，烧着纸钱。

“李同志，要不，让我家老爷停一停，出来见见您？”

“算了，让他唱吧，别打扰他了。”

“那，要不让我家小姐出来陪您？”

“她不是在广州吗？”

“小姐也是刚刚回来。”

管家走到灵堂内，对跪在灵堂前哭泣的圆月说，李卓越来了。圆月心里一惊。她站起来，跑到李卓越面前，扑在李卓越的怀里，哭泣着说：“爷爷没啦，爷爷没啦！”

李卓越轻轻拍了拍她的肩膀，安慰她说：“圆月，节哀吧！”

“卓越，别离开我，别离开我好吗？”

“圆月，天不早了，我该回去了。你也别太伤心，注重身体！”李卓越说着，推开圆月，径自离去。

李卓越觉得张镇天的行为有点不合常理，他们家的氛围也给人一种诡异的感觉，他相信自己的直觉，虽然没有发现什么。

雨停了，空气潮湿而沉闷。李卓越回到镇政府，他心情沉重，手里拿着一瓶威士忌，坐在门前的台阶上，不时举起酒瓶，喝上一口。

庄严走了过来，坐在了他的身边，庄严说：“老李，你别难过了，明天我们再认真找找，我相信一定会找到冰冰姐！”

“现在不是难过的时候，这个时候必须保持清醒，不能自乱阵脚！”李卓越接着说，“你跑这来干吗，不站你的岗去！”

“郑剑刚和我换岗，我见你一个人坐在这里，就过来陪陪你！”

“那你跟我出去一趟！”

“去哪？”

“别问，到了你就知道了。”

李卓越带着庄严来到张镇天家的围墙外。天阴沉沉的，无星无月，天地间黑如浓墨，伸手不见五指。偶尔会有一道闪电，在瞬间照亮黑暗。两个人站在围墙下，竖着耳朵倾听了一会。李卓越小声说：“庄严，我要踩着你肩膀翻进去，你在外面等我。”

“好！”

庄严蹲下身子，李卓越小心地站到他的两个肩膀上，他一个起身，李卓越扒住墙头，翻身跳进了院子里。白灯笼在微风中轻轻摇曳，从后院隐约传来张镇天的唱声。李卓越躲在一棵大树后，伸出头张望了一下，院子里没有人。他蹑手蹑脚地进入了狭长幽暗的回廊，准备悄无声息地潜入后院。他刚走出几步，身后传来圆月的声音：“卓越，你是来找我吗？”

李卓越只好停步，转过身，有些尴尬地说：“圆月，这么晚，你怎么还不睡？”

“睡不着，我想爷爷，”圆月说，“我好孤单好害怕，你陪我一会好吗？”

“这……”李卓越有些为难。

这时候，两个家丁走了过来，问李卓越是怎么进来的。圆月有些生气，斥责道：“问什么问，他是我请来的客人，卓越，我们走！”圆月说着，挽起李卓越的手臂，转身离去。

圆月带李卓越来到她住的房子前，想请李卓越到屋里面坐，陪她说说话。

李卓越在门口站住了，说：“圆月，不行啊，我现在……”

圆月打断了他的话，说我就知道你现在只想着张冰冰，你到我家来也是为了找她对不对？你把我爹当什么人了？你这样做简直太过分了！圆月越说越激动，越说越气！

“圆月，你既然把事情捅破了，那我也实话告诉你，我是怀疑你爹，我觉得他很有问题，恐怕不像你想象中的那么好！”

“胡说！”

“你听我说。”

“我不想听。”圆月说，“你走吧！”

“那我走了，你多保重！”

李卓越找到庄严，说我们回吧。庄严问啥情况，发现什么没有？李卓越叹息一声，说出师不利啊，刚进去，还没走到后院，就被圆月撞上了！

“这么晚，怎么就会在院子里撞上，她难道不睡觉吗？”庄严有些疑惑。

“也许巧合吧，”李卓越说，“我们回去吧，明天再说！”

第十五章

1

接连下了几天的大雨，在这个清晨突然停了，只是天还阴着，没有放晴。鞭炮声、唢呐声和锣鼓声，打破了龙溪的宁静。

张镇天的父亲张发要出殡了。

这时候，李卓越正在向众人布置工作。他让小赵等会带人从村子南边开始，一家一家排查。

“一定要查仔细点，不要放过任何疑点！”李卓越说，“还有，小赵，你赶紧派两个人跟着这支送葬队伍，看看有没有异常！”

“我现在就去安排。”小赵急匆匆地离开了会议室。

“郑剑，你今天仍要去学校，到学校后如果发现马校长露面，让他赶紧跟我联系！”

“还有别的事吗？”郑剑问。

“没有了，你去吧，要注意安全！”李卓越接着对庄严说，“庄严，准备一下，我们出发！”

庄严立刻回到房间，往腰里塞了几颗手雷，又拿出驳壳枪，压上子弹，往腰间一插，和李卓越一起来到镇上。他们沿着大街，一户一户向村民打听，接连问了好几户村民，都摇着头说没有看见他们要找的女解放军。

两个人心里都很着急。李卓越说，估计张冰冰很可能已经不在镇上了。他们边走边商议应该到哪里去找张冰冰。谁也没注意，郎中骑着自行车迎面而来。“快闪开，快闪开！”郎中大声喊着，冲到了李卓越和庄严的面前，两个人再想躲闪，哪里还来得及？

郎中往旁边一拧车把，连人带车摔倒在地。他冲李卓越和庄严大声抱怨：“你们俩死军佬，喊了半天也不让路，害死我了。”

李卓越和庄严急忙走上前，把郎中扶起来。没想到郎中一下又蹲了下去，痛苦地说：“完了，完了，我这腿不行了，哎哟，疼死我了！”

“庄严，你送郎中先生回去吧！”

“他怎么送？我这腿走不了了！”郎中说，“还有我的自行车也要弄回去啊！”

“那先生你说怎么办？”

“和上次一样，”郎中对李卓越说，“你得背我回去！”

“先生，这次怕是不行，我有急事！”

“不行也得行，不背我回去，你走不了！”郎中说，“再说了，不送我回去，我想你这辈子都会后悔！”

“先生，我算服了您了。”李卓越说着蹲下身子。

郎中趴到李卓越的背上，说：“行了，走吧！”

“庄严，你给先生推着自行车！”

李卓越心里着急，他背着郎中，几乎是一路小跑，到了河对面郎中的家门口。李卓越说，先生，我今天实在是有急事，就不送你进屋了。

“你叫我爬进去啊！”郎中很不满。

“先生，我是要去救人啊！”李卓越着急地说。

“知道你要救人，”郎中接着说，“这外面是说话的地方吗？进屋再说！”

李卓越心里豁然一亮。他把郎中背到了屋里，庄严也跟了进来。两个伙计忙问：“先生，您这是怎么啦？”

“没事，你们出去一下，我要跟解放军大佬商量点事！”

两个伙计出去后，郎中让庄严把门关好。他这才问李卓越，是不是在找那个懂医的年轻女军佬。

李卓越点了点头，说：“是的，她昨天失踪了！”

“她已经不在龙溪了！”

“那她现在哪里？”

“棺材里！”

“什么？”李卓越和庄严一脸惊讶。

“她被钉在一口棺材里，丢到了河里，现在少说也漂出几十里了！”

“真的？”李卓越有些激动。

“人命关天的事，我能说假话吗？”

“先生，你是怎么知道的？”

“我今天过河对面，是去给一个可怜的女人看病，是她告诉我的，唉，她心地很善良，这事假不了。”郎中接着说，“还有，将来你找凶手算账，记得放过这个女人，不要伤害她，她够可怜了。”

“我知道了！”李卓越说，“先生，谢谢您！”

“谢什么谢，快去找人吧！”

“庄严，我们走！”李卓越打开门，和庄严来到院子里。

“等等，”郎中指着院子里的自行车说，“你俩的腿快还是两个轮子快啊？”

“先生，那我不客气了！”庄严说着，上前推起自行车，来到大街上，一扬腿跨了上去，“老李，快上来！”

李卓越坐到自行车后座上，说：“庄严，先回镇政府！”

庄严脚下用力，自行车飞一般奔镇政府而去。到了镇政府，李卓越从自行车上跳下来，说：“庄严，快，去后院，备马！”

庄严将自行车往地上一丢，向后院跑去。

李卓越抬起头，冲楼上问道：“有人吗？”

一名政府工作人员走了出来，问：“卓越同志，什么事？”

“麻烦你去告诉小赵，我们已经知道张冰冰的下落，让他带人撤回来吧！”

“我现在就去！”这名工作人员急忙走下楼来。

李卓越又对这名工作人员说，郑剑回来后，也麻烦你告诉他一声，让他等我们回来！

“好的。”这名工作人员答应着，快步出了镇政府，去通知小赵了。

庄严牵着两匹马从后院走了出来，李卓越接过缰绳，对庄严说：“把你的工具带上，我们走！”

2

李卓越和庄严骑着马，沿着河边一路向下游寻找。两人一口气走出了几十里路，也没有发现河面上有任何东西。

庄严有些怀疑郎中说的是不是真的，他说，老李，他不会骗我们吧？

“应该不会，”李卓越说，“他已经说得很清楚，是玉玲珑告诉他的，这一切都是张镇天干的。”

“玉玲珑是谁？”庄严问。

“张镇天的姨太吧，是个粤剧名伶！”李卓越说。

“她既然是张镇天的姨太，那为什么要把张镇天残害冰冰姐的事捅给郎中呢？”庄严有些不明白，“难道她和张镇天之间有仇？”

“这事以后再打听吧，”李卓越说，“现在我们最要紧的是把张冰冰找回来！”

李卓越望着湍急的河水，对庄严说，这水流很急，怕是漂出去不止几十里了，我们还是赶紧沿着河岸继续往下游找吧。

“要盯住河面，千万别大意！”李卓越说。为慎重起见，每走一段路，李卓越就勒住马，拿起望远镜往上、下游河面瞭望。不放过河面上漂过的任何东西。

两人沿河而下，下午三点多的时候，他们来到一处河湾，走了大半天，不但人累了渴了，马也一样。这里的河面变得宽阔了很多，湍急的河水到了这里也开始变得平缓了。李卓越和庄严下了马，喝了点水，然后到河边去饮马。

庄严由张冰冰突然想到了齐书记，说老李，你说齐书记会不会也被张镇天钉进棺材里，推到河里漂走了？李卓越叹了口气，说极有可能，可惜当时没有想到。庄严说，这个张镇天，见人三分笑，满肚子坏水，这次救了冰冰姐，我们一定要找他算账！

“那得上凤凰山去打他喽！”

“上凤凰山？他不是在镇上吗？”

“你想想，张冰冰的事情一暴露，他还会在龙溪吗？他保准一听到消息就会溜上凤凰山！”

说到凤凰山，庄严一下又想到了神父。心想神父现在也不知道是什么情况。于是说，那我们就打凤凰山，灭了这个土匪窝，正好也把神父救出来。

李卓越喝了一口威士忌，把瓶盖拧紧，说：“好啦，打凤凰山那是回去以后的事，现在我们得先把张冰冰找到！”

李卓越举起望远镜查看了一会，将望远镜递给了庄严，说你来吧，我的眼睛都看花了，得休息一下。

“好吧！”庄严接过了望远镜。

“看仔细点。”李卓越提醒庄严。

“我知道，”庄严说着，举起望远镜向河面的上游望了一会，又转向下游，他还是什么也没有发现。接着他又转过身，望向河面上游一段。

他调整着光圈，望向远方，模糊的河面渐渐变得清晰起来。他突然看到有东西随着河水上下起伏着从上游一路漂来。他心里一阵激动，紧紧地盯着看了一会，越看越像一口没上漆的白茬子棺材。

“老李，上游好像漂来了一口棺材，”庄严说，“我不会是看花眼了吧，你再看看！”

庄严把望远镜递给了李卓越。李卓越举起来一看，大声喊道：“没错，是棺材，要下去推过来！”

李卓越把望远镜递给庄严，然后就下到河里，迎着棺材奋力游了过去。庄严把望远镜往地上一放，也拼命向河中心地带游去。他们在河心地带截住了棺材，合力把棺材推到了河边。

“庄严，快拿工具！快点！”李卓越大声说。

庄严飞跑上岸，拿来他的挎包，从里面掏出一把螺丝刀和一把羊角锤递给了李卓越。

李卓越找到打了钉子的地方，把螺丝刀插到钉子旁，用锤子敲打着螺丝刀，用力往下凿木头。钉子头露了出来，他用锤子嘴套住钉子，用力一撬，把长长的铁钉拔了出来。接连拔掉几颗钉子后，他和庄严把螺丝刀和匕首插到棺材盖与棺材壁结合处的缝隙里，移动着用力向上撬动，缝隙越来越大……棺材盖终于被撬起。两人一起用力，掀开了棺材盖，他们看到张冰冰嘴被一条黑布带紧紧封着，仰面躺在棺材内，形态安详。

“冰冰姐！”庄严一声惊叫，伸过手去。

“别动她！”李卓越一把拉回庄严的手臂，说，“她在昏厥中，不能乱动！”

李卓越小心翼翼地把手放到张冰冰的鼻子下试了试，明显感受到了张冰冰微弱但却均匀的呼吸。

“怎么样？”庄严急切地问。

“谢天谢地，她还活着！”

“太好了！”庄严激动得泪都下来了。

“行啦，别激动了！”李卓越抬头望了一下，离河岸不远的山脚下，有一个村庄。他指着那个村子说：“庄严，你赶紧去前面那个村子找一辆马车，我们要连人带棺材一块拉回去！”

庄严很快就找来了一辆马车，马车夫四十多岁，人很精干，他的弟弟是东江纵队的游击队员，几年前不幸被土匪杀害。三个人把棺材抬上马车。马车夫去过龙溪，对路途很熟。

他们赶回龙溪镇政府的时候，已经是半夜时分。小赵和郑剑都没有睡觉，在等他们的消息。小赵还安排了部分民兵留在镇政府，随时待命。

几个人小心翼翼地把张冰冰抬进房间，把她放在床上。成功找回张冰冰，小赵和郑剑等人都非常激动。

李卓越让庄严和郑剑连夜过河对面，请郎中来为张冰冰进行治疗。小赵亲自带民兵连夜包围了张镇天家，捉拿张镇天。然而，他们去晚了一步，张镇天已经带着几名家丁连夜出逃。

张镇天是听女儿圆月说李卓越知道了张冰冰的下落。傍晚时分，圆月回到家里，她神情落寞，一副心事重重的样子。张镇天说，听说李卓越去寻找失踪的张冰冰了，是不是还没回来，你又在为他担心？圆月说，我刚才在学校听郑剑说，李卓越已经知道张冰冰的下落，赶去寻找了，至今大半天过去了，没有任何消息，我确实有些替他担心。这次去广州，李伯伯还提醒我，要多些关心卓越。

“李卓越可不是一般的角色，”张镇天说，“你也不用过于担心吧。”

“爹，不和你聊了，我头好痛，回房间休息了。”圆月说罢，起身离开客厅回了自己的房间。

张镇天立即找来管家，说张冰冰的事情暴露了，我必须立即上凤凰山。

“老爷，这消息可靠吗？”管家说。

“圆月听那个会弹钢琴的军佬说的，应该假不了。”张镇天接着对管家说，“家里的一切就全靠你了，包括小姐，你也要多些照顾。”

“老爷！您就放心吧！”管家说。

“有你在，我当然放心，”张镇天说，“你通知怡静，我今晚上山，让她准备一下，安排人接应我！”

两人正商议着，张洪贵来了，他递给了张镇天一支蜡烛，和以前货郎送来的蜡烛一模一样。张洪贵说是在店门里面的地上发现的，应该是从门缝里塞进来的。他感到事情颇为蹊跷，于是立即赶了过来。

张镇天把蜡烛折断，里面果然藏有一张小纸条。他打开一看，是皇太子给他的指令：近日将连续大雨，且你的身份暴露，应尽早上凤凰山，实施天水计划，同时安排弟兄，袭击防守水库大坝之共军，制造假象，迷惑共党。事不宜迟，越快越好！

张镇天收起纸条，对管家说："是皇太子的指令！皇太子要我们组织弟兄们袭击防守水库大坝的共军，迷惑共党，你赶紧通知几个村的弟兄们，今晚就行动，记住，只是制造假象，不要死拼，赔上老本！"

"老爷，请放心，"管家说，"我会交代的。"

临走之前，张镇天来到女儿圆月的房间，告诉她，广州的店铺出了点事，他要立即赶过去处理。家中诸事，已交代管家，要她好好到学校上课。

"我知道了，您就放心去吧！"圆月说。

张镇天沉吟片刻，说："李家儒先生还在广州吧？"

"听他说还有些事情要处理，过段时间才回美国，"圆月说，"怎么啦？"

"他不是说要带李卓越回美国吗？"张镇天说，"你在这乡下教书有何出息？如果可能，不如和他们一起去美国发展。"

"再说吧。"

"这几天你还是好好考虑一下吧。"张镇天说，"天不早了，你休息吧，我去让管家准备准备。"

张镇天为避免被人发现他的行踪，让管家带人把早就备下的一条小船放到河里，他带着几个家丁，踩着用棕绳编制的软梯，从吊楼上下到船上。顺着河流行了数里，然后弃船上岸，抄近路直奔凤凰山。

3

郎中连夜赶到，为张冰冰把过脉后，告诉众人，张冰冰并无大碍。他从药箱里取出两粒黑色丹丸交给李卓越，说现在服一粒，明天早晨再服一粒。他交代李卓越，要研成粉后用温水送服。然后他让庄严和郑剑再送他回去，顺便拿几副中药，帮张冰冰调理一下。

李卓越一直守在张冰冰的床边，他期待着张冰冰尽快苏醒。

张冰冰是在早上五点多醒过来的，这时候天色微明，房间里还点着油灯。她慢慢地睁开了眼睛。

“冰冰，你终于醒了！”李卓越惊喜地说。

“这是哪儿？”张冰冰神情有些迷茫。

李卓越告诉她，这是在龙溪镇政府，在她住的房间里。

她以为自己是在梦中，她望着李卓越，说：“真的吗？”

李卓越轻轻地握着她的手，说：“真的！”

张冰冰极力回忆着，记忆一点一点复苏，她终于想起了发生的一切——

那天上午，她本是要去河对面郎中家里包几副中药，打算为李卓越调理一下身体。李卓越自从在燕子窝中毒和生病之后，身体一直很虚弱。本来庄严要陪她一起去，她没有同意。

她来到街上，快走到张洪贵的杂货铺时，看到那个经常来龙溪镇的货郎在张洪贵的杂货铺前，担子放在路边，摇着拨浪鼓吆喝。一个蒙面人突然从旁边的巷子里冲了出来，跑到货郎面前，货郎转身想跑，蒙面人抬手朝着货郎就是一枪，货郎一下摔倒在地。旁边一条巷子里突然冲出十几个持枪的人，朝蒙面人射击。她吓得呆立在原地。蒙面人大声提醒她：“这里危险，赶紧回镇政府去！”经蒙面人提醒，她回过神来，赶紧跑到一条小巷子，躲了起来。蒙面人的声音，还有身影，她都觉得很像马校长，难道马校长是自己人……

她正这样想着，突然从背后伸过一只手臂，紧紧地勒住她的脖子，勒得她几乎喘不过气来，她被拖到了旁边的一间屋子。这时她发现袭击她的是一个带着黑色面具的男人，对方恶狠狠地用布条紧紧地封住了她的嘴巴和眼睛，又把她的双臂反剪到背后，用绳子捆了个结结实实。

后来，她听到庄严在附近一遍又一遍地喊她。但她的嘴被布条封住，说不出话。在那间屋子里一直待到天黑。天黑之后，她被装进了一条麻袋，被人扛到了另一个地方，丢在了地上。她听到了委婉凄凉的戏曲，是粤曲旦角唱腔，在龙溪镇，能唱粤剧旦角的人，只有张镇天。她心想，难道张镇天是李卓越说的一直在暗中和他斗法的人？

有人解开了麻袋，推搡着把她押到了院子里。蒙住眼睛的布条被拆掉了，她看到了挂着白灯笼的灵堂，灵堂内摆着一口棺材，张镇天披麻戴孝，坐在灵堂前的太师椅上，旁边站着杂货铺老板张洪贵。她的身边，则是一口崭新的白茬子棺材。

张镇天望着她，说：“张冰冰啊，昨天我们还在政府相谈甚欢，今日却是仇人相见，这人生实在是奇怪异常啊！”

张镇天挥了挥手，对几个喽啰说：“赶紧松绑，如此美妙的夜晚，不要那么粗鲁，要怜花惜玉，怜花惜玉啊！”

一个喽啰跑上前，把捆绑她胳膊的绳子解开了。这个喽啰刚想把封住她嘴的布条拆掉。被张镇天大声喝止了：“住手！”

张镇天说，嘴还得堵着，否则她开口必是噪音，还叫老爷我怎么唱戏？

她挣扎着，怒目而视。

张镇天笑着说：“冰冰小姐啊，我知道你是共军文工团的艺员，有一口好唱腔，怎么说你我也是同道中人，只不过同工异曲而已。一会啊，我让你开开眼界，好不好？”

张镇天接着又对她说：“我实话告诉你，这个戏台子上只出现过两个女人，一个当然是你，还有一个，是齐惠兰！还有件事我也要告诉你，李卓越今晚已经来过，看他那着急的模样我就知道，你对他很重要，很重要啊！我略施小计就把他打发走了，现在恐怕已经成了无头苍蝇，团团转着呢！”

她两眼如炬，愤怒地盯着张镇天。

她恨自己无法把现在这个情况告诉李卓越。想到李卓越，她心里一阵难忍的痛楚。卓越，你知道我是爱你的，我也知道你爱我，可是我不可能走出生天了，卓越，永别了！她极力忍着，不让自己的眼泪掉下来。

张镇天微微一笑，望着她，说你我本来素不相识，更无怨仇可言，天大地大的世界，你为什么单单跑来龙溪？还要坏我大事！张镇天端起茶杯，轻啜一口茶，润了润嗓子，对站在旁边的管家说，奏乐吧！

“奏乐！”管家转身对坐在一旁的琴师说。

琴师忙拉起板胡，琴声悠扬而起，张镇天站起身，换上了戏服，他身形轻柔婀娜，轻移莲步，翘起兰花指，唱道：“断肠人，伤心事，凄凉谁似祝英台……”他突然用力一甩水袖，抬起左臂轻遮脸面，拖着长长的声音念白道：“梁兄，英台来了！”

这时候，管家冲她这边挥了挥手。一直扭着她的两个喽啰架起她，要把她放进旁边的棺材里。她挣扎着，一只手紧紧地抓着棺材壁，一个人跑过来用力掰开了她的手。她被按进了棺材里，接着几个人盖上了棺材盖子。

她顿时陷入了黑暗，接着听到叮叮当当的钉钉子的声音，她知道棺材盖被钉死了。她感到棺材被几个人往前推动，棺材下面垫着的滚杠发出骨碌骨碌的声音。她突然感到快速下坠，有失重的感觉，只是很短的一个瞬间。接着“哗啦”一声，棺材开始上下起伏，她知道自己被抛到了河里，开始顺着河流向下游漂去。

从盖上棺材盖的那一刻，她就不再做无望的挣扎，更没有哭喊。

她知道在这个密闭而狭小的棺材内，氧气是多么的金贵，她要尽量减少体能和对氧气的消耗，这样自己存活下来的可能性才会增大。她知道李卓越一定会想办法，会满世界寻找自己，她期待着奇迹发生——被李卓越找到，或者在漂向下游的河面上，有人发现，打捞上岸。再后来，她有些憋闷的感觉，渐渐失去了意识……

“卓越，太可怕了！”

“别怕，有我呢！”李卓越安慰她。

“卓越，我好怕离开你，好怕再也见不到你！”

“我不许你离开！”李卓越说，“你听明白了吗？我不许你离开！”

眼泪，从张冰冰的眼里涌了出来，因为爱，因为激动和幸福！

4

院子里突然响起一阵马嘶声。

“李参谋长，李卓越同志在吗？”

李卓越听到有人喊自己，就从房间走了出来。他发现一位解放军战士牵着马，站在院子里。

“我是李卓越！”他说着快步走下楼，来到院子里。

这位战士是团部通信员，他是奉江团长之命，通知李卓越立即赶回团部参加会议。通信员告诉李卓越，昨天晚上一股土匪又偷袭防守水库大坝的特务连三排，为防止敌人再搞破坏，现在又增派特务连一排与三排一起防守。

李卓越回到张冰冰的房间，庄严正好把煎好的中药端了过来。李卓越告诉他们，他要立即赶到团部开会。接着叮嘱张冰冰安心休养，告诉庄严，现在敌人到了狗急跳墙的时候了，要特别注意安全。

“老李，你放心，我会注意的！”庄严说。

“郑剑从学校回来后，告诉他尽量不要单独外出了。”李卓越接着说，“庄严，这里就交给你了。”

“放心吧，我会照顾好冰冰姐的！”庄严说。

李卓越交代完毕，从后院牵出自己的大黑马，与通信员一起出发了。

圆月正在去学校的路上，她看到李卓越骑马从对面冲了过来，在他身后，还跟着一名年轻的解放军战士。

“李卓越——”圆月大声喊道。圆月已经知道父亲出逃了，她怕李卓越误会了她，想告诉李卓越，父亲的事，她一点儿也不知情，同时，她还想问一下张冰冰的情况，问自己能不能去看望看望她。

然而李卓越并没有下马，只是勒住马，告诉她自己有急事要办，一切等回来后再说。说完，扬手轻轻拍了一下马背，策马疾驰而去。

“李卓越，你等着，有你的好看！”圆月望着远去的李卓越，眼里透出一股寒光。

圆月到了学校，郑剑已经来了。她伤心地说：“郑剑，我父亲的事你应该知道了吧？太对不起你们，尤其是对不起张冰冰同志，我都无颜面对你们了！”

“圆月老师，你父亲是你父亲，你是你，这事不能怪你。”郑剑安慰道。

“可是，刚才我在路上遇到李卓越，他和一个陌生的年轻战士各自骑着马，往镇子外去，我喊他，他连马都没下，说有急事。我觉得他是不想理我了。”圆月接着又说，“郑剑，你知道吗？我们在美国一起读书时，相处得多么好，可到了国内，却一切都变了。我前几天去广州看望李伯伯，他还问我打算什么时候和卓越结婚，我都不敢告诉他实情，怕李伯伯难过。我想，从今以后卓越再也不会理我了，可能……连朋友都做不成了。”圆月说着，忍不住伤心地哭泣起来。

“圆月老师，别难过了，”郑剑说，“老李没那么小气，他应该是真的有事！”

“你怎么知道？”

“老李现在是团参谋长！”

“团参谋长？”

“是啊，前几天刚任命他担任一团参谋长，你不知道吗？”

“没听说。”

“其实老李在征粮队不只是征粮，还肩负着很重的任务。”

“还有重要任务？”

“是啊，什么任务我也不清楚，反正，老李打仗是一把好手，我们司令员很喜欢他，他喝的威士忌，都是司令员送给他的。”

“原来这样啊，看来我这次是错怪他了。”圆月喃喃说道。

“圆月老师，等老李回来，你和他解释一下就可以的。”

“等会我想和你一起去镇政府，看望一下冰冰同志，也向她道个歉！”

“好啊，”郑剑说，“那就等中午放学后吧。”

中午放学后，圆月和郑剑一起来到镇政府。庄严正好站在张冰冰的房间外面。圆月走上前和他打招呼。

庄严冷着脸说：“你来干什么？”

“我想看望一下冰冰同志！”

“不好意思，冰冰姐刚睡着。”

圆月有些尴尬，她看了看郑剑。

“庄严，别这样对圆月老师！”

“庄严，是谁呀？”张冰冰在房间里问。

“是圆月老师来看你了。”郑剑大声说。

“庄严，快让圆月老师进来说话。”张冰冰说。

庄严冷着脸，很不情愿地让圆月进了张冰冰的房间。

“冰冰同志，对不起，实在对不起！”圆月走进房间，忙不迭地道歉。她边说边流泪。

“圆月老师，别难过了，这事和你无关，不怪你，”张冰冰说，“圆月老师，快点坐吧。”

圆月在床边的凳子上坐了下来，抹着眼泪说：“我真没想到，我爹会干出这种伤害你的事！我都觉得没脸来见你了！”

“圆月老师，别这样说！”

两个人聊了一会，庄严端来了一碗中药，说：“冰冰姐，要吃药了。”

圆月忙起身告辞，说：“冰冰同志，你好好休息，我就不打扰你了，改天我再来看你！”

“圆月老师，谢谢你！”

圆月一走出房间，庄严就“呯”的一声把门关上了。

“假惺惺！”庄严说，“冰冰姐，你就不该让她进来！”

“庄严，别小孩子气，老李知道了，又该批评你了。”

5

午后，突然一阵电闪雷鸣，紧接着，瓢泼一样的大雨就落下来了。

张冰冰和庄严在她的房间里，开着收音机收听广播——“下面，播送省抗洪救灾总指挥部紧急通告！各地区人民政府、解放军驻粤部队、各级抗洪救灾指挥机构，由于广西、湖南、江西等周边省市同时普降暴雨、大暴雨，滚滚洪流将先后进入我省境内，我省将面临三十年一遇的大洪水考验，预计西江、北江首轮洪峰将于明天凌晨五时同时抵达广州。请各地立即做好迎击大洪水的准备，严防死守，向伟大的新中国交出圆满的答卷！”

张冰冰对庄严说，看来这次抗洪又是一场硬仗啊。

院子里突然传来马嘶声。

“老李回来了！”庄严说着，打开门，张冰冰也忙下床，跟了出来。两人发现，吴排长穿着雨衣站在院子里。

“吴排长，你怎么来了？”庄严问。

“庄严，李参谋长在吗？”吴排长急切地问。

“他去团部开会了，你不知道吗？”庄严说。

“出什么事了？”张冰冰问。

“我是从水库大坝那边过来的，昨晚三排遭到土匪袭击，我们一排就被派到水库大坝增援三排，现在水库水位已经超过警戒线，还在持续上涨，刚才我们去大坝检查了一下，发现坝体有渗漏，恐怕很危险。听说李参谋长在国外是学土木工程的，想找他去看看，赶紧采取措施才行！”

张冰冰一听着急起来，说：“吴排长，你先回坝上去，我们去一团找李卓越！”

“算了，还是我去吧，”吴排长说，“听说你刚刚出事，身体还很虚弱，好好养病吧，我走了！”吴排长整了一下身上的雨衣，翻身上马，挥起马鞭抽了一下马屁股，冒雨飞奔而去。

李卓越到团部是参加剿灭凤凰山、牵鼻岭土匪的作战会议。一团制订的作战方案，上报警备区司令部获得通过，警备区司令部要求，十天之内必须彻底歼灭这股残匪。会上，李卓越根据作战方案，向各部队部署了具体作战任务，并提醒大家，凤凰山、牵鼻岭一带地形复杂，有些情况可能超出想象，必须做好应付意外情况的准备。

李卓越部署完毕，江团长站了起来，说：“同志们，参谋长对各部队的作战任务部署得非常完善、细致。大家务必按参谋长的部署做好准备，一举歼灭……”江团长话还没说完，王参谋走了进来，向江团长报告说，司令员电话，要您亲自接听。

庄司令在电话里告诉江团长，让李卓越立即回广州，办理转业手续，他要转业！

江团长一怔，说：“首长，您说什么？要李卓越转业？”

“告诉他，这是组织决定！”庄司令语气严厉地说。

“是，我坚决执行首长指示，让李卓越同志今天就回广州！”

江团长放下电话，让王参谋把李卓越叫了过来。

“团长，找我有事？”李卓越发现江团长一副闷闷不乐的样子。

“有事，而且是非常重要的事，”江团长说，“你立即回广州，办理转业！”

“团长，你开什么玩笑？”

“洋鬼子，不是我跟你开玩笑，这是上级首长的死命令！”

“不行，我要给司令员打电话！”

“省了吧，这事司令员也无能为力！司令员说了，让你转业是市长的命令，你也知道市长也是我们华南局最高首长，他下的命令，谁敢不从？”

“你说这市长，也真是的，那么多大事他不管，偏偏管到我家里这点小事！”

“谁说是小事？司令员刚才说，市长说家儒先生对我们革命事业贡献很大，抗战时期，他就为南方的新四军提供过药品，后来又把自己唯一的儿子送进革命队伍，送上战场；这次广州闹粮荒，他又联合海外华侨筹集了二十多万吨粮食，帮我们解决了大难题。这样的爱国热情，实在令人敬佩！现在，他的家庭面临实际困难，需要儿子回到身边去，我们就应该无条件支持，开绿灯！”

“您说完了？”

“完啦！”

“我想不通，您说，市长的命令也好，组织的安排也好，总得征求一下我个人意见吧？”

“司令员说了，你有意见也不行，军人以服务命令为天职，你必须无条件服从！”

“我不管，再怎么样我也得打完这仗再说！”

“倔驴，非得我拿枪顶着你走？”

“就是枪毙我也不走！”

两人正为此争执，王参谋一声“报告”走了进来，说看守水库大坝的吴排长要见李参谋长，他说有紧急情况汇报！

“吴排长呢？”李卓越问。

“在作战室。”

江团长、李卓越立即来到作战室。吴排长汇报说，水库大坝左侧底端出现渗漏，水库大坝外面的水沟里全是软泥和水。

“水库水位呢？”李卓越问。

“已经超警戒水位了！”

“坏了，大坝要是出事，后果不堪设想！”李卓越着急起来。

“在这方面你是专家，你说怎么办？”江团长说。

“团长，我有个提议，作战行动立即停下，除留小股部队监视敌人动向外，各部队迅速撤退，向大坝集结，参加抢险！”

“这要向警备区请示。”江团长说。

“边请示边执行吧，晚了就来不及了，”李卓越接着说，“还有，马上派人去广州，采购塑料覆膜和麻袋，如果有困难就请司令员、市长协调解决！”

“这事你去办吧，你不是正好要回广州吗？”

“我的团长，这都什么时候了，还扯我这点小事。这条大坝一旦垮了，整个广州都面临灭顶之灾！说实在的，打仗离开我，问题不大。可是，大坝抢险，非我不可，你刚才也说了，我是专家呀！”

“那好，趁着各营营长都在，我们马上部署抢险任务吧！”

“团长，部队调动的事你决定吧，我现在得赶去大坝勘察险情，制订抢险方案。你看如何？”

“好，就这么办，”江团长说，“你放心，大部队将以最快速度抵达指定地点！”

“那我先走一步了，我们大坝上见！”李卓越转身对吴排长说，“吴排长，我们走，去水库大坝！”

第十六章

1

李卓越拿着手电筒，在水库坝顶上来回走动，查看险情，指挥官兵们加固大坝。经过几个小时的奋战，坝底暗涌处已经得到处理，然而，扯地连天的大雨一直下个不停，水库水位持续上涨，险情仍然严重，哪敢掉以轻心？李卓越大声告诉在坝下打桩的战士们，一定要打深一些。接着，他对在坝顶运送木桩、沙袋的战士们说，大家动作快点！

一个用雨衣蒙着头的战士，扛着木桩经过李卓越身边时，一个不小心摔倒在地，木桩掉到了水库里。“你怎么这么不小心？要注意安全！”李卓越说着，急忙上前拉起这位战士。他一下愣住了，他怎么也没有想到竟然是张冰冰！

中午的时候，吴排长冒着大雨到龙溪镇政府找李卓越，说大坝出现险情。吴排长走后，张冰冰就提出要到水库大坝来参加抗洪抢险，开始庄严坚决不同意，庄严说老李有交代，你必须好好休息。张冰冰说，我是懂医的，做个后勤保障工作总是可以的吧？庄严禁不住她的软缠硬磨，想想她说的也有道理，最终就答应了，但庄严提出，她只能协助现场医务人员做医疗保障工作。

两人来到水库大坝，庄严把张冰冰安顿在医疗点所在的帐篷，他对医生和护士们说，张冰冰同志也是一个医生，就让她在这里给你们帮忙吧。医护人员都说，那太好了！

庄严没想到他前脚刚走，张冰冰就找了个理由，离开医疗点，加入到了负责运送木桩的队伍中。

“我离开时怎么和你说的？难道你都忘记了！”李卓越大声质问。

“对不起，我刚才有点眩晕，不过就一会儿，现在好了！”

“简直就是不要命！”李卓越接着大声吼道，“庄严，庄严在哪，给我滚过来！”

庄严正在坝顶上运送木桩，听到李卓越在大声喊他，扛着一根木桩跑了过来。

“我走的时候跟你怎么说的？”李卓越指着张冰冰说，“你看看她这个样子，你想要她的命啊？”

“老李，对不起，是我没做好！”

“这事不怪庄严，是我自己坚持要来的，大坝这么危险，我怎么坐得住嘛！”

“你坐不住，可你走得稳吗？你想想刚才有多危险？”李卓越转头对庄严说，“你把她扶到帐篷里去休息，快点！”

“李卓越，你讲不讲理？”张冰冰说。

李卓越根本没时间理会她，他大声提醒战士们注意坝底暗涌渗漏地方的同时，打着手电筒亲自下到坝底检查去了。

“冰冰姐，我送你回帐篷休息！”

回到帐篷内，张冰冰坐在地铺上，她感到头昏昏沉沉的，嗓子干渴得就像着火，全身酸软，一点气力也没有。庄严端给她一碗温开水，喝下后才略微感觉好了一点。

庄严要去找医生给张冰冰拿治感冒和退烧的药，被她阻止了，她说：“不用了，大家都在抢险，就不要去添乱了。”

“可你发烧了啊！”

“我没事，躺一会就行了，你别忘了，我也是医生。”

李卓越走了进来，他让庄严去找个医生来给张冰冰看看，李卓越说：“该吃药就吃药，这样拖着怎么行？”

庄严转身走出帐篷去请医生。

"我也该去忙了，"李卓越说，"你哪里也别去，就躺这好好休息，明天一早，你就跟庄严一起回龙溪！"

"行啦，我知道了，你不嫌啰唆我还嫌烦，"张冰冰说，"不要忘了，在征粮队我可是你的领导！"

"报告参谋长，团长有事找你！"一名战士在帐篷门口大声喊道。

李卓越来到团指挥部。江团长告诉他，刚才司令员来电，说省防总有专家建议在大坝左侧开一个口子进行排洪。江团长问李卓越是否可行。

"这个问题我也考虑过，但是勘察过现场后，我觉得不可取，这大坝年久失修，不能随便动，一动恐怕会有大麻烦！"李卓越说，"还有一个问题让人纳闷，现在雨已经停了，排水道也开到了最大，但水位却仍然是只涨不降！"

"雨太大的缘故吧？"江团长说。

"可能吧，"李卓越说，"好在雨停了，只要水位不再上涨，大坝问题就不大！"

江团长点了点头，说："多亏有你这个专家，否则连个懂的人都没有，还真麻烦！"

江团长接着告诉李卓越，司令员刚才交代，你父亲后天就要离开广州去香港，让你明天回广州！

"现在这种情况，怎么走得开？"

江团长说，你先别急，听我把话说完。司令员说了，现在任务紧急，你暂时不转业去美国也行，但是，必须回去见你父亲一面，他回来一趟不容易。司令员还说，将来你如果想走，无论什么时候提出申请，组织上都会批准。

"看情况吧。"李卓越说。

突然，外面人声嘈杂。李卓越和江团长忙站起身，走出帐篷，问怎么回事。

王参谋报告说，从水库里发现一只竹排，上面躺着一个人，身中数枪，怕是不行了。

“是什么人？”李卓越问。

“一个外国人，从衣着上看，可能是个神父！”王参谋说，“已经被送到医疗点抢救！”

李卓越心里一惊，说：“江团长，我们过去看看！”

两人匆匆忙忙来到医疗点，几个医生正在帐篷内实施抢救。庄严在旁边哭泣着说，医生，你们一定要救活神父啊，求求你们啦！

“情况怎么样？”江团长问。

一名医生摇了摇头，说：“团长、参谋长，他受伤太重，失血过多，我们已经尽力了！”

李卓越想了想，大声说：“庄严，别哭了，快去把张冰冰叫来！”

庄严很快把张冰冰喊了来。李卓越说，张冰冰，你给看看，神父还有没有救！

张冰冰走到神父面前，蹲下身子，先是翻看了一下神父的瞳孔，接着给他把脉。

李卓越等人都神情紧张地望着张冰冰，等待她给出答案。

“恐怕很难了，”张冰冰说，“不过，可以试一试。”

“那你赶紧动手啊，还等什么？”李卓越大声说。

“抬回龙溪吧，”张冰冰说，“这事得请老郎中帮忙，他有个家传秘方，可能有用！”

“那就去龙溪，”李卓越冲外面大声喊道，“来人，把神父抬去龙溪！”

几名战士涌进了帐篷，医生们小心地把神父抬到担架上，一名医生对战士们说：“路上一定要小心！”

“庄严、张冰冰，你俩跟着一起回去！”李卓越说。

在回团指挥部的路上，江团长对李卓越说，你跟我说过庄严是司令员的儿子呀，怎么好像跟这位神父感情很深？

李卓越说，十七年前荔湾事件，司令员夫妇身份暴露，转移时把才六个月大的庄严交给了神父，是神父一把屎一把尿把他抚养成人的，所以他们感情很深！

凤凰山看守那么严密，上次老苟想帮神父逃出来都没有成功，这次怎么就跑出来了，还是从后山走水路？莫非老苟……李卓越想到这里，脸色一变，说：“团长，我得回龙溪，神父可能带来了重要情报！”

“重要情报？”江团长有些疑惑。

李卓越点了点头，说：“应该是老苟安排的。”说罢，他快步走到拴着大黑马的树下，解开了缰绳。

“参谋长，到底怎么回事，你说清楚点！”江团长说。

“团长，回来再说，大坝上的事就全交给您了！”李卓越说着，翻身上马，双脚一踹马镫，大黑马一声长嘶，飞奔而去。

2

神父被送到龙溪镇政府后，郑剑和庄严立刻到河对面请来郎中抢救。经过郎中和张冰冰一番努力，神父终于苏醒过来，能够说话。神父慢慢地睁开眼睛，他看到了一脸泪水的庄严。神父声音微弱，他对庄严说：“孩子，你的父亲叫庄涤生，就是你的司令员！”庄严点了点头，他告诉神父，自己已经知道了，他也见过了父母。

“感谢主，愿主保佑你，我的孩子！”神父接着问，“李卓越，谁是李卓越？”

李卓越赶紧凑到近前，“神父，我是李卓越。”

神父艰难地睁了睁眼睛，断断续续地说：“苟先生让……让我……转告你，土匪要炸……”他的气息越来越弱。

“神父，土匪是不是要炸水库大坝？”李卓越大声问。

“副……坝，是炸副……”神父的声音越来越小，越来越含糊。

“副坝在哪？”李卓越焦急地问。

神父嘴角颤动，却说不出话来，突然头往旁边一偏……“神父！神父你醒醒啊！”庄严哭喊着扑倒在神父身边。

“郎中先生、张冰冰，”李卓越大声说，“你们再想想办法！”

郎中走上前翻起神父的眼皮，看了看他的眼睛，张冰冰则走上前把手按在神父的左手腕上把脉。

张冰冰站了起来，对李卓越说：“神父走了！”

“郎中先生，您也没办法了吗？”李卓越急切地问。

郎中摇了摇头，叹息一声，说：“没办法了，我也已经尽力了！”

李卓越回到自己的房间，点起油灯，摊开水库平面图纸仔细查找副坝在哪里，然而上面并没有标识。难道这图纸有误？李卓越陷入了沉思，他突然想到了坜坝附近的那条大瀑布，前几天他在燕子窝中毒昏迷，被郑剑和庄严用担架抬着路过坜坝，他迷迷糊糊的好像听郑剑说，大瀑布怎么突然不见了！这条大瀑布就在凤凰山和牵鼻岭之间，被土匪控制着，难道……突然响起的敲门声打断了他思路。

“进来！”他说。

张冰冰推门走了进来。李卓越说，天都快亮了，你怎么还没有休息？张冰冰说睡不着，刚才我突然想到一个问题。

“说说看！”李卓越望着她。

“我在想敌人为什么一次次袭击水库大坝，却把副坝藏着掖着，没有透出半点迹象，到现在连副坝在哪儿我们都不知道。”

“这还用说嘛，都是为他们所谓的天水计划！”

“那他们是不是会重兵把守，等着洪水来临时孤注一掷？”

李卓越点了点头，说：“有可能！”

“敌人现在盘踞在哪里？在凤凰山、牵鼻岭！”张冰冰说。

“冰冰，我问你，你们把我从燕子窝抬出来，经过坜坝时，是不是山上的那条大瀑布不见了？”

“是没有了。”

“我明白了，瀑布上方就是副坝。”李卓越说，“我一直纳闷，水库大坝每天以最大的排放量泄洪，水位却不降反涨，原来是另一头给堵住了！”

他继续分析说，我们第一次去埗坝时，雨季还没到，敌人按照正常方式开闸放水，因此形成了那条从天而降的飞天大瀑布。第二次路过埗坝，瀑布消失了，是因为雨季来了，敌人认为时机已到，所以关闸蓄水，为天水计划作准备。

“那怎么办？”张冰冰说。

“不惜一切代价，也要保住副坝安全！”李卓越说。

外面天亮了，李卓越起身往外走，他刚走到门口就听到屋里的凳子翻倒了，他回头一看，张冰冰跌倒在了地上。

“你怎么了？”李卓越说着，转回身把张冰冰扶了起来。

“我好头晕。”张冰冰声音有些虚弱。

李卓越将手放在她额头上试了一下，热得烫手！他把张冰冰抱到床上，说你哪也别去，安安静静地躺这儿好好休息，等我回来！

李卓越来到院子里，大声喊庄严和郑剑。两人从屋里跑了出来，走到李卓越身边。李卓越让庄严赶紧抄家伙、备马，跟他去埗坝。他告诉庄严，敌人要炸的副坝就在埗坝附近的那条大瀑布的上方，洪峰即将到来，必须挫败敌人的阴谋，保住副坝。否则，广州全城就会被淹，全城上百万人的生命安全就会受到威胁！

“老李，我要和你们一起去！”郑剑说。

“郑剑，你有更重要的任务，”李卓越说，“你立即去水库大坝找江团长，告诉他副坝的情况，让他按原定作战计划，强攻凤凰山、牵鼻岭，支援我和庄严的行动！”

“张冰冰同志呢？”郑剑问。

李卓越有些无奈，说张冰冰发高烧了，刚才在我房间和我一起研究副坝的事情，突然跌倒在地，迷迷糊糊的，根本走不了，就让她好好休息吧。

“留她一个人在这里安不安全？”庄严心存顾虑。

李卓越想了一下，说，让政府工作人员帮照顾一下吧。小赵带大部分镇政府工作人员和骨干民兵到水库大坝参加抗洪抢险了，镇政府只有几个留守人员和两个民兵。李卓越把他们召集起来，请他们帮忙照顾张冰冰。交代他们，千万不能让张冰冰单独外出，然后告诉两个民兵，一定要做好安全警戒工作，不能让可疑、闲杂人员到镇政府来。

庄严和郑剑从后院把马牵了出来，李卓越从庄严手里接过缰绳，说：“晚了就怕来不及了，庄严我们走吧！”

“老李，就你们俩去能行吗？要不我们一起去水库大坝，和大部队一起行动？”郑剑提议。

“去水库大坝要多绕三十多里路，敌人的炸弹早就布置好了，现在一分钟也耽误不起！”

“那你们一定要小心。”郑剑说。

“郑剑，你也要小心！”李卓越说，“多带点子弹，记住，把子弹上膛，路上如果有情况，不要害怕，拼命往前冲就是。你的任务非常关键！”李卓越说到这里，看了看郑剑，接着说，“你记住，就是死，也要给我死到水库大坝上，把详细情况报告江团长，明白吗？”

“我知道了，”郑剑说，“老李，你放心，我保证完成任务！”

“庄严，我们走！”李卓越说着，翻身上马，率先冲了出去，庄严用手拍了一下马屁股，也跟着冲出了院子。

“老李、庄严，我的交响曲写好了，等仗打完了，我要到广州、到北京演出，我一定要请你们参加！”郑剑冲着离去的李卓越和庄严大声喊道。

3

郑剑在龙溪大街上遇到了圆月。圆月精神憔悴，一看就是没有睡好。圆月问郑剑要去哪儿，李卓越他们呢？郑剑告诉她，敌人要炸水库副坝，李卓越和庄严已经赶过去了，他是去水库大坝向团部详细汇报情况。圆月说那你快去吧。郑剑说，对了，圆月老师，张冰冰同志发高烧，留在镇政府休息了，你如果有时间就麻烦你去照顾一下吧。

“我知道了。”

“谢谢你，圆月老师。”

郑剑离开龙溪镇，走上了崎岖山路。他高度近视，戴着只剩一个镜片的眼镜很不习惯，而且不是经常骑马，虽然心里万分着急，却没办法让马跑得太快。

拐过一道弯，开始上坡，山路狭窄，两边都是树木杂草。前面突然一声枪响，马受到惊吓，尥了一个蹶子，郑剑从马上掉了下来。五个土匪从路边的杂草丛里跑出来。

“皇太子有令，决不能让这个二仔货给共军大部队报信！”土匪们边开枪边冲向郑剑。

郑剑翻身而起，他的眼镜不知掉在了哪儿，他眼前一片模糊，隐约看到几个人冲向自己，他端起枪就是一阵猛扫，把一梭子子弹全部打光了，然而却只打伤了跑在最前面的一个土匪。郑剑半跪在地上用手划拉着找他的眼镜。子弹打完了，他还有一颗手雷，他想等敌人靠近点再丢出去。

跑在前面的一个土匪，朝着郑剑连开两枪，打中了他的右肩，他全身一抖，趴在了地上。他抬起左手捂住了右肩，黏糊糊的全是血。“你死也要死到大坝上去！”他想到了李卓越的叮嘱，心说，绝不能死！他左手紧紧握住了手雷，等待时机。

“别开枪了，这小子把子弹全打完了，皇太子说最好捉活的，有重要用处！”一个土匪喊道。

突然“轰”的一声爆炸，接着一阵枪声。土匪全趴在了地上，没有了动静。

“郑剑，是我，马三尺！土匪都给解决了！”马三尺说着跑到了郑剑身边。他看到郑剑右肩血流不止。“你负伤了？”

“不要紧，”郑剑坐起来，说，“马校长你怎么在这里？”

“郑剑，不瞒你说，我是市公安局的侦察员，一直和卓越同志有联系，今天我跟踪这几个土匪，以为他们去水库大坝捣乱，没想到是伏击你！”

郑剑摸索着找到了眼镜，戴上后眼前立刻变得一片清晰。他站了起来，扶着马背，说马校长，我要赶紧走了。

“你去哪儿？”

郑剑告诉马三尺，在凤凰山和牵鼻岭之间有一个水库副坝，李卓越已经得到准确消息，敌人要在这次洪峰到来之际，炸毁副坝，形势非常严峻。李卓越和庄严已经赶往副坝，他是到大坝找江团长汇报情况。李卓越说要让部队攻打凤凰山和牵鼻岭，支援他们的行动！

马三尺听了脸色一变，“这么说，这才是敌人天水计划的真正目的！”他接着问郑剑，出来的时候看到圆月没有。郑剑说在街上碰到她了，她去学校了。

“这就怪了！”马三尺说。

“怎么了？”郑剑问。

“没事，”马三尺说，“我要先回一趟龙溪。”

“那我也要赶紧走了。”郑剑说着翻身上马。

马三尺把一支驳壳枪递给郑剑，“带上，路上小心！”

郑剑右肩上的两处枪伤一直在流血，他顾不了这些，他心里只有一个念头——赶紧到水库大坝向江团长汇报。他接连翻过了几道山岭，他感觉不仅右肩，连右边半个身子都很沉，不听使唤，口渴得很厉害，头昏昏沉沉的。有几次他差一点就从马背上掉下来，于是他就趴了下来，胸脯紧紧地贴在马背上，双臂下意识地抱着马脖子。他强打精神，在心里一次次提醒自己，不能死！可是，他感到一阵阵困意袭来……他的意识开始模糊。他好像听到了一阵广播声，但听不清在说什么，他想抬起身子，试了几次却失败了。

“站住！”

郑剑转了下脸，他模模糊糊地看到一名持枪的战士跑了过来。马被他拦住，停了下来。

“你哪个部队的？”

“我要见江团长！”郑剑声音虚弱，对方根本听不清。

“你说什么？”这名战士凑近了他。

郑剑拼尽了全身的力气，一字一顿地说："我要见江团长！"说完，他从马上一头栽了下来。

哨兵看到他右肩伤处一片血肉模糊，上衣都被血染透了，忙扶起他。不远处，几名战士看到后，跑了过来，几个人抬起郑剑飞跑着把他送到了设在现场的医疗点。

医生帮郑剑取出了伤口内的子弹，包扎好伤口，安顿他躺在地铺上休息。

江团长闻讯赶来的时候，郑剑意识已经完全清醒。他向江团长作了详细汇报。

"这个李卓越，他怎么能私自行动？他这不是找死嘛！"

"老李说，要是来水库大坝，会多绕三十多里路，根本来不及。他说要让部队按原计划强攻凤凰山、牵鼻岭，支援他们的行动！"接着，郑剑流着泪说，"江团长，你们快点吧，要不，老李和庄严很危险！"

"我知道了，你好好养伤吧，"江团长转身对王参谋说，"赶紧通知各营营长，到团指挥部开会！要快！另外，通知司机，准备去坜坝！"

江团长快步回到团指挥部，各位营长已到。江团长简短地介绍了情况，要求各营按作战计划，立即行动，攻打凤凰山、牵鼻岭残匪。江团长强调，务必一举全歼残匪。

"散会！各营立即行动！"江团长和几位营长快步走出帐篷，司机已经将车停在外面等候。

"王参谋，我们走！"江团长上车后，用力关上车门，对司机说，"出发，去坜坝！"

路上，庄司令通过电台向江团长询问现场情况，江团长把最新情况作了汇报。庄司令指示：必须保证副坝安全！

"请首长放心，我们一定在洪峰来临前，拿下凤凰山、牵鼻岭，保证副坝安全！"

4

李卓越和庄严来到一处悬崖下。路几乎走到了尽头，两人只好下马。

庄严抬头一望，悬崖高耸，陡峭如壁立，几乎是垂直于天地之间。他说："老李，这么陡，能上去吗？"

"事到如今，没有别的路可走了，不行也得行，试试吧！"

两人把马拴在悬崖下面的一棵小树上。李卓越从挎包里掏出威士忌，拧开盖子抿了一小口，接着把酒瓶递向庄严，说："来一口吧！"庄严接过来，试着喝了一小口，嘴一咧，说："难喝死了，给，打死我也不喝了！"说着把酒瓶还给了李卓越。

"傻小子，你不懂！"

"得了吧，简直就是马尿！"

"把工具给我。"

庄严从包里掏出了一把铁锤、几根一拃来长的细铁锥，两条小手指粗细的绳索，递给了李卓越。

李卓越把这些工具放进挎包里面，抬头望了一下，说："庄严，我先上！"

李卓越借着一些凸出的石头或凹进去的石窝，手脚并用，一点一点地向上攀爬。庄严紧随其后，沿着李卓越攀爬的路线一步一步向上移动。实在是太陡峭，太费劲了，没一会工夫，两人就累得全身大汗淋漓，双手和两只胳膊因为用力过度变得酸痛起来。更要命的是，庄严的右腿突然出现抽筋，好在那一刻他正好站在一块凸出的石头上。

"老李，我的腿抽筋了，疼死了！"庄严大声说。

"坚持一下，千万不要动！"李卓越说。

李卓越慢慢移到庄严正上方的一块凸起的石块上，站稳脚，左手紧紧抓住从石缝里长出来的一棵小树，右手从挎包里摸出一根铁锥，用力插进石缝里面，拿出铁锤钉牢，把绳索拴到铁锥上，另一头垂了下去，让庄严抓住绳索攀了上来。两人相互交替、轮番上攀，终于爬到接近悬崖顶部的一个大石坎处，庄严趴在石头上，说：“老李，我快累死了，休息一会吧。”

李卓越也坐了下来，擦了一把脸上的汗水，顺手从包里掏出威士忌，拧开盖子，用胳膊肘碰了一下庄严，说：“要不要再来一口？”

“不喝了！”庄严说，“真喝不惯。”庄严从口袋里拿出他小的时候和父母照的相片端详起来。

李卓越举起瓶子喝了两口，拧紧了盖子。问庄严：“想他们了吧？”

“没有！”

“别嘴硬了，想父母是人之常情！”李卓越也想到了自己的父亲，他抬头眺望着广州方向。父亲明天就要离开广州了，他没有回去，他想父亲一定很失望，父亲这一走，何时再见面还真是不好说。

“你也想父亲了吧？”庄严说。

“有点。”李卓越说。他收回目光，转过身，问庄严是从啥时候知道父母的真实身份的。庄严说是你委婉地告诉我的啊，开始还真有些不相信。上次你病了，我大闹医院，就相信了。

“等这一仗打下来，我亲自把你送到司令员面前，”李卓越说，“见面后你直接叫爸。”

庄严有些不好意思。“到时可能还真张不开口，”庄严说，“你带我去医院见我妈妈，我本想试着叫声妈妈，就是喊不出口。”

“看你那点出息。”

“不习惯嘛！”

“以后会习惯的。”李卓越说着，站起身，抬头看了一下，离悬崖顶还有两人多高，他让庄严稍等一下，等他上去后把绳子抛下来。

李卓越把绳子往腰间一系，背起挎包，在高低两个地方的石缝里分别钉了铁锥——他伸手抓住高处的铁锥，一个纵身站到了下面那根铁锥上，又往高处的石缝里钉了一根铁锥，伸手抓住，纵身踏在了第二根铁锥上，用力一跃，爬上了崖顶。他从腰间解下绳子，抛给庄严，三两下就把庄严拉了上来。

悬崖顶上一片野树杂草，藤蔓缠绕，往前不多远，就是牵鼻岭。两人悄悄摸到牵鼻岭，藏身于半人多高的草丛里，李卓越观察了一下四周，并无异常，于是他拿出望远镜观察远方。他慢慢调着，望远镜里的一切由模糊渐渐变得清晰。他突然发现不远处的一棵树干上，削出了一块新皮，上面歪歪扭扭刻着“夜猫子”三个字。

李卓越小声告诉庄严，老苟来过了，他让我们晚上行动！

“你怎么知道？”

“夜猫子不就是昼伏夜出嘛，”李卓越说，“夜猫子也是老苟在延安时给我起的绰号。”

庄严一听乐了，打趣说：“那我们这次行动，代号就叫‘夜猫子’吧！”

“别废话了，”李卓越说，“我们再往前走走，看看坝上的情况再说！”

两人又悄悄往前方走了一段路，透过轻纱一样的缭绕雾气，隐约可见山谷之中的大坝。他们隐身于一块大石后面的草丛里。李卓越举起望远镜，副坝清晰地出现在他的眼前。副坝修建在凤凰山和牵鼻岭之间的峡谷地带，长约五十米，高有近百米，对面有一座碉堡，坝顶上有一队荷枪实弹的匪兵巡逻警戒。

“啥情况？”庄严小声问。

“有点麻烦，你看一下吧！”李卓越把望远镜递给了庄严。

庄严观察了一会，放下望远镜，说：“易守难攻啊！”

“不用说，坝的两边一定全是明碉暗堡，火力覆盖了整个坝面，要靠近确实不容易。”李卓越说。

“那怎么办？”庄严问。

“唯一的办法就是想法把这边的碉堡干掉，然后我掩护你下去排弹！”

不远处，突然传来窸窸窣窣的声音，李卓越脸色一变，小声对庄严说：“有人来了，快趴下！”

两人趴在草丛里，一动不动。李卓越微微抬起头，机警地观察着，看到有人来到了面前。他突然一个飞跃，把来人扑倒在地。低头一看竟然是马三尺！于是，赶紧放开手。

“马老师，你怎么来了？”

“为了帮你啊！”

“你是……夜莺！”

马三尺点了点头，说：“听小赵说，你早就知道我的真实身份了。”

“那是感觉，现在才确定。”李卓越话题一转，说，“这么高的悬崖，我和庄严累个半死才爬上来，你怎么看上去这么轻松？”

“光叔送我上来的。他是攀崖高手，你应该听说过吧！”马三尺说，“今天我向他打听怎么来这里找你，他就坚持要送我来，他说刘文祥逼死他女儿阿霞，你亲手处决了刘文祥，从那时候他就认定新政府和解放军是自己人，和穷人一条心！”

阿光从不远处的草丛里猫着腰走了过来。

李卓越让阿光立即回去，他说打仗是要死人的，光叔你上有老下有小，你不能待在这里。

阿光却坚决要留下来，他说，你们都舍出命来保大家的平安，我怎么就不能出点力？我也是个男人！

李卓越想了一下，从挎包里拿出一张地图，说光叔麻烦你跑一趟，去坜坝的团指挥部找江团长，把地图给他！

“你这是赶我走？”

“不是的，光叔，这件事非常重要，如果地图送不到江团长手里，后果非常严重！”

“你这样说，那我就跑一趟！”光叔接过地图，猫着腰悄悄向悬崖方向走去。李卓越让庄严把光叔送到悬崖那边再回来。

庄严和光叔离开后，马三尺拿起望远镜观察了一下副坝的情况，说：“老李，地形对我们很不利啊！”

“我的想法是，晚上大部队发起进攻前，我们得先解决牵鼻岭这头的碉堡，阻止敌人增援，掩护庄严行动！”

“水怪有消息吗？”马三尺小声问。“水怪”是荀安水的“代号”。

“他留了记号，让我们晚上行动！”

“有件事，你可能不知道，”马三尺说，“圆月带张冰冰上凤凰山了！”

李卓越大吃一惊，“到底怎么回事？”

马三尺告诉他，圆月就是代号“皇太子”的特务，他早就有所怀疑，也一直在暗中观察，却还是被圆月蒙骗了。

“你敢确定？”

马三尺从身上掏出一本《少年维特之烦恼》，对李卓越说，这是敌人后来更换的新密码本，击毙张龙钧后，我在香坊里找到的，当时就觉得眼熟，好像在哪里见过，直到昨天才想起来，圆月曾经有这样一本书。

“万一不是同一本书呢？”李卓越说。

“你听我说，”马三尺说，“今天我本是要回龙溪会会她。半路上发现几个土匪，以为是去水库大坝搞破坏，就暗中跟踪。原来他们是奉‘皇太子’之命袭击郑剑。郑剑受伤了，但不会有生命危险。我问郑剑，离开龙溪时看到圆月老师没有。他说在街上遇到了，圆月问他去哪里，他告诉圆月，你得知敌人要炸水库副坝，和庄严来了副坝，他是到水库大坝向江团长汇报情况。这进一步证实，圆月就是‘皇太子’，我立即回龙溪准备抓她，没想到还是晚了一步！”

5

张冰冰醒过来后，镇政府工作人员告诉她，李卓越和庄严到坜坝找水库副坝去了，郑剑去了水库大坝向江团长汇报情况。她决定去坜坝找李卓越和庄严，心想也许能给他们两人帮点忙。镇政府工作人员不同意，说李卓越同志临走有交代，让你好好休息，哪也不能去。任张冰冰怎么解释，他们就是不答应。为防止张冰冰趁他们不注意外出，就让一名民兵专门守在她的房间门口。

就在这个时候，圆月来了。她从郑剑处得知李卓越和庄严去保护水库副坝，郑剑给江团长送信搬兵，心里顿时一惊。如果李卓越得逞，天水计划必定夭折，她怎么向上司交代？这是她所不能容忍的。她立即向张镇天下达指令，让其立即派人半路上截杀郑剑，阻止他给大部队送信，同时，她决定将张冰冰骗上凤凰山，她知道张冰冰对于李卓越来说，有多么重要。张冰冰将是她和李卓越正面交锋，甚至能够确保实施天水计划的重要筹码！

“冰冰同志，刚才我在街上遇到郑剑，他说你病了，发高烧，我过来看看。”

“谢谢你，圆月老师！”张冰冰说，“我没事，我现在担心李卓越和庄严。”

“他俩去哪了？”

“郑剑没告诉你吗？”

“没有。”

“他俩去塀坝找水库副坝了，敌人要炸水库副坝！”张冰冰着急地说，“我要去塀坝找他们，可镇政府的工作人员不同意，说卓越有交代，让他们看住我，哪也不能去，真是急死人！”

“冰冰同志，就算你去也不一定能追上他们啊，再说，你一个人也上不了山啊！”

“那可怎么办啊？”张冰冰着急地说，“就凭李卓越和庄严两个人能保证副坝安全吗？万一出现意外，后果不堪设想！”

“你别急，让我想想，”圆月沉吟片刻说，“我倒是有个办法。”

“什么办法？”张冰冰急忙问。

“你跟我一起上山见我爹，劝他不要跟政府和解放军为敌，向解放军投诚，”圆月说，“这样，不仅能使副坝不受破坏，也能更好地保证李卓越和庄严的安全！”

张冰冰一脸惊异。“这能行吗？”张冰冰说，“你爹前几天都差点杀了我。”

“你代表的是解放军，谈判代表，两军交战不斩来使，相信这点道理我爹还是懂的。再说了，还有我在嘛，虎毒不食子，我爹怎么可能下手？”

“问题是你爹会听你的吗？”

“我爹就我一个独女，平时最疼我，我相信只要跟他讲明利害关系，他不会执迷不悟的。”

张冰冰想了想，说：“好吧，圆月老师，就按你说的，我跟你上山，劝你爹投诚！”

张冰冰其实对劝降张镇天根本没抱什么希望，她之所以答应圆月，是想去凤凰山见一个人——那个“一撮毛”，虽然李卓越没有明确告诉她“一撮毛”是自己人，但她亲眼看见那次在广州李卓越故意放走的就是他，上次闯上凤凰山，李卓越被他带下山挑水，就找到了离开的道路，显然也是他的帮助。张冰冰坚信，“一撮毛”一定是自己人，他潜入凤凰山的任务，应该就是为了彻底剿灭这股土匪。她决定冒险跟圆月上凤凰山，寻机把李卓越和庄严去保护副坝的情况告诉“一撮毛”，让他想法帮助李卓越和庄严完成任务。

“冰冰同志，谢谢你的信任！”

“圆月老师，我该谢谢你才是，你能这么做，很了不起！”

“我只是做我应该做的，只要我爹迷途知返，将来能颐养天年，我就知足了。”

“那我们赶紧走吧，圆月老师，救人要紧！”张冰冰说。

张冰冰和圆月走出房间，站在门口的民兵马上问：“张冰冰同志，你这是要去哪？”

“同志，现在有非常重要的事情要办，”张冰冰说，“我和圆月老师必须尽快去！”

“可是，李卓越同志有交代……”民兵有些为难。

“我会和卓越同志解释的，放心吧！”

民兵想了一下，同意张冰冰和圆月一起外出办事。但提出把事情办好后，她要立即赶回来。

张冰冰问圆月会骑马吗？圆月说她在美国读书时参加过大学的骑术协会，专门学过骑马。于是，张冰冰从后院牵来两匹马。两人骑马直奔凤凰山。

两人来到山脚下，停了下来。张冰冰问圆月是否来过凤凰山，圆月摇了摇头，说没有来过。张冰冰告诉圆月，凤凰山环境复杂，满山都是密林杂草，遮天蔽日，很容易迷路，而且防守很严，到处都是关卡暗哨，怕是难以上去。圆月说我倒没想到这个问题，听你这样说，确实有点麻烦。

两人正犯愁，后面有两个人骑马飞奔而来，来人是圆月家的家丁。两人告诉圆月，管家看到她骑马离开龙溪，放心不下，让他们追来的。圆月问两人有没有上过凤凰山，两人说以前曾上去过两次。

“那好，你俩现在就引路，带我们上山。”圆月吩咐道。

两人互相看了看，有些为难，说：“管家有交代，追上小姐后就让您回家，没说让上凤凰山。”

圆月听了，脸色一沉，说现在就要听我的，别废话，赶紧带我们上山。两个家丁只好听从圆月安排，带圆月和张冰冰上山。

圆月和张冰冰跟着两名家丁到了位于凤凰山顶的寨子口，被站岗的匪兵拦住了。圆月让匪兵进去通报一声，就说司令的女儿圆月来了，有重要事情，要见司令。

很快，怡静和苟安水来到了寨子口。怡静见过圆月，她忙喝退持枪围着圆月、张冰冰等人的几个匪兵，然后问圆月怎么上山来了。圆月说，怡静姐，我想我爹了，所以上来看看。怡静也认出了张冰冰，疑惑地打量了她一下。圆月忙说，怡静姐，她可是我请来的贵客，也是我的好姐妹！圆月又指着两个家丁，告诉怡静他们是家里的仆人，怡静也就没再说什么。

苟安水和怡静陪着圆月、张冰冰等人来到客楼，安排他们进屋歇息。圆月提出要去见她父亲。

“司令正忙着，”怡静说，“你上山也累了，还是先休息一会吧。”

“好吧。”圆月有些不情愿。她接着说，“怡静姐，请转告我爹，让他快点来找我，我有很重要的事要跟他说。”

“放心吧，大小姐，我一定禀告司令！”

苟安水和怡静找到张镇天，告诉他小姐圆月上山来了，说有要事，要见他。张镇天态度坚决地说：“不见，让她赶紧下山！”

“司令，大小姐既然来了，还是见见吧！”

张镇天摆了摆手，说：“不能见，俗话说，路归路，桥归桥。她不能跟我扯到一块，要不今后她会有大麻烦的，这关系到她的将来和前途。”

张镇天接着对苟安水说：“苟团座，你跟小姐不熟，这事交你去办，你不要跟她讲什么客气，只管把她轰下山去就行！”

“是，司令！”

“司令，和小姐一起来的，还有个女共军，就是曾跟七爷一起闯上山来的那个女的，这个人该怎么处理？”

“张冰冰？”张镇天一惊。

“没错，小姐也是这样叫她！”

张镇天感觉有点奇怪，说：“前些日子我还想要她的命，她好不容易死里逃生，竟然还有胆上山来见我？”

怡静提议将张冰冰扣留在山上。苟安水认为动不得，他说动了恐怕于小姐不利。

张镇天转脸望着苟安水，说：“怎么个不利，你说说看。”

苟安水解释道：“司令送小姐下山的目的是什么？是为小姐的将来打算。这女共军既然是跟小姐一起上山，共党政府那边不会不知道吧？我想他们既然同意女共军跟小姐一起上山，必然算定司令不敢对她不利！”

“明白了，我要是对张冰冰不利，日后共党政府必然秋后算账！”张镇天叹息一声，说，“那你赶紧带人过去，把小姐和那个张冰冰送下山去吧！”

“是，司令！”

荀安水带人来到客楼，告诉圆月，司令不同意见她，让她立即下山。

“我爹让我下山？你骗人！”

“大小姐，对不起，山上马上就要打仗了，为了你们的安全，司令说你必须下山，离开这里！”

“我不走，我要见我爹，”圆月突然愤怒地指着荀安水等人骂道，“你们给我滚出去，滚！”

“大小姐，实在对不起，我也是执行命令，请你配合！”

“我不管，除非我爹亲自跟我说！”

“司令很忙，没时间，我劝你还是走吧，否则，别怪我无礼！”

“你敢！”

“来人，把他们给我抓起来！”荀安水一声令下，众匪兵一下涌上来。两个家丁想拔枪抵抗，被几个匪兵死死地摁倒在地，根本动弹不得。

圆月气得脸色发青，大声呵斥要抓她的匪兵：“走开！别碰我！”

张冰冰奋力挣扎，说：“我不住这个楼，我住对面楼，我的东西还没带！”

荀安水看了看张冰冰，对两个押着她的士兵说：“带上她，跟我走一趟！”

荀安水带两个匪兵押着张冰冰来到对面楼前，问张冰冰：“你住哪间？”

张冰冰抬头示意了一下。荀安水上前一脚踢开门，两个匪兵要押着张冰冰进房间。荀安水说：“把她放进来，交给我！”两个匪兵一下明白了，把张冰冰推进了房间。

荀安水顺手把门关上，走到张冰冰面前，低声说，“快，你快点喊两声！”

张冰冰会意，大声惊叫起来：“放开我，放开我！”

荀安水往茶几上踹了两脚，上面的陶瓷茶杯掉到地上，“啪”一声摔得粉碎。

苟安水小声问张冰冰，怎么和圆月一起上山了，李卓越呢？

张冰冰把相关情况简单地告诉了苟安水。接着说："圆月让我跟她一起上山劝张镇天向解放军投降，其实我知道这是不可能的，我之所以上山就是为了见你，因为凭着李卓越和庄严两个人完成这个任务太难了，必须要得到你的帮助！"

"我知道了，你赶紧随圆月下山。山上一旦开战，非常危险！"

"那你怎么联系到李卓越？"张冰冰问。

"我想李卓越要来，肯定会从牵鼻岭那边攀崖，很艰难，没那么快到，我已经在那边留了记号，他看到后知道该怎么办！"

"他能认出你的记号吗？"张冰冰仍有些担心。

"放心，我和他曾是同学，他会明白的！"苟安水接着提醒张冰冰，赶紧把头发弄乱一点，哭两声，准备离开。

张冰冰点了点头，假装哭了起来。

苟安水解开风纪扣，然后一把拉开门，大声呵斥："你她妈的哭什么哭，赶紧滚下山去。"接着冲站在不远处的两个匪兵喊道，"把她带走！"

苟安水带两个匪兵把张冰冰押了回来，圆月发现她头发散乱，脸上挂着泪痕，神情悲戚，忙上前说："冰冰，你没事吧？"

"我……"张冰冰表情痛苦，欲言又止。

"对不起，都是我不好，害了你，你放心，我一定会想办法为你报仇的！"

"嘀咕什么，给我老实点！"苟安水大声呵斥，接着对几个匪兵说，"送他们下山！"

苟安水带着几个匪兵强行押送圆月和张冰冰等人下山。到了半山腰，一名匪兵追了来，气喘吁吁地说："团座，司令让你立即回去，有要事相商！"

"你们几个负责带大小姐下山，记住，一定要把他们护送到安全地带才可返回！"苟安水恶狠狠地冲几个匪兵说，"如有差池，我要你们的脑袋！”

荀安水说完，径自转身离去。圆月望着他的背影，面露愠怒，恨恨地说：“等着瞧！”

“快走！”几个匪兵催促道。

往前行不多远。圆月突然“哎哟”一声，蹲下身子，说，“我脚崴了！”走在前面的两个家丁停住脚步，转过身来，问：“小姐，怎么办！”

圆月猛地起身，用力撞倒走上前来想问她什么情况的匪兵。这个匪兵一个愣神，手中的冲锋枪就被圆月抢到了手。她端起冲锋枪射向押送他们的匪兵，两个家丁见此情景，也立即掏枪射击。几个押送的匪兵瞬间倒地毙命。

圆月仍不解气，她面目狰狞，端着冲锋枪往密林里一阵狂扫，子弹打在树干上石头上“啪啪”直响。一梭子子弹打光后，她随手把冲锋枪扔到了地上。

一切发生得太突然，张冰冰吃惊地望着圆月：“你……”

“皇太子，听说过吗？”圆月冲张冰冰微微一笑，说，“你们做梦也想不到吧！”

第十七章

1

荀安水带人押送圆月、张冰冰等人下山，半路上被张镇天派人追回，是因为山下传来消息，说共军大部队正向凤凰山、牵鼻岭一带开进。张镇天认为，这说明天水计划极有可能已经走漏消息。他决定召集怡静和荀安水，研究一下如何应对。

会议开了没多久，远处突然传来一阵枪声。张镇天心里一惊，他担心是坝上出事，于是站起来，招呼怡静和荀安水一起去看看。他们到了寨子口，有匪兵从山下赶上来汇报，说送大小姐下山的几个兄弟全被击毙，大小姐等人全部失踪，不知去向。张镇天心里着实一惊，他担心是解放军劫持了圆月，于是立即下山来到现场。

几个匪兵多是连中数枪，从伤口情形可以看出是近距离射杀。张镇天担心女儿圆月的安全，他命令匪兵严密搜查，务必找到大小姐，同时要求加强警戒，严防共军人员潜伏上山。他知道，越在关键时刻，就越要谨慎，一旦疏忽大意，所有的计划都将毁于一旦。他不知道此时此刻皇太子究竟在哪里，他是否知道凤凰山、牵鼻岭已经大兵压境，形势严峻，他想，必须尽快联系皇太子，向他详细汇报。看看他会有什么锦囊妙计和指示。

一个匪兵从山上急匆匆跑了下来。他向张镇天汇报，说皇太子上山了，已到司令部，皇太子说共军已大军压境，形势危急，务请司令速速回去，有要事相商！

张镇天听了又惊又喜。凤凰山地形复杂，防守严密，就算一只鸟儿都难以飞上来。皇太子竟然堂而皇之地到了凤凰山司令部，自己才接到报告，皇太子的行动不仅隐秘而且快如闪电，足见其绝非寻常之辈，不愧党国之栋梁。皇太子不仅能够与海南国民党军联络，而且能够直接与台湾军政高层联系，他的到来，也让张镇天生出一种有所依靠的欣慰！

张镇天和荀安水、怡静急匆匆赶回司令部。他没有看到皇太子，却发现女儿圆月坐在客厅的太师椅上，神态悠然地喝着茶。

“你个死女，一点不让我省心，还以为你出什么意外了呢，怎么突然冒出来了？”

“爹，我想你了嘛，我刚才都上来了，你竟然不见我，我不死心嘛，就又跑上来了！”圆月说。

“你想对我说什么？”张镇天说，“快说吧，说完我安排人送你下山！”

圆月看了看荀安水和怡静，有些为难的样子。张镇天只好让荀安水和怡静先到外面等一会。

两个人出去后，圆月告诉张镇天，她就是皇太子！

张镇天惊得半天合不上嘴。

圆月告诉张镇天，当年她去美国留学，张镇天托付一个在美国做生意的朋友照顾她，而这个王姓朋友并非真正的商人，而是国民党军统特务，专门在海外华侨和留学生中物色人选，培养特工，然后安排这些人想法潜回大陆，她这次回来，就是为了天水计划，按照计划，借广州全城被洪水吞噬之机，海南的国民党军立即实施反攻，一举占领广州！

张镇天说那你和共党的李卓越又是怎么回事，我还以为你们能够走到一起，然后远赴美国。

圆月说那都是假的，李卓越在美国时就公开谴责国民党政府腐败无能，他读了一个叫斯诺的美国记者写陕北共产党的文章，就公开支持共产党，所以他回国后直接去了陕北。我在美国时主动接近他，确实因为对他有好感，同时也想影响他，但因为政见不同，每次议论起国内之事，必有分歧。我回到龙溪后，刻意制造爱恋着他的假象，一是为了获得安全保护，二是想从他身上得到一些有用的信息，然而这个人警惕性太高，始终不为所动，而且守口如瓶，从他那里根本得不到任何有用的东西，这也是我后来主动拉近和郑剑、张冰冰的关系的原因。

张镇天叹息一声，说看来是我把你害了，党国前途未卜，就算天水计划成功，又能怎样？我已年过半百，杀身成仁又有何妨？可是你这么年轻，又何必如此！

“爹，开弓没有回头箭，啥也别说了，”圆月说，“李卓越不仅知道我们要炸水库副坝，而且已经和庄严混上了牵鼻岭，如果我猜得没错，他一定是在悬崖处爬上来的，现在就潜伏在牵鼻岭，伺机行动！”

“就他们两个人，能干什么？”张镇天说，“只要副坝一炸，山下的共党大军都会在瞬间变成水鬼，我有何所惧？”

“都准备好了吗？”圆月问。

“昨天已经把所有弹药放到了大坝下面的排水管道里面，现在是万事俱备，只等洪峰！”

“爹，洪峰大概深夜十一点才能到达，还有几个小时，现在绝不能掉以轻心，更不能小看李卓越，他绝对会死保大坝安全，”圆月说，“现在最要紧的，是立即派人搜索牵鼻岭，除掉李卓越和庄严！”

张镇天沉吟片刻，对圆月说，他会立即着手布置，他认为圆月没必要和他一起在山上冒险，他让圆月立即下山。他说圆月你并没有和共党公开为敌，也没有真正给他们造成损害，你带上张冰冰下山吧，只要保护好这个张冰冰，让她毫发无伤，我想共党会给你一条生路的。

“爹，事到如今您怎么还有这样的想法？”圆月说，“齐惠兰，还有共党广州市水利工作组的五个人，哪个不是我下令除掉的？你想想共党能放过我吗？”

“唉，真没想到，你和爹上了同一条船！”

“我要坐镇凤凰山亲自指挥，”圆月说，“现在我的身份可以公开了，让怡静和苟团长进来吧，我要向他们交代一下。”

张镇天把怡静和苟安水喊了进来。圆月告诉两人，她就是“皇太子”，要亲自坐镇凤凰山指挥。接着，她吩咐荀安水和怡静，立即带人到牵鼻岭搜查。

“你们听好了，就是挖地三尺，也要把李卓越和庄严给我找出来，决不能让他们接近大坝！”圆月接着说，“天水计划，事关党国海南军队能否重返大陆，夺回广州，万不可掉以轻心。”

荀安水和怡静向圆月表示，绝对效忠党国，听从她的指挥。

两人离去后，圆月告诉张镇天，张冰冰被关押在客楼了，只有她的两个跟班在看押，让张镇天再派几个人去看守。

“绝不能伤害她，这是对付李卓越的最后一道也是最厉害的一道王牌！”圆月说。

2

牵鼻岭上，匪兵们三五人一组，举着火把四处搜查李卓越和庄严。

荀安水知道李卓越一定隐藏在牵鼻岭，而且可能就在离大坝不远的地方，伺机行动。他开始为李卓越的安全担心。万一李卓越被发现怎么办？他想，只能见机行事，设法解救李卓越，一起保住大坝。他正这样想着，三个匪兵来到了他的面前。带头的班长竟然是李卓越！后面两人他没有看清是谁，但一个是庄严绝对没错，另一个也一定是自己人。他就知道，李卓越把搜查的几个匪兵解决掉，换上了他们的衣服，混了进来，荀安水悬着的心终于放了下来。

李卓越一个立正，大声说：“报告长官，北面山坡已经仔细搜查了，没有发现共军！”

“没有？几个大活人难道会飞？再找，找仔细一点！”荀安水转身对怡静说，“中校，你在这盯着，我去督促搜查！”

荀安水拔出手枪，冲李卓越等人一挥，说：“你们几个，跟我走！”荀安水一边往前走，一边呵斥匪兵，“都给我把眼睛瞪大点，就是掘地三尺也要把共军找出来！”

苟安水带李卓越远离了人群。他告诉李卓越所有弹药昨天已经放在下面的排水管道内，只等今晚十一点左右洪峰到后，敌人就会引爆弹药，炸毁副坝。大坝上目前有两个班的匪兵来回巡查，大坝两头依山建有牢固的碉堡，火力对大坝实现了全覆盖，要想下到坝底排弹难度非常大，他问李卓越打算如何行动。李卓越指着庄严对苟安水说，他是庄严，原来是纵队工兵营的工兵，又指着马三尺说，这位就是“夜莺”马三尺同志。李卓越接着告诉苟安水，他和马三尺会想法控制牵鼻岭这边的碉堡，掩护庄严下到坝底拆除炸弹。他让苟安水尽快想办法多弄些弹药到碉堡内。

“没问题，等会我就安排！”

李卓越接着说，还有个情况，张镇天的女儿圆月就是皇太子，老马说张冰冰被她骗上了凤凰山，你见到过张冰冰没有？

苟安水说，她刚到山上后我就想法单独见过她，她说圆月带她上山说是一起劝张镇天投诚，她说知道这是不可能的事，她借机上山的目的就是为了见我，告诉我你带庄严来副坝了，要我想法帮助你。当时张镇天并不知道圆月就是皇太子，不想让她牵连进来，就不同意见她们，要他们立即下山。没想到圆月把送他们下山的匪兵全部杀害了，又回到了山上，她要在凤凰山亲自坐镇指挥，现在就是她下令搜查你。他们重新上山后，我就没有见到张冰冰同志，估计圆月亲自安排人看押了，我没猜错的话，她会把张冰冰作为对付你的一张王牌。

“老苟，这里就交给我们，”李卓越说，“你要赶紧找到张冰冰，救她出去！”

他们商议已定，重新回到坝上，苟安水立即指挥匪兵往牵鼻岭这边的碉堡里多放些弹药。他冲李卓越等人吼道：“浑蛋，发什么呆？赶紧一起去搬弹药！”

凤凰山那边，突然传来一阵枪声。

“苟团座，会不会是共军要袭击凤凰山？”怡静说。

“麻烦你在这里盯着，我去看看怎么回事。”

苟安水借机回到凤凰山上，寻找张冰冰。他接连找了几个地方，都没有发现张冰冰的踪影，他来到客楼也没有发现异常，正要离开时，却发现旁边一座二层小楼的二楼走廊上站着两个持枪的匪兵——以前梁团长曾把他的一个姘头安顿在这里，梁团长被怡静打死后，他的姘头就下山了，这座小楼就一直闲着，再无人居住。突然有兵把守，他想，张冰冰很可能被关押在此。

他上到二楼，发现两个匪兵竟然是张镇天的警卫，就知道张冰冰一定是关在这里。两个匪兵拦住了他，说司令有交代，任何人不能接近这个共军。

“妈的，我是亲奉皇太子和司令之命来的，难道也不能见吗？”

两个匪兵不敢再言语。苟安水上前推开房间，走了进去。这是一个套间，圆月的两个手下正在喝茶，见苟安水闯了进来，有些疑惑，起身问：“团座，您怎么来了？”

“皇太子让我来带走女共军，说要利用她引出那个姓李的军佬！”苟安水说，“她人呢？”

“在里面！”一个说。

“团座，我们俩要和你一起把她送到皇太子手里。”另一个说。

“没问题！”苟安水很爽快地答应了。

三个人带着张冰冰下楼，因为圆月的两个手下同行，外面的两个匪兵也就没有阻拦。走到靠近后山小路的一个僻静地方，走在前面的苟安水说要方便一下，让两个人押着张冰冰先走，他随后就来。苟安水在后面掏出匕首，悄然上前，用左臂紧紧勒住走在后面的匪兵的脖子，抬起右手，将匕首插进了匪兵的心窝。前面的匪兵听到后面动静不对，刚一转身，苟安水一个箭步迎了上去，同时伸出右手，把匕首狠狠地插进了他的心窝。

“张冰冰同志，快跟我走！”苟安水说着，捡起两个匪兵的手枪，递给张冰冰一把，带着她从后山的小路下山。

两人走到半山腰，圆月带一群匪兵追来。

张冰冰被带走后，张镇天的两个警卫闲扯了一会。其中一个说，人都被带走了，我们也没必要待在这里了，回去吧。两人在回司令部的路上，发现圆月的两个跟班都被杀死了。慌忙跑到司令部向圆月和张镇天汇报。

直到此时，张镇天才知道怡静错杀了梁团长。他真正要查的人是苟安水！

“姓苟的，我绝不能让你得逞！”圆月大声说，“来人，跟我走！”一群匪兵举着火把跟着圆月一路追来。

跑在前面的匪兵发现了苟安水和张冰冰，一串子弹射了过来。两人赶紧隐身于路边的树后，苟安水抬手连开数枪，阻击匪兵。

圆月大声喊道：“姓苟的，你们跑不了，识相的话赶紧把枪放下，否则别怪我不客气！”

“张冰冰同志，你快下山，我来掩护，记住，湖边有竹筏，划过去到坝上找李卓越！”

“不行，我留下，你走，李卓越需要你的帮助！”

“别争了，我答应过他一定要救你出去，你快走！”

匪兵在圆月的指挥下，边射击边一步步向两人逼近。

“那你……”张冰冰有些迟疑。

“我对这里很熟，你走了，我会想法撤，你快走！”苟安水说着，从腰间拔出一颗手榴弹，打开后盖，扬手丢向匪兵，“轰”的一声爆炸，匪兵们发出一片惊叫声。趁着匪兵混乱，张冰冰急忙往山下奔去。

“谁杀死姓苟的，赏大洋两百！”圆月喊道，“后撤者，格杀勿论！”一个匪兵排长带头冲向苟安水。圆月则带着几个人，火速下山，到水库边阻截张冰冰！

匪兵们在排长的带领下，大喊大叫着边往山下冲边猛烈扫射。苟安水举枪还击，他的右肩和右胸处不幸中弹，身子晃了晃，差一点摔倒，他靠在树上，继续阻击匪兵。他的胸口又不幸连中数弹，摔倒在了地上，匪兵排长叫嚣着带人冲了上来。他摸索着，从腰间掏出最后一颗手榴弹，打开保险，拼尽了全身力气，拉响了手榴弹……

张冰冰跌跌撞撞地跑下山。路边的树林里突然冒出几束火把。圆月微笑着走了出来。站在了她的面前！

3

荀安水一直没有回来。凤凰山上传来的密集的枪声，让怡静陡然紧张。两个潜入牵鼻岭的共军还没有找到。她走出凤凰山这边的碉堡，来到对面的牵鼻岭上，督促搜查的士兵再抓紧一些，不要放过任何一个地方。为了防止两个共军突然闯到坝顶上，她特意安排一个班长带几个士兵守住坝头，告诉他们，一旦发现有人要强行闯坝，直接开枪打死。

密集的枪声响过一阵，就平息了，荀安水却一直没有回来。守住副坝，不让共军得手，只等洪峰一到就炸毁，才是最重要的任务。作为一团之长的荀安水，应该亲自坐镇现场指挥才对啊，从平息的枪声可以断定，并不是共军大部队开始攻山，那边到底发生了什么事，荀团长怎么就一去不回呢？怡静知道，山上这些官兵，她是指挥不动的，尤其是她亲手除掉梁团长之后，梁团长那些亲信，对她可谓恨之入骨。她想，真到了关键时刻，还是要荀安水指挥才行。

一阵电闪雷鸣之后，下起了瓢泼大雨。

圆月带着几个人赶了过来。圆月告诉怡静，刚才是共军派出的小股部队袭扰。在与共军的战斗中，荀安水表现英勇，可惜不幸受了重伤，已为党国尽忠。

怡静心里一阵难过。荀安水给她的印象不错。人不但聪明，足智多谋，而且很正派，对党国一片忠诚。在她刚上山的时候，梁团长几次骚扰她，都是荀安水恰好赶到，替她解围，每次看似巧合，她知道绝不是巧合，她在秘密调查共军卧底的时候，荀安水明里暗里也给了她很多帮助。因此她对荀安水是有些感激的。

荀安水死了，皇太子和司令又是亲父女，一家人。怡静突然有种被孤立的孤独感。

圆月发现她脸色不好，就问：“怡静姐，你怎么啦，没事吧？”

“哦，没事！”怡静忙说，“有什么任务，您尽管吩咐！”

“怡静姐，我们必须以苟团座为榜样，为他报仇，效忠党国！”圆月说，“这里交给我，你回去和司令一起，指挥部队应对共军的进攻！”

怡静走后，圆月带着两个跟班来到坝顶。她大声喊道：“都给我听好了，司令有令，严密监视，不许撤离岗位，玩忽职守者，杀无赦！”

一个少校军官跑到圆月面前：“报告长官，属下乃牵鼻岭三营营长陈虎雄，牵鼻岭作战现场指挥！”

“我知道你，”圆月说，“你是司令手下一员悍将，弟兄们都叫你打虎英雄，牵鼻岭防卫战就交给你了！”

“请长官放心，卑职将竭尽所能，肝脑涂地，以报司令知遇之恩！”

“你忙去吧，我到牵鼻岭上去看看。”

圆月转过身，透过雨水，发现不远处一个扛弹药箱的士兵竟然是庄严！

庄严也发现圆月在盯着他，他把弹药箱往地上一扔。“老李，露馅了，快动手！”庄严喊着跑了几步，一个翻滚，躲进了树丛里。

圆月从跟班手里拿过冲锋枪，朝着庄严藏身的树丛处一阵狂扫。边扫射边大声喊：“共军已混进来了，陈营长，快集合人马，干掉他们！”

此时，李卓越和马三尺一人扛一箱弹药，已经走进牵鼻岭这边的碉堡内。两人见庄严已经暴露，把弹药箱放下，相互使个眼色，一齐动手，抡起手中的冲锋枪砸向匪兵。

匪兵们猝不及防，根本没想到反抗，而是大喊大叫着慌忙向外面奔逃。李卓越和马三尺端起枪冲奔逃的匪兵一阵扫射。

“陈营座，共军已占领碉堡，你赶紧带弟兄们干掉他们！”圆月大声喊道。

“放心吧，长官，他们跑不了！”陈营长把手中的枪一挥，大声说，“弟兄们，给我狠狠地打！”

匪兵们边开枪边向碉堡涌来。

李卓越和马三尺一人抱着一挺机枪，向着涌上来的匪兵一阵狂扫，冲在前面的匪兵纷纷倒地，匪兵们被迫后撤。

李卓越边扫射边大喊：“庄严，快进来，快点！”

“来啦！”躲在树后的庄严，探出身子，接连向匪兵群中扔了两颗手雷。炸得匪兵四处乱窜，庄严趁机冲进了碉堡。

陈虎雄和圆月再次组织匪兵向碉堡发起进攻。恰在这时，一发炮弹呼啸而来，“轰”一声爆炸，多名匪兵被炸死炸伤。紧接着，一发发炮弹拽着一溜火光呼啸而至，散落在牵鼻岭上，爆炸声此起彼伏。匪兵们纷纷逃窜，现场一片混乱。

圆月端起冲锋枪射向四处奔逃的匪兵，“都给我回去！逃跑者格杀勿论！”

逃窜的匪兵被圆月逼停下来，又聚拢到一起。陈虎雄再次组织攻击碉堡。

凤凰山上空，呼啸的炮弹划出一道道火光，接着就是接二连三绵延不绝的爆炸声。圆月心里非常清楚，共军的大部队开始向凤凰山和牵鼻岭发起总攻，最后的对决正式开始了。

匪兵们在陈虎雄的指挥下再次冲向碉堡，然而，碉堡内的火力太猛了，冲在前面的匪兵纷纷中弹倒地，后面的匪兵被压制得寸步难行！

圆月见此情形，大声说：“陈营座，你听着，无论如何要把碉堡夺回来！如果不行，那就炸掉它！”

“明白！”陈虎雄大声应道。

“陈营座，这边就交给你了，我到对面去组织指挥。”

整个副坝已经完全被火力封锁，两个跟班问圆月怎么过去。她果断地说，乘竹筏走水路过去！

圆月站在竹筏上，远远地望着水库副坝，望着喷着火舌的碉堡，面目变得狰狞，她咬着牙，恨恨地说：“李卓越，你等着，我绝不会让你得逞！”

4

李卓越、庄严和马三尺，一人抱着一挺重机枪，朝着涌上来的匪兵一阵扫射，将敌人压制在了树林里。

“老马，这里交给你了，我和庄严出去，想法拆除坝底的炸弹，”李卓越接着说，“庄严，我们走！”

两人闪身来到碉堡外面。坝顶上的匪兵发现了他们，躲在构筑的简易工事里向他们开枪射击。

“庄严，干掉他们！”

庄严往坝顶上的匪兵群里扔了两颗手雷。借着爆炸的当儿，李卓越和庄严边扫射边冲上了坝顶。凤凰山那边碉堡里的敌人发现了他们，开始向他们猛烈射击。两人立即趴在了坝顶上。

马三尺见此情形，立即向凤凰山那边的碉堡开火，掩护李卓越和庄严行动。他调转了火力，让牵鼻岭这边的敌人有了可乘之机。陈虎雄命令一个匪兵抱着炸药包迅速靠近碉堡。庄严发现后，立即举枪射击，匪兵就在中枪的那一刻，迅速将炸药包扔进了碉堡。

“轰”的一声，碉堡被炸毁了！

“马老师——！”庄严大声喊道。

凤凰山那边的匪兵在圆月的指挥下，开始向李卓越和庄严猛烈射击，牵鼻岭这边的匪兵也在陈虎雄的指挥下，向坝顶逼近。两边的敌人对李卓越和庄严形成了夹击之势。

李卓越和庄严不时调转枪口阻击两边的匪兵。然而匪兵实在太多，他们撂倒一批，就会又有一批继续往前冲。李卓越知道他们最重要的任务是排除炸弹，保证副坝安全，这样被敌人拖着，会越来越被动。于是他边扫射边说：“庄严，这里交给我，你赶紧下坝，去拆炸弹！”

在李卓越的掩护下，庄严迅速下到坝底。他没想到，在坝底刚走几步，一束强烈的探照灯光打了过来，照在了他的身上。他立即卧倒在地。凤凰山那边的碉堡集中火力射向庄严，将他死死的压制在坝底动身不得。

“给我狠狠地打，绝不能让坝底那小子靠近排水洞！”圆月举着望远镜紧盯着庄严，大声喊道。

突然，碉堡里的重机枪停了。“浑蛋，为什么不打了？”圆月大声呵斥。

“报告长官，枪管红了，不能打了，要浇水！”

庄严站了起来，准备冲向排水洞。圆月发现后，立即命令守在坝头的匪兵向坝底投掷手榴弹。庄严被手榴弹炸伤了，重重地跌倒在地，陷入昏迷。

“庄严！”李卓越大声喊道，然而，下面一点声音也没有。

凤凰山那边的匪兵又喊叫着冲向李卓越，他端起枪又是一阵猛扫。

牵鼻岭上突然响起了激烈的枪声，李卓越回头一看，阿光竟然猫着腰向他跑来。

“光叔，你怎么来了？”

“我把东西交给江团长，他就立刻让我带吴排长他们赶过来帮你！”

李卓越抬头一看，吴排长带着战士们边向匪兵扫射边向坝顶这边冲来。

“太好了！”李卓越兴奋地说。

凤凰山那边的匪兵，在圆月的指挥下又试图冲上坝顶，李卓越立即开枪阻击。同时他告诉光叔，庄严在坝底可能出事了，让光叔下去找找庄严，他说，光叔，庄严如果还活着，让他无论如何要完成排爆任务！

“我知啦！”光叔拖着一根长长的竹竿，往坝底跑去。

圆月发现牵鼻岭那边的守军被吴排长带人打得七零八落，四处逃窜，知道解放军派来了增援部队，但看起来人并不多，也就是几十号人。她不禁一阵冷笑，心说共军也太小瞧人了，我要让他们见识一下我的厉害，一定让这些共军有来无回！她即刻下达命令，要求碉堡守军调整火力，用两挺重机枪重点反击李卓越和共军援兵，形成强火力压制，掩护驻防坝头的守军全面出击，一举歼灭所有共军。同时指示碉堡内的一名机枪手，死死盯住坝下的庄严。“只要那个小军佬一出现，不惜一切代价给我击毙他！”

圆月往对面看了一眼，冷笑道：“李卓越，别以为有增援你就能赢，我的底气还足着呢，你等着瞧吧！”

凤凰山顶上又传来一阵轰轰的爆炸声。圆月不放心山上的防守情况，立即转身，带着两个跟班回到了山寨。一些房舍被炸得七零八落，有一栋竹楼已经起火。

司令部旁边的几间房子也被炸毁了，司令部大厅前面的院子里也落下了炮弹，整个院子被炸得到处都是碎石泥土和残枝败叶。大厅的留声机里播放着粤剧《花木兰》，张镇天全身都是灰土，在用报话机指挥山寨上的部队向副坝一带靠拢。

圆月到来后，张镇天说怡静已经不幸以身殉职，山上的守军也被打散了，他已下令，所有弟兄带人向副坝一带靠拢。“损失实在惨重啊！”张镇天长叹一声，接着又说，“不过，只要副坝一炸，水淹广州，广东全省十二路纵队一起举事，海南国军趁势杀回广州，大业可成，我们就是为党国立下不朽之功勋啊，这点损失也值！”

圆月惨淡一笑，她告诉父亲，刚才她用电台联络了台湾的上峰，被告知，广东省内的十二路纵队绝大部分已被共党歼灭，难以举事；海南国军反攻大陆的计划也有变，在做撤退台湾的准备。上峰建议圆月等人，要想法继续潜伏下来，等待时机。

张镇天听后大惊，说：“继续潜伏？说得轻巧，共党大军已经包围凤凰山，我们身份也早已暴露，还怎么潜伏！”他接着长叹一声，说道，“这一次，我们败局已定，逃无可逃！圆月啊，你还年轻，听爹一句话，赶紧想法走！”

“爹，我不走，我还有一张底牌！你先行撤离吧。”圆月说完，带着两个跟班来到关押张冰冰的房间，在张冰冰身上捆了定时炸弹，带她赶往水库副坝。

5

再说光叔，他下到坝底，发现庄严躺在地上，满脸满身全是血污，昏迷不醒。他在庄严身边蹲了下来，把手放在庄严的鼻子下试了试，还有呼吸。他把庄严抱在怀里，轻轻摇晃着喊他："细佬，细佬，你醒醒，醒醒啦，我是阿光，光叔啊！"

庄严终于醒了过来，他声音微弱，说："光叔，你怎么来啦？"

"我是来帮你的啊！"

"庄严，光叔，你们听到了吗？快点吧！"密集的枪声里，隐约传来了李卓越的催促。

庄严挣扎着坐了起来，说："老李在叫我拆炸弹，光叔，你快点扶我去排水洞！"

"细佬，你都伤成这样了，先撤吧！"

"我没事！"庄严说着，站了起来，踉踉跄跄往前走了两步，又重重地摔倒在了地上。

碉堡内的匪兵发现庄严站了起来，立即向他射击，子弹打在石头上，啪啪的迸射出一团团火花。

"细佬！"阿光喊着一下扑过去，将庄严护在身下。

李卓越边向凤凰山那边进攻的土匪扫射，边对身边的吴排长说："吴排长，你带几个人抬着一挺重机枪去坝底，看看庄严怎么回事，要是他还活着，你们用肩膀扛，也得把他扛进排水洞，将炸弹拆了！"

"明白！"吴排长站起身，对几个战士说，"你们几个，抬上重机枪，跟我下坝！"吴排长带人下到坝底，发现庄严和光叔正在慢慢向着排水洞的下方爬去。

匪兵们拼命往坝底射击，火力覆盖了排水洞及周边区域。吴排长见状，大声喊道："快架机枪，开火，掩护他们！"重机枪手调整了一下，对着匪兵一阵猛烈的扫射，匪兵们被迫还击。敌人的火力被吸引了过来。

庄严和光叔在吴排长等人的掩护下，来到了排水洞的下方。庄严抬头看了一下。排水洞离坝底大概有两人多高，大坝由石头砌成，坝体平整光滑，根本不可能攀登上去。光叔看了一眼，拉过竹竿，说：“细佬，我用竹竿送你上去！”他往后退出一段距离，让竹竿一头刚好接触到大坝，然后弯下腰，把竹竿顶在右肩上，双手抱紧。他让庄严双手握紧竹竿，脚踏在大坝上，他猛地用力往前跑去，庄严顺势向上攀登，成功进入了排水洞。

阿光刚把庄严送进排水洞，敌人就发现了他，一串子弹打过来，他头部和胸口连中数弹，倒在了地上。

排水洞内黑咕隆咚，伸手不见五指，庄严从包里掏出手电筒，打开一看，排水洞的两边，一箱一箱的炸药码成了两排。他查看了一遍，也没有发现引爆装置。他想，难道是用定时炸弹引爆？有可能！想到这里，他屏住呼吸，把耳朵贴近炸药箱，慢慢移动着倾听。当他趴下身子，把耳朵贴在下面的一个炸药箱上时，突然听到了“滴答”声。他把压在上面的炸药箱搬开，用螺丝刀撬开箱子，拿手电筒一照，里面果然装着几颗定时炸弹，他一看设定的时间，再过几十秒就要爆炸了，根本没有时间拆除。他把手电筒往地上一放，毫不犹豫地抱起箱子快速冲到洞口，奋力往前一跃，跳了出去！

“要炸了，快闪开！”庄严大声喊道。他跳落到坝底后，紧紧抱着箱子，一个翻滚，坠向悬崖，“轰”一声巨响，炸弹在半空爆炸了，强烈的火光瞬间耀亮了整个山崖！

“庄——严！”李卓越大声嘶喊着，泪水“唰”一下模糊了他的双眼。

“李卓越！”圆月的声音。

李卓越擦一下泪水，抬头一看，圆月站在对面山坡上，举着一个铁喇叭在冲他喊话。

“李卓越，你给我听着，你不要以为把炸弹拆了，你就大功告成！你注定会失败的，我要成全你和你心爱的人，还有这条副坝，让整个广州给你们陪葬！”

圆月放下喇叭，对身边的跟班说：“放马！”

匪兵们闪出一条道来，一匹枣红马驮着五花大绑并被堵着嘴的张冰冰，向坝上走来。

圆月又举起喇叭，“李卓越，这就是你最爱的人，我现在还给你！不过，我可提醒你，你的爱人现在就是一个火药桶，我在她身上绑了定时炸弹，马背上驮着两百公斤炸药！一旦引爆，后果你应该清楚！”圆月接着大声喊道，“李卓越，我想，最精彩的戏才刚刚上演！”

“疯子，你就是个疯子！”李卓越愤怒地冲圆月大声喊道。

“参谋长，怎么办？”吴排长问。

“我冲上去，争取将张冰冰身上的炸弹卸了，你们注意敌人的动静，掩护我！”

“参谋长，还是我上吧！”吴排长说。

“听我的，掩护我！”李卓越说着，冲向张冰冰。

“李卓越，我知道你很勇敢！看在我们多年同窗的份上，我再提醒你，定时炸弹的时间只有一分钟，现在应该仅剩三四十秒了，我倒要看看你有多大本事！”

李卓越没有理会，他已经冲到了张冰冰的面前，他看到张冰冰表情焦急，在示意他快点离开！

“想做英雄，我成全你！”圆月说着，把喇叭一扔，从她跟班手里夺过一支卡宾枪，朝李卓越扫射。

她边开枪边大声喊：“兄弟们，给我打！”

匪兵们立即开枪射击。

李卓越的腹部和胸部不幸中弹，他一个踉跄，差点摔倒，他咬紧牙关，飞身冲向张冰冰。

“给我打！狠狠地打！”吴排长喊道，他和战士们几乎与圆月同时开枪。吴排长用冲锋枪扫了一梭子，回头说：“给我一支步枪！”他接过战士递给他的步枪，瞄准圆月扣动了扳机。

子弹打中了圆月的额头。她眼前一黑，面目狰狞，“李卓越，我不会输给你的！”她大喊着，扣动了扳机，一梭子子弹被她愤怒地射向了天空……她一头栽倒在地，手里还紧紧地握着枪。

“冰冰，别怕，我来了！”李卓越拼尽全身力气，飞身上前，从马背上抱起张冰冰，紧紧地把她搂在怀里，纵身跳下了悬崖！

“轰”的一声，李卓越和张冰冰瞬间变成了一团大火！

6

天亮时分，战斗结束了。

敌人的天水计划被彻底粉碎。

盘踞在凤凰山和牵鼻岭的特务、土匪被彻底清剿。

然而，张镇天却成了漏网之鱼。一名被俘的土匪交代，在解放军的大部队攻上凤凰山前，张镇天就悄悄地溜下山，逃走了。

庄司令获知张镇天逃走后，要求部队全力搜查，务必抓到张镇天，以绝后患！

江团长命令部队分头行动，部分人员继续搜山，部分人员在附近村庄走访村民，逐户检查。

吴排长和郑剑一起，带着人赶到了龙溪，他们决定到河对面的郎中家里，向郎中打听一下消息。因为郎中接触的人多，消息自然灵通。更重要的是，郑剑和郎中算得上熟人，他们在龙溪的这段日子，郎中曾数次热情相帮，当初要不是他实情相告，李卓越就不可能成功救回张冰冰。

郎中告诉郑剑和吴排长，张镇天潜回家了，你们要快去，否则他就可能真的要逃走了！郎中还特意叮嘱吴排长和郑剑，不要伤害那个可怜的女人。

郑剑说：“郎中先生，您是说那个唱戏的‘玉玲珑’吧？”

郎中点了点头，他告诉郑剑，上次他就和李卓越说过，这个女人很可怜，不要因为张镇天而伤害她。

张镇天悄悄潜回家。家里只剩下管家和玉玲珑了。他告诉管家，这次举事失败，栽得很惨。现在到处都是共军，简直是走投无路啦！张镇天说到这里，心里生出一种肃杀的伤感，他叹息一声，对管家说，老太爷没了，女儿圆月，很可能也没了，我这身边啊，也只有你这个最亲的人啦，我之所以还回家来，主要是想把家里这摊事托付给你，我想你是不会让我失望的。

“老爷，我听您的，您放心吧！”

张镇天点了点头，感叹道：“兄弟就是兄弟啊！”

张镇天和管家一起来到了后院的吊楼。

“兄弟，话我就不多说了，家就全交给你了。”张镇天说，“把棺材打开吧，我得走了，晚了共军就会追上门来了。”

管家来到一口棺材前，用力抬起棺材盖的一头，往另一头推了推，说：“老爷，请吧！”

张镇天走上前，抬腿跨进了棺材，坐了下来。

管家抹了一把眼泪，哽咽着说：“老爷，您……走好！”

“兄弟，不要伤感啦，我也不是第一次遭此挫折，十多年前，我得罪了张发奎那个衰人，不也是躺棺材里逃出了生天？最后怎么样，我一样风光体面地回来了！这人生啊，就像潮汐，有涨也有落，今天落了，明天我还会爬上来的。”

“老爷，您是贵人吉相，我相信这次，您也一定会回来的！”

“放心吧，会的，会的，”张镇天说，“以后我回来了，我们还是兄弟，你还是我的管家！”

“老爷，您放心，我会一直等到您回来！”

“好啦，不说了，把盖子盖上，送我走吧！”

管家把棺材盖重新盖好，在地下放了滚杠，将棺材往吊楼后门推去，准备用绳子将棺材慢慢放到河里。

这一切，被玉玲珑看到了，她找出一把铁锤，拿在手里，悄悄下楼，来到管家身后，挥起铁锤用力砸在了管家头上。管家身子一软，就倒在了地上！

玉玲珑为防止张镇天发现异常，推开棺材盖，她拿起管家放在棺材盖上的绳子，飞快地缠绕了两圈并打上了死结。然后继续一圈一圈地捆绑。

棺材突然就不动了，张镇天觉得事情不对，他抬起双手想打开棺材盖，没想到，用尽了全身力气，棺材盖却纹丝不动。他又开始用力拍打棺材。玉玲珑并不理会，她从吊楼一角的一个柜子里找出一些粗大的铁钉，挥起铁锤，把棺材盖子钉死了。

玉玲珑一边钉棺材盖，一边充满恨意地说，张镇天，十年前，你为了霸占我，在剧院纵火，烧死了我的父亲和兄弟姐妹，我的容颜也被毁，你又假装善人，安慰我收留我，无非就是想让我天天唱戏，满足你变态的戏欲！这些年，我装疯卖傻，以泪洗面，屈从了你，为的就是要等到这一天，为我自己，为我的亲人、我的兄弟姐妹们报这个血海深仇！

玉玲珑把棺材盖钉好后，跑到了管家的房间，找出了两小铁桶煤油，提了来。她先往棺材和棺材下面的木地板上浇了一些，接着，把剩下的煤油，全洒到了门窗、屏风、楼梯、家具和地板……所有能放火燃烧的地方。

然后，她关紧了门窗，燃起一支蜡烛，门窗、楼梯、家具、屏风……所有洒过煤油的地方，她都一处不落全点燃了。因为洒上了煤油，火势一下就起来了，到处都被大火烧得噼啪作响。

玉玲珑将一把椅子拉到了棺材旁，她坐了下来。她要看着张镇天这个杀人魔鬼被活活烧死。她把燃着的蜡烛往棺材下面一放，“腾”地一下，浇了煤油的棺材就变成了一团烈火！

玉玲珑凄惨一笑，眼泪忍不住流了下来，她轻轻唱了起来：“凄凉肺腑，胡不归，胡不归，伤心人以杜鹃啼，人间惨问今何世……”

吴排长和郑剑带人赶到张镇天家时，吊楼已经变成了一片熊熊燃烧的火海，两人来到了后院，他们隐约看到，吊楼里面燃烧着的是一具棺材……

郑剑说：“是玉玲珑，一定是她把张镇天杀了！”

火势越烧越旺，熊熊的大火把半个天空都烧红了……